LE CHEMIN SAINT-JACQUES

DU MÊME AUTEUR

ROMANS ET CONTES

Par-derrière chez mon père, Leméac, 1972
Pointe-aux-Coques, Leméac, 1972
Don l'orignal, Leméac, 1972
Mariaagélas, Leméac, 1973 ; Grasset, 1975
Emmanuel à Joseph à Dâvit, Leméac, 1975
Les Cordes-de-bois, Leméac, 1977 ; Grasset, 1977
On a mangé la dune, Leméac, 1977
Pélagie-la-Charrette, Leméac, 1979 ; Grasset, 1979
Cent ans dans les bois, Leméac, 1981 ; sous le titre *La Gribouille*, Grasset, 1982
Crache à Pic, Leméac, 1984 ; Grasset, 1984
Le Huitième Jour, Leméac, 1986 ; Grasset, 1987
L'Oursiade, Leméac, 1990 ; Grasset, 1991
Les Confessions de Jeanne de Valois, Leméac, 1992 ; Grasset, 1993
Christophe Cartier de la Noisette dit Nounours, conte pour enfants, Leméac, 1993 (1981)
L'Île-aux-Puces, Leméac, 1996

THÉÂTRE

La Sagouine, Leméac, 1971 ; Grasset, 1976
Gapi et Sullivan, Leméac, 1973
Les Crasseux, Leméac, 1974
Évangéline Deusse, Leméac, 1975
Gapi, Leméac, 1976
La Veuve enragée, Leméac, 1977
Le Bourgeois gentleman, Leméac, 1978
La Contrebandière, Leméac, 1981
Les Drolatiques, Horrifiques et Épouvantables Aventures de Panurge, ami de Pantagruel, Leméac, 1983
Garrochés en paradis, Leméac, 1986
Margot la folle, Leméac, 1987
William S., Leméac, 1991
La Fontaine ou la Comédie des animaux, Leméac, 1995

TRADUCTIONS ET ADAPTATIONS

Richard III (d'après W. Shakespeare), Leméac, 1989
La Nuit des rois (d'après W. Shakespeare), Leméac, 1993
La Foire de la Saint-Barthélemy (d'après Ben Jonson), Leméac, 1994

ANTONINE MAILLET

LE CHEMIN
SAINT-JACQUES

roman

LEMÉAC

Leméac Éditeur remercie le Conseil des Arts du Canada du soutien accordé à son programme d'édition dans le cadre du programme des subventions globales aux éditeurs.

ISBN 2-7609-3188-9

Imprimé au Canada

*À la mémoire de ma sœur Thérèse,
qui niche quelque part le long
du chemin Saint-Jacques*

Le bonheur serait
de se souvenir du présent.
Jules Renard

RADI

I

Radi ne voulait pas sortir. Sa mère avait beau la pousser, pousser, pousser, Radi ne voulait pas sortir. D'ailleurs, comment sortir, par où, pourquoi? Elle était bien là, nourrie et lovée, au chaud, en ce matin de printemps. L'aube du jour, du temps, l'aube. Attendons plutôt la brunante, la lumière sera moins crue, elle aura moins peur. Mais sa mère insiste, la pousse vers la sortie, semble trouver tout naturel de mettre Radi à la porte. La porte, mais quelle porte? Elle cherche à s'accrocher au lierre qui la lie à son port d'attache, s'y enroule, manque de s'étrangler, se déroule, revient au point de départ, se débat, grimpe de nouveau le long du lierre, vers une sortie de secours; mauvaise direction, sa mère la rattrape, la pousse, pousse, pousse Radi qui s'affole, s'agrippe des deux mains, le cordon est son seul lien avec le monde, si elle sort, elle ne saura plus se tenir, elle tombera, basculera dans le vide, dans le vide infini.

Rien ne garantit à Radi qu'elle retrouvera dehors la rondeur de son enveloppe, son nid spongieux, moelleux, humide et douillet qui la garde à l'abri depuis... depuis... Sa mémoire flanche, elle n'arrive plus à remonter le temps, elle doit le descendre, le suivre par en avant, se laisser glisser vers cette sortie qui s'ouvre béante droit devant elle. Attendez, attendez! ne la bousculez pas, elle a peur, elle perd pied, cessez de la pousser dehors la tête la première... Ah! et puis tant pis! faites du chemin, ouvrez toute grande la porte à Radi qui prend le grand risque de vivre!

Ouaaah!

Même la sage-femme de vieille Lamant n'a pas su dire si le premier cri de Radi en fut un de surprise, d'épouvante ou de défi au monde qui l'accueillait sans avoir l'air de comprendre l'importance du geste qu'elle venait d'accomplir. Vous ne vous rendez donc pas compte, personne, que cette enfant vient de naître, de tenter la première grande aventure de sa vie! Elle aurait pu refuser de s'introduire dans l'œuf dès le début, se contenter du nébuleux confort des limbes informes et néants. Mais elle a pris le risque de se détacher du conglomérat des possibles. Elle a choisi l'existence. Son premier cri fut sa première inspiration.

Ouaaah!... au rythme du gong de l'angélus. Ce qui a fait dire à son père qui était instituteur: *Angelus Domini nuntiavit...* L'ange du Seigneur annonçait Radi du haut du clocher. Elle écoutait les cloches hurler au monde son arrivée et tournait la tête de tous côtés pour ne rien perdre de ses premiers instants dehors... le dehors de son cocon originel. *Et Verbum caro factum est,* hurlait l'angélus. Le Verbe s'était fait chair. Le verbe, le sujet, le complément, toute la phrase. Car Radi n'allait pas en rester là. Elle n'avait pas abandonné la sécurité de son premier nid pour trouver moins que tout. Il lui fallait tout, tout de suite.

Ecce ancilla Domini... Voici la servante du Seigneur. La servante, elle? Jamais de la vie!

Nâââhh!

Calmez-la. Tout doux, tout doux. Les frères et sœurs s'énervent. Est-ce qu'elle va crier comme ça longtemps? Mais Radi n'a pas l'intention de se faire servante ni de céder un pouce de son nouveau territoire. Qu'est-ce qu'ils font là, tous? Des frères et sœurs? un père? une mère? Sa mère, elle la reconnaît, on ne la trompera pas. Elles sont de connivence toutes les deux depuis le pays où coulent le lait et le miel, depuis... depuis... non, Radi, tu ne vas pas recommencer à regrimper le temps jusqu'aux limbes. Tu vois, la vie dehors aussi est ronde, courbe et ronde. Tourne la tête à droite, à gauche, et tu n'apercevras que de ronds horizons, une voûte énorme autour de ton ventre.

Mais ces rayons lumineux qui dardent sur elle leurs pointes affilées agressent Radi habituée depuis le début des temps à ses ténèbres vaporeuses et douces. Elle lève la tête pour défier ce soleil insolent et la baisse aussitôt: il est omniprésent, tyrannique, invincible. Comment sortir de ce bain de lumière, s'arracher à cette nouvelle coquille trop vaste, aux écailles si éloignées et floues qu'elle n'arrive pas à les toucher? Elle aura beau se mouvoir, agiter bras et jambes, elle n'atteindra jamais les parois de son nouvel habitacle et finira par tomber en bas de son nid. Autant retourner tout de suite à son lieu d'origine, repasser le glaive de feu qui garde l'entrée pour retrouver la quiétude primitive, béate et éternelle.

— En v'là une qu'a point l'air contente d'être au monde.

Parole de son frère qui prévoit déjà la place qu'elle occupera dans la famille et qui pourrait gruger la sienne. Mais pour l'instant, la crise d'identité de son frère est le dernier souci de Radi qui ne songe qu'à l'éden dont on vient de la chasser et dont l'Archange garde jalousement l'entrée. Rien à faire, on ne la laissera pas retourner là-bas, quelqu'un l'a extirpée du cocon douillet et tranquille et l'a jetée, veut, veut pas, dans la lumière brutale qui ne cessera désormais de fureter dans sa nudité. Il faudra s'accommoder du soleil, Radi, vivre avec la lumière qui n'a pas ménagé tes premiers instants à l'heure de midi, une lumière qui révélera à tous...

— Une tache de naissance sur la cuisse gauche, regardez!

Une tache? Tout le monde n'a pas la tache sur la cuisse gauche? Elle sera donc seule à traîner une tache emportée à son insu depuis ses origines dans l'œuf primordial, une tache indélébile et originelle! La vie commence mal pour Radi. Elle sent déjà que cet univers qui l'accueille n'a pas que des rondeurs, mais aussi des aspérités, des coins sombres que la lumière trop crue ne fait que rendre plus redoutables et grimaçants. Et elle donne un coup de pied en l'air pour bien manifester son désaccord avec ce nouveau monde sans aucune analogie avec l'ancien. Le pied atteint le nez de sa sœur qui la fouillait de trop près, et Radi entend pour la première fois des cris sortis d'une autre gorge que la sienne.

— Maintenant tout le monde s'éloigne, vous l'avez assez reluquée pour une première journée. Laissez l'enfant s'adapter par elle-même à sa nouvelle existence. N'oubliez pas qu'elle vient de s'arracher du...

Son père a-t-il dit: Paradis? Ou est-ce Radi qui s'est souvenue d'un lieu fleuri, frais et embaumé? Il faudra trouver moyen d'y retourner, trouver l'issue, le portail, briser la grille, traverser le jet de feu et rentrer définitivement chez soi. Tu disposeras de toute ta vie pour y parvenir, une vie qui sera longue, prends patience, mais rien ni personne ne pourra t'empêcher de retrouver ton paradis perdu. Pars tout de suite du pied gauche, pour la chance, un pas à la fois, sans te retourner, va tout droit, tout droit...

— Maman, attrape la petite, a' va timber en bas de sa couche!

Une couche. On a voulu l'emmailloter, mais la sage-femme s'y est opposée. Cette enfant est trop agitée, trop consciente de ses membres déjà pour subir sans dommage le supplice des langes qui apparentent la môme à la momie. Radi en saura gré à la sage-femme qui dès le départ s'est rangée de son bord. La vieille Lamant restera, après sa mère, la première complice du nouveau-né.

Une couche et une brassière pour couvrir son corps livré à tous les regards. Il faut l'habiller pour l'insérer dans un monde à découvert et qui a de la pudeur. Depuis qu'elle est sortie, elle se trouve complètement à l'air, dehors; même en dedans, elle est dehors. Car les murs d'un logis sont trop éloignés du berceau pour les identifier à la coque d'un œuf ou à la coquille nacrée d'un coquillage. Entre Radi et sa nouvelle enveloppe, s'étend l'espace infini. Sa mère lui caresse le dos pour la calmer et lui faire comprendre que ce monde ne lui est pas hostile de prime abord, que tous les rêves sont possibles malgré tout, malgré la tache de naissance; car juste au-dessus et au revers de la cuisse gauche, elle a une étoile au derrière. Radi est née coiffée.

Le père, les frères et sœurs, la servante, la sage-femme, tous se penchent sur le cul étoilé et font des vœux: beauté, fortune, bonheur, santé, amour, bonne tête, un bicycle à trois roues, une petite poupée qui pisse, le prince charmant, un nounours en peluche qui grandira en même temps qu'elle...

— Et une très, trrès longue vie.

Le vœu de la marraine-fée, la vieille Lamant. Elle savait de quoi retourne une longue vie, l'accoucheuse au chignon tout gris, aux doigts tordus aux jointures et au nez qui se courbe avec les ans. Et la veuve de trois maris et mère de sept nourrissons dont six ondoyés avant même qu'ils n'aient les yeux ouverts osait souhaiter à Radi une longue vie. Le père scrute le front impénétrable de la vieille Lamant et fait: Eh ben!

Sa sœur voudrait tirer sur les membres du nouveau-né pour les faire progresser plus vite, mais la mère veille. En attendant de l'entraîner dans la marelle et le bouchette-à-cachette, elle doit se contenter de la moucher, lui flatter le ventre, lui frotter la tête, lui pincer le menton, lui conter des histoires et lui enseigner à bien se comporter dans la vie. Dis: maman, papa, menton-fourchu-bouche-d'argent-nez-quin-quin-joue-rôtie-joue-bouillie-tit-œil-gros-t-œil-poque-à-mailloche!...

— T'as oublié: tit-usse-gros-t-usse.

Céline ignore l'ingérence de son frère et poursuit: Petit-couteau-d'or-et-d'argent-ta-mère-t'envoie-en-haut-du-champ...

Les mots! Radi apprend les mots par osmose. On les lui sert du matin au soir dans des chuchotements, des cris, des plaintes, des geints, des comptines, en douceur ou à tue-tête, des mots pour l'armer contre l'envahisseur... un envahisseur qui s'amène, épée au poing, et qui s'appelle Horace. «Horace», le premier mot que reconnaît Radi après celui de papa-maman, le nom qui colle si bien à la face de son frère qu'elle aurait pu le forger de toutes pièces. Personne ne comprendra qu'avant même de dire oui ou non, cette enfant rebelle a crié: Horace!

«Céline». Son tour viendrait. Ce nom-là est déjà bien lové dans l'oreille interne de l'enfant qui l'envoie prendre sa place au creux du nid que fabrique mot à mot son crâne. Plein de vocables s'entrechoquent dans sa tête et lui bâtissent petit à petit un cerveau. Chaque jour, chaque heure, chaque instant apporte son fétu de son ou de couleur qui achève de lui façonner un imaginaire.

— Sois raisonnable pis mange ta bouillie, susurre Céline.

Mais Radi préfère l'imaginaire à la raison. En s'appropriant les mots, elle les a déjà transformés en images qui s'allument comme des bougies pour éclairer sa vie de l'intérieur; un intérieur qui tourne autour de son ventre, de son nombril récemment découvert et qui la fait rire chaque fois qu'elle le frôle de son pouce, un bouton, peut-être une issue à explorer. Comme si elle n'avait pas complètement effacé de sa mémoire viscérale sa sortie d'un certain jardin fleuri et embaumé dont elle garde le souvenir enfermé au creux du ventre.

Dans son jardin, Radi possédait déjà beaucoup de mots, de nombreux sons, mais pas de couleurs. Le soleil a tout de même du bon de lui fournir chaque matin un flot d'images vierges. De toute façon, elle a pardonné depuis longtemps au soleil son éblouissement du premier jour. Ses yeux ont apprivoisé la lumière qui dessine autour de son berceau des formes mouvantes constamment renouvelées.

Mais elle n'avait pas compté avec Céline et Horace et Joséphine, qui s'appelle aussi la servante, tous de connivence pour l'empêcher de vivre tranquille. Avec ceux-là, il faut manger quand Céline a faim, dormir quand Horace veut jouer et accepter la règle de vie imposée par Joséphine à toute la famille, à commencer par Radi, une règle qui interdit entre autres de salir plus de deux bavettes ou dix couches par jour. Deux, dix... tous du même acabit pour Radi qui ne sait pas compter et par conséquent ne devrait pas être soumise à la règle. Mais Joséphine est la servante, ce qui signifie autorité absolue et incontestable sur la maisonnée.

— Horace sait pas ses leçons, Joséphine.

Céline a parlé. Elle a parlé de leçons, elle qui ne va pas encore à l'école. Céline vous dirait qu'on n'a pas besoin d'être écolier pour connaître l'école. Surtout pas la fille d'un instituteur, la sœur d'une ramée de grands qui récitent chaque soir la table de douze, les racines carrées, Cléopâtre et Marc-Antoine, théorème quatre, la plus-que-parfaite et la guerre de trois. Céline possède déjà autant de science acquise que peut en emmagasiner l'âge préscolaire et s'efforce chaque jour de l'infuser à Radi qui n'a pas assez de ses cinq sens pour ingurgiter tout le fatras.

— Répète, Radi, répète: Ba-be-bi-bo-bi...

— Bo-bu!

— C'est quoi, bobu?

— Ba-be-bi-bo-bu! insiste Horace.

— Bobu, bobu...

— Maman, la petite a parlé!

Radi parlait. Le verbe s'était fait chair.

En même temps que le *bobu*, Radi maîtrisa ses jambes. Elle entendait depuis des jours toute la famille discourir sur ses premiers pas. Voyons, la petite, y a rien de difficile là-dedans, tu mets juste un pied devant l'autre, comme ça, regarde, un, deux, gauche, droite, tiens-toi droite, debout, le dos bien raide. Radi se raidissait de toutes ses forces, mais ses jambes restaient de ouate, pire que des chaussettes vides. Et puis cette position verticale, sur la crête du monde, au-dessus des rainures du bois, hors de tout appui, loin des fleurs du tapis où elle avait cru retrouver celles du jardin primitif qui l'avait tant sécurisée, lui donnait le vertige. Debout, elle ne savait plus s'accrocher aux lierres ni aux tiges, elle allait tomber, de très haut, tomber indéfiniment, s'affaler, puis s'échouer sur une rive hostile.

Elle criait, mais on la relevait, la poussait, lâchait une main, puis l'autre, allons, t'es capable, fais une femme de toi...

— T'exagères, Céline.

Céline exagérait: Radi n'avait encore franchi que trois saisons pleines, fallait pas la pousser. Et son père expliqua à Céline que le premier pas d'un enfant est le geste le plus difficile et courageux de sa vie depuis le tout premier qui est de venir au monde. Imaginez le petit animal habitué à se mouvoir sur ses paumes et ses genoux et qui tout à coup doit relever la croupe sur ses pattes de derrière, se redresser en position verticale, le front collé à l'horizon, puis rester durant quelques instants à se balancer sur un seul pied avant de basculer sur l'autre pour retrouver son équilibre. Tout le poids de son corps qui repose sur une seule jambe, pensez-y, le temps de se rendre compte qu'avancer veut dire poser un pied devant l'autre, et que la mobilité et l'autonomie sont à ce prix.

La mère jette au père un œil amusé et pourtant admiratif. Puis au moment de répondre que Céline est peut-être un peu jeune pour comprendre la philosophie de l'autonomie, elle pousse un cri du côté de Radi qui, laissée à elle-même, vient de faire son premier pas. Un premier, puis un autre, un autre... Sans le cri de sa mère, elle eût sans doute marché indéfiniment, car elle venait de trouver son équilibre, son rythme, une sorte d'élan qui entraîne tout le corps vers l'avant, les bras en croix, comme une fildefériste, loin des fleurs et des lierres du tapis, tout droit vers la porte que Radi voit se dresser devant ses yeux comme le premier obstacle à franchir ou à contourner. L'exclamation de la maisonnée a brisé son équilibre et Radi est tombée sur ses fesses.

Elle a eu peur, mais point de mal. Donc l'arrière-train pouvait en prendre. Radi recommencerait. Pas tout de suite, il fallait d'abord aller dormir. Dormir! quelle plaie! Si le sommeil ne lui avait apporté son lot de rêves, Radi n'eût jamais fermé l'œil. Mais elle avait découvert que la nuit ne la coupait pas totalement de la vie. Elle poursuivait son existence sous forme de songes aussi vrais que la vraie vie de jour, comme si la nuit lui rendait ses paradis antérieurs. Les bouchées doubles.

Le lendemain de son premier pas, l'enfant avait tout oublié. Il fallut que Céline s'en mêle encore un coup:

... Comme ça, tiens-toi raide, gauche-droite sur un seul pied, le plus grand geste de ta vie depuis qu'on t'a trouvée sous un chou.

Radi ne recommença à marcher que le surlendemain, mais cette fois pour de bon, sans plus jamais oublier de fixer l'horizon et de mettre un pied devant l'autre.

La première étape de sa vie était franchie.

II

Trois ans et la Terre est ronde.

— Je mourirai pas.

— Tu mourras, comme les autres.

— Quel autre?

— Tous les autres. Tout le monde y passe un jour.

— Tout le monde?

— Tout le monde.

— Papa?... maman?... la servante?...

— Tout le monde.

— Pas moi.

— Maman! Radi veut pas mourir!

La mère s'amène, secoue son devanteau et met de l'ordre dans la vie de chacun. Restez tranquilles, y a rien qui presse, c'est pas pour demain. Mais Horace insiste, faut que justice se fasse. Il grimpe sur son quart de baril, un bras cognant le ciel à grands coups. Si tout le monde doit mourir à la fin de ses jours, sa sœur mourra comme les autres. Point de passe-droits. C'est pas parce que c'est venu au monde au son de l'angélus, que ça frise comme un mouton, que ça écarquille des yeux plus bleus que le commun... Radi serre les poings et le bec, mais elle a noté: les yeux plus bleus que le commun. Une tache de naissance aussi, à mi-chemin entre le genou et le haut du genou. Tout le monde porte dans l'âme la tache originelle, mais elle l'a reçue gravée sur la cuisse. Elle ouvre les

23

narines puis les referme sur sa vie enfouie au creux de son ventre. Que personne n'y touche! Sa mère la mouche et l'envoie jouer dans le carré de sable. À trois ans, elle a tout son temps, une longue vie devant elle. Horace est rien qu'un faiseux de trouble. Va jouer.

Radi s'accroupit et ramasse des roches. Des roches de collection. Pas des cailloux, c'est trop rare, des roches: carrées, biscornues, échancrées de travers, deux pleines poches. Céline ramasse les cailloux: ronds, lisses et roses. Pas plus qu'un par jour. Environ. Tandis que des roches, en veux-tu, en v'là; t'as plus de chances du côté des roches que des cailloux. Et du côté des chenilles. Encore là, Céline a choisi les papillons. Elle en attrape un par été. Les bonnes années. Elle refuse de le tuer avec la pointe d'une épingle, comme le suggère Horace qui en a vu d'autres, ma fille! et laisse le papillon mourir de sa belle mort de faim. Le sang ne coulera pas, qu'elle avait entendu tomber de la bouche de sa grande sœur Anne qui lisait *Geneviève de Brabant*. Radi se contente des chenilles et les montre à Céline qui fait eurk! Elle les cueille comme des framboises, par poignées. C'est doux, doré, et ça chatouille. Elle ne les tue pas, mais finit par les céder à Horace qui les vend à son ami Pitou qui les mange. Céline a fait eurk-eurk! et a presque vomi. Sa mère a dénoué son tablier, essuyé la face de Céline et fait rentrer chacun chez soi.

— Tu pourrais pas être un petit brin plus raisonnable, Radi? Regarde ta sœur.

Radi a regardé sa sœur, et le mot *raisonnable* est parti rejoindre la collection de cailloux et de papillons de Céline.

— Je mourirai à cent ans, qu'elle dit.

Cent ans. Elle se met à compter sur ses doigts. Après sept, huit, neuf, dix-neuf, quatorze, elle aime quatorze à cause du mot rond comme une citrouille... quatorze, quinze, vingt-trois... trois... elle s'embrouille mais n'ira pas avouer devant Céline, ou pire! devant Horace, qu'elle ne sait pas compter jusqu'à cent. Il reste quoi avant cent ans?

— Maman!

Et la mère lève la tête pour répondre au hasard quatre-vingt-dix-sept, sans savoir qu'elle vient de mesurer sur le long la vie de sa fille.

Radi frissonne de la nuque aux jarrets: quatre-vingt-dix-sept! C'est plus gros que son père et sa mère et la servante réunis; plus gros que son village et sa périphérie de dunes, d'anses, de buttes et de lisière du bois; plus gros que son propre ventre où elle dissimule le secret de ses paradis antérieurs. De dépit, Radi donne des coups de pied à ses châteaux de sable, ramasse sa vie et s'en va l'étendre sur la corde, entre les draps et les taies d'oreiller.

Pourtant, un matin de soleil surgit dans la vision de Radi une vraie véritable et palpable pièce de nouveauté. Du nouveau flambant neuf et original. C'était tout blanc et ça venait des États. Et c'était à califourchon sur une bicyclette à trois roues. On présenta la chose à Radi qui enfouit sa tête dans le tablier de sa mère.

— Il a ton âge, il vient des États et s'appelle Robert.

Tant de mystères d'un coup... les États, le tricycle, un garçon tout en blanc... projetèrent Radi tête première dans le giron maternel. L'enfant qui d'ordinaire fonçait si allègrement sur toute nouveauté haletait, suffoquait, s'agrippait aux cordons du devanteau comme un noyé qui sent l'océan lui écraser les poumons. La vision était trop brillante, l'éblouissement plus fort que le soleil de son premier jour. À trois ans, elle rencontrait l'archange descendu sur terre et venu s'incarner parmi les hommes. Ce jour-là, les anges roses et joufflus de Céline prirent un irréversible coup de vieux.

Toute la nuit, elle rêva de l'archange et de ses paradis lointains. Elle se souvint. Là d'où elle venait, l'avant de l'avant, au-delà de l'au-delà, en ce monde de lait et de miel qu'elle avait habité jadis, sur l'empremier, où elle avait fait connaissance avec les aïeux de ses aïeux... On dut la secouer pour l'arracher à sa nuit. Et à son grand désarroi, le lendemain, elle ne retrouva plus rien : l'archange s'était métamorphosé en bambin flottant dans ses salopettes, comme Horace, qui chialait, piaillait, donnait des ordres, comme Horace. Un garçon. Un de plus. L'archange était passé puis avait disparu, laissant dans le cœur de Radi une cicatrice plus large que le chenal de la baie.

Alice habitait la maison d'à côté, ce qui s'appelait le premier voisin. Mais un voisin, premier ou dernier, reste le voisin et n'est donc pas de la famille. À trois ans, on ne sort pas sans permission de la famille, c'est-à-dire de la maison à deux étages plus une cave, de la cour d'en avant bordée de trembles et de peupliers, la cour d'en arrière avec ses trois pommiers et ses cages à lapins, le potager aux dix sillons de cosses et de blé d'Inde, les cordes de bois rangées le long d'une clôture de lices et le carré de sable. Or la permission qui venait tout droit d'en haut passait invariablement par Céline, au grand dam de Radi qui sentait sa vie ponctuée de maman-veut-pas! maman-te-défend! maman-dit-non! et exceptionnellement d'un maman-dit-oui, transmis avec l'écrasante autorité d'une Céline de six ans.

Et Radi aussitôt se sauvait chez Alice.

Alice n'était pas l'amie de Radi : elle était bien trop vieille et n'aurait pas su courir avec ses jupes en bas des genoux et ses talons hauts. De toute façon, Radi n'avait pas d'amis. Des amis, c'étaient Horace et Pitou qui se bourraient de coups de poing dans les côtes ou de coups de pied aux jambes ; ou les grandes, Sophie et Mimo, qui se disputaient les clins d'œil du nouveau maître d'école ; ou Céline qui partageait avec Fleur-Ange la seule vraie honorable éternelle et indéfectible amitié qui dure par-delà le tombeau.

Alice n'était pas l'amie de Radi, elle était son dieu. Elle fréquentait familièrement l'autre monde qui grouillait d'animaux parlants, de fées, de géants et de nains qu'elle avait tous connus personnellement et que, ce jour-là, elle consentit à présenter à Radi.

... Il était une fois...

Et Alice lui fit traverser le miroir et l'amena toute vivante au pays des Trois Ours. La conteuse avance, avance telle une sorcière qui a le pouvoir d'entrer ou de sortir du bois à volonté, voire de sortir du conte pour pénétrer toute vivante et par la grande porte dans l'âme de Radi, d'envahir son ventre, ses reins, son cœur, ses yeux qui voient trois ours tranquillement installés dans l'immense salon doré de la petite cabane au fond des bois, attendant avec une joie féroce l'arrivée de la fillette aux boucles blondes qui s'approche, cherche sa route, grimpe dans les arbres pour mieux voir, aperçoit un mince filet de lumière au bout de la nuit, redescend de l'arbre, perd la lumière, tâtonne dans le noir, veut s'en aller mais ne veut pas, car là-bas, au bout du sentier, se bercent les trois ours qui l'attendent pour grogner...

— Qui a mis sa cuillère dans ma soupe? demande le gros Ours.

— Quelqu'un est venu goûter à ma soupe, reprend sur un ton plus aigu le moyen Ours.

Et le petit Ours s'écrie tout joyeux du haut de sa voix perchée:

— Regarde, papa, on a tout mangé ma soupe.

Radi sortit vivante de sa première mort. Dévorée par les gros Ours, elle fut sauvée à la dernière minute par celui qui allait devenir le meilleur ami de ses trois ans: Nounours. Elle ne serait plus jamais seule contre Céline, Horace, Pitou, la servante et les parents; sa vie ne serait plus jamais grise les diman-an-anche après-midi. Elle avait un ami, un confident, un camarade de jeux qu'elle retrouvait chaque jour. Car elle réussit dès le lendemain à tromper la surveillance de Céline pour retourner en compagnie d'Alice chez les Trois Ours. Puis elle redoubla d'ingéniosité jusqu'à se faire souris pour se glisser dans les trous de la haie qui séparait son domaine de celui d'Alice, récidiva le surlendemain, le jour suivant, et le suivant, réclamant toujours le même voyage au fond des bois, pigouillant Alice, la poussant, l'épuisant et finalement l'acculant à s'en sortir par la seule issue qui reste à un conteur: bifurquer dans un autre conte. Et Radi se sentit happée au plein milieu des Trois Ours et projetée tête première et les yeux grands ouverts sur les marches d'un château où logeait un Ogre.

... Le géant qui mange les petits enfants.

Il ne mangea pas Radi, sauvée cette fois par le petit Poucet. Un nouvel ami qu'elle n'allait pas oublier de sitôt! L'espiègle, le menteur, le vantard, le fin finaud et adorable nain, son double, venait de faire son entrée tête première dans la vie de Radi. Et elle se mit à son école pour réinventer les trente-six façons de sortir du bois, de sortir des lois qui régissaient la vie familiale, pour s'arracher à l'ennui et à la morosité du quotidien.

Mais le plus grand jour de ses trois ans fut celui où elle comprit qu'elle pouvait même se passer d'Alice, puisqu'elle avait trouvé la clef des combinaisons qui introduit Cendrillon chez le Chat botté, le Chaperon rouge chez la Belle au bois dormant, et la Bête à sept têtes chez les sept filles de l'Ogre qui mange les petits enfants. Lors des noces de la Bête à sept têtes, la terre trembla et Radi ne ferma pas l'œil de la nuit.

— La petite fait des cauchemars, que dit sa mère.

Et l'on parla de la purger.

Si l'on avait su! Pas des cauchemars, des rêves, des rêves les yeux ouverts qui s'appellent des faire-accroire. Elle entrait dans les contes comme dans un moulin et faisait son pain de toute farine.

— Elle perd le sommeil, se plaignit sa mère.

Mais Radi s'en fichait du sommeil, elle aurait toute sa vie pour dormir. Et elle attendait durant le long jour que vienne le soir où elle pourrait entrer seule dans le grand jeu, le jeu qui n'en est pas un, qui est la vraie vie de l'autre côté de la nuit et de l'horizon, la vie parallèle qu'on peut refaire, chambouler, vivre à l'envers et à reculons, recommencer à l'infini.

— À quoi c'est que tu penses, Radi?

— Je pense pas.

— Tu penses.

Non. Elle ne pense pas. Penser c'est autre chose. Sa mère lui dit: Pense au petit Jésus. Elle pense au petit Jésus. Elle ne le voit pas, elle y pense.

— Si tu penses pas, quoi c'est que tu fais?

29

Céline y met tant d'accent de reproches que Radi, qui se sent cernée, cherche une feuille de figuier pour couvrir sa honte. Pour la première fois, elle comprend que l'imaginaire est interdit, comme le paradis terrestre après la Chute.

III

La noyade de Bertin Richard n'avait pas troublé Radi sur le coup, mais par la suite avait hanté ses nuits, longtemps. À cause de ses pressentiments. Pierre et Horace étaient entrés en coup de vent et sans refermer la porte-grillage, négligence qui avait laissé à leur mère le temps de crier: Les mouches! avant d'entendre sonner le glas.

— Bertin Richard vient de se neyer!

Bertin Richard était un garçon de leur âge, plus proche de Pierre que d'Horace, enfant de chœur, scout, campeur en été, champion de toboggan en hiver et gueule bien pendue toute l'année. Un bon gars de bonne maison dont la galerie d'en avant s'achevait sur le trottoir. Pignon sur rue, avait précisé Anne qui lisait Raoul de Navery.

— Bertin Richard s'est neyé, répéta Horace devant l'étrange impassibilité de Radi.

Elle ne broncha pas. Alors Pierre crut bon d'intervenir:

— Tu comprends pas? Bertin est mort, mort neyé.

Bien sûr qu'elle comprenait, elle avait compris depuis longtemps, assez longtemps justement pour s'y faire, pour accepter la noyade de Bertin comme un fait accompli, accompli depuis toujours. Et elle laissa glisser entre ses lèvres: Je le savais.

— Tu le savais?... Elle le savait?... Mais comment c'est qu'elle pouvait le savoir, maman? Bertin vient juste de se neyer.

Normalement, l'opinion de Radi n'eût pas pesé lourd dans le débat, si ce n'est que cette position insolite insultait la toute jeune mémoire du disparu. Personne n'avait le droit de rester froid devant la mort d'un camarade de Pierre et Horace. Le mensonge d'une fillette même de quatre ans dans des circonstances aussi tragiques jetait le discrédit sur la solennité de l'heure.

— Voyons, Radi, tu savais rien. Il vient tout juste de se noyer, le pauvre, prions pour lui, les enfants.

Il était encore temps pour Radi de se taire, on aurait passé l'éponge sur un mensonge malencontreux, mais porté sur le compte de l'énervement général. Pourtant, un instinct plus fort que le bon sens, que la prudence, plus fort que ses propres réflexes de défense la poussa à commettre l'irréparable:

— Je le savais! je le savais! y a longtemps que Bertin, il est neyé; il a tout le temps été neyé.

Ce dernier membre de phrase se cogna à ses propres oreilles puis à son cerveau et l'étourdit. Et pourtant elle le savait. Elle avait vu Bertin noyé bien avant sa noyade réelle. Elle ne comprenait pas que les autres ne l'aient pas vu aussi, que Bertin-le-noyé ait pu passer si longtemps inaperçu dans le village, au point de vivre la même vie que tous les enfants de son âge, comme s'il avait été appelé à grandir et à se marier et à mourir à la fin de ses jours comme tout le monde. Elle ne comprenait pas, mais elle savait. Et devant son jugement dernier anticipé, présidé par Pierre et Horace qui se devaient de défendre la mémoire toute fraîche de leur copain, Radi avala sa vision prémonitoire. Elle attendrait. Elle attendrait que

Pierre et Horace et les autres voient à leur tour la vraie noyade de Bertin, sa première, celle qui annonçait l'autre. Alors on lui pardonnerait.

Puis elle finit par penser à autre chose.

Céline lui dit un soir, au fond du lit de plumes, qu'il était grand temps de penser à son avenir. T'as trois choix, qu'elle fit. Et Radi vit aussitôt surgir de la couette les trois continents: l'Amérique, l'Afrique, la Chine. Mais comme la suggestion venait de Céline, elle se ravisa et songea aux trois personnes en Dieu.

— Trois, répète Céline: mère de famille, willygieuse, vieille fille.

Radi en avale sa glotte. Ni l'un ni l'autre ni l'autre.

— Je choisis le quatrième, qu'elle fait.
— Ça existe pas.
— Ça exisse.
— Ça existe pas.
— Ça exisse.
— Nomme-le.
— La petite Cendrillouse.

Céline, découragée, a fini par dire qu'elle prierait pour l'avenir de Radi.

Céline est raisonnable. Horace est un garçon. Pitou mange les chenilles. Il reste quoi?

Le monde! Il reste le vaste monde qui fait le tour de l'horizon, au-delà de la butte du moulin, du ruisseau du Docteur, de la pointe à Jacquôt et de la baie pavoisée de petites îles, au-delà des clôtures qui encerclent le clos familial, un monde qui fait déjà saliver une enfant de cinq ans née à l'heure où le Verbe s'est fait chair, avec sa tache de naissance bien visible au-dessus du genou... un grain de beauté, avait dit sa mère... une tache, rectifiait Horace... mais Radi savait que c'était la tache originelle.

Elle voudrait interroger sa mère, pousser l'enquête, connaître la vraie nature, avec ses privilèges et ses dangers, de la tache dont tout le monde a hérité mais qu'elle seule affiche sur la cuisse gauche. Elle sait distinguer sa gauche de sa droite depuis qu'on lui a enseigné le signe de la croix... de la main droite, toujours de la main droite, la gauche est défendue. La tache originelle, lui a répondu Joséphine-la-servante, c'est le péché que traînent avec eux en venant au monde tous les chrétiens.

Quelle misère que d'être chrétiens!

Elle se penche sur la tache grande comme un sou, un sou noir, la renifle... Sa tache ne vient pas de la famille, ne vient pas de ce monde. À sa naissance, la tache était déjà là. Elle la gratte du bout de l'ongle. Indélébile. Seul un couteau pourrait en venir à bout. Mais elle a peur. Peur du sang et de la douleur. Puis elle songe au rabot, à la varlope, opte finalement pour le papier sablé. Céline l'a vue. Elle tire aussitôt sur sa jupe et couvre son secret. Céline soulève le couvercle du grand coffre et en sort son plus précieux trophée.

— Tiens, je te la donne.

La poupée qui pisse! Radi la reluquait depuis le premier jour, la poupée qui pisse, depuis que Mimo, l'amie de Sophie, l'avait cédée à Céline qui était sortie sans pleurer de sa première épreuve chez le dentiste. C'est Radi qui avait hurlé en voyant la poupée la plus convoitée du pays finir sa vie dans les bras de Céline. Mais aujourd'hui, sans cause ni raison, Céline la lui offre.

— A' pisse pus! est le seul merci de Radi qui vient de décider de faire monter les enchères: contre une tache

34

originelle, Céline a besoin d'offrir autre chose qu'une catin-qui-pisse qui pisse plus.

Mais à force de parer les coups de sa biscornue de sœur, Céline a fini par raffiner les siens et développer une stratégie qui réussit chaque fois à piéger Radi.

— Une tache de naissance, c'est pas un mystère, qu'elle fait, c'est une infirmité.

— Si fait, c'est un mystère, qu'elle hurle, et ça vient de l'autre monde.

Céline est satisfaite: elle obtiendra tout sans même le payer d'une poupée qui pisse qui pisse plus. Ainsi la tache originelle, que la prédestinée arbore sur sa cuisse gauche, est la porte qui s'est refermée sur elle à sa naissance et qui cache le secret du retour, c'est ça? Mais, Radi, tu rêves en couleurs.

— On peut pas retourner au paradis terrestre, il est gardé par un ange avec une épée de feu. Faut se faire une raison, Radi.

Mais Radi n'a pas encore atteint l'âge de raison et n'a donc pas l'obligation de se soumettre à ses lois. D'ailleurs, elle sent sa sœur éblouie par la perspective du rêve plus vrai que la vraie vie, et toute prête à fléchir. Si on ne vient ni des Sauvages ni des choux, mais directement du paradis terrestre, on devrait bien se souvenir de quelque chose et remonter de pères en aïeux jusqu'aux premiers parents. Et là, regrimper le pommier, parler au serpent et empêcher Adam et Ève de remanger la pomme...

— Arrête, tu blasphèmes!

— Je te dirai pus rien.

La poupée fut rangée le même soir dans le coffre aux oubliettes, entre des bottines de trois ans et le ballon dégonflé qu'Horace avait reçu de Pitou puis cédé à Radi, le jour où il avait compris qu'on ne le regonflerait plus jamais. Des rêves éteints.

Pas plus que la matière, Radi ne supportait le vide. Elle sentit son âme rétrécir, se ratatiner, rentrer en elle-même et se retourner à l'envers comme une vieille veste... Puis elle se ressaisit : son âme avait un envers ? Elle enfourcha de nouveau son cheval de bataille et repartit de plus belle.

— D'où c'est que tu viens, Marie-Zoé ?

— Du magasin à mon père.

Marie-Zoé ne comprend jamais rien. De la même taille que Radi, du même âge, des mêmes jeux de marelle et de bouchette-à-cachette, mais point de même origine. Elle ne se rappelle aucune vie d'avant celle-ci, n'a aucun souvenir du paradis perdu et nul besoin d'y retourner. Elle ne vient jamais de plus loin que la veille ou du logis paternel.

— Es-tu venue au monde sous un chou ou dans un champ de rhubarbe ?

Marie-Zoé fixe Radi, puis se penche pour ramasser ses billes : des blanches, des rouges, des noires, mais surtout des bleues, les plus rares, et une jaune qu'on appelle œil-de-chat. La veux-tu ? qu'elle demande à sa meilleure amie. Depuis leur premier jour ensemble dans le carré de sable, elles sont devenues la meilleure amie l'une de l'autre, se tiennent par la main pour traverser le champ qui mène au ruisseau du Docteur et se racontent tout. C'est-à-dire que Radi raconte, et Marie-Zoé écoute tout. Et Marie-Zoé trouve qu'elle a hérité de la meilleure part. Veux-tu mon œil-de-chat ?

Radi pourrait lui parler tout de suite du serpent, Marie-Zoé ne comprendrait pas, mais tant mieux, Radi se serait ainsi allégée d'un secret qui l'étouffe sans l'avoir vraiment livré. Elle est sûre que demain sa meilleure amie aurait tout oublié, ce qui lui permettrait de recommencer à raconter son secret sans jamais l'éventer.

— As-tu déjà vu ton ange gardien, Marie-Zoé?

Marie-Zoé est si myope qu'elle a peine à voir le premier but de balle molle, alors son ange gardien...! Sa mère lui a promis des lunettes pour son entrée à l'école dans un an, des lunettes qui grossissent tout et lui permettront de voir ses frères, et Radi, et la maîtresse, deux fois plus grands que nature. Elle pourrait aussi distinguer un pou d'une puce ou d'une punaise, parce qu'apparence qu'à l'école, on trouve de tout.

... Même des poux?

Et des maladies contagieuses comme la coqueluche et la picote. On parle aussi de menteurs, de voleurs de pommes et de mauvaises filles comme Katchou. Radi en salive et a grand hâte de sortir de ses cinq ans.

— J'ai un secret, Marie-Zoé.

Radi avait finalement opté pour sa meilleure amie. Devant le refus de Céline, elle choisit d'ouvrir sa vaste mémoire à celle qui la suivrait jusqu'en enfer, si Radi décidait de s'y hasarder. Cependant, Radi ne rêvait pas d'enfer mais de paradis. Le paradis terrestre. Celui où Adam et Ève avaient mangé la pomme et s'étaient trouvés du jour au lendemain tout nus. Il fallait le retracer, Marie-Zoé. Au paradis, tu comprends... Mais Marie-Zoé avait entendu dire qu'on s'y rendrait tous un jour — sauf les ivrognes et les jureurs d'Élie et Jonas, comme de raison —, qu'il ne fallait pour y parvenir que mourir de sa belle mort de chrétien. Le ciel pouvait donc attendre...

Attendre? Mais en attendant, on rate le meilleur de sa vie. Radi ne pouvait plus attendre. Il fallait retrouver la porte gardée par l'archange appuyé sur son épée de feu. Marie-Zoé en calouettait des deux yeux: elle aurait tant voulu suivre Radi, tant voulu la croire, mais ne trouvait ni la foi ni les mots, n'étant pas née, comme son amie, à l'heure où le Verbe s'était fait chair. Elle ne savait même pas que la clef se cachait dans les mots, les mots qui construisent les rêves, et les rêves qui transforment les possibles en réalités.

Radi avait pressenti que seul le faire-accroire, parce que illimité et insondable, pouvait mener au bonheur infini qui se cachait derrière la porte. Et elle y consacrait le meilleur de ses nuits. Sa mère, qui s'adonnait à ses randonnées périodiques au plus fort du sommeil de la maison, pour border chacun, ouvrir ou fermer une fenêtre, vérifier la respiration de Geneviève à peine sortie d'une fièvre typhoïde, s'attardait plus longuement au lit de Radi.

— La petite a point le sommeil tranquille, qu'elle chuchote au père, il me paraît y avoir beaucoup d'agitation dans ces rêves-là. Elle sursaute et grimace.

Sans se réveiller tout à fait, le père lance avant de se retourner:

— Elle ferait pas un début de danse de Saint-Guy?

Puis se rendort.

Le lendemain, tout le monde parlait à voix basse et contemplait le plafond. Le syndrome de Radi prit des proportions que son père n'avait pas prévues. On parla de remèdes, du docteur, du prêtre. Rendu là, son père voulut mettre le pied à terre, mais le mal était fait: Radi était infectée de toutes parts. Céline prit peur:

— Elle bicle des deux yeux.

Et Radi, affolée, redoublait de grimaces, incapable de contenir ses nerfs à bout. On ne sut éviter l'inévitable : le prêtre s'en vint en personne conjurer Satan.

Il attrape dans sa grosse patte velue le menton de la fillette :

— Comme ça, qu'il psalmodie, on laisse une petite porte ouverte la nuit au coin des yeux pour y laisser entrer le diable à quatre ? C'est nerveux, mon enfant, c'est nerveux.

Radi a vu son père grimacer et détourner la tête, et sa mère baisser les yeux, comme si elle priait. Les autres, elle n'a pas eu le temps de les juger, trop absorbée par les multiples simagrées du thaumaturge qui lui laissa sur le front, les joues, le menton une traînée de salive gluante comme la sainte crème. Le reste de la cérémonie se déroula sans que l'intéressée y prît part, le prêtre étant passé de Satan à Borden, à Laurier et à l'ensemble déplorable de la situation politique qui n'accordait plus aucune place à Dieu. Puis il quitta la maison de ses fidèles en abandonnant la famille à son étrange malaise, et Radi à sa crise de larmes. Et le lendemain, on parlait de miracle.

— Point de miracle, corrigea la mère. La prière peut pas faire de tort, mais c'est avant tout une affaire de confiance.

Radi aurait voulu tout avouer à Marie-Zoé. Il y avait maldonne. Personne ne l'avait guérie de rien, elle n'avait rien, aucune maladie, aucune danse de Saint-Guy, rien, elle seule connaissait la vraie nature de ses insomnies et de ses grimaces nerveuses. Sa danse de Saint-Guy, elle s'en débarrassa elle-même, dès le lendemain, sans croix ni crachat sur le visage, mais par la seule peur de laisser filtrer un secret qu'elle osait à peine révéler à la meilleure amie la plus fidèle et la plus discrète au monde. Tout juste un chuintement pour répondre à Céline qui la confiait à la bienveillance de son propre ange gardien.

— Il a des cornes, mon ange gardien.

Quand Céline voulut rapporter ces propos sacrilèges à sa mère, elle se fit rabrouer. Toute la famille commençait à trouver que la chose avait pris des proportions démesurées et cherchait à clore l'incident. Radi ne grimaçait plus, Radi était guérie, laissez Radi tranquille. Et l'on abandonna l'enfant à ses secrets et à son désarroi. Elle ne perdit pas la foi en Dieu: car en chassant Dieu, elle eût renoncé au pommier, au paradis, à l'épée de feu, à l'Adam-et-Ève, au Verbe qui s'était fait chair, au ciel et à la terre, et à la perspective d'une colossale et grandiose fin du monde au son des trompettes à la fin des temps! Non, cet édifice était sa seule cosmogonie et resta indemne. C'est dans la face du prêtre qu'elle vit courir la faille, tordue comme un serpent qui grimpe du menton jusqu'aux tempes, un prêtre qui un soir, dans la maison de son père, prenant toute la famille à témoin, l'avait guérie de rien.

Hors Marie-Zoé, Radi avait un autre camarade de jeux, son ennemi juré, Robert: l'archange en tricycle sorti des États. Mais deux gros hivers et deux sales printemps avaient rogné les ailes de l'archange qui n'était plus qu'un bout-de-diable comme les autres, comme Radi, un beau menteur, voleur de pommes et tireur de roches aux filles qui ne lui avaient rien fait. Radi rivalisait avec Robert en tout, hormis dans les roches, genre de jeu qui ne prêtait pas à rire dans la famille d'un instituteur.

De toute façon, admettons que par miracle, un jour de fin du monde ou de distraction universelle, on lui eût permis de lancer des pierres, elle les eût réservées aux garçons, point aux filles. Ça faisait longtemps assez qu'elle payait pour être fille :

— Pourquoi je peux pas...
— C'est pas pour les filles.
— Je peux même pas...
— C'est un jeu de garçons.

Pas le choix : la pire des calamités ! Avant tout, Radi veut des choix. Depuis qu'elle a l'âge de se souvenir, elle refait le monde au gré de son plaisir. Elle le recommence, le refaçonne, rebâtit la maison, troque ses parents contre ceux de Mimo, change de sexe... Là, elle vient de toucher à l'impossible des impossibles. Garçon, pour un jour. Juste pour voir. Impossible. Impossible de remonter le passé, de renaître en garçon. Impossible d'empêcher le temps de la pousser vers ses six ans, vers son âge ingrat, son âge de femme, la fin de ses jours, vieille comme la vieille Lamant. Et l'impossible se glissa dans la vie de Radi en même temps que son âge de raison.

IV

Alice avait disparu de la vie de Radi parce qu'elle avait atteint son âge de femme et avait cru bon de l'employer à se marier; surtout parce que Radi avait redécouvert une autre voisine qui n'était plus en danger de mariage, ayant cédé à cette envie un demi-siècle ou deux plus tôt et ayant eu le temps, par conséquent, de retrouver son aplomb et sa sérénité. Du bout de son âge, elle manifestait la même indépendance que Radi au bout du sien. Et ces deux presque femmes, l'une passée et l'autre en devenir, se lièrent de complicité contre toutes les autres qui se trouvaient en plein dedans.

— Je peux rentrer, grand-mère?

Et la vieille Lamant fit jouer le loquet.

Robert-le-bout-de-diable, qui préférait les chevaux, avait troqué sa grand-mère contre un nouveau poulain que son père lui avait donné à dompter. Radi, qui aurait bien voulu un poulain, ou un poney, ou un gros chien faute de mieux, comprit vite tout le parti à tirer d'une grand-mère conteuse, ratoureuse et complètement iconoclaste.

À l'instant où elle cogne chez la vieille Lamant, Radi frémit: la sage-femme! Elle connaissait depuis toujours la vieille voisine, veuve en dernier veuvage d'un dénommé Lamant Cormier qui n'avait laissé à sa femme pour tout héritage qu'un prénom qui la définissait de la tête aux pieds.

Radi connaissait la ratoureuse. Mais au cliquetis du loquet, sa peau se souvient de l'autre, la sage-femme. Dans le but d'identifier son souvenir, l'enfant répète trois fois le geste: elle sort, cogne, recommence et recogne. La vieille Lamant ne fait pas mine de s'étonner, elle qui ne s'étonne plus de rien sinon de la bêtise des hommes. Elle entre dans le jeu de Radi qui s'accroche à n'importe quel prétexte pour recommencer son entrée chez la vieille... elle a laissé tomber son mouchoir sur le seuil de la porte, elle a perdu quelque chose, elle cherche à s'introduire du bon pied... elle refait, refait son entrée. La voyante laisse l'enfant se débattre avec sa mémoire réfractaire, puis lui tend la main. Entre, petite ébouriffée! Et la vieille frotte la tête de Radi, accroupie sur le perron.

De nouveau, Radi entrait la tête la première. Si elle avait pu refaire dix fois, cent fois le geste, elle eût sûrement triomphé de sa mémoire récalcitrante, retrouvé le souvenir de sa première rencontre avec la vieille Lamant, la sage-femme, qui cherchait désespérément une seconde fois à la mettre au monde. Mais plus Radi s'accrochait, plus le souvenir se retirait dans les recoins inaccessibles du cerveau. La vieille et l'enfant se toisèrent, éplorées, indignées devant la tyrannie de l'inconscient. L'épée de feu gardait jalousement l'entrée. Alors Radi, impuissante, capitula et refit surface dans l'univers du réel.

— Ça fait combien de temps que vous êtes veuve?

— Trois hommes, cent ans chacun.

À six ans, on sait compter. On sait aussi que depuis Mathusalem, la vie des hommes a raccourci, c'est sa mère qui le dit. Mais on ne va pas contester les chiffres d'une fée, d'une magicienne qui parle d'homme à homme avec Noé et Jonas-dans-la-baleine. Et qui a vu construire la tour de Babel.

Pas longtemps avant ma naissance, qu'elle se met à raconter, l'année qui suivit les Grandes Pluies, juste comme nos buttes achevaient de dégringoler du haut de la tour de Babel... Une vieille histoire, une histoire de commencement des temps.

Et elle raconte à Radi, qui fait la morte, comment un jour Dieu surprit un groupe d'ouvriers affairés autour d'un tas de briques et de planches.

— Qu'est-ce que vous faites? que demande Dieu.

— On construit, que font les hommes.

— Vous construisez quoi? qu'Il fit.

— Mais une tour, Seigneur.

— Ah bon! une tour. Et pour quoi faire?

— Pour mieux Vous contempler, que dit l'un.

Mais en même temps un autre l'a coupé:

— Pour mieux nous rapprocher de Vous.

Et Dieu a compris.

— Fort bien, qu'Il fait. Il y a de la place pour tout le monde là-haut. Mais assurez-vous de ne point manquer de planches.

On finit par manquer de planches. Et c'est comme ça qu'ils ont dû rafler tous les meubles de leurs maisons, y compris les berceaux, les chaises berçantes et jusqu'à la mette à pain... ça c'est la huche, que précise la vieille, mais Radi sait. Tu t'imagines, bâtir la tour à même le bois de la huche et du berceau?

Radi en frémit d'indignation; alors la conteuse peut continuer:

Au tour des femmes de s'amener. D'accord qu'elles ne se mêleraient pas de construire les tours, d'accord; elles laisseraient cette besogne aux hommes. Mais elles ne laisseraient point les hommes démanteler leurs meubles et leurs galeries. Bientôt tous les logis y passeraient. Ça fait qu'elles grimpent deux marches à la fois, pour les plus vigoureuses, à quatre pattes, pour les vieilles rhumatisantes, dans les étages. Huit étages, trente-six étages, mille quatre cent vingt-neuf étages...

Radi en a le torticolis.

Allez qu'ri' vos planches ailleurs, que vocifère une grande et forte veuve qui a déjà enterré huit hommes et ne dédaignerait pas d'en menacer un neuvième. Tu comprends, mon enfant, depuis tout le temps que les mères berçaient leurs petits, leur enseignaient la langue maternelle, s'échangeaient des nouvelles, de perron en galerie en corde à linge sur la fin du monde et la pluie et le beau temps, en langues, elles étaient les plus fortes, comme les hommes en charpenterie. Et ce fut une jolie avalanche de mots qui s'en vint se cogner aux briques et aux clous et qui fit un tel tintamarre, là-haut dans les étages, qu'on ne s'entendait plus parler. Celui qui du cent vingt-sixième étage demandait une égoïne à celui de l'étage d'au-dessus recevait un marteau, et sur la tête. Un charivari! Rendez-leur leurs berçantes et leurs berceaux, que cria un vieux menuisier, père de onze filles et d'un garçon... Trop tard, la tour penchait déjà, dangereusement. Elle s'effondra sous le poids des mots tout neufs que les femmes faisaient pleuvoir sur la tête de leurs hommes.

La conteuse laisse l'enfant reprendre son souffle et sortir lentement de la Bible avant de conclure:

— La tour de Babel a été une bonne affaire par rapport qu'elle nous a valu le don des langues. Mais pour comprendre ça, il faut savoir lire entre les lignes.

Radi avait commis l'erreur, ou n'avait pu résister à l'impulsion, de tout raconter à Céline, le soir même, les têtes sur l'oreiller. C'était trop beau, trop merveilleux. Au point qu'elle crut un moment faire fléchir Céline. Jusqu'à l'invasion de la tour par les femmes, sa sœur avait marché, s'était même indignée devant le grossier démantèlement des berceaux. Mais l'épisode du don des langues réveilla chez elle son solide fond d'orthodoxie.

— Le don des langues, on l'a reçu à la Pentecôte, point dans la tour de Babel. Pour une qui prépare sa première communion, t'es pas mal mélangée, Radi, dans tes mystères.

Radi aurait dû se douter aussi que les histoires saintes de la vieille Lamant ne seraient pas au goût de Céline qui préparait déjà sa confirmation. Et elle résolut de garder pour elle à l'avenir les confidences de la grand-mère. Elle ne partagerait plus aucun secret avec Céline, plus aucune découverte, plus rien.

— Je te raconterai plus rien.

Mais Céline est satisfaite : Radi vient d'avouer qu'elle n'avouera plus rien. Céline sait bien qu'elle finira par tout savoir ; sa sœur avait trop besoin de conter pour se priver de son plus proche public.

— Y a Marie-Zoé.

Peuh ! Céline est tranquille : Marie-Zoé ne partage pas leurs nuits dans le lit de plumes. Puis Marie-Zoé est incapable de donner la réplique à Radi, comme le fait si bien Céline.

— Y a Robert.

— Oh! que maman t'attrape à aller dire tes secrets de fille à un garçon!

La tête de Radi pique du nez. Céline est la seule, vraiment la seule et unique personne au monde capable par une seule phrase de faire sombrer l'univers de Radi. Secrets de filles défendus aux garçons!? Pour se venger, la cadette murmure à l'oreille de son aînée, juste avant de lui tourner le dos pour aller dormir:

— Tu sais même pas lire entre les lignes...

... laissant à Céline le reste de la nuit pour déchiffrer ce mystère-là.

Sans la médiation de la vieille Lamant, Radi eût détesté ses six ans. Elle y avait mis trop d'espoir. Lire! Entrer tout entière dans le mystère des connaissances, savoir parler à tout le monde par le biais des lettres accrochées les unes aux autres, une page blanche barbouillée de petits bonshommes et de petites bonnes femmes que sa mère appelait des consonnes et des voyelles: une consonne, ça sonne; une voyelle, tu la vois... Sa mère avait été maîtresse d'école dans sa jeunesse.

Puis un matin, on l'avait habillée tout en neuf, jusqu'aux bottines qui craquent et au ruban dans les cheveux; jusqu'au sac en bandoulière bourré de choses d'école qui n'avaient jamais servi. Et la voilà partie pour longtemps, pour toute la première partie de sa vie. Elle s'assit à sa place, loin du Bout-de-diable, tout près de Marie-Zoé, au milieu de vingt ou trente-six gamins et gamines endimanchés, sages, apeurés, prêts au moindre signe à sortir par les fenêtres ou à figer sur un banc pour l'éternité. Et elle attendit. Elle attendit des jours et des jours les petits bonshommes de consonnes et les bonnes femmes de voyelles, sans rien recevoir d'autre que des levez-vous, asseyez-vous, deux par deux, ne mettez pas vos doigts dans le nez. Elle voyait le temps passer, ou plutôt le temps qui ne passait pas, qui s'arrêtait à neuf heures et s'allongeait comme une route sans fin, plate, monotone, et qui n'aboutissait nulle part. Elle regardait Marie-Zoé et les autres qui jouaient à aimer l'école, mais Radi n'y arrivait pas, l'école n'était pas un jeu. Du moins pas tout de suite. Elle y était venue pour les consonnes et les voyelles et, au bout d'une semaine, n'avait appris qu'à se tenir droite et à marcher deux par deux.

Un jour, elle se confia à Marie-Zoé:

— Je laisse l'école.

Marie-Zoé commença par arrondir les yeux, puis respirer par la bouche. Elle était raisonnable, Marie-Zoé, une sorte de Céline, mais qui aurait pu, avec un peu d'effort, et sous la gouverne de Radi, mal tourner. Radi faisait tout pour faire tourner Marie-Zoé de son bord; mais la meilleure amie avait un père épicier et une mère née en ville.

— Où c'est que tu iras si tu laisses l'école?

Bonne question. Tout à fait Céline-Marie-Zoé.

— J'irai pas.

La meilleure amie se contente de cligner des yeux et du nez. À six ans, elle ne pouvait encore imaginer un âge où l'on ne va pas, tout simplement, où l'on s'arrête pour laisser passer la vie. Trop fort pour Marie-Zoé. Trop fort même pour Radi qui avait lâché le mot sans savoir qu'il comportait une idée. Mais une fois affranchie, l'idée se mit à lui jouer dans les cheveux. Et c'est ainsi qu'elle connut sa première vraie maladie contagieuse:

une rougeole, ou roséole, ou scarlatine, peu importe; de toute façon, elle avait l'intention de les épuiser toutes, dans l'ordre ou dans le désordre. La maladie se révélait à Radi avec toute son efficacité pour la sauver des jours interminables de l'école. Jeu puissant, mais si dangereux que la téméraire eût sans doute péri de quelque contagion inconnue sans l'intervention de la vieille Lamant...

Comment la sage-femme, qui n'avait pas mis les pieds dans une école depuis un siècle ou deux, pouvait-elle se remémorer les longs ennuis de la récitation qui ne se terminait qu'avec l'épuisement de la maîtresse et l'écœurement du plus résistant des écoliers! La cloche avait beau sonner, les classes des grands se vider, la terre retenir sa respiration, prête à éclater, la maîtresse des petits gardait son monde le dos collé au mur jusqu'à la dernière phrase du dernier cancre qui ânonnait en reniflant et louchant, désespéré, du côté de ses camarades. Le jour où le sort tomba sur Marie-Zoé, elle s'évanouit avec tant de lenteur et d'appréhension que la maîtresse eut le temps de la redresser d'une bonne claque sur la nuque qui remit sitôt d'aplomb une classe qui commençait à s'émanciper drôlement.

— Depuis quand perd-on connaissance pour un verbe de trois syllabes?

— Depis qu'on sait lire entre les lignes.

Et toute la classe s'engotta.

Katchou!

La maîtresse ne l'affronta pas tout de suite, pas devant les autres. Elle renvoya tout le monde et garda Katchou. Radi, pour sortir, devait passer devant Mademoiselle par l'unique porte découpée dans le mur d'en face comme le chas d'une aiguille qui ne laisse point passer les chameaux. Elle se glissa jusqu'au trou, le cou engoncé dans les épaules et les yeux rivés sur la plus haute chaîne de montagnes d'un pays qui n'en a pas. Dehors, elle attrapa Marie-Zoé, Pauline, Alberte, Jeannette et la grosse Manda, et les fit jurer et cracher qu'elles n'avoueraient rien.

— Ben, Katchou va se faire battre.

— Elle est accoutumée, pis elle peut se défendre.

— C'est pas juste, c'est pas elle qu'a commencé.

Radi toise Alberte, puis baisse la tête. Elle n'a pas d'excuse. C'est elle qui les a initiés, tous, même les garçons, à ce nouveau mode de lecture. La maîtresse, malgré toute sa science et son autorité, ne faisait pas le poids depuis que les cancres qui redoublaient pour la troisième fois leur deuxième année apprenaient, avant même de savoir lire, à lire entre les lignes: d'abord le plus arriéré de tous, Jovite-le-va-vite, qui n'avait jamais réussi à distinguer le *n* du *m* ni le *u* du *w*, et à qui cette méthode de la vieille Lamant allait comme un gant; puis Henri-le-loucheux, dont l'œil droit traînait une octave en dessous du gauche et qui se trouvait invariablement à tomber en dehors de la ligne; puis tous ceux, nombreux, qui penchaient plus du côté de l'imagination que de la mémoire, plus du côté du faire-accroire que de la plate réalité. À tous ceux-là, une vieille grand-mère, qui avait dû apprendre à lire toute seule peu de temps après sa sortie de l'Arche de Noé, venait enseigner l'art de marcher entre les lignes: leur apprendre que les hommes avaient reçu le don des langues à la tour de Babel; que Jonas avait construit dans le ventre de la baleine un pays que le monstre avait craché sur nos côtes; que Goliath s'appelait en réalité Henri à Gros-Jean et David Gros-comme-le-Poing; et qu'ils étaient venus s'affronter non loin du Fond de la Baie.

Sans se douter de leur affiliation, une douzaine de petits morveux qui savaient à peine distinguer leur gauche de leur droite, s'inscrivaient parmi les disciples de la vieille Lamant qui, du fond de sa chambre, tricotait tranquillement des chaussettes pour les orphelins de la paroisse.

L'Église avait rattrapé l'école l'année où Radi y était entrée. Car personne n'avait songé à prévenir l'enfant de son nouveau destin. On l'avait renseignée sur tout: t'apprendras à lire, à calculer, à te comporter comme une enfant bien élevée; mais personne ne l'avait mise en garde contre l'appel des noms.

— Radegonde!...

Et toute la classe avait pouffé de rire.

Le baptême la rattrapait à l'école. Et elle enveloppa d'une haine égale le prêtre, la maîtresse, l'Église et l'éducation. Dire que les autres pouvaient s'appeler Pauline, Alberte, Jeannette, Marie ou Catherine, et que Radi, elle, devait traîner le nom grotesque de Radegonde! Le plus beau nom du calendrier des saints, avait osé dire sa sœur aînée qui avait eu la chance de naître à la Sainte-Anne.

— Ton nom est tout comme ta destinée, renchérit Céline qui s'obstinait à remettre Radi sur le droit chemin.

Mais le chemin qui paraissait le plus droit à Céline, Radi le voyait tout croche. Six ans n'avaient pas suffi pour démêler les multiples routes qui s'ouvraient devant elle, puis se croisaient, s'enchevêtraient et s'en allaient basculer bêtement de l'autre bord de l'horizon.

La vieille Lamant fixa l'horizon rebelle, puis avant de lui jeter un sort, le redressa de son doigt tordu et articula:

— Tous les horizons mènent au chemin Saint-Jacques.

La vieille iconoclaste ne se doutait de rien, ou faisait semblant de ne rien savoir des effets de son enseignement sur une classe qui apprenait de jour en jour et de mieux en mieux à lire de travers. Horace avait beau faire, Céline beau dire, cette lecture de l'envers des choses instruisait Radegonde plus rapidement que son abécédaire et lui permit de supporter l'école durant la pire année de son existence déjà vieille de six ans.

V

Encore deux ans avant que Radi n'apprenne à aimer l'école. Non, elle n'aima pas l'école, elle aima Philippe qui aimait l'école.

Philippe était de petite taille, comme elle, brun ou blond, peut-être châtain, ça dépendait du soleil; comme ça dépendait des vents si sa tête frisait ou non. Fils de forgeron, il n'avait pourtant jamais les mains sales. Il répondait juste ce qu'il fallait, n'ânonnait pas, n'hésitait pas, ne s'embrouillait jamais dans ses mots, mais parlait si bas que seules l'entendaient Radi et la maîtresse: la maîtresse parce que c'était son devoir, Radi parce qu'elle l'aimait.

Dans la classe, Pauline aimait Félix qui aimait Alberte qui aimait Pitou qui aimait la grosse Manda qui aimait Robert-le-bout-de-diable qui la haïssait. Tout cela était au vu et connu de la classe entière. Ces grandes amours se déclaraient, selon la coutume, à la Saint-Valentin, et se rompaient avec les glaces du printemps, quand s'ouvraient aux garçons le champ de balle molle et aux filles le carré de marelle. Mais en deux mois, chaque couple avait eu le temps de se former, se consolider, s'effriter, se dissoudre, recommencer ailleurs et se dégoûter définitivement de l'amour au cri rauque des premières outardes.

Mais l'amour de Radi pour Philippe baignait dans d'autres eaux. Elle n'avait pas choisi Philippe comme

Alberte, Pitou. D'ailleurs, si elle avait pu choisir, elle eût sûrement songé à... à... elle n'eut même pas le temps d'y penser. Tout bonnement, ses yeux s'étaient mis à fouiller du côté du troisième banc de la cinquième rangée et tombaient sur ce garçon sage, soigneux, propre sans effort, qui ne répondait pas sans être interrogé, ne se mêlait pas des chicanes des autres, ne criait pas, ne boudait pas, ne se promenait pas dans les allées sous le moindre prétexte, en somme, le contraire même de Radi. Elle se rebiffa. Comment pouvait-on être Philippe à ce point? Elle fixait sa nuque durant des heures, lançait des avions de papier sur son pupitre, s'agitait, cherchait à attirer son regard perdu dans un autre monde, un monde interdit à Radi. Et elle en rageait. Puis finit par languir, soupirer, souffrir.

— Philippe sait pas lire entre les lignes, que rapporta Marie-Zoé à Radi.

Rien d'étonnant, Philippe venait d'une autre planète et à ce titre pouvait tout se permettre. Marie-Zoé crut de son devoir d'insister:

— C'est parce qu'il veut pas.

— Ça le regarde, que hurla Radi pour toute réponse, chacun est libre.

Marie-Zoé avala un gros motton. Et elle, pourquoi elle n'était pas libre? Car s'il y avait quelqu'un dans la classe qui penchait du côté de l'orthodoxie et eût préféré lire conventionnellement sur les lignes, c'était bien la meilleure amie de Radi. Et dans un sursaut de défense et de dépit:

— C'est parce que t'es en amour, qu'elle jeta à la tête de Radi qui reçut le reproche comme une balle en plein front et comprit que désormais son mal porterait un nom.

Le mal de Radi se transforma en maladie le jour où elle vit, durant la récréation, le rayon de soleil filtrer jusqu'à la cour des filles. Elle s'arrêta si vite de sauter que la corde lui barra les jambes. Marie-Zoé et la grosse Manda, devant le trébuchement de Radi, s'attendaient au pire flot d'injures... vieilles toupies, girouettes, regardez ce que vous faites!... mais non, rien. Elle se désencorda, sortit du jeu et courut à toutes jambes sur les lieux de l'apparition. Il s'approchait, venait tout droit vers elle, allait l'aborder, puis la dépassa sans la voir pour se rendre auprès d'une jolie pivoine de la classe des petits. Elle était rose, ronde, devait avoir six ans, et tendit la main à son frère qui y déposa une grosse pomme rouge sans dire un mot. Mais quand il se retourna, il souriait, presque épanoui. Le dieu venait de s'incarner avant de remonter au ciel; et Radi, de retomber tel un ange déchu sur la terre des vaches.

Au moment de se ramasser, elle aperçut, sans la chercher, la tache couleur de lune sombre qui lui chatouillait la cuisse. Elle resta consternée devant son stigmate qui s'était déplacé de quelques lignes, vers le bas, plus proche du genou. Elle souffla dessus, l'égratigna du coin de l'ongle, rien. Le serpent dormait. Ou faisait semblant. Ou abandonnait Radi à sa destinée, assez grande avec son âge de raison pour prendre elle-même l'initiative du bien et du mal. Si Philippe était le bien, Radi devait être le mal. Alors pourquoi courait-elle à ses trousses, le cherchait partout, se morfondait à l'attendre à la sortie de quatre heures pour sentir au passage son parfum d'un autre monde? Elle eut honte et se mit à le haïr. Et pour faire la nique à Philippe couvé par son ange gardien, elle s'envola, traversa la cour comme un faon du printemps, sauta le fossé et prit en toute liberté et pleine connaissance de cause le chemin des buissons... Je fais le mal, qu'elle murmura à ses propres oreilles, résignée déjà et d'avance à en subir les plus fâcheuses conséquences.

Les conséquences furent à la hauteur de l'offense, et Radi les subit avec la dignité du pécheur consentant. Elle avait conscience que justice était faite et ne regimba point. Elle fut même secrètement soulagée d'être la fille d'un instituteur qui se chargea sans ménagement de ratifier la loi du bien et du mal.

Il lui restait à choisir.

Mais elle n'avait pas l'habitude de choisir, elle qui s'était toujours arrangée pour prendre tout. Ou le plus possible. Depuis sa naissance, elle se rangeait du côté du bonheur, embrassait le monde et la vie à deux bras, repoussait l'ennui et la morosité du quotidien pour faire place à l'inépuisable splendeur des possibles. Elle était née pour le bonheur. Geneviève allait lui dire que tout le monde était né pour le bonheur. Vrai, mais Radi, elle, le savait. Ou faisait semblant. Ou refusait de renoncer. Née dans un coin reculé du pays et loin du lieu où les choses se passent, entre deux temps et deux guerres, en plein cœur de la Dépression, plutôt que d'admettre que sa position dans le monde était précaire, elle préférait faire semblant, en attendant que la réalité rattrape ses rêves. Rien ne l'empêchait de jouer à vivre la vraie vie, l'œil fixé sur son destin. Mais Philippe, à son insu, avait détourné le destin de Radi. Elle ne contrôlait plus rien, ne parvenait pas à créer une vie parallèle plus riche que la réalité tangible qui chaque jour la frôlait sans l'atteindre tout à fait. Philippe pesait trop lourd sur le cœur de Radi. Il fallait l'oublier.

C'est trop peu dire, oublier: elle le tua. Son premier meurtre.

Il avait commencé à dépérir aux alentours de la fête des Arbres, le jour du grand ménage de l'école: les filles à l'intérieur grattaient les pupitres et frottaient le plancher; les garçons dehors plantaient les arbres. Radi, qui chaque jour de l'année eût donné la moitié de sa vie pour être garçon, à la fête des Arbres, eût vendu son âme. Elle leva la tête pour montrer son poing au ciel et aperçut Philippe en compagnie des filles: en compagnie de Fleur-Ange qui jetait déjà les hauts cris pour défendre ses droits acquis sur la boîte d'Old Dutch; d'Alberte qui arrachait à Marie-Zoé son chiffon de pure soie; de Radi qui contemplait un oiseau venu par trois fois se cogner le bec contre le carreau de la fenêtre... juste à côté de Philippe qui n'avait pas bronché. La maîtresse avait sitôt renvoyé chacune à son seau et ses torchons, puis avait fini par s'accouder à la fenêtre de Philippe en lui passant la main dans les cheveux.

Radi avait tout vu, tout pesé, et cherché à tirer profit de la situation insolite. Elle se proposa pour remplacer Philippe dans la cour et planter son arbre. La maîtresse dit non, comme devaient s'y attendre Alberte et Fleur-Ange qui s'en voulaient de n'y avoir pas pensé; et comme s'y attendait Radi qui n'attendait jamais rien de bon de cette grand'bringue de maîtresse. Elle reluqua Philippe qui n'avait pas réagi, comme si l'école, les arbres, la terre ne signifiaient plus rien pour lui. Comme s'il avait renoncé. Lui qui était né garçon, donc du bon bord et avec tous les privilèges qui s'y rattachaient, restait là, les yeux accrochés à rien, refusant même de planter son arbre. Radi était au bord du dégoût. Un autre que Philippe, elle l'eût giflé. Mais c'était Philippe, l'archange, prêt à s'envoler tout rond au ciel sans passer par les derniers sacrements. Il n'était pas fait pour la classe des huit ans, Philippe, bien trop vieux pour son âge.

Peut-être qu'il n'avait pas d'âge, peut-être qu'il était rendu au bout de sa vie, peut-être qu'il était déjà passé de l'autre bord... Elle lui offrit sa pomme, mais il refusa, non merci, en souriant. Ce sourire d'un autre monde fit déborder le cœur déjà plein à ras bords de Radi. C'était trop, l'un des deux était de trop. Et elle le vit prendre son élan, assis sur un nuage, les ailes au vent, du soleil plein la chevelure, et qui lui faisait de grands signes d'adieu. Il était encore plus beau mort. Et Radi ne put retenir son exclamation :

— Tu reviendras pus jamais de l'autre bord?

Elle n'eut pas le temps d'attendre la réponse de Philippe qu'elle reçut par la tête celle de la maîtresse indignée :

— Petite effrontée! quand c'est que tu vas apprendre à parler?

Et Radi se ramassa à quatre pattes sous son pupitre avant même d'avoir eu le temps de ramener Philippe sur terre. Elle renonça, personne ne la croirait. Elle ne pouvait raconter sa vision, sa prémonition de la mort de Philippe, qu'à elle-même ou au diable qui se taisait, dissimulé derrière sa tache originelle. Et elle fut quitte pour dix pages de «Je ne le ferai plus», à l'encre et en lettres moulées.

C'est elle pourtant qui eut gain de cause, mais un mois plus tard, quand Philippe se décida à mourir pour de vrai. Elle l'avait tué parce qu'il était trop bien pour vivre, parce qu'à lui seul il était le bien, parce qu'un monde de Philippe ne laisserait plus aucune place aux Radi. Mais elle n'avait pas fait exprès de le tuer, et si c'était à refaire...

Toute la nuit, elle se retourna dans son lit, et finit pas réveiller Céline pour en avoir le cœur net :

— Si c'était à refaire, Adam et Ève mangeraient-i'
encore la pomme?

Céline dit oui.

Aux funérailles, elle ne pleura pas, comme Fleur-Ange et les parents de Philippe, elle n'éprouvait aucune émotion, aucun chagrin, mais une sorte d'éblouissement, comme si elle touchait pour la première fois au sublime. Au sublime et au mystère. Mais un mystère qui allait lui peser longtemps: jamais elle ne pourrait se débarrasser du poids de sa prémonition. Jamais elle ne pourrait se vanter devant Céline, ou Robert, ou Fleur-Ange, pas même devant Marie-Zoé, qu'elle avait vu mourir Philippe avant sa mort. Car Radi, qui mentait si allègrement, ne tolérait pas de passer pour menteuse quand elle disait vrai. Et elle envoya ce nouveau secret rejoindre tous les autres à l'ombre de sa tache originelle.

La mort de Philippe aurait pu meubler les récréations scolaires jusqu'aux grandes vacances si un autre événement, moins tragique mais plus spectaculaire, n'était venu lui voler le premier plan et expédier l'enfant tout rond à sa vie éternelle: l'incendie à l'école.

Comme tout bon élève de la classe des petits, elle avait longtemps rêvé au feu dans l'école et se sentait fin prête. Du haut de son pupitre, elle guiderait la circulation à tour de bras, dirigerait, orienterait, reviendrait dénicher la gamine effarouchée roulée en boule sous son banc, lancerait la rescapée par la fenêtre dans les bras des grands de la huitième qui pousseraient des haaa! devant tant de courage, puis descendrait majestueusement les escaliers de sauvetage, manquerait la dernière marche, au su et au vu de toute l'école et du directeur qui lui tendrait les bras, la rattraperait juste à temps pour sauver la vie à celle qui venait de sauver son école. Qu'il vienne, l'incendie!

Il vint.

Et Radi, comme tout bon élève de la classe des petits... attrapa ses jambes à son cou, s'affola, poussa tout le monde qui lui barrait la route, pivota trente-six fois sur elle-même, revint sur ses pas, chercha la porte, l'escalier, s'y engouffra en même temps que deux cents autres, descendit les marches sans les toucher, puis se sentit emportée par un irrésistible courant qui la ballottait en haute mer, lui donnait la nausée, la colique, la panique. Et elle s'effondra, à mi-chemin entre le palier et le portique.

C'est là qu'elle comprit qu'elle allait mourir, quand elle sentit lui passer sur le corps l'interminable défilé d'école. Ce dernier élève de la onzième, le gros Fabien avec ses bottines cloutées, achèverait Radi qui s'en irait rejoindre Philippe... couchée dans un cercueil doublé de taffetas et aux poignées d'argent, tout en blanc comme la petite Thérèse de l'Enfant-Jésus. De là, elle ferait des signes à Fleur-Ange et Robert et Alberte qui la pleureraient... avant de retourner jouer dans le ruisseau du Docteur.

— C'est fini, Radi, braille pas.

Et Radi qui n'y avait pas pensé, qui n'en avait pas eu le temps, fondit en larmes en reconnaissant la face ronde de Mimo.

— Sophie, viens! je l'ai trouvée!

Et Sophie accourut. Sa grande sœur, sa préférée: la Sophie qui n'avait pas peur du tonnerre ni du loup-cervier; qui se moquait d'Anne avec ses gammes et de Geneviève avec ses lampions; qui savait remettre Horace à sa place et clouer le bec à Léopold qui ne croyait pas au collège pour les filles; et qui secrètement avait souvent pris le parti de Radi contre Céline qui courait sitôt offrir cette épreuve en sacrifice au pied de l'autel avant de la rapporter à sa mère.

— Je l'ai ramassée dans l'escalier, dit Mimo.

Sophie serre Radi dans ses bras, tandis que Mimo lui essuie les joues de son propre mouchoir bordé de dentelle et qui sent le parfum de la fille riche et belle et qui a son avenir assuré. Radi se laisse moucher par Mimo, consoler par Sophie, dorloter par les deux grandes les plus populaires de l'école. Elles répondent au directeur qui vient aux nouvelles que tout va bien, qu'elles ont les choses bien en mains et qu'elles se portent garantes de Radi. Puis défilent Pierre et Geneviève, suivis d'Horace qui tient Céline par la main. Le comble! L'incendie qui n'a même pas eu lieu est passé à deux doigts de chambarder le monde. Deux doigts seulement: car le lendemain, les pompiers volontaires achevaient de nettoyer les dégâts, tandis qu'Horace renvoyait Céline à ses cahiers de couleurs, comme si l'école n'avait pas failli brûler la veille avec Céline et Radi coincées dedans. Tout rentrait dans l'ordre. Presque tout. Car du côté de Radi, une nouvelle page s'ouvrait dans sa vie. Pauvre Philippe! c'est sa mémoire qui devait en souffrir.

Radi avait aimé Philippe de tout son cœur. Elle aima la grande et inaccessible Mimo du fond de ses tripes. Des tripes qui l'envahissaient de la tête aux pieds. Elle n'était plus que tripes. Et elle comprit que ce nouveau secret serait beaucoup plus difficile à camoufler que l'autre.

— Madame Lamant?

— Entre, la porte est déclenchée.

Elle s'engouffre.

— Quelqu'un m'a dit que t'avais déjà eu tes huit ans?

— Mm! Mm!

— C'est ben jeune, huit ans, pour partir au grand large.

La vieille savait! La voyante avait tout deviné avant même que Radi ne trouve les mots pour avouer. De même au printemps, quand elle avait essayé de confesser au prêtre la mort de Philippe et qu'en retour de son aveu... j'ai tué... elle n'avait reçu qu'un bâillement désabusé, elle s'était tournée vers la sage-femme qui, elle, avait compris du premier coup.

— J'ai souvent tué, moi aussi. Mais quand c'est par amour...

Cette fois, elle n'eut même pas à raconter, la sage-femme savait. Mimo était si rare, si forte, si parfaitement Mimo, que n'importe quelle Radi pouvait se laisser séduire. Et c'est la vieille Lamant elle-même qui fit l'éloge de Mimo. Quand elle est là, le monde fait cercle autour d'elle; quand elle parle, le monde se tait et l'écoute. Elle est mieux qu'une sorcière ou une sainte, elle est une Mimo au centuple, ce que devrait s'efforcer de devenir Radi.

— Il faut être au centuple, tu comprends?

Non, cette fois, elle ne comprend pas. Comment peut-on se centupler? La vieille Lamant soupire: décidément, la petite n'a pas fini d'apprendre tout ce qui se cache entre les lignes. Et puis:

— Où as-tu pris le mot *centupler*?

— Je viens de le faire.

— Nenni, il existe, et tu l'as emporté avec toi du ventre de ta mère.

Radi rougit. C'est la première fois qu'un adulte fait allusion devant elle à ses origines ailleurs que sous une feuille de chou. Mais Radi n'est pas étonnée. Le grand trou noir d'où elle vient... Cette fois elle s'empourpre. Mais la vieille Lamant est sans pitié et la pousse. Essaye de te souvenir, Radi, cherche, remonte le temps. Huit ans, c'est très peu en rapport à ta longue existence. Avant de t'en venir échouer dans le logis de ton père, où faisais-tu tes mauvais coups? Radi sent sa tête se fendre, s'ouvrir toute béante pour révéler le grand vide de sa mémoire. Avant... avant... Elle perd souffle.

— Où c'est qu'on est avant? s'enquiert Radi.
— Chez ses parents.
— Et ceux-là, d'où c'est qu'ils viennent?
— Des leurs, des arrière-parents, des ancêtres, des premiers hommes...
— D'Adam et Ève?
— Voilà, t'as compris. Ben vite je pourrai t'apprendre à lire à l'envers comme à l'endroit.

VI

Éblouie par la découverte de l'envers des choses, Radi voulut tout de suite s'attaquer à tous les endroits pour leur fouiller les entrailles. À l'envers du jour, la nuit; à l'envers des garçons, les filles; à l'envers des anges, le diable; à l'envers de la marelle... des billes... de la bouchette-à-cachette... de chacun de leurs jeux... les possibles infinis!

Elle somma Marie-Zoé de la rejoindre de bonne heure, samedi, qu'elles avaient du pain sur la planche: elles avaient un monde à virer à l'envers. Marie-Zoé, pourtant habituée aux lubies de sa meilleure amie, calouetta de tout le visage. Déjà que Radi avait réussi à l'entraîner dans les pires bifurcations... convertissait chaque jeu en son contraire, assignait à chaque jouet un usage absolument insolite... la pauvre Marie-Zoé n'arrivait plus à la suivre et implorait son amie de lui expliquer pourquoi une simple galance devait partir explorer les grands fonds marins.

— Et ton fer à repasser électrique que t'as reçu à Noël...

Oui, son fer à repasser était devenu une locomotive, une charrue à neige, une goélette. Puis après? Repasser le linge, c'était une besogne de mère de famille. Depuis quand des gamines de huit ans vont-elles se mettre à jouer les mères de famille, alors que tous les jeux leur sont permis? Mais Marie-Zoé est tenace:

— Jouer à la femme, c'est aussi un jeu.

— Ah non!

La mémoire envahit les quatre lobes du cerveau de Radi: plus de pensées, plus de projets, plus de raison, plus rien que des souvenirs. Des souvenirs qui la chaviraient. Un entre autres, celui-là, le plus aigu, sa torture. Elle avait rêvé depuis le premier jour, le jour où elle avait appris à tenir tête même au destin et refusé de renoncer, à un carrosse pour ses poupées. Alberte, Marie-Zoé, Fleur-Ange, Helen et la fille du docteur paradaient dès les premiers jours de mai sur l'unique trottoir qui traversait le village, fières comme des oies derrière leurs mignonnes petites voitures en rotin où dormaient des poupées qui ferment les yeux. Et Radi rageait. Sa mère avait dit non. Puis avait dit ni oui ni non. Puis n'avait rien dit mais avait hoché la tête en signe de neutralité devant l'insistance de Sophie et Geneviève et l'hésitation du chef de famille. Puis un jour, à bout de rêve, Radi reçut la petite voiture, même pas en rotin, en bois. C'est Sophie qui l'avait fabriquée de ses mains dans l'atelier que le cousin Thaddée appelait son hangar à bateaux. Un ber, quatre roues, des guidons, une vraie poussette pour y promener sa poupée qui pleure, qui pisse ou qui ferme les yeux. Et le lendemain Radi se réveilla avant le coq, crut même se réveiller avant de s'endormir, descendit l'escalier en prenant soin de remuer le plus de poussière possible pour ne pas vivre seule ce plus-grand-jour-de-sa-vie et prépara poupées et carrosse pour la promenade... promenade qui se termina devant le magasin général des Thibodeau Frères.

Le souvenir la hante toujours. Pourquoi? Une voiture d'enfant n'était donc pas le bonheur total, ne la conduisait pas à la porte du paradis gardé par l'Archange à l'épée de feu? Rien de plus banal que de pousser un carrosse de poupée une matinée durant. Rien de plus prémonitoire. La vie de sa mère! Et le jour même, avant l'heure des poules, le carrosse avait changé d'allure et de vocation. C'est Céline qui découvrit sa sœur juchée sur le toit d'une voiture qui charge sur l'ennemi à coups de pouh-pouh! poussez-vous! Un char d'assaut, voilà ce qu'était devenue la poussette de bébé.

Radi se souvient. Elle s'est lassée aussi du char, comme de tout le reste, comme de sa collection de billes, d'images, de crayons de couleurs. Encore une fois, le carrosse tant convoité avait servi à briser la coque du simple désir pour partir à la quête du bonheur impérissable et toujours inaccessible. Mais en même temps, elle avait fait la découverte terrifiante de l'ennui qui guette chaque tournant.

— Non, jouer à la femme c'est pas un jeu.

Comment faire comprendre à cette tête dure de Marie-Zoé la vraie différence entre les jours de la semaine et le faire-accroire; traduire dans des mots cette ambition de vivre cent vies à la fois, de visiter les pays étrangers sans quitter le village, de parcourir le globe dans un cahier de couleurs, de voyager par le monde, assis sur une caisse d'oranges ou dans un carrosse de bébé? Vivre follement, dangereusement, à bout de souffle, à bout de rêve, tu comprends ça, Marie-Zoé? Non, Marie-Zoé ne comprenait pas... mais ça ne fait rien, Radi, elle suivrait. Partons virer le monde à l'envers. D'ailleurs, Marie-Zoé savait que bien vite Radi se lasserait de l'envers et chercherait à retrouver l'endroit des choses. Ou partirait à la découverte d'un autre jeu, moins essoufflant pour le cœur et le cerveau.

Après avoir épuisé Marie-Zoé, Radi dériva vers l'attique de la vieille Lamant.

— Où c'est qu'est mon envers à moi?

— Derrière ton ombilic.

Radi se sent happée, puis emportée au loin à travers l'orifice qui trône au milieu de son ventre, jusqu'aux profondeurs des entrailles, des reins, de la mémoire du temps d'avant sa vie. Tiens-toi bien accrochée aux barreaux, on va faire un long voyage. Et la vieille Lamant, par les voies les plus inattendues, entraîne sa jeune élève à fouiller un univers inconnu de tous et qui pourtant se cache au fond de chacun. Jonas dans le ventre de la baleine est remonté jusqu'à l'arbre du bien et du mal. Radi veut protester, la vieille mélange tout, l'arbre du bien et du mal c'est le pommier, celui d'Adam et Ève. Mais la vieille persiste, oblige Radi à bifurquer et à la suivre, de *côte* en *côte* le long de sa colonne vertébrale, jusqu'à la *côte* qui jalonne l'océan, jusqu'à la *côte* d'Adam d'où est sortie la première femme. Radi ne se rend pas compte tout de suite qu'elle est en train de lire à l'envers. Et que cet envers se cache dans les mots.

— T'as pas connu ton grand-père trépassé avant ta naissance. Ça fait rien, on peut sauter par-dessus et rattraper l'aïeul qui portait le nom de Jacques, du chemin qu'il a pris pour entrer au pays.

— Quel chemin?

— Le chemin Saint-Jacques.

Radi est émerveillée: son aïeul a donné son nom à un chemin! Elle veut en connaître davantage. Où se situe ce lieu, où mène ce chemin?

— Dans le firmament, et il mène aux origines.

— Ahhh!...

Complètement égarée. Pour la première fois, elle pressent qu'on est entré dans le mystère sans passer par les contes. Et elle a peur. Mais son guide est sans pitié et poursuit l'aventure par la Voie lactée, la Grande Ourse, le Chariot, saluant au passage Bételgeuse...

— Tu l'entends sonner, la Bételgeuse?

Non, elle n'entend pas. Une étoile scintille, mais ne sonne pas. Alors la vieille Lamant s'arrête et ramène Radi à terre.

— Tu reviendras demain, qu'elle fait.

Et Radi, qui n'a pas su suivre jusqu'aux astres, descend de l'attique, malheureuse comme les *pierres*, les *pierres* du *chemin*, du *chemin* Saint-Jacques qui circule dans le *firmament*, le *firmament* où logeaient ses plus lointaines origines. Sans le savoir, elle lit, lit à l'envers, le cou tordu vers les constellations.

C'est dans les astres qu'elle avait appris à lire le changement de saisons. Ses préférées étaient celles des premiers bas courts et des pyjamas de flanellette, c'est-à-dire fin-mai et mi-octobre. Il lui arrivait aussi d'arrêter son choix sur la fin-novembre ou la saison de la première neige; sur la mi-décembre à cause des Fêtes; sur le mois d'août pour le homard, les dunes et le blé d'Inde; sur avril pour le sirop d'érable et la fonte des neiges. Sans compter le mois de sa naissance qui tombait toujours à la même date. Ça lui faisait un calendrier assez chargé, à tout prendre, où les jours de vie intense se trouvaient répartis en un juste équilibre. Reste que son premier choix allait à la saison des bas courts au printemps, puis quelques mois plus tard, des pyjamas de flanellette sortis du coffre imprégné d'odeur de naphtaline.

Radi commençait à pigouiller sa mère aux alentours de Pâques:

— Quand c'est qu'on pourra mettre nos bas courts?

Et sa mère de hausser les épaules:

— Tu pourrais pas attendre au moins que les glaces soient parties?

Attendre! attendre! Radi passait la moitié de sa vie à attendre l'autre moitié. Passe encore d'attendre le dessert à partir de la soupe, d'attendre le *Ite missa est* durant tout le sermon; mais attendre durant un long mois la débâcle des glaces et la fonte des neiges, traverser les heures interminables de la semaine sainte, guetter les premières plaques de terre nue, les premiers bourgeons, les premiers brins d'herbe, assister impuissante à la lente mue du printemps... Radi aurait voulu pousser dessus, tirer, arracher de force, précipiter le temps des bas courts.

Après un jour ou deux, elle s'habituait, comme on s'habituerait à un Noël qui se prolongerait sur quatre saisons. Mais avant de s'habituer, à l'heure où sa mère, après des jours de tergiversations et d'examen du temps, finissait par acquiescer du menton, Radi et Céline montaient deux marches à la fois jusqu'au coffre de cèdre, en tiraient quatre ou cinq paires de chaussettes, les inspectaient, le poing enfoncé dans le pied de bas, choisissaient l'une les bleus, l'autre les blancs, puis les enfilaient comme des bottes de sept lieues. Car au bout de tout un hiver en bas longs, rattachés par des jarretelles au petit corps de coton écru qui couvre la chemise, des jarretelles si lâches rendues au printemps que les bas côtelés tombent en accordéon sur les chevilles, à partir de la mi-avril, la peau de Radi n'aspirait plus qu'à une volupté: la brise sur des jambes nues. Pour vivre chaque jour de l'année son premier jour de bas courts, l'insatiable eût renoncé à sa part d'héritage.

— Heuh! ton père a déjà renoncé pour toi avant que tu viennes au monde.

Elle toise Horace. Elle avait oublié. Pas d'héritage pour une famille dont le père avait reçu en juste part, en échange de ses champs et terres en bois debout, quelques années de collège et d'école normale. Mais les terres et les bois des ancêtres séduisaient moins Radi, aux premières chaleurs de mai, que la splendide sensation d'assister à la création du monde en bas courts.

Des jambes nues, un corps nu sous une robe d'indienne, des chaussures légères, des cheveux en nattes, la tête et les bras au vent, le cœur en fête. Le plus beau jour de l'année... après Noël, les Rois, la Chandeleur, mardi gras, la mi-carême, son anniversaire, la fête des Arbres, le jour des Tours et quelques autres... Sa mère avait donc oublié ses propres huit ans? ne pouvait pas comprendre que le bonheur peut aussi venir des jambes? Pourquoi faisait-elle si longtemps languir ses filles, longtemps après que Fleur-Ange, Marie-Zoé, Alberte et même la grosse Manda-au-nez-bouché eurent bravé les intempéries en bas courts sous le nez avide de Céline et de Radi?

— C'est pour votre bien, que répétait leur mère, année après année. Quand vous serez vieilles, vous me remercierez de point souffrir de rhumatismes.

Vieille! comme si, à trente ans, on pouvait encore rêver aux bas courts! La seule idée de vieillir la faisait redoubler d'ardeur à vivre. Le plus grand malheur qui pouvait la menacer — fallait pas y penser — s'appelait le temps qui entraîne l'âge, le vieillissement, la fin des bas courts. Et elle se souvint qu'à trois ans elle avait annoncé, sans appel: je mourirai pas. À huit ans, elle savait mieux conjuguer le verbe, mais demeurait aussi sceptique devant sa propre fin. Elle ne mourrait pas. Ou dans un temps si reculé, après une vie si infini-ti-ve-ment longue, riche et passionnante, que la mort viendrait comme une apothéose. Un jour par année, elle réussissait ainsi à danser à même la ligne d'horizon, flirtant avec l'éternité, défiant la vie, le monde, la mort: le jour où elle entrait en bas courts dans l'autre saison.

Mais les saisons s'usent comme toute félicité qui dure plus longtemps que son dû. Déjà vers les derniers jours d'août, Radi sentait ses orteils percer ses chaussettes en boule dans des chaussures éculées. Puis elle se surprenait à rêver aux premières soirées fraîches d'octobre qui décideraient enfin sa mère à s'en aller fureter dans le coffre de cèdre où les vêtements d'hiver avaient relayé ceux d'été. Et le rituel recommençait:

— Quand c'est qu'on pourra porter nos pyjamas de flanellette?

Et sa mère de rehausser les épaules:

— Tu pourrais pas attendre au moins que les feuilles soient tombées?

L'automne se paie donc aussi cher que le printemps? Attendre! toujours attendre!

Radi ignore qu'à tant courir, espérer, rêver à la saison qui vient, elle est en train de donner des armes à son pire ennemi, le temps. À huit ans, elle ne peut pas le savoir et continue de talonner sa mère chaque soir:

— Les gelées vont venir et je prendrai la grippe et ça sera pas de ma faute.

Elle avait appris des aînés l'art de porter des accusations sans accuser personne.

— Ça sera pas de ma faute, qu'elle répétait.

Puis un soir qu'elle n'y pensait plus, elle entend :

— Dépêchez-vous de débarrasser la table, ce soir on essaye les pyjamas d'hiver.

Le deuxième plus beau jour de l'année.

Radi double Céline dans les escaliers, la renverse au besoin... maman, regarde l'effarée !... plonge la tête dans le coffre et laisse ses narines faire le reste. Doucement l'hiver l'envahit avec son cortège de longues veillées au creux de la coquille familiale à entendre répéter les leçons, raconter des histoires, commenter les événements, mâcher et remâcher la vie, sur un fond de fugue ou de sonatine à quatre mains. Toute cette nostalgie embaumée de naphtaline.

Radi mue, entre dans la flanellette comme on entre dans le mariage, pour le meilleur et pour le pire, épousant l'hiver jusqu'à trahir les fleurs de mai et les bas courts. Elle se laisse imprégner, réchauffer, dévorer par le pyjama qui naît dans une collerette et se termine en chaussons. Sa peau n'est plus que flanellette et son corps pyjama.

Telle est sa félicité qu'elle n'aperçoit pas tout de suite la faille qui se dessine sous le vernis de son bonheur, comme sous tous les autres, et se change en horreur : le pyjama de sa sœur !

— Ah non ! je vas pas me mettre à porter les vieilles guénilles à Céline.

Hé non, hé non, Radi, pas des guénilles, mais un pyjama quasiment neuf que Céline a porté tout juste un an, mais qui est devenu trop serré à la fourche, Céline a grandi, c'est l'âge, toi aussi tu grandiras et alors...

Sa mère s'arrête court. Hélas ! personne n'enfilera les pyjamas défraîchis de la cadette.

— Ça sera jamais mon tour de passer mes vieilles hardes aux autres.

Reproche à peine voilé qui atteint sa mère au ventre. C'est la servante qui vient au secours de la pauvre femme sortie blessée de deux fausses couches :

— La famille, faut ben que ça s'arrête un jour si on veut pas voir la maison partir à la dérive comme l'arche de Noé.

La boutade de Joséphine ne réussit pas à distraire Radi de sa déception. Elle eût préféré un malheur, un vrai gros malheur, à ce bonheur mitigé.

— Compte-toi chanceuse de pouvoir dormir dans un lit de plumes. Tant d'enfants de ton âge couchent sur la paille.

Mais au désespoir de Céline qui commençait à comprendre qu'elle ne parviendrait jamais à dresser sa sœur, Radi tira une tout autre leçon de sa morale et se mit à rêver de dormir sur une paillasse. Car la paille dans les champs de foin ou dans l'aire de la grange du voisin faisait les beaux jours de Radi et de sa bande tout au long du mois d'août. On sautait, se roulait dans la paille jusqu'à se confondre aux épouvantails qui chassaient les hirondelles et attiraient les corbeaux. Quelle merveille ce devait être de dormir sur la paille !

C'est au fond du lit de plumes qu'elle rêva de paillasse. Telle la petite orpheline Annie, tirée de la plus populaire bande dessinée de l'époque, elle se vit coucher dans les aires de granges, sur la paille, la tête appuyée contre le ventre poilu de son colosse de chien. L'orpheline Annie et son chien, qui hantaient déjà depuis quelques années la côte nord-est américaine, venaient de débarquer au pays et de bouleverser les cœurs les plus sensibles des chrétiens habitués à pleurer sur le sort de la veuve et de l'orphelin. La maison de Radi n'en fut pas épargnée. On parlait de la petite Annie perdue sur la grand'route, sous les cinglantes pluies d'automne ou au cœur des tempêtes d'hiver, comme si l'orpheline était définitivement sortie de la fiction et entrée toute vivante dans la réalité. Radi y rêva tant et tant qu'un soir de rafale de neige qui fouettait les vitres des fenêtres, elle crut entendre gémir sur la galerie. Elle fixait la porte, sans oser s'en approcher, sûre d'y trouver Annie en train de rendre le dernier soupir. Il fallut que Sophie parte en éclaireur autour de la maison pour rassurer Radi sur le sort des orphelins qui, de nos jours, ne hantent plus les villages des côtes en quête d'hospitalité. La petite orpheline Annie n'existait que dans les livres...

Radi s'endormit et encore un coup rêva à la petite Annie, s'accrocha à ses pas, puis s'identifia à l'héroïne, se fondit en Annie-orpheline-Radi quêtant de par le monde, dans les pires tempêtes de neige et de poudrerie, le gîte et le couvert pour elle et pour son chien. Sa capacité de transfert devint telle qu'elle réussit à commander son rêve à volonté et à en poursuivre la trame où elle l'avait quittée la veille : elle rêvait en série. Quand elle voulut partager ce nouveau phénomène avec Céline, celle-ci la renvoya à des rêves plus sains et normaux.

— Comme quoi ?

— Comme rêver que t'es grande et que tu entres dans ta vie de femme.

— Mais je veux pas faire une femme.

— Tu déparles. Toutes les petites filles finissent un jour en femmes, tu le sais ben.

Elle le sait, mais résiste. Cherche une autre voie, celle qui n'existe pas encore, mais qu'un créateur de génie un jour finira peut-être par inventer. En attendant, elle se métamorphose en petite orpheline Annie et reprend l'aventure le long de la grand'route.

Elle avait de même pris l'habitude de se métamorphoser en Mimo qui avait envahi ses rêves durant tout un été. Mimo qui vivait sa vie au centuple ; Mimo qui faisait taire le monde par sa seule présence ; Mimo qui avait reçu la meilleure part. Elle s'identifia à son idole jusqu'au jour où Léopold, avant de reprendre le chemin des hautes études, avait cédé à Céline et Radi, sans y prendre garde, ses vieux cartables, une machine à écrire qui n'écrivait plus que sur dix touches, et quelques livres. Le destin fit lui-même le partage : et Radi hérita, en plus de la machine, de Jeanne d'Arc et d'Évangéline.

Jeanne d'Arc, revue et corrigée ; Évangéline, traduite et en prose. Mais même dans leur version abrégée, les deux héroïnes, par-delà un demi-millénaire, partageaient un ennemi commun, l'Anglais, et le partageaient dans la même langue, la langue de Radi. Redoutables adversaires pour la pauvre Mimo, Anglaise malgré elle, et qui n'avait rien fait personnellement à Jeanne d'Arc, même pas à Évangéline. Elle n'y était pour rien, Mimo, elle n'avait pas demandé à naître chez les autres, Radi savait tout cela. Mais il fallait choisir. Elle qui avait pris l'habitude depuis sa naissance de choisir tout, pressentit que pour la première fois elle aurait à opter pour le bien ou pour le mal. Dommage que l'idole ne fût pas née du bon bord : elle aurait pu à elle seule bouter les Anglais dehors.

— Ça veut dire quoi, bouter dehors ?
— Ça veut dire chasser... à coups de botte.

Bouter les Anglais dehors ! Radi, métamorphosée pour la première fois en Jeanne d'Arc, avait l'intention de les bouter tous, du premier au dernier, libérant sa race et sa langue à jamais. Et Mimo perdit la bataille, dans le cœur de Radi, par le seul mot «bouter».

Radi court chez la vieille Lamant. «Bouter», c'est à l'endroit ou à l'envers? Cette fois c'est la voyante qui tâtonne. Elle fouille Radi jusqu'à l'os, puis l'entraîne sur une voie latérale qui conduit à la fourche des chemins et la force à choisir. Droite ou gauche?

— Gauche.

Et le voyage commence. Les mots anciens, désuets, perdus, restés en plan sur les bords de la route, ou transfigurés et méconnaissables.

— Qu'est-ce que t'as dans la gorge?

Elle n'a rien, je vous jure, même pas des pépins de pomme, rien.

— Derrière la gorge, y a le got, le gosier, le gorgoton, le cagouet, la gargamelle, la gargotière. T'as tout ça dans la gorge, tout ça sous la langue.

Radi, pour se montrer à la hauteur, veut rectifier: les mots sont sur la langue, pas dessous. Pauvre enfant! Et la langue perdue alors? la vieille langue qui se cache derrière l'autre?

— Sors la langue.

Elle la sort.

— Lève-la.

Elle la lève.

La vieille approche sa loupe de la luette et donne son verdict: la bouche de Radi est une marmite de mots, ça bouillonne là-dedans; si elle ne met pas bientôt de l'ordre dans sa grammaire et son lexique, la langue va pourrir, lui infecter toute la cavité bocale, le gorgoton, la gargamelle, et jusqu'aux tripes. Rendue là, l'infection atteindra l'âme et ça sera le début de la fin.

Radi oscille entre la terreur et l'émerveillement. Et encore un coup choisit les deux. Une merveilleuse terreur l'envahit et la fait entrer tête première dans le jeu, le jeu qui n'en est pas, qui se tient à mi-chemin et au-dessus de l'aventure de la connaissance, non plus du bien et du mal, mais... de l'envers et de l'endroit. Elle ne comprend pas, mais se laisse emporter, glisser sur une pente toute nouvelle, sûre que la sage-femme ne la laissera pas tomber dans le vide, pas plus cette fois que la première, il y a huit ans.

Mais voilà que son mentor de vieille Lamant faisait naître les mots dans le got, le gosier, le gorgoton, la gargotière. Autant dire le ventre. Où donc situer la source du langage? D'où venaient les mots? Son père, chaque fois qu'il cherchait à débroussailler puis enrichir le parler de sa fille, pointait les tempes, comme si le trésor se cachait là, entre les deux oreilles. Et son père était maître d'école. Radi se mettait alors à gratter la voûte de son crâne, à pénétrer par le tunnel de son imaginaire à l'intérieur de son cerveau pour y dégoter les mots cachés là depuis le début des temps, mais qui se dérobaient à sa mémoire.

Puis un jour, du temps de son âge préscolaire, elle avait surpris son monde en chantant tout au long *There's an Old Spinning Wheel in the Parlour*. Personne n'avait trop bien compris les mots, mais tous avaient reconnu l'air et saisi que l'enfant venait de franchir la frontière des langues. Elle-même ne savait pas ce qu'elle disait, n'avait jamais fait le lien entre le *spinning wheel* dans le *parlour* et le rouet dans le salon. D'ailleurs, elle devait attendre encore quelques années avant de découvrir un authentique rouet dans le salon de la tante Zélica. Pourtant, elle chantait le *spinning wheel* comme si elle avait parlé l'anglais dans le ventre de sa mère. Elle avait eu l'instinct de coller la luette au pharynx et d'enfoncer la langue dans la gorge, plutôt que de l'agiter entre les dents, pour produire les accents qui distinguaient nettement le *flesh* de la flèche ou le *troop* de la troupe.

On était consterné. Où avait-elle appris à parler l'anglais? à le prononcer avec l'accent si juste? Elle n'osait pas leur avouer qu'elle ne savait en réalité que le prononcer, point le parler. Elle n'avait pas appris, elle avait plongé dans la langue comme dans la mer, avant même de savoir nager. Un jour qu'elle s'ennuyait à jouer le même jeu avec les mêmes poupées et les mêmes Robert et Marie-Zoé qui se chamaillaient comme vrais mari et femme, elle leur avait imposé, sans les consulter, de jouer en anglais.

— Mais on sait pas parler anglais.

— Ça dérange pas, on fera accroire.

— Comment? avec quoi?

— Avec des *ing, ang, ong, yes* pis *no*.

Et de *yes* en *no* en *ing-ang-ong*, la troupe s'était mise à patauger en langue étrangère comme de vieux troupiers. On était entré dans l'anglais par la porte de la phonétique, précurseur d'une méthode qui devait faire la gloire et la fortune de Berlitz une génération plus tard. Et voilà comment Radi avait pu chanter *The Old Spinning Wheel* dans le plus pur accent, sans comprendre un mot de ce qu'elle disait.

Mais en huit ans, elle avait eu le temps de comprendre que l'anglais n'est pas qu'un son, un accent, mais une langue avec ses lois et ses règles. Elle avait beau coller son oreille à la boîte de R.C.A. VICTOR, concentrer son esprit, chercher à établir des liens entre les phrases, son cerveau se butait. Puis soudain, au moment où elle n'y pensait plus, où elle était distraite par les grimaces d'Horace dans le dos de Geneviève, elle entendit la voix de C.B.A. qui annonçait clairement et sans ambiguïté possible la mort du roi George V d'Angleterre. Elle s'approcha de l'appareil, resta attentive pendant de longues minutes, comprit que son pays était en deuil du roi des autres, que demain les écoles seraient fermées, que... qu'elle comprenait l'anglais! Elle sauta de joie, au scandale de Céline et de la famille qui se composaient déjà un visage funèbre, et fêta dans l'allégresse la mort du roi: une langue lui était née. Elle était entrée dans l'anglais comme l'on pénètre dans une ville étrangère, errant d'une rue à l'autre, avait pénétré dans les méandres du langage comme dans un labyrinthe, démêlant, débroussaillant, démystifiant la syntaxe et la lexicologie!

Puis elle se rend compte que pas seulement l'anglais, mais sa propre langue s'étale comme une cité mystérieuse, voire un univers, avec ses constellations et sa Voie lactée. Les mots de sa langue sont des étoiles, des planètes et des lunes; sa bouche s'apparente à la voûte du ciel; la terre, au centre, s'appelle Radi. Sans mesurer la portée de son geste, elle entoure de ses bras son nouveau cosmos, son coffre au trésor où elle pourra puiser chaque fois qu'elle voudra agrandir la création laissée en plan par un Créateur fainéant.

Le lendemain, elle prévint Marie-Zoé qu'elles cesseraient de guetter Mimo à la sortie d'école.

— Les Anglais, faut les «bouter» dehors.

Marie-Zoé, qui n'avait pas accès à l'attique de la sage-femme, n'arrivait plus à suivre. La veille encore, les

Anglais, Mimo en tête, étaient auréolés de tous les dons et privilèges: richesse, pouvoir, prestige... le droit de posséder un chalet à la mer en plus de la maison au bord de l'eau; d'arborer sans honte un drapeau qui portait le nom de *Union Jack*; de chanter le *God Save the King* comme si ce roi était le sien propre; de revêtir la même jupe écossaise que les milliers de petites filles de son âge d'un océan à l'autre; de réciter chaque matin à l'école, au lieu du Notre-Père-je-vous-salue-Marie...

Emblem of Liberty
Truth and Justice
Flag of my country
To thee I bow.

Que s'était-il passé en une nuit dans la tête de Radi? La Déportation, voilà ce qui s'était passé.

La nuit dernière?

Mais non, ce que cette Marie-Zoé pouvait être idiote! Du temps de Jeanne d'Arc et d'Évangéline.

— Ils nous ont brûlées puis déportées.

Marie-Zoé a tellement perdu confiance en son propre jugement qu'elle n'ose pas rectifier, de peur de se tromper... C'est Fleur-Ange qui vient mettre de l'ordre dans les événements: on déporte en premier, on brûle après. Mais de quoi se mêle Fleur-Ange, née au Québec, qui ne descend même pas d'Évangéline? Personne ne descend d'Évangéline, c'est Céline qui l'affirme, puis le fait confirmer par sa mère. Évangéline est morte sans laisser de descendance. Et Fleur-Ange triomphe. Mais Radi sait que c'est faux, que même sans descendance, Évangéline est l'ancêtre de tous les nés natifs des côtes qui s'appellent Acadiens. Jamais Radi n'eût accepté d'échanger la splendide Mimo contre moins qu'une héroïne ancestrale capable de bouter les Anglais dehors.

— Tu mélanges tout, tranche Céline. À la place de lire tes livres savants, commence par la vie de sainte Marthe, c'est plusse de ton âge et ça te fera du bien.

Pour éviter sainte Marthe, Radi se rabat sur la comtesse de Ségur, en attendant d'apprendre à conjurer les mots susceptibles, s'ils pourrissent dans la gorge, d'infecter jusqu'à la peau de l'âme.

VII

Ce matin-là, Radi se disputa encore avec Céline sur le gros peigne. Pour la première fois, on demandait à Céline d'être raisonnable, car de la branche maternelle, c'est Radi qui avait hérité d'une tignasse moutonnée et fournie. Mais l'aînée, d'ordinaire si conciliante et portée sur l'abnégation, ne l'entendait pas de cette oreille-là. Elles se disputèrent donc comme d'accoutume sur le peigne à grosses dents, mais cette fois devant témoin. Témoin gênant. Katchou.

Les déshérités de la paroisse envoyaient régulièrement leur progéniture quêter aux portes des mieux nantis. Et toutes les maisons du village étaient mieux nanties que celle de Katchou qui logeait en bas de la voie ferrée, dans une hutte enveloppée de papier goudronné, couverte d'un toit de tôle, flanquée d'un tuyau de poêle. Quatre murs dressés sur un sol de terre battue, ça ne pouvait pas s'appeler une maison. À peine un logis. Tout juste une cabane. Elle y habitait avec des parents de fortune. Car comme disait Léopold, allez savoir qui a mis au monde qui, chez ces gens-là. Il avait même pris l'habitude de dire «cette engeance», jusqu'au jour où son père, qui l'avait entendu, s'était empressé de corriger son arrogance.

— Cette engeance sort de la même terre d'exil que la tienne; elle en est seulement sortie un peu plus tard et par une plus petite porte, c'est tout.

Aujourd'hui, Katchou se tient debout, dos collé au mur, et attend en silence, comme c'est l'usage.

— On peut faire quelque chose pour toi? demande la mère qui respecte aussi l'usage.

— Ma tante Prudence m'envoie qu'ri' des hardes, parce que j'ons pus rien à manger.

Personne ne bronche ni ne sourit. On a l'habitude des raccourcis de langage des gens d'en bas; et l'on sait que celui qui n'a rien à se mettre sur le dos n'a pas grand'chose non plus à se mettre sous la dent. Pendant que sa mère s'en va fouiller dans le garde-manger, puis au fond du coffre de cèdre, Radi jette un œil en dessous à Katchou et surprend son rictus qui dit sans dire un mot: C'est malcommode un seul peigne pour toute une maisonnée. Radi sent ses cheveux pousser par en dedans. Elle décroche d'instinct le panier de peignes qui pend au-dessus de l'évier et vient le flanquer sous le nez de l'effrontée qui hoche la tête d'émerveillement et siffle:

— Ciboulette! pour du peigne, c'est du peigne, pas de soin!

Radi a rencontré son maître. Car dans l'œil de Katchou, elle lit un mélange bien calculé d'irrévérence, de nargue et de défi.

— Vous autres, qu'elle fait, vous vous peignez avec vos doigts?

— Ouais, en pornant ben garde de point tuer nos poux.

— Comme ça, chaque fois que ça se gratte à l'école, c'est pas la picote.

— D'autchuns baillont les maladies, d'autres les poux.

— Quoi c'est qu'on vous a fait? que Céline demande à Katchou avec componction.

Katchou et Radi lèvent la tête en même temps, échangent un regard complice, et Radi court accoter son épaule à celle de la pouilleuse avant de répondre à sa sœur:

— Vous leuz avez baillé vos vieilles hardes.

Avant que Céline n'ait le temps de reprendre son souffle, la mère revient, les bras chargés.

— En vous remerciant, d'articuler Katchou dans un salut hautain mais respectueux.

Et elle s'éloigne sans regarder personne.

L'hiver serait long, comme l'avaient annoncé les castors, les abeilles, l'épaisse écorce des bouleaux et l'*Almanach du peuple.* Un hiver de grands froids et de grosses neiges, tels que les aimaient Céline et Radi. Surtout Horace, qui déclarait que cet hiver engloutirait l'église.

— Hey, hey!

— Ça s'est déjà vu.

— Quand ça?

— L'année que je suis venu au monde.

Il le dit comme s'il s'en souvenait. Et Radi, qui faisait remonter ses souvenirs jusqu'au temps des ancêtres, rejoignit le chœur familial pour se moquer des prétentions de son visionnaire de frère. Ce qui ne les empêchait pas, ni l'un ni l'autre, de rêver à un hiver capable de dévorer l'église. Et l'hiver s'amena comme un voleur, alors qu'on ne l'attendait pas, au lendemain de la Toussaint. On n'avait jamais vu ça.

— Qu'est-ce que je vous disais! chantonnait Horace comme s'il avait lui-même ouvert les écluses du ciel.

Le firmament se déchirait et tombait en lambeaux sur la maison, l'église, l'école, le village et ses faubourgs. En une nuit, le pays avait changé de peau. À peine avait-on vidé le coffre des pyjamas et draps de flanellette qu'il fallut s'attaquer à celui des lainages: tuques, mitaines, foulards, leggings; puis aux bottes fourrées, aux manteaux à col d'écureuil, aux manchons pour la messe du dimanche. Céline et Radi se transformaient de jour en jour en poupées russes. Si ce n'est que les Russes n'allaient plus à la messe.

— Les chanceux!

Radi n'osa pas répéter devant son père, comme le lui suggérait Horace. Elle se contenta de le dire à Katchou.

Katchou avait tout l'air d'être née en dehors de toute famille, une orpheline héréditaire et absolue, sans parents, sans origines, sans foi ni loi. C'est ce dernier attribut qui séduisait Radi. Katchou n'avait de comptes à rendre à personne.

— Qu'est-ce que ta mère va dire?
— Peuh!
— Et ton père?
— Qui ça?
— T'as pas de frères et sœurs?
— En masse.
— Comment ils s'appellent?

85

— Noune, Pitoune, Catoune, Boule-de-suif, Wilfred-Laurier...

Comment démêler le vrai du farfelu?... Complètement folle, cette Katchou! Radi en salivait. Puis elle se mit à craindre, car pour la première fois, elle rencontrait un concurrent de sa taille. Marie-Zoé, Fleur-Ange et Robert-le-bout-de-diable, à côté de ça! Même Mimo... non, pas Mimo; Mimo resterait rangée dans le coffre aux trésors dont seule Radi gardait la clef, bien enveloppée comme un objet désuet mais inestimable. Mimo, née au-dessus de la loi du bien et du mal! Alors Katchou? Elle avait dû voir le jour avant même la proclamation de la loi, en dehors de la lignée d'Adam et Ève. Car tout en parlant la langue de Radi, une langue écorchée, mais sa langue tout de même, elle n'appartenait pas moins à une autre race. Encore plus éloignée de la race de Radi que n'en était Mimo. C'était donc Léopold qui avait raison? Puis elle se souvint de la réponse de son père: Cette engeance sort de la même terre d'exil, mais par la porte d'en arrière.

Radi contemple Katchou qui, sans lever le nez de ses cahiers, se confectionne sous le pupitre un collet à lapins.

— Tu te souviens de la Déportation? qu'elle lui lance tout bas sans attirer l'attention des autres.

La pouilleuse, qui ne connaît même pas le nom de son père, hésite à se souvenir de son passé historique. Mais elle a quand même des principes, dont le premier consiste à ne jamais laisser le dernier mot à l'adversaire qui t'aborde sur ton territoire.

— J'ons point été déportés, nous autres, je sons partis tout seuls sans que parsoune nous poussît.

Radi en est ébarrouie. Elle n'aurait pas pu penser à ça, elle? Attendez qu'elle serve ce plat au bel Horace: se déporter soi-même, de son plein gré, prendre les devants du malheur et lui faire du coup son plus magistral pied de nez!

Mais alors, son héroïne Évangéline... pourquoi n'a-t-elle pas pris les devants?

— Même Évangéline a été forcée, qu'elle dit à Katchou qui s'esclaffe:

— Si elle a été forcée, la garce valait pas plusse qu'une fille d'en bas.

Radi ne comprend pas, mais soupçonne que le mot cache une abomination. Et elle se détourne de Katchou durant le reste de la journée.

Pourtant le lendemain:

— Qui c'est qu'a forcé les filles d'en bas?
— Le premier matelot qu'a accosté au quai.
— Forcé à quoi faire?
— À faire des petits, que répond Katchou, imperturbable comme en classe de catéchisme.

Radi rougit, mais sitôt se ressaisit. Elle glousse, la main sur la bouche. Trop tard. Katchou a compris et en profite:

— Vous devez point vous moucher, vous autres, pour point salir vos mouchoués de soie.

Radi voudrait se voir sous terre. Katchou en a presque pitié:

— Où c'est que tu te tenais avant de venir au monde?

Radi ressurgit. L'autre l'a ramenée sur son terrain. Et elle toise Katchou du haut de sa science glanée dans le grenier de la vieille Lamant.

— J'étais chez les ancêtres, qu'elle fait. Et ma lignée remonte au paradis terrestre.

Le rire de Katchou lui scie les deux jambes, attire aussi l'attention de la maîtresse qui commence à trouver le silence trop long dans le coin d'ordinaire le plus agité de la classe.

Le silence de Radi se prolongea jusqu'au lit de plumes, au point d'inquiéter Céline qui marchait déjà sur les traces de la maîtresse d'école et qui, pour apaiser ses doutes, ne s'embarrassa d'aucun détour:

— Je le dirai à maman, qu'elle fait.
— Tu diras quoi?
— Ce que tu caches.
— Tu le sais même pas.
— Je savais! je savais que tu cachais quelque chose, tu viens d'avouer.

Radi se mord les lèvres, puis prend l'attaque:

— T'es pas venue au monde sous un chou.

Céline hésite entre son devoir de censure et sa curiosité. Alors pour gagner du temps:

— J'ai jamais cru que j'étais née dans le jardin, qu'elle fait.

Elle ne réussit pas à gagner assez de temps pour éviter la débâcle, car avant de tomber de sommeil, elle apprit de Radi tout ce que Radi savait, c'est-à-dire à peu près rien, mais un rien si énorme que les deux fillettes eurent peine à lui faire traverser la nuit. Au petit jour, quand la mère vint les réveiller pour l'école, elle trouva ses filles entortillées dans un sommeil qui n'était point celui des justes.

Katchou avait huit ans, l'âge de Radi. Curieusement, en trois ans d'école, elle n'avait pas encore doublé, avait même réussi l'exploit d'être promue sans jamais emporter un seul livre à la maison. Elle avait répondu une fois pour toutes à la maîtresse que les logis d'en bas ne disposaient que d'une table pour manger et aucune pour faire des devoirs et que l'instruction, ça s'attrapait à l'école. À la suite de quoi la maîtresse cessa de harceler Katchou. Ce qui n'empêchait pas la sauvage de noircir ses cahiers comme les autres et de répondre quand on l'interrogeait.

— Qui a découvert le pays?

— Les premiers arrivants: les Métis avont trouvé l'Île-aux-Puces; les Micmacs, la Pointe aux Indiens; nous autres, j'ons découvri l'anse et tout le bord de l'eau qui va de...

— Suivant!

Elle était aussi très forte en arithmétique, Katchou, habituée depuis son âge préscolaire à multiplier, additionner et marchander les denrées que les siens parvenaient à soustraire aux gens d'en haut. Mais c'est en langue qu'elle réussit un jour à éblouir toute la classe et à se gagner définitivement Radi.

— Qui peut me citer un proverbe?

Et Katchou, après avoir laissé Pauline et Alberte s'embourber dans la charrue devant les bœufs et qui a bu boira, récita sans s'enfarger dans une seule syllabe:

Oignez vilain, il vous poindra;
Poignez vilain, il vous oindra.

Après une telle performance, impossible de se contenter de Marie-Zoé. Et Radi, à l'insu de sa famille et de l'école, se lia d'amitié avec la fille d'en bas. À peine osa-t-elle lever un coin du voile dans l'attique de la vieille Lamant qui ne fit pas mine de s'apercevoir que Katchou s'appelait Katchou et qu'elle logeait au-delà de la voie ferrée. Radi avait donc le chemin libre. Elle marchait sur des œufs, mais marchait toute seule. Elle marcha même jusqu'à la tante Prudence qui habitait la hutte de Katchou, ou vice versa, une large parentèle se partageant la cabane en papier goudronné. Mais entre sa pléiade de tantes et de cousins ad germain, du troisième lit ou de la fesse gauche, Katchou avait choisi Prudence, pour les mêmes raisons que Radi la vieille Lamant. Prudence, si elle avait su lire, eût sûrement appris à lire à l'envers et entre les lignes. Les deux aïeules auraient pu être cousines si elles étaient sorties ensemble et par la même porte de la Déportation. Mais la voie ferrée séparait les deux mondes. Radi et Katchou, parce qu'elles avaient huit ans et parce qu'elles étaient occupées à autre chose, ne voyaient dans une voie ferrée que les rails d'un chemin de fer pour faire passer le train. Et malgré l'interdit, elles franchirent allègrement la frontière entre le monde qui faisait sécher ses mouchoirs sur la corde, au milieu des draps et des taies d'oreiller, et celui qui se mouchait à ses manches.

À l'extrême opposé de la voie ferrée, dite la traque, coulait le ruisseau du Docteur. À l'origine, c'était un ruisseau privé qui traversait les terres en friche ou boisées d'un médecin décédé depuis si longtemps que son ruisseau avait fini par tomber dans le domaine public et devenir du coup le ruisseau privé de toute la rive nord du village. Or la famille de Radi, qui dominait l'extrême nord de la rive nord, avec sa maison plantée à même la butte qui menait au bois du Docteur coupé par le célèbre ruisseau, l'avait naturellement annexé à son patrimoine au même titre que le prolongement de la cour d'en arrière jusqu'aux champs environnants. Du moins selon la logique d'Horace, Céline et Radi.

Radi partait pour le ruisseau du Docteur comme Christophe Colomb pour les Indes occidentales. La Terre était ronde pour tout le monde. Et l'exploratrice, qui avait ses entrées au grenier d'une voyante, se disait toujours qu'au-delà de ce ruisseau qui bordait son village, des pays en friche n'attendaient qu'elle pour venir s'imprimer sur la carte du monde: et de barrière, le ruisseau devenait porte. Mais gardée, comme celle du paradis, par l'Archange à l'épée de feu. Dépasser le ruisseau du Docteur, c'était franchir la frontière du non-retour, quitter l'enfance à jamais, la plus grande terreur de Radi.

Un jour pourtant, elle risqua un pied du côté de la forêt vierge, tentée par Katchou.

— Pus loin, c'est des bois comme les autres: des bouleaux, des prusses, de l'épinette, des champignons, de la faîne et de la vargne en veux-tu en v'là.

Radi ne la croyait pas, refusait de sacrifier à la logique de Katchou ses illusions sur la forêt mystérieuse et profonde, voulait garder sa peur intacte. Mais Katchou apprenait de jour en jour à mieux connaître Radi dont elle avait fini par éventer toutes les faiblesses.

— T'as peur?
— Non.
— Eh ben, viens.

Elles traversèrent la zone des ronces et des vergnes, contournèrent les chênes géants, plongèrent dans les fougères en se tapant dans les mains pour faire danser les lièvres, les perdrix et les petits suisses. On appelait suisses ces écureuils minuscules, rachitiques et rayés sur le long... qui pouvaient bien à l'origine des temps être sortis de Suisse, pensa Radi. Un vieux pays, la Suisse, loin à l'est au-delà des mers, comme tout ce qui était loin, sauf Montréal...

Radi se souvint de sa déception le jour où le globe terrestre et la parole d'Horace la forcèrent à refaire sa géographie imaginaire et à déplacer Montréal vers l'ouest, là où les fondateurs du pays l'avaient réellement planté. Montréal ne se situait donc plus aux alentours de Terre-Neuve, mais bel et bien en haut du champ, au-delà du ruisseau du Docteur?... Malgré trois ans d'école, des preuves irréfutables, la démonstration par neuf d'Horace, ratifiée par son père, sa mère et Sophie, Radi n'arrivait pas sans douleur à laisser s'écrouler son bel échafaudage intérieur d'une géographie purement capricieuse. Jusqu'où la vulgaire et implacable réalité la conduirait-elle? Jusqu'à quand devrait-elle laisser les géographes, les arpenteurs, les prêtres et Horace saccager son imaginaire? Chaque jour serait à recommencer. Recommencer ses rêves, sa marche vers le grand retour...

Soudain elle lève la tête face au soleil, saisit la main de Katchou et: Montréal est par là, qu'elle dit en dressant le bras franc ouest. Katchou ne réagit pas. Montréal ne la séduit pas, pas encore.

— Tu sais, Katchou, Montréal est pas du côté de la mer, il est tout simplement dans les terres, de l'autre côté du bois. Ça pourrait se faire à pied, un petit bout à la fois. Un jour...

Elle prend peur: Montréal vient de tomber dans le possible; et Radi de troquer le retour au paradis contre un voyage dans les terres réelles et accessibles. Alors elle voit se dresser devant elle le mur opaque de la forêt primitive. Son instinct la rattrape et elle recule.

— Je m'en vas.
— À cause?

Comment expliquer à Katchou, qui abandonnera bientôt l'école, que les bois appartiennent à l'autre monde, le monde des grands? que derrière cette cloison se cachent ses quinze, vingt, trente ans? Elle se détourne, cherche des yeux une clairière, et rebrousse chemin, se contentant de crier à la sauvage:

— Je veux pas grandir.

Aussi longtemps qu'Anne faisait rouler des gammes sur le piano, que Léopold et Sophie poursuivaient leurs études, que Geneviève songeait au couvent et Pierre et Horace à leur cabane de lattes du moulin, aussi longtemps que Céline rapportait tout à sa mère des randonnées de Radi avec Katchou...

— C'est rendu qu'a' se frotte à du drôle de monde.
— ...?
— Rien de moins que Katchou.
— Katchou!
— En personne.
— Mon doux séminte!

... aussi longtemps que la maison restait solidement plantée sur sa butte, dominant le village, le pont et la mer, Radi n'avait rien à craindre.

Rien à craindre.

Et elle rentra se mettre à genoux, à l'heure du chapelet, au milieu du cercle de famille. Au dernier *Gloire soit au Père*, sa mère ajouta, sans lever la tête:

— On va dire une dizaine de plus pour la guérison de papa.

Les aînés ne bronchèrent pas et entamèrent la dizaine sans rechigner. Ils savaient. Mais Horace, Céline et Radi en eurent le souffle coupé. Quelle foudre venait de tomber sur la maison?

Une maladie rare, incurable et anglaise — le bon Dieu n'a pas d'honneur! — le Parkinson, le faisait trembler des mains et de la tête, lui qui n'avait jamais tremblé devant rien ni personne, comme un vieillard précoce. Et Radi, qui avait su pressentir la mort de Philippe et de Bertin Richard, cette fois reste interdite.

— I' va-t-i' mourir?

Céline éclate en sanglots; Horace enfonce les mains dans ses poches et renifle par trois fois comme quelqu'un qui ne prend pas le temps de se moucher; Pierre regarde par la fenêtre. Radi suit le regard de son frère jusqu'à la jonction de la baie et de la grand'mer, jusqu'au grand large, la grand'vie, celle qui mène à la fin du monde.

VIII

Neuf ans! Radi prend peur. Elle vient de mettre le pied dans l'engrenage. Au tournant de ses dix ans, elle devra compter par décennies et se réveiller un bon matin en plein avenir. Vingt, trente, quarante... le temps s'emballe. Que restera-t-il de Radi dans mademoiselle Radegonde? S'accrocher, empêcher le futur de l'entraîner vers la fin des bas courts. Elle s'envole chez la voyante prendre conseil auprès de sa plus sûre alliée.

— Vous êtes là, madame Lamant?

— Rentre et crache tes tracas dans ma spitoune.

La ratoureuse s'amuse, elle ne fume pas, ne chique pas, n'a donc pas de crachoir au pied de son fauteuil, comme en a sûrement Prudence; mais elle inventerait n'importe quoi pour extraire de la gorge de Radi ce spasme qui saccade sa respiration.

— Moi, à ton âge... qu'elle dit.

Imperceptiblement, Radi se glisse dans l'enfance de la vieille, là-bas sur l'empremier, dans un arrière-pays suspendu aux buttes de Sainte-Marie, là où le soleil vient mourir chaque soir à la brunante. Et elle essaye d'imaginer la sage-femme en bas courts et pyjamas de flanellette.

— Mais non, petite bougresse, à l'époque...

À l'époque, les fillettes à peine sevrées s'habillaient en grands-mères.

— À la mort de ma mère, mon père m'a confié la maison : ça comprenait la cuisine, les ménages, le soin des jeunes frères et sœurs.

— Vous aviez quel âge ?

Pour atténuer le choc :

— J'allais sur mes onze ans.

Détour qui n'atténue rien, Radi sait calculer. Et son gosier bloque de nouveau.

Son père est malade. La vieille le sait. Ça peut durer quinze ans. Elle sait cela aussi. Dans quinze ans, l'enfance de Radi sera terminée. Et puis ?... Et puis c'est pas tout : au bout des quinze ans, c'est la mort. La sage-femme fait semblant de ne pas comprendre de quelle mort il s'agit : dans quinze ans, Radi sera en pleine jeunesse, entrera dans la grand'vie par le pied gauche.

— Lui, il sera mort.

— T'as le temps.

Non. Parce que durant ces quinze ans, elle devra vivre chaque jour comme s'il s'approchait un peu plus du dernier, chacun grugeant la part de l'autre. Ses rêves sont pourris à la source. Elle ne sait comment le dire à la vieille, mais plus jamais elle ne pourra imaginer le bonheur absolu, infini.

— Je veux mourir !

La vieille comprend. Pas mourir, non, rentrer, retourner au paradis, le paradis perdu. Et doucement, cette voyante iconoclaste et irrévérencieuse entraîne l'enfant dans une autre de ses belles histoires à l'envers, à l'envers du sens commun et de la tradition, au revers de la médaille de saint Jude, de l'Immaculée-Conception et du scapulaire lui-même.

C'est pas sûr que c'est une mauvaise affaire qu'on soit sorti du paradis terrestre. Par rapport que si personne n'avait jeté Adam et Ève dehors, ils auraient bien compris par eux-mêmes qu'il leur fallait s'en aller. On peut pas comme ça passer sa vie, et une vie éternelle, oublie pas, à bêcher le jardin de quelqu'un d'autre, même pas bêcher, parce que le jardin était fleuri à l'année. Tu te figures, un paradis de fleurs et de fruits et de mousse et de fontaines et de petits oiseaux qui chantent à l'année, une année éternelle, souviens-toi, où c'est que les Radi n'ont rien d'autre à faire que de respirer le parfum des roses et des orchidées, puis écouter chanter les oiseaux du paradis. On se lève le matin — on ne se lève pas, c'est toujours le matin, on n'a pas besoin de s'habiller, on reste tout nu parce qu'on n'a pas encore péché...

Sable mouvant. La nudité. Le péché. La tache originelle. Tout ça derrière la porte du paradis. Est-ce que ce paradis terrestre valait encore la peine qu'on lui sacrifie une vie de rêves et de combats?

La vraie vie a commencé le jour où nos premiers parents ont quitté le jardin fleuri pour des terres en friche où tout était à refaire. Et voilà le bonhomme Adam qui roule ses manches, et la bonne femme Ève qui met son tablier, et les deux qui s'attaquent à l'ouvrage. Du vrai et bel ouvrage. Le soir, épuisés, ils sont bien contents d'aller dormir. Et rêver. Parce que tu comprends, avant la Chute, personne n'aurait songé à bâtir des rêves. Des rêves de quoi? Pas besoin de châteaux dans un pays où l'on vit dehors à l'année, où le climat est toujours égal, toujours au plus beau, sans tempêtes de neige ni bourrasques de pluie, sans nuits noires au fond d'un lit de plumes, sans maladies, sans rien pour venir déranger la bienheureuse quiétude et le tranquille bonheur qui dure et dure...

Radi allait en oublier son père quand le mot maladie, que la vieille Lamant a malencontreusement ou sciemment laissé tomber sur le sol du paradis, la réveille. La maladie était apparue avec la Chute, parce qu'il fallait bien passer par là pour mourir. Et elle sombre de nouveau dans son chagrin. Mais cette fois, dans un chagrin moelleux, suave, genre de douce mélancolie comme elle n'en a encore jamais éprouvé. Elle laisse sa peine la bercer et pénétrer sa peau, couler dans ses veines, envahir chacun de ses organes pour atteindre le tréfonds de son être, là où Radi se sent essentiellement et irréversiblement Radi. Cette sensation de bien-être palpable qui résultait de l'harmonie parfaite entre son âme et son corps, Radi l'éprouvait d'ordinaire à l'instant de s'endormir, au fond des plumes, durant les quelques secondes où elle se laissait glisser dans l'apesanteur quasi totale : le plus proche jamais atteint du grand retour. Pour la première fois, elle sort du champ de gravitation en pleine veille. Et elle s'accroche de tout son être à sa bouée de sage-femme.

— Je bêcherai ! qu'elle hurle avant de retomber sur le sol de bois mou de l'attique où trône la vieille Lamant.

Le même soir, le conseil de famille, c'est-à-dire Pierre et Horace, auquel avaient droit d'assister Céline et

Radi, se réunit sur le grand lit des garçons. Et l'on discuta de choses sérieuses. La maladie, inventée par un dénommé Parkinson Disease, porte son nom, n'est ni contagieuse ni héréditaire, autant d'acquis, mais est incurable. Le père ne retournerait pas travailler; s'ensuivrait un manque à gagner que devraient combler certains membres de la famille. Les aînés étant déjà aux études, les autres doivent faire leur part. Voilà, tout est dit. Après l'école, Pierre serait livreur — une bicyclette, faut bien que ça serve à quelque chose — Horace...

Mais Horace le coupe court. Il s'en occupe. De quoi? De la situation. Il sait relever ses manches, Horace — Radi songe à l'ancêtre Adam —, et ne rechigne devant aucune besogne. Il ne laissera personne, pas même Pierre, le guider sur la voie de l'héroïsme. Il prend un grand souffle et annonce:

— Je me charge des cloches, en plusse de la cour, du jardin et du tet-à-poules du presbytère.

Une ambition à la mesure de son souffle. Mais Radi songe qu'Horace souffre de courte-haleine. Tant qu'à travailler... qu'il dit.

Radi revoit ses premiers parents en train de bêcher, piocher, gagner leur pain à la sueur de leur front. Cependant, sa rêverie est interrompue de nouveau par Horace:

— Te crois-tu capable de prendre ma ronde, Céline?

Sa ronde, ses journaux! le camelot les cédait à cette gringalette de Céline qui n'avait encore rien demandé. Radi est estomaquée. Cette ronde, elle la convoite depuis qu'elle est au monde, depuis que Léopold a introduit les journaux dans la famille et ouvert aux cadets la perspective de partir un jour, sac au dos, à la conquête du village.

— Qu'est-ce que t'en dis, Céline?

Radi attend la réponse qui sera «non» et se tient prête pour la relève. Mais Céline dit «oui». Elle dit oui, tel un condamné au bagne, parce qu'elle ne trouve pas le chemin du non. La face de Radi tombe. Tombe encore plus bas sous les paroles qui se voulaient réconfortantes de Pierre: Radi suivra Céline pour apprendre. Apprendre! Comme si elle ne savait déjà! Elle pourrait réciter par cœur et sur ses doigts les maisons qui lisent et celles qui ne font que fouiner dans les annonces; elle pourrait répéter comme un perroquet que les Thibodeau paient au mois, les Goguen à la semaine, les Doucet en retard, les Vautour pas du tout et qu'il faut courir après; elle pourrait...

— Ça va faire, Radi, ton tour viendra, Céline passe avant.

Elle boude.

— Je te laisserai porter le sac, concède Céline.

C'est déjà mieux, mais pas assez.

— Et à la fin de la semaine, tu pourras compter l'argent.

Radi sent que le vent vire. Le temps travaille pour elle.

— Pas un mot à papa, conclut Pierre avant de dissoudre l'assemblée.

Entendu. On besognerait comme des grands, sans un mot, grugeant chaque jour sur les heures de balle molle, de marelle, de hockey, de bandes dessinées, de Raoul de Navery et de ruisseau du Docteur. L'heure était grave, la maison prenait l'eau, fallait sauver les meubles.

On s'étonna toutefois du revirement à quatre-vingt-dix degrés de Radi, conciliante, et qui redoublait d'ingéniosité dans son rôle de subalterne : qui aidait sa sœur, encourageait sa sœur, épuisait sa sœur complètement débordée. Et arriva ce qui devait arriver ! Céline éclata en larmes un soir durant le chapelet. La mère confessa sa fille, remit de l'ordre dans les initiatives du conseil de famille et se tourna vers Radi qui regardait ailleurs.

Le lendemain, Céline s'en allait rejoindre Geneviève qui grattait les lampions dans la sacristie, et Radi héritait du village.

C'était une question de vie ou de mort : Radi ne pouvait accepter de traverser toute une existence sous la menace du pire. Il lui fallait conjurer le malheur en lui opposant un bonheur plus fort. La ronde des journaux allait fournir à l'insatiable l'occasion de vivre cent vies à l'heure. Personne ne devinerait rien : on jetterait un œil distrait à cette petite fille comme les autres qui arpentait chaque soir après l'école la grand'rue et les cinq ou six ruelles de son village, sans se douter qu'elle emportait dans son sac les multiples destinées possibles d'un pays qu'elle réinventait à mesure. La vieille Lamant lui avait dit un jour : Lave-toi les yeux à l'eau de rose et au jus de bleuet, et tu verras le village éclairé par l'arc-en-ciel. Ou encore : Grimpe dans le clocher, enfourche la girouette et essaye de voir les quatre horizons d'un coup sans te donner de torticolis.

Dormez tranquille, sage-femme : Radi bêche son propre jardin. Et si jamais elle retourne loucher du côté de la porte gardée par l'épée de feu, ce sera pour hucher à l'Archange de laisser faire, qu'elle est occupée à sauver la famille et gagner son pain à la sueur de son front.

Elle ne croyait pas dire si juste : car après l'euphorie de la découverte, après quelques semaines de discipline au travail, elle commença à sentir la sueur lui mouiller le front. Alberte et Pauline l'appelaient, les patins en bandoulière en février, ou les poches pleines de billes en avril; Fleur-Ange rejoignait Céline, les bras chargés d'albums de photos des vieux pays; même Marie-Zoé faisait miroiter à Radi la belle époque où l'on capturait les têtards au ruisseau du Docteur.

Restait Katchou. La seule qui avait ajusté sa vie à celle de son amie et acceptait de l'accompagner dans sa ronde, par beau ou mauvais temps. Un jour, elle lui confia que Prudence avait eu une attaque.

— Une attaque de quoi?
— Du haut mal. Timbée dans les transes.
— C'est vrai?
— T'arais dû la ouère envaler sa langue! Wilfred a été forcé de lui enfoncer le poing dans la falle jusqu'à la gargotière.

À fréquenter Katchou, Radi découvrait chaque jour des mots nouveaux. En plus de tout le reste.

— Veux-tu venir la ouère?
— Au lit?
— Non, la Prudence garde jamais le lit: a' conte qu'un lit c'est pas fait pour ça.

Malaisé de suivre Katchou. Mieux valait aller vérifier sur les lieux. Si sa mère avait su! Mais l'épilepsie n'est pas contagieuse. Et puis Radi a si grand' hâte de voir une bonne fois de ses propres yeux cette Prudence qu'elle croit connaître depuis que sa nièce la lui a présentée comme le pendant de la vieille Lamant, la sorcière en titre d'en bas, la tireuse de cartes, liseuse de thé, diseuse de bonne aventure, accoucheuse de trois générations de pouilleux qui sont tous sortis par la meilleure porte du ventre de leur mère.

— Allons-y, qu'elle fait.

Et les deux se dirigent vers l'antre de la vieille Prudence.

L'arrivée de la fille d'en haut sème la panique dans la fourmilière. Des marmots à la douzaine se juchent sur l'armoire, la table, les derniers barreaux de l'échelle du grenier. Puis une douzaine de paires d'yeux l'enveloppent de la tête aux pieds. Par habitude, Radi a essuyé ses chaussures en entrant, pour s'apercevoir qu'elle a frotté ses semelles sur de la terre battue. Pas de plancher. Des murs tapissés de calendriers et d'images de catalogues. Un fanal qui balance sa flamme nerveuse au-dessus de la pompe. Un poêle de fonte qui crache une épaisse fumée noire. Quelques chaises branlantes. Et dans un coin, sur une caisse renversée, un gramophone.

— Lâchez c'te manivelle !

Les turlutes de la Bolduc s'éteignent dans un râle. Sitôt Prudence balaye une paire de jumeaux du fond de l'unique chaise berçante et la propose à Radi.

— Fais comme chus vous, qu'elle dit.

Elle est là, debout au mitan de la place, la sorcière, dans toute sa splendeur surnaturelle, un long squelette parcimonieusement recouvert d'un parchemin jauni, la tête couronnée d'un nid d'hirondelle.

— Prends la chaise, qu'elle fait.

Radi veut obéir à l'ordre impératif, mais reste figée sur place. Katchou en a compassion.

— Elle passe pour la gazette.

Tous les regards dévorent le sac. Cette fois, c'est Prudence qui vient au secours de l'enfant égarée.

— Doumage que je savons point lire.

Radi réussit à balbutier qu'elle n'est pas venue pour ça, qu'elle ne veut pas leur vendre de journaux...

— Je pouvons toujours les prendre pour les portraits, que se ravise Prudence, pour sous-entendre que c'est point parce qu'on est pauvres qu'on n'est pas des genses comme les autres, qu'on a besoin comme tout le monde de s'émoyer de ce qui se passe ailleurs, et qu'on va pas pourrir dans son trou loin des événements qui s'en viennent et qui décideront du sort de tout un chacun.

Une sorcière, sans doute une voyante comme la vieille Lamant.

— Combien tu demandes? lâche Prudence sur le ton de quelqu'un qui ne s'abaissera pas jusqu'à barguigner avec une enfant. Va qu'ri' mon portefeuille, Katchou.

Une demi-douzaine de morveux roulent en bas de l'armoire et de l'échelle et s'engouffrent dans la pièce d'à côté.

— J'ai dit: Katchou!

Et tous les morveux regrimpent dans l'échelle et sur l'armoire. Par l'entrebâillement de la porte, Radi voit Katchou fureter dans le tas de hardes de trois générations, à la recherche d'un porte-monnaie qui a dû s'égarer dans l'un ou l'autre des nombreux exils de la famille.

Le camelot réussit à faire surface:

— J'en ai de reste aujourd'hui, ça coûte rien.

Et elle tend à Prudence son hebdo le plus volumineux et le mieux illustré. La reine des pouilleux apprécie, mais refuse: ça ne sera pas dit que sa maison acceptera la charité d'une enfant, venue par surcroît en visite de courtoisie.

— Grimpe sus une chaise et rouvre la darniére porte d'armouère, Katchou. Farmez-vous les yeux, tout le monde. Asteur, dénige la boîte de fer-blanc en dessour des catalognes et viens me la porter.

Tous les yeux se rouvrent en même temps que la boîte de fer-blanc. On a senti. Une odeur de cassonnade et de beurre rance flotte et se mêle à la crasse. Toutes les mains s'allongent.

— La visite en premier, grogne la sorcière qui distribue des taloches sur les premiers doigts à plonger dans la boîte.

Radi s'approche et choisit le morceau du bord, sans prendre le temps de le mesurer, elle qui pour une fois se serait contentée du plus petit. Elle croque de toutes ses dents dans le caillou de sucre à la crème que Prudence gardait pour les grands jours.

— Ma mère en fait du pareil, qu'elle chuinte à travers la bave qui lui coule aux commissures des lèvres.

Prudence n'en attendait pas moins. Elle est satisfaite. Radi aurait pu venir au monde dans une cabane en papier goudronné coiffée d'un tuyau de poêle, comme n'importe quelle Katchou, Catoune ou Piroune-aux-cannes-fines.

— Tu reviendras, qu'elle commande à Radi qui quitte la hutte enfumée en s'efforçant en vain de remuer sa langue engluée dans le caramel.

Elle se retourne pourtant pour sourire à la reine édentée, puis s'éloigne fièrement entre deux rangées de pouilleux qui lui font sa première garde d'honneur. Dans aucune maison du village n'a-t-elle reçu pareil accueil.

IX

Sandy était anglophone, caniche et anglophone. Depuis le départ de Mimo pour le collège, Sandy s'ennuyait et appelait désespérément Radi chaque fois qu'elle passait à moins de deux pieds de la portée de sa chaîne.

Ce jour-là, la chaîne traînait dans l'herbe comme un serpent décapité. Radi aperçut la mère de Mimo qui gesticulait sur son perron.

— *Did you see Sandy running around, dear?*

Non, *sorry*, elle n'avait rien vu. Mais elle irait volontiers fouiller le village, *Ma'm*.

— *You're a darling.*

De rien, rien du tout... jusqu'au face à face, nez à museau, avec le paquet de poil qui s'agitait dans les cenelliers derrière la forge. D'instinct, en voyant le chien lui sauter dessus, Radi songea à se protéger la gorge et le visage, mais c'est précisément là que s'abattit la tendresse de Sandy. Une langue rêche lui léchait les joues, le nez, le cou; elle ne distinguait plus les chatouilles du chien de ses propres émotions, de l'extraordinaire sensation d'avoir dominé sa peur et franchi une nouvelle étape de sa vie.

— San-dy... San-dy... susurrait-elle en fondant de bonheur.

Puis elle reprend le dessus sur la bête:

— Quoi c'est que l'idée de te sauver comme ça, petit vaurien?

Et l'enfant, qui ne faisait pas deux fois le poids du chien, l'empoigna et le ramena à ses maîtres, fière comme le jour de son premier pas.

On combla Radi-darling de récompenses inespérées: caresses, bonbons, *you're so sweet*, et un dix cennes tout neuf au creux de la main. Elle sortit de chez les Anglais si gonflée de sa personne que même Horace avait besoin de s'enlever de son chemin. Mais Horace en avait vu d'autres.

— Un chien c'est pas un lion.

Elle l'eût mordu.

— Pis Sandy, c'est quasiment pas un chien.

Elle le mordit.

La mère dut intervenir avant que la chicane ne tourne en jeu de chiens pour de vrai.

À partir de ce jour-là, Radi n'avait plus qu'une seule idée: retourner flatter Sandy, converser avec Sandy, sauver Sandy. Le grand amour!

Quatre heures, leurs rendez-vous quotidiens: ils languissent, se guettent, s'appellent de loin, se frottent la peau et le poil comme des amoureux. Puis un soir, sans aucune intention perverse, elle laisse tomber une parole étourdie:

— Si jamais tu te redétaches, compte pas sur moi pour te ramener, petite girouette.

Sandy avait su lire entre les lignes, comme tout bon disciple de la vieille Lamant, mais malgré tous ses efforts et sa bonne volonté, il ne parvenait pas à se détacher. Il s'affolait, s'entortillait, s'engottait. Il fallut que Radi donne le dernier coup de pouce, près du collier... et le voilà parti! Huit pattes à la fois, douze pattes, le chien n'est plus que pattes en liberté qui filent sur le plus lointain horizon.

Sandy! Sandy!

Pas bête, le chien retourne se cacher sous les mêmes cenelliers que le premier jour et se laisse redécouvrir avec la même avalanche de tendresse. Il sait maintenant que le jeu recommencera chaque soir à quatre heures, que Radi ne résistera pas à son assaut de charme, que les deux sont liés pour la vie dans le même secret, le même péché.

C'est Radi qui ressentit le péché, Sandy se contentant d'un interdit. Car au moment où elle voulut remettre le chien dans les bras de sa maîtresse qui lui glissait un dix cennes au creux de la poche, elle ne put soutenir le regard de la mère de Mimo qui hésitait entre la reconnaissance et l'accusation. Le soir à la maison, elle ne mentionna même pas le nom de Sandy, à la surprise de Céline qui prit aussitôt l'air de ne pas se méfier.

Elle passa tout droit devant Sandy le lendemain: les gens sont méchants et pourraient s'imaginer qu'elle le fait pour l'argent. Braille pas, Sandy, braille pas. Et elle s'éloigna en reniflant. Ils reniflèrent ensemble, durant des jours, le chien, les yeux vers le large; Radi, sur sa tache originelle qui fleurissait au-dessus du genou. Elle n'en aurait donc jamais fini avec cette tache?

Puis une bonne fois, ses yeux croisèrent ceux de la mère de Mimo dans la lucarne.

— *Would you care to take Sandy for a walk, Raady-dear?*

Radi contempla un instant le ciel où commençaient à poindre les premières étoiles. Et levant les bras, elle s'accrocha à la queue du chemin Saint-Jacques.

Les deux camelots ne se quittaient plus. Le village avait fini par s'y habituer. La femme du docteur trouvait que Radi ressemblait de plus en plus à la petite orpheline Annie avec son chien. Et Radi, qui soupesait les intentions sous les mots, jugea qu'elle avait avantage à prendre les devants. À l'avenir, qu'elle souffla à Sandy, tu m'appelleras Annie. Ouâ!

Annie, c'était la part misérable de Radi, l'orpheline potentielle, la pauvre enfant de bonne famille réduite à gagner sa vie. Elle adorait jouer ce rôle les jours de poudrerie et de grisaille. Elle poussa même la complaisance jusqu'à confier à Sandy son appréhension de leur vie future. Lui, une vie de chien; elle... elle n'arrivait pas à la définir, mais se savait porteuse d'une destinée que ne partageaient ni Céline, ni Fleur-Ange, ni Marie-Zoé. Personne d'autre n'avait sa tache originelle gravée sur la cuisse. Elle examina Céline de profil, la scruta sous divers angles, jusqu'à recevoir le coup de massue de sa sœur:

— C'est pas parce qu'on a un chien dans les pattes qu'on doit se prendre pour *Little Orphan Annie*.

Céline savait. Céline lisait dans les âmes. Céline avait donc des dons aussi puissants que les siens. Et Radi dut s'avouer qu'elle n'était peut-être pas la seule «unique» au monde.

Cet hiver des journaux fut très dur: pas beaucoup de neige, mais des froidures à faire éclater le thermomètre. Radi se laissait envelopper dans cinq ou six couches de lainages, bandée de la tête à l'échine, comme une momie: elle n'avait plus que ses jambes pour l'empêcher de se changer en stalagmite.

— Tu peux rentrer avec moi, Sandy, on accepte les chiens à la forge.

Quatre ou cinq flâneurs font cercle autour de l'enclume. L'arrivée de l'enfant suspend les rires gras de la bande à Tilmon.

— Tu connais l'histoire du vieux nonagénaire qu'a marié une fille qu'allait sus ses quinze ans?

— Tilmon!

— Énerve-toi pas, forgeron, le vieux se rappelait pus de rien, et la jeune savait pas encore; ça fait qu'i' s'a rien passé en toute.

Le maître de forge jette à Radi un sourire d'excuse et lui tend trois sous. Mais au moment où elle ouvre la main, elle voit l'argent disparaître dans un geste du prestigitateur Tilmon.

— Bâsi, qu'il fait, comme l'argent du pauvre monde dans les coffres du gouvarnement.

Le visage de Radi s'éclaire. Elle ne bouge pas mais sourit au magicien avec un brin de nargue sur les lèvres, sûre qu'il finira par lui rendre ses sous.

— Pas avant que tu me payes, qu'il fait, le doigt sur sa joue mal rasée.

Elle se mord les lèvres et continue à narguer.

Le maître de forge vient au secours de l'enfant:

— Tilmon, si ta femme te voyait!

— Hé, hé, le jour qui ouèra ma femme mettre les pieds à la forge me ouèra moi enfiler la grande allée au bras de ta fille, qu'il répond à la joie de la bande de gicleux qui se tapent les cuisses.

Puis il soulève sa casquette et montre à Radi trois sous brillants comme des étoiles sur son crâne nu comme un firmament.

Au moment de sortir de la forge, Radi entend la voix du forgeron :

— Prends garde à toi, garçonne.

Alors elle se souvient qu'il est le père de Philippe-le-mort.

Le prince Tilmon ne reçut son baiser sur la joue que la nuit suivante lorsqu'il s'en vint jusqu'au lit de plumes réveiller la belle Radi au bois dormant. Depuis cent ans qu'elle l'attendait ! Elle attendait depuis ses trois ans une nouvelle Alice pour venir renflouer son répertoire de contes. Les histoires de Tilmon s'apparentaient plutôt à des fables et fabliaux, plus à des récits grivois qu'à des contes merveilleux. Mais Radi dans une forge était prête à faire feu de tout bois. Et elle écoutait des yeux et des oreilles les histoires inoffensives; les autres... des oreilles seulement. Personne n'était dupe. Mais on finit par s'habituer à tout dans une forge.

Pour ne pas être en reste sur Horace qui rapportait à la maison une histoire de chasse que lui avait racontée Pitou, Radi risqua un soir l'un des contes inoffensifs de Tilmon. Succès instantané. Sa mère pouffa dans son mouchoir, son père ouvertement. Même Horace, bon joueur, déclara échec et mat. Radi remportait la palme des conteurs. Et elle renchérit. Le répertoire de la forge y passa. Quasiment. Car rendue au nonagénaire qui épouse la fille de quinze ans, elle entendit un silence qui lui révéla d'un coup sec la morale de l'histoire et lui ferma à jamais la forge et son prince des farceurs, Tilmon le magnifique. Elle perdait la forge, mais acquérait la conviction qu'elle serait un jour conteuse.

L'épisode de la forge avait réveillé chez la mère de Radi son vieux fonds de défense de la première vertu et l'avait lancée dans une enquête plus serrée sur les allées et venues de sa fille. L'enquête conduisit tout droit à la cabane de la sorcière Prudence. Pas tout à fait tout droit, mais par le truchement de Céline qui servait de comptable à Radi et avait constaté que la semaine du 13, il manquait trois cennes.

— Je les ai perdues.

— Où ça?

— Sur le chemin.

— Quel chemin?

— Comment je peux savoir si je les ai perdues? Y a un trou dans ma poche.

On vérifia les poches et, de fil en aiguille, on aboutit au sucre à la crème. Radi devait choisir entre deux accusations: le vol ou le mensonge. Elle choisit de plaider non coupable. Pour une fois, elle était du même bord que sa conscience. Elle avait gracieusement cédé à Prudence un hebdomadaire que la vieille n'avait pas les moyens de payer; elle avait accepté le sucre à la crème maison pour ne pas l'offenser; elle l'avait en partie mangé sur place pour montrer sa bonne foi; elle n'avait rien dit parce que...

— Vous auriez pas compris.

Le «vous» s'adressait à toute la famille, à tout le clan, à tous les gens d'en haut. Et le coup porta. Restait un point à éclaircir: que faisait l'accusée dans la cabane de la sorcière Prudence? Radi, qui jouait le tout pour le tout, son avenir et son âme, ouvrit les écluses:

— Les gens d'en bas sont-i' point des chrétiens comme les autres?

La surprise passée, son père sourit comme s'il était fier; sa mère baissa la tête; les autres calculèrent que c'était un bien gros procès pour trois sous de sucre à la crème.

Depuis la mort de sa femme et le départ pour les États de ses derniers fils, le vieux Dominique habitait seul dans une maison pourtant assez spacieuse pour y loger bien des servantes. À l'étonnement de Radi, aucune servante n'avait tenu plus de deux semaines au service du vieux Dominique. Mais depuis qu'elle passait les seuils, pénétrait dans les cuisines et découvrait l'envers et l'en dessous de son village, Radi s'étonnait moins. Elle avait appris en trois saisons que la femme du marchand buvait en cachette, que le père de Pauline parlait ouvertement contre les prêtres, qu'un notaire distingué jurait comme un diable, que la fille des Thibodeau ne serait jamais Enfant de Marie parce qu'elle fumait des *Players* et s'habillait comme un homme. Quand elle avait parlé de ses découvertes à la vieille Lamant, elle n'avait reçu qu'un:

— C'est la vie!

... accompagné d'un haussement d'épaules.

Quant à Katchou, elle avait ricané, sans plus. Un jour pourtant, Radi avait réussi à intéresser de plus près à ses découvertes son amie pouilleuse.

— Tu sais, chez les LeBlanc, la maison est assez grande que le père et la mère ont chacun leur chambre.

Cette fois, Katchou avait mordu. Et sans plus de commentaires, elle avait enchaîné:

— As-tu remarqué dans quel lit couche la belle-sœur?

Mais le pauvre veuf Dominique continuait de vivre et de dormir tout seul.

— Je passe pour la gazette, m'sieur.

— Si c'est pas la belle petite chouette au bon saint homme de son père! Entre, entre donc.

Elle entre.

— Entre, entre.

Elle est entrée. Qu'est-ce qu'il veut?

— Ça va faire une saprée belle fille. Ç'a quel âge?

Radi prend quelques secondes à comprendre que «ça», c'est elle. Et elle finit par murmurer:

— Je vas sur dix ans.
— Dix ans!

Il la tâte pour bien s'assurer que cette chair-là ne trompe pas sur son âge. Puis il lui enjoint de laisser le chien dehors.

— Ça sème du poil partout.

Radi jette un œil d'excuses à Sandy, le chien le plus propre du village. Cependant, elle obéit.

— Espère-moi sur la galerie, qu'elle fait en le déposant doucement sur le paillasson qui dit WELCOME.

Au moment de se retourner, elle ne voit plus le vieux Dominique, mais elle l'entend dans la chambre d'à côté. Il furète dans ses tiroirs de commode... il cherche des sous... il ne doit pas en trouver. Alors elle lui crie par la fente de la porte:

— Ça peut attendre, m'sieur, vous me paierez la prochaine fois.

Mais le veuf ne manque pas d'argent, sa maison en regorge, camouflé sous tous les matelas, dans tous les placards. Et il revient ouvrir, devant une Radi éblouie, deux mains pleines de pièces en cuivre, en nickel, en argent, en or! Elle n'a jamais vu pareille fortune. Et sans savoir pourquoi, elle se met à trembler... San-dy... San-dy...

Elle l'entend qui jappe dehors à s'en fendre le gosier, qui gratte sur la porte comme s'il avait la rage... pendant que le vieux Dominique, tout déboutonné, fait briller ses mains sous les yeux d'une petite fille qui comprend tout, d'un seul coup, tout ce qu'on lui cache depuis le berceau, par pudeur, et honte, et crainte, et souci d'épargner les enfants. Les yeux lubriques du vieux solitaire lui en ont plus appris en un éclair que les longues phrases à demi-mot de sa mère, ses sœurs et la maîtresse réunies. Seule Katchou avait su appeler un chat un chat et mettre Radi sur la piste. Et grâce à Katchou, Radi se dégage de l'étreinte du vieux, se débat jusqu'à la porte que son agresseur a pris soin de fermer à clef, se sauve du côté de la cuisine, s'empare du pichet en étain qui traîne sur la table et, menaçant la tempe du vieux, elle hurle :

— Allez-vous-en !

C'est la sœur du curé qui s'inquiète ou s'énerve des aboiements désespérés du chien des Anglais. Un chien d'ordinaire si bien élevé ! Et que fait-il sur le perron du vieux Dominique ? La vieille fille quitte la galerie de son presbytère et vient planter son nez de sœur du prêtre dans la fenêtre de son voisin. Mais Sandy l'a devancée et saute par un carreau ouvert du châssis de la cuisine à la gorge du vieux Dominique. Radi a disparu. La matrone du presbytère finit par libérer homme et bête dans une avalanche d'imprécations qu'elle adresse à tout le monde à la fois. Il ne lui reste plus qu'à s'en prendre à Dieu qui permet ce genre d'abominations au cœur de la paroisse la plus respectée du comté. La sœur du prêtre, qui n'a aperçu ni Radi, ni l'argent semé dans les fleurs du tapis, ni la braguette ouverte de l'agresseur, ne sait pas en quoi au juste consiste l'abomination que seul son inconscient le plus profond et le plus secret a enregistrée.

Mais instinctivement, elle caresse les oreilles du chien et toise le veuf de tout son mépris.

Radi reste enfouie sous les buissons d'églantines jusqu'à ce que Sandy vienne l'en dénicher. Sa peau égratignée saigne. Son cœur saigne. Sandy lèche ses plaies avec tant d'énergie et d'amour que les nerfs de Radi finissent pas céder et elle fond en larmes. Elle pleure à se vider l'âme et la mémoire, à se laver pour toujours d'une image qui ne doit en aucune façon figurer dans l'album de son enfance. Elle ne se libère de ses buissons d'épines qu'au moment où elle se sent la force de dire à Sandy:

— C'est fini. On le dira jamais à personne. Et on s'en parlera plus.

Radi tint parole: elle ne souffla mot à personne de l'incident. Sinon qu'un jour, quand sa mère eut appris de Pierre qui l'avait appris de Pitou qui sans doute l'avait appris de sa sœur la visite de Radi dans les bateaux et qu'elle se fut lancée dans l'une des plus longues et plus sévères réprimandes de mémoire de mère, l'enfant baissa la tête, la durée de la diatribe, puis la releva pour jeter sur un ton qui laissa tout le monde perplexe:

— Et chez le vieux Dominique, vous me laissez y aller?

Elle ne retourna jamais chez le vieux Dominique. Personne ne sut pourquoi. Et sa mère n'osa pas le demander. Ni pousser plus loin l'enquête sur les bateaux.

X

Les bateaux! Pourquoi avoir caché à sa mère, même à Céline, sa visite dans les bateaux? Radi n'avait mentionné à personne de la famille qu'elle poussait sa ronde des journaux jusque sur les ponts des steamers venus des vieux pays acheter le bois canadien à la belle saison, commerce qui faisait la gloire et la richesse des villages côtiers qui, au sortir de la Crise, n'allaient pas s'en plaindre. Sauf quelques mères de famille chargées de filles en âge d'attirer les regards des matelots. La mère de Radi était trop occupée à dresser ses barricades du côté de Sophie ou de Geneviève pour penser à ses cadettes en bas courts et robes en haut des genoux. Mais Radi ne passait pas la passerelle des steamers pour les matelots, sa mère pouvait dormir tranquille, elle s'y rendait pour le commerce, uniquement pour le commerce. Car des marins étrangers, pour tromper leur ennui et se distraire, eussent acheté n'importe quoi de n'importe qui. Et Radi était sûre que seuls ses bons mots de pays et les trente-six versions d'*À la claire fontaine*, du haut de la dunette, lui méritaient les généreux pourboires qui lui pleuvaient dans les paumes. Tout cela se passait avant son épreuve chez le vieux Dominique. Et sans le rire bizarre de Katchou qui monta du fond de la cale...

Katchou, la seule qui avait accepté d'accompagner Radi dans ses expéditions maritimes. Marie-Zoé souffrait du mal de mer même sur un navire ancré, et Fleur-Ange... Fleur-Ange était l'amie de Céline qui n'était pas dans le secret. Lors de l'inquisition, il fallut expliquer aussi pourquoi Céline avait été tenue à l'écart.

— Elle aurait pas voulu.

— Pourquoi?

— Parce que.

— Parce que quoi?

— Parce que Céline aimait jamais rien qui... que...

Radi, qui d'ordinaire réussissait à exprimer à peu près clairement n'importe quelle idée ou émotion, dût-elle pour y parvenir créer des mots de son cru, ne trouvait plus la voix: aucune expression, aucune parole ne pouvaient traduire le trouble qui la saisit au moment de comprendre elle-même, et encore plus d'expliquer aux autres, les vraies raisons du refus éventuel de Céline devant l'aventure périlleuse des steamers. Jusque-là, Radi avait voulu croire que les craintes de sa sœur, ou même de sa mère, étaient liées au danger de l'eau: un faux pas, et l'enfant était précipitée dans un chenal profond de cinquante pieds. Mais ses explications hésitantes firent découvrir à Radi l'ampleur de son mensonge, né dans des faire-accroire, dans la volonté de croire, dans l'obstination à se boucher les yeux.

Et elle accourut au secours de Katchou, mais Katchou se moqua des peurs de Radi qui finit par avoir honte. Et elle continua à franchir comme une grande la passerelle du steamer sans autre préoccupation que de poser un pied devant l'autre avec l'assurance et la dextérité d'un vieux loup de mer. Jusqu'au jour où, dans le bar des matelots qui reliait bâbord à tribord, elle se trouva face à face avec la sœur de Pitou qui, elle, n'était point là pour vendre des journaux. Et de Catoune à

Pitou à Pierre à sa mère, le secret de Radi l'avait conduite au tribunal de famille qui avait mis fin à sa glorieuse expédition dans les bateaux.

— J'irai tout seule, que lui proposa Katchou sans faire d'histoires. Baille-moi tes gazettes et je te jure que je te volerai pas un cenne nouère.

Elle cracha.

Inutile de jurer-cracher, Katchou; Radi avait une confiance absolue dans ta probité. Pourtant, elle refusa l'offre.

— T'as pas à faire ça, qu'elle dit.

Pour la première fois, Radi comprit qu'elle venait d'utiliser la litote sans pouvoir la nommer. Une forme de sous-entendu, de double sens, d'expression qui disait à Katchou: «Merci, mais te dérange pas pour moi», et qui en même temps disait à sa conscience: «Attention, Katchou marche sur du sable mouvant, ne la laisse pas faire.» Katchou répondit par une moue dédaigneuse mais n'insista pas, comme si elle avait compris mieux que Radi tout ce que Radi ne disait pas. Et les deux amies n'abordèrent plus le sujet des bateaux avant ce matin de septembre où le village se réveilla pour apprendre qu'il était en guerre.

L'été avait plané comme un cerf-volant au-dessus des têtes, tout en piqués, roulis, tangages, vrilles, virages, inclinaisons, réduisant Radi et sa bande de coureurs de buissons à jouer à cache-cache avec un danger qui refusait de se montrer la face ou de révéler son nom. Mais un jour de septembre, il afficha son nom en toutes lettres et le cria sur tous les tons: la guerre! Enfin, la fin du monde! Mais le monde fut sauvé par Horace qui s'empara de cette guerre comme de toutes les autres. Celle-ci, c'était la guerre d'Horace.

— Parce qu'il faut pas se figurer que la guerre, c'est rien que l'affaire des autres.

Pourtant, selon Léopold, celle-ci se fera surtout dans les vieux pays. Céline respire: un Atlantique les sépare du front. Pas de danger, il ne se passera rien... Vraiment rien? mais alors?... La seule idée que la guerre pouvait ne rien changer à sa vie, remuer le ciel, la terre et les eaux du monde entier sans atteindre la vie quotidienne, de plus en plus quotidienne, des enfants assoiffés d'aventures d'un pays où il ne se passait jamais rien, mit Radi au désespoir. Alors une guerre, ça changeait quoi au juste?

— Nos gars seront appelés sous les drapeaux.

Les gars encore! Seuls les garçons auront droit de partir, visiter les vieux pays, vivre au centuple la plus grande expédition du siècle. Pas Horace, il n'est pas en âge. Il lui faudra attendre. Mais s'il attend trop longtemps, il pourrait la rater lui aussi. Cette guerre ne durera pas, selon Cyrille Girouard, l'expert en défrichage d'affaires internationales. Et son père acquiesce: avec les moyens de destruction dont on dispose aujourd'hui, le monde serait anéanti avant le printemps. On ne lui accorde pas six mois, à cette guerre.

Radi jette un œil méprisant au capitaine Horace: dans six mois, il n'aura toujours pas seize ans. Horace se détourne.

— De toute façon, c'est pas notre guerre, c'est celle de l'Angleterre, qu'il fait. Qui c'est qui va s'affoler pour l'Angleterre?

Ne nous affolons pas, c'est pas notre guerre. L'Angleterre, c'est pas nos oignons. Attendons que la France nous appelle.

— Notre pays fut l'un des premiers à déclarer la guerre à l'Allemagne, corrige son père. Tout le monde est dans le bain, veut, veut pas.

Horace veut. Et aussitôt il prend place dans le cercle des débattants, entre son père et le père de Pitou. On parle de périscopes aperçus sur les côtes de la Gaspésie, et qui n'étaient pas là pour pêcher le saumon, c'est Cyrille qui le dit; de la ligne Maginot qui tiendra, ne tiendra pas; de la grosse Bertha... La grosse Bertha? Radi n'a pas le temps de s'en enquérir que Pierre arrive tout essoufflé avec la première bombe qui touche personnellement le village.

— Le steamer a bâsi en pleine nuit.

Pierre avait la gorge sèche et la voix saccadée. C'était un bateau allemand; qui faisait le commerce du bois; le curé aurait été chargé par le gouvernement de prévenir le capitaine de partir avant l'aube; il fallait à l'ennemi atteindre la zone des eaux internationales avant la déclaration de guerre : douze milles.

— Mais qui savait?
— ... savait que c'était un bateau allemand?
— ... que la guerre allait se déclarer aujourd'hui?
— Ceux-là qui la déclarent le savaient, c'te affaire!
— Christ Almighty!

Silence. Puis le vieux Ferdinand, vétéran de la Première Guerre, arrache sa pipe :

— Douze milles... Pensez-vous que...

Tout le monde y pense, sauf Radi. Elle n'a pas encore eu le temps de comprendre, trop occupée par les sous-marins qui pêchent le saumon en Gaspésie et la grosse Bertha qui... Puis son esprit s'allume, frappé par la foudre : le bateau, son bateau ! Ces matelots, gaillards et folichons, qui la lançaient en l'air, riaient à ses chansons, grimpaient allègrement dans les cordages ou passaient comme des rats par les écoutilles, la comblaient de pourboires et de mots gentils... des Allemands ! Le mousse à la tignasse jaune filasse, assis à califourchon sur le beaupré, et qui chantait tout seul des airs tristes... un Allemand ! Un plein navire d'Allemands, démarré de nuit, filant en douce, à contre-courant des vagues et du temps.

Elle s'élance en bas de la traque pour y dénicher Katchou, assise elle aussi à califourchon, sur la clôture de lices, mais qui ne chante pas. Surgit Prudence qui s'amène sans détacher ses yeux du goulet qui s'ouvre sur une mer insensible et vide. Radi accourt au-devant de la sorcière. Avant la brûlure du chagrin, elle a senti celle de la curiosité :

— Qu'est-ce qu'on fait aux Allemands qu'on attrape au pays en temps de guerre ?
— On les garroche en prison.
— C'est toute ?
— Peut-être ben qu'on les fusille.
— À cause ?
— À cause que c'est des Germains.

Elle n'a plus rien à demander, le cercle est fermé : vicieux et fermé. C'est alors qu'elle entend le hoquet de Katchou. Radi n'avait jamais vu pleurer son amie, n'arrivait pas à imaginer la forme que pourrait prendre un vrai chagrin chez une pouilleuse, alors que la douleur de l'âme ou du cœur était réservée à sa famille, à sa tribu. Pour que cette dure de dure, cette crasseuse née hors la loi affiche soudain ses plaies sur la peau de ses joues, il lui fallait éprouver un chagrin d'une profondeur inconnue dans le monde de Radi. Elle hésite à s'approcher de Katchou qui pourrait regimber comme une jument blessée, la toise de loin, puis dans un geste irréfléchi, sans doute le plus courageux de ses neuf ans, s'élance, lui attrape la tête avant même que l'autre n'ait le temps de comprendre, et des deux paumes lui lave la figure tout en morve et en larmes.

— Le bateau aura eu le temps de passer les lignes avant le matin, c'est mon père qui l'a dit.

Katchou, qui dans sa famille en lambeaux n'a jamais entendu de paroles paternelles, ouvre tout grands les yeux devant une affirmation aussi catégorique. Et pour la première fois, c'est l'autorité de Radi qui l'emporte.

— Je me le demande, qu'elle se contente de répondre après un dernier hoquet.

Radi et Katchou, chacune dans son lit, se le demandèrent durant une partie de la nuit. Durant une partie de la guerre.

Après la grande peur et les remous qui entourèrent sa déclaration, la guerre entra dans sa période de stagnation. Il ne se passait plus rien. Le conflit mondial ne semblait pas vouloir changer grand-chose au train-train quotidien d'un village perdu sur des côtes indignes d'une grande bataille. Pas même la moindre attaque sous-marine, rien. À peine une parade, un dimanche par-ci, par-là, un défilé d'une centaine de militaires en tenue, trois ou quatre chars, cinq ou six camions et une douzaine de vétérans de la Première Guerre qui chantaient: *It's a long way to Tipperary*.

Même avec la guerre, il n'y en avait que pour les vieux pays. Et Radi se mit à envier les fillettes de son âge nées en France, en Belgique, en Hollande, qui se cachaient sans doute dans des caves ou des greniers, à la barbe de la police et de la Gestapo, affamées, épeurées, risquant chaque jour la prison ou la mort, mais vivant si dangereusement que leur vie en devenait sublimée, comme si ces Radegonde qui avaient eu la chance de naître là-bas se mouvaient à l'intérieur d'une épopée. Si Radi avait eu le bonheur de vivre alors dans un pays en guerre, en vraie guerre, et non pas en terre d'Amérique où même l'armée se tenait à l'abri — où des soldats venaient d'Angleterre s'entraîner sans courir le risque de se faire tirer dessus pendant l'exercice —, vivre au front avec tous les périls et les aventures que cela entraîne, alors elle eût montré à Horace, Céline, Fleur-Ange, Robert-le-bout-de-diable et les autres de quoi elle était capable. Mais l'histoire stagnait, les pieds enfoncés dans sa drôle de guerre qui ne se décidait pas et qui ne laissait pas à Radi la moindre chance d'actions héroïques. À ce rythme-là, on pouvait craindre que le conflit s'enlise et ne se termine jamais. Alors Horace finirait par être en âge, et Pierre, et Léopold, qui pourtant l'était déjà mais en fut exempté à cause de ses études.

— On n'a même pas encore voté la conscription, corrige sa mère qui cherche des miettes de consolation; pour l'instant, c'est une guerre de volontaires.

— Et nous autres, on est pas des volontaires?

La mère laisse couler le long du visage de Radi un regard si perplexe que la pauvre enfant ne sait plus où se brancher. Même l'école est divisée là-dessus: les fils et les filles des Smiths et des Carolls prennent pour l'Angleterre qu'ils sont quasiment prêts à appeler mère-patrie; les LeBlanc, les Léger et les Landry préfèrent faire la guerre à l'Angleterre. Et l'on se bat pour ou contre la guerre. C'est Katchou, remise de sa peine d'amour comme elle devait se remettre de chaque coup dur de la vie avec la souplesse et la rapidité du chat qui retombe sur ses pattes, qui propose aux belligérants une solution de rechange. La guerre a peut-être ses avantages. Paroles de la tante Prudence.

La guerre, c'est peut-être une bonne affaire pour les oubliés du temps de paix. Pour enrôler un citoyen, il faut bien commencer par le nommer; puis le nourrir et l'engraisser avant de l'envoyer à la boucherie; puis donner des pensions aux veuves des soldats qui ne reviendront pas du front; puis fournir aux éclopés de guerre de quoi gagner leur vie avec l'œil, le bras ou la jambe qui leur restent; puis les vêtir pour point faire honte à l'armée, en bons soldats de Sa Majesté qui peuvent point parader tout nus. Et Prudence d'ajouter par la bouche de Katchou:

— Même que là-bas, au front, tous les soldars seront greyés pareil, le garçon des Arvunes comme c'ti-là à Don l'Orignal, tout le monde en kaki. La guerre, c'est p't-être point une si mauvaise affaire.

Radi aurait voulu répéter à ses père et mère les dires de Prudence sur les merveilles de la guerre, mais une sorte d'instinct la retenait.

Elle s'en fut cogner chez la vieille Lamant.

— Grand-mère?

— Entre, Tit-Poucette.

— Ça fait quasiment un an que la guerre a commencé.

— Eh oui!

— Vous croyez que ça sera encore long?

— Une guerre, c'est comme tout le reste, ça doit faire son temps. Là on est en train de la perdre; faut point arrêter avant que le vent vire.

— Mais maman a dit qu'on pouvait pas perdre, parce qu'on est du bord des bons.

— Heh, heh!

— On est-i' pas du bord des bons?

La vieille attire Radi dans la flaque de soleil qui se découpe sur le plancher et lui tourne la tête vers la fenêtre.

— Regarde, qu'elle fait, le printemps commence à pendre aux branches ses premiers bourgeons; et les premières outardes reviennent du sud.

— Qui c'est qu'est du bon bord, madame Lamant?

— Tous ceux-là qui savent lever la tête pour accueillir les premières outardes et les premiers bourgeons.

Le lendemain, Radi rassembla sa bande de gavroches pour leur parler des bourgeons et des outardes. Mais même Robert, le propre petit-fils de la grand-mère, se moqua de Radi et de sa guerre en habit de printemps.

Radi s'étonna, peu de temps après, que la maîtresse eût oublié Katchou à l'appel des noms. Elle se retourna et aperçut le banc vide. Son cœur perdit une maille. Que se passait-il? Elle se leva pour aller s'enquérir, puis se rassit: ne pas sonner l'alerte au cas où Katchou eût des raisons de vouloir se faire oublier. Le reste de la matinée fut pour Radi l'une des plus longues de mémoire d'école. Et à midi, elle avala en deux temps sa soupe aux légumes de devant-de-porte et accourut cogner chez Prudence. Katchou vint ouvrir. Les deux amies s'affrontèrent en silence.

— C'est ben, c'est ben, finit par grommeler Prudence en sortant la tête d'un tas de hardes qui semblait lui poser un problème insoluble... trier le plus-rien-debon de l'irrécupérable, laver le tout pêle-mêle à l'eau froide, ou envoyer le paquet en bas de la côte et attendre que les marées l'emportent au large... c'est ben, qu'elle répéta en poussant sa nièce quasiment dans les bras de Radi, rentrez ou sortez, ben enlevez-vous de mes jambes.

Radi se dégagea la première pour laisser le passage à la sorcière qui lui jeta un œil tout blanc. L'œil blanc de Prudence ne présageait jamais rien de bon. La dernière fois, à la veille d'une crise d'épilepsie qui avait duré une partie de la nuit, l'œil de Prudence, avant de tourner blanc, avait aperçu au large ce que tous avaient pris pour un marsouin, mais qui s'était révélé une tortue d'une demi-tonne. Et suite à l'apparition de la tortue, Cap-Lumière avait perdu en une seule tornade la moitié de sa flotte de pêche.

Radi détourne la tête. Elle refuse. Prudence est trop forte. Si elle laisse parler son œil, le pays pourrait sombrer.

Il ne sombra pas, mais le lendemain, le gouvernement vota la conscription, en dépit de tous ses engagements, et rafla la meilleure jeunesse du pays qu'il envoya se faire tuer pour l'Angleterre. Telle était l'interprétation d'Horace qui ne pardonnait pas encore au destin de l'avoir fait naître une année trop tard et dans une famille pacifiste. Il ne voyait pas pourquoi on accorderait le droit de partir au front, qu'on lui refusait, à des flancs-mous moins braves et moins prédestinés que lui. Et par dépit:

— Qui c'est qui veut aller se faire tuer pour l'Angleterre!

— Tous ceux qui comprennent qu'aujourd'hui sauver l'Angleterre, c'est sauver le reste du monde, y compris monsieur Horace.

Radi adorait ce genre de réponse que seule Sophie savait asséner à un blanc-bec du type Horace. Mais la réponse de la sorcière Prudence, surgie du bas de la traque, sonnait une autre cloche :

— Prends le bois, Wilfred-Laurier.

XI

Dix ans le 10 du mois, tu peux faire ton souhait, Radi.

C'est la vieille Lamant qui lui a révélé ce privilège de ses dix ans. Un jour dans la vie, chacun a droit à son vœu: un vœu garanti, à l'épreuve de l'eau, du feu, des mauvais sorts... Hormis pour les actes de Dieu, spécifie l'iconoclaste qui réussirait à faire enrager la Sainte Trinité si Dieu n'y prenait garde.

— Comptons-nous chanceuses, toi et moi, de point être venues au monde un 1er, un 2 ou un 3 du mois.

Mais Radi se rebiffe; elle se souvient de ses trois ans: les roches, le carré de sable, Joséphine, Alice et les trois Ours...

— Oui, mais quelle sorte de souhait on fait à cet âge-là?

Elle a honte de n'y avoir pas pensé: à trois ans, elle eût sûrement demandé au ciel un bicycle à trois roues.

— Penses-y dur, le jour de ses dix ans revient pas deux fois dans une même vie.

Elle frémit. Jamais plus elle n'aura dix ans, jamais plus, jamais, jamais... jamais plus... le temps est irréversible, n'a pas de marche arrière. Elle se sent emportée comme une plume qu'un vent mauvais fait tourbillonner dans trente-six directions, toutes les directions, sauf une: celle du retour. En une seconde elle avale ses neuf premières années qui lui bloquent le gosier, l'engottent, l'amènent au bord de la défaillance. La secousse est si grande que l'enfant bombarde de flèches invisibles le visage de l'impassible voyante et l'implore de la sauver du pire, d'empêcher le non-retour de la vie, la vie qui l'entraîne loin des tunnels sous la neige, de la marelle, de la cabane en lattes du moulin, des bas courts et des dunes du Fond de la Baie. Mais la vieille Lamant est impitoyable:

— Assure-toi de demander la chose que tu voudras encore à quarante ans.

Elle n'a plus envie de rien. Que peut-on vouloir encore à quarante ans? À quarante ans, on porte toute l'année des bas longs attachés à des jarretelles qui pendent au bout d'une gaine qui serre le ventre; à quarante ans, on ne joue plus à la marelle, on ne se roule plus en bas des buttereaux de sable, on n'a plus d'amies d'enfance, de camarades de jeux qu'on fait enrager à la moindre contrariété; à quarante ans, on n'a plus envie de rien, on va bientôt mourir. Un souhait pour la vie est un présent empoisonné, piégé, Radi est prise au piège, le piège de l'âge, du temps. Elle veut faire un souhait qui durera toujours, mais c'est le toujours qu'elle refuse, qu'elle combat de toute la force de ses dix ans qui se dressent soudain comme un corps d'armée devant les onze, douze, vingt ans qui vont suivre. Elle scrute le visage de la voyante à la recherche d'un mot, un seul, un seul mot pour décrire son souhait qui doit durer toute sa vie sans pour autant la projeter dans l'avenir, sauf pour l'emporter au-dessus du monde, lui montrer de si haut sa propre planète que toute son enfance lui sera rendue d'un seul coup, flottant dans le cosmos tel un petit pois dans son bol de soupe. Elle veut... beaucoup plus qu'une bicyclette, un toboggan, le Fond de la Baie, les neiges de février et les premiers bas courts; elle veut les neiges, les bas courts et la baie... éternels.

La vieille Lamant se penche pour mieux décrypter les balbutiements de l'enfant qui parle par en dedans, et croit entendre:

— ... Le chemin Saint-Jacques.

À peu près en même temps, au cœur du mois de Marie, alors que les garçons ne tiennent plus en place en aspirant l'odeur de la pelouse fraîchement coupée qui monte du champ de base-ball et les filles l'odeur des garçons qui sentent la terre du champ de base-ball, l'institutrice décida de renoncer à la classe d'hygiène et de passer, jusqu'à la cloche de quatre heures, à la lecture. Elle prit un livre au hasard sur le plus bas rayon et invita chacun à s'asseoir droit, le dos collé au banc d'en arrière et les mains posées à plat sur le pupitre. S'ils se tiennent tranquilles...

— Je vais vous lire une belle histoire.

Personne ne la crut. Les belles histoires de la maîtresse tournaient d'habitude autour des oiseaux et des abeilles, des glands, des bourgeons et des feuilles et s'achevaient invariablement dans une leçon de plus d'histoire naturelle. Mais une histoire valait toujours mieux qu'une leçon d'hygiène et tout le monde se tint coi: vous pouvez commencer, mam'zelle. Un vieux livre corné, jauni, même pas illustré, don d'un inspecteur qui avait dû le lire puisqu'il était annoté, et que la maîtresse prit soin d'épousseter avant de l'ouvrir au hasard, sans même humecter son pouce, sur l'histoire de la dernière classe. Cette demoiselle avait la voix nasillarde, en plus de deux ou trois tics du visage qui, durant la lecture, poussaient les mal élevés à la singer et les autres à regarder ailleurs. Radi cherchait à suivre sur les carreaux des fenêtres les mouches qui venaient de se réveiller d'un trop long hiver et dont les bourdonnements risquaient d'enterrer Alponse Daudet et ses *Contes du Lundi*. Cinq mouches, huit mouches...

... Ce matin-là j'étais très en retard pour aller à l'école...

... Douze mouches...

... On entend les merles siffler à la lisière du bois...

Radi détache ses yeux des mouches et les pose sur les lèvres de l'institutrice.

... Et dans le pré, derrière la scierie...

Derrière le moulin à scie, au bout du village, il y avait aussi un mocauque, des landes où Radi allait cueillir les pommes de pré.

... Va à ta place, mon petit Franz; nous allions commencer sans toi...

Il s'appelait Franz. Il ne savait pas sa leçon de grammaire. Mais le maître, ce jour-là, ne le chicana pas. La classe de Franz était muette, comme celle de Radi. Pourtant, en se retournant, elle crut voir Robert et Jovite confectionner des avions sous leurs pupitres et Alberte chuchoter ses secrets à Pauline.

... Mes enfants, c'est la dernière fois que je vous fais la classe. L'ordre est venu... C'est votre dernière leçon de français...

La dernière leçon de français, la dernière... Radi ne regarde plus ni Pauline, ni Robert-le-bout-de-diable. Elle regarde le petit Franz. Le petit Franz qui savait à peine écrire et qui n'apprendrait donc jamais. Il allait parler toute sa vie une autre langue qui n'était même pas l'anglais, mais l'allemand... Et le maître s'adresse aux parents qui n'ont rien vu venir et rien fait pour empêcher ça. Sur le toit de son école, comme sur celle de Radi, des pigeons roucoulent, et Radi entend la maîtresse qui, sans lever les yeux, continue:

... Est-ce qu'on va les obliger à chanter en allemand, eux aussi ?...

Et quand l'horloge de l'église sonna midi, puis l'angelus, la voix du maître s'est cassée. Il a dû faire signe avec sa main, signe que la maîtresse de Radi a répété au siècle suivant:

... C'est fini... allez-vous-en.

Radi n'avait jamais vu pleurer une maîtresse, encore moins un maître. Or ce jour-là, sur les joues de l'institutrice acadienne, coulaient les larmes du vieil Alsacien. Deux filets d'argent qui ne sécheraient sans doute jamais. Car ils atteignirent le cœur de Radi et s'y engouffrèrent pour l'éternité. Elle se leva, sans même attendre le signal, et sortit de l'école en répétant:

... C'est fini... allez-vous-en.

C'était fini, et pourtant c'était le début d'une vie nouvelle.

Arrivée sur le perron de la vieille Lamant, elle s'arrête, hésite, puis fait demi-tour. Même la voyante ne comprendrait pas, pas ça. Radi ne trouverait pas les mots pour le dire, peut-être parce qu'elle venait d'entrevoir pour la première fois la vraie puissance des mots... les mots... la langue qui parle une autre langue... Elle cherche à formuler ce qu'elle ressent, mais les formules lui échappent. Le petit Franz a vécu le jour le plus important de sa vie parce que... parce que c'est Daudet qui l'a dit. Non, ce n'est pas ça, la formule. Ce n'est pas parce que Daudet l'a dit, comme on dit: parce que Dieu l'a révélé, c'est parce qu'il l'a dit de cette manière-là. Radi se débat, non plus avec les mots, mais avec quelque chose qu'elle ne connaît pas, qu'elle comprendra beaucoup plus tard, et qui s'appelle l'écriture. Elle avait reçu *La Dernière Classe* d'Alphonse Daudet comme la foudre, mais une foudre qui l'avait soûlée, non pas anéantie. Elle entrait en littérature comme à trois ans dans les contes, tête première.

Elle ne révéla rien à la vieille Lamant qui risquait de faire basculer *La Dernière Classe* dans la politique, la patrie, la langue. Cette histoire n'était pas une histoire, pas non plus une leçon, rien de tout cela. Peut-être en soufflerait-elle un mot à sa mère qui avait été maîtresse d'école? Mais Franz n'était pas un modèle d'enfant d'école, personne à la maison ne comprendrait l'importance de cette histoire comme les autres... Non, pas comme les autres pour Radi, parce que cette histoire-là lui avait révélé le plaisir de la chose écrite à la manière de Daudet.

Elle en parla à Céline. Un mot à la fois. Et à son étonnement, Céline comprit. Comme si elle était déjà passée par là. Elle poussa même la bonne volonté jusqu'à féliciter Radi sur sa découverte et le sérieux de sa démarche. Mais Radi n'était responsable d'aucune démarche, elle n'avait fait aucun effort, tout lui était tombé du ciel.

— Tu viens de franchir une étape, c'est très important. Mets-toi à la lecture des bons livres.

Non. Les bons livres ne valaient pas une partie de balle molle ou une expédition en radeau. Elle avait lu tous les bons livres de la comtesse de Ségur, plus *Little Women*. Elle ne s'intéressait pas aux bons livres, mais aux livres d'Alphone Daudet. Elle expliqua à Céline... elle tenta d'expliquer à Céline... et puis diable! elle ne tenta

134

plus rien et enfouit sa découverte au fond de son âme. Mais le lendemain, elle demanda à la maîtresse si cet Alphonse Daudet avait écrit autre chose et si... La maîtresse avait eu toute la nuit pour se remettre d'une émotion qui ne l'avait pas bouleversée autant que Radi et répondit que oui, qu'elle chercherait, que pour l'instant on allait commencer la classe d'arithmétique.

Radi devrait attendre trois ans avant de tomber sur *Les Lettres de mon moulin*.

Sophie, avant de partir pour l'école des infirmières, avait longuement vanté à Radi sa chance d'être venue au monde dix ans plus tard que son aînée. Tu seras de la bonne cuvée, qu'elle lui avait dit, la génération qui aura droit au collège pour filles, peut-être à l'université, à l'égalité des sexes. Elle, Sophie, aurait tant voulu faire sa médecine, mais la médecine, c'était pour Léopold, pour les garçons. Léopold diagnostiquerait les maladies, Sophie soignerait les malades. Radi avait pincé le nez devant un si mauvais partage, puis s'était souvenue du jour où elle avait annoncé à Céline son quatrième choix... mère de famille, sœur, vieille fille, quoi d'autre? ... Après toutes ces années, elle n'avait pas encore trouvé mais pressentait qu'un quatrième choix se cachait derrière les mots.

Elle s'en vint cogner chez Marie-Zoé.

— Un jour, on ira au collège, qu'elle lui dit pour couper au plus court.

— Au collège? À Memramcook? C'est rien que pour les garçons.

135

Marie-Zoé avait hérité d'une ramée de frères qui se dirigeraient tous vers Memramcook. Comme les frères de Radi.

— Mais un jour, ça sera au tour des filles. On est de la bonne génération.

— Faudrait un miracle.

Première manifestation chez Marie-Zoé d'un solide bon sens qui guiderait toute sa vie, et qui pour l'instant renvoyait Radi à mesurer la hauteur des obstacles qui lui bloquaient la porte du collège: un père malade, trois frères aînés qui attendaient leur tour. Elle s'inclina: hors un miracle...

— Et pourquoi pas? Les miracles sont-i' juste pour les autres?

Mais la notion de miracle chez Radi ne correspondait pas tout à fait à la définition qu'en donnait l'Église. Elle avait trop fréquenté l'attique de la vieille Lamant pour limiter sa foi aux miracles de Lourdes ou de Sainte-Anne-de-Beaupré. Elle n'était même pas sûre si elle devait attribuer le phénomène à Dieu, à ses saints ou au chant rauque des corneilles qui pouvaient aussi bien annoncer les morts subites que les mariages imprévus. Un miracle, c'était tout ce qui survenait d'extraordinaire à l'heure où on ne l'attendait pas. Une chose était certaine, toutefois: un miracle, ça se paye.

— On va jeûner, Marie-Zoé.

— Jeûner? en plein mois de Marie? à la veille des coques et des petites fraises des champs?

Radi salive. Les fraises sauvages, les cerises à grappes, plus tard les cosses et le blé d'Inde... Le collège, ce n'est pas pour tout de suite, il leur reste quelques années d'école primaire, puis secondaire, on a le temps. Mais l'âge venu, elles devront être fin prêtes.

— Faut prendre de l'avance : plus de beurre sur le pain.

Marie-Zoé songe aux fèves au lard du samedi soir, accompagnées de pain sec... eurk ! Radi la voit grimacer. Elle se rebiffe :

— Tu penses que les Marie-Zoé et les Radegonde d'Outre-mer mettent du beurre sur leur pain, elles ? Et le petit Franz...

Elle s'arrête net. Le petit Franz faisait face à un autre genre de problèmes. Un jour viendra, Marie-Zoé, où l'école pourrait virer son capot de bord, connaître sa dernière classe, abandonner le français, pas de temps à perdre, faut se préparer à tout. Marie-Zoé la dévisage sans comprendre. Qui est Franz ?

Radi ne s'adresse plus à son amie, elle se parle à elle-même, cherchant à se convaincre que son école peut du jour au lendemain connaître le sort de celle de l'Alsace, partir à la dérive, perdre sa langue. *C'est fini... allez-vous-en...* Il faut se hâter, apprendre le plus vite possible les mots, les temps de verbes, les principales et les subordonnées... Mais au fond de son âme, Radi n'a pas réellement peur, elle se fait des accroires, pour l'émotion, pour le plaisir. Car son vrai plaisir, le plus profond, celui que lui a procuré *La Dernière Classe*, elle ne le lâchera pas pour les primeurs du printemps, pour des cenelles ou des fraises des champs, elle le paiera de tonnes de beurre sur son pain, s'il faut, elle forcera le miracle, elle courtisera Dieu et ses saints ! Elle veut retrouver, intact, le bonheur entrevu dans *Les Contes du lundi*, et qu'elle sait de même nature que celui des contes de sa première enfance. Pour ça, il faut trouver le chemin des mots, aller un jour à Memramcook.

Du beurre contre Memramcook, Marie-Zoé !

137

D'instinct, Radi se tut devant Katchou. La pouilleuse n'était pas destinée à Memramcook. N'était même pas destinée à finir l'école de son village. Son banc, depuis le jour où il était resté vide au milieu de la classe, s'était recroquevillé, comme un animal blessé, puis avait disparu sous un tas de livres et de cahiers qui débordaient des pupitres voisins. Le banc de Katchou, dépotoir de la classe des moyens! Radi n'avait pas insisté, comme si elle avait compris qu'on ne transvide pas l'océan dans un trou d'eau avec une coquille Saint-Jacques. Mais son âme saignait. Elle avait honte.

Petit à petit, les deux amies entrèrent dans les demi-confidences, les sous-entendus, le jeu de cache-cache entre le je-te-dis-ci-si-tu-m'avoues-ça. Avant de rentrer de sa ronde ce soir-là, Radi en avait appris assez pour deviner le reste. Katchou n'avait pas abandonné l'école de son plein gré, mais avait été retenue au logis par Prudence qui avait un compte à régler avec le curé et le gouvernement qui siégeait à Ottawa: le curé à cause des bateaux où les filles d'en bas semaient le germe du scandale; le gouvernement qui avait voté la conscription. Prudence avait mal pris les insinuations de l'Église contre les filles à matelots qui logeaient toutes du même bord de la traque, qui déshonoraient la paroisse et pervertissaient les enfants de bonnes familles.

— Heuh!

Elle en savait long, la sorcière, sur les filles de bonnes familles; elle les avait dans le nez, leurs mœurs d'Enfants de Marie. Sans compter qu'elle avait vu entrer chez sa voisine de cabane, un peu sage-femme, un peu faiseuse d'anges, plus d'une coquette d'en haut qui se cachait le visage sous une voilette ou les rebords de son chapeau. Non, monsieur, Katchou n'irait pas de sitôt dans leur école. Et puis on avait besoin de Katchou pour affaires plus urgentes que la table de douze ou les douze péchés capitaux.

— Sept.

— Sept, mon œil! Rien que dans une maison que je nommerai pas, j'en compte trente-six.

Et Prudence fit alors le geste de montrer son cul à Pie XII qui figurait sur le calendrier de l'oratoire Saint-Joseph, sans cesser de se signer devant l'image du frère André.

XII

Prudence et Katchou exerçaient une telle fascination sur Radi qu'elle fut tentée — tentée seulement — de les inviter à la fête anniversaire de ses parents. Imaginez!... Et elle se met à imaginer le scandale devant l'arrivée en tapinois, non, plutôt en grande pompe, des reines du pays d'en bas de la traque, deux vestiges de Cro-Magnon qui débarquent en pleine veillée dans une famille qui fête au vin de messe et aux violons le vingt-cinquième anniversaire de mariage des parents. À l'heure où les deux branches de la parenté affichent complet, où les oncles ont accroché à la patère leurs chapeaux et les tantes déposé les cadeaux sur la table du hall d'entrée, à l'instant où la famille paternelle toise la maternelle pour essayer de déchiffrer ce bruit insolite qui attire tous les regards vers la galerie, la bouche de Radi s'ouvre, son souffle fige, ses yeux se mettent à pétiller... non, une simple illusion, car ni Prudence ni Katchou ne se seraient soumises à cet exercice de confrontation déshonorant. Elles ne seraient pas venues, de toute façon, Radi n'aurait donc pas à choisir entre son bonheur douillet qui ce soir baigne dans l'atmosphère de noce, d'accordéon et de tarte à la citrouille, et la tentation au goût acide du fruit défendu qui loge en bas de la voie ferrée. Et puis rien ne presse de choisir: Katchou sera toujours là, la cabane de Prudence est éternelle, demain est un autre jour, mais une seule fois dans sa vie, Radi pourra carguer toute sa personne dans le giron d'une famille agrandie jusqu'aux cousins du troisième degré arrachés aux baies, aux buttes et aux vallées pour venir célébrer sous son toit les noces d'argent de ses parents. À leur jubilé, elle aura vingt-cinq ans de plus... En plein âge adulte, a-t-on encore le goût à la fête?

Faut croire que si. Elle n'a qu'à regarder du côté de la parenté maternelle pour comprendre que l'âge ne fait pas vieillir un descendant de Pierre à Pierre à Pierrot. Ils sont là, les Louis, Lévis, Madeleine, Zoël et Nésime, la voix forte et le geste haut, qui préviennent tout le monde que faudra bientôt rouler les tapis pour offrir aux danseurs un plancher de bois franc, que faut point laisser la parenté adverse engouffrer avant l'heure les dattes farcies et les minuscules sandwiches taillés en losanges, que la fête ne vient que de commencer et qu'on n'a encore rien vu. Rien vu, en effet. Car voilà que la tante Évangéline, belle-sœur du clan paternel sorti des dunes, impose déjà ses vues au clan d'en face descendu des terres d'en haut. Évangéline donne le ton, élève ou descend le diapason, dirige les voix et les dires des convives des deux camps comme un chef d'orchestre qui assourdit la contrebasse au profit d'une mandoline, réveille les timbales, fait tinter les carillons et remet à sa place la grosse caisse du beau-frère Éphrem qui vient d'élever la voix. Depuis qu'elle a dévalé des rangs pour épouser la mer, Évangéline règne sur les côtes, les barachois et les buttereaux du Fond de la Baie comme une divinité des eaux.

Radi en oublie jusqu'aux noms de Prudence et de Katchou. Elle se tourne vers Horace qui agite déjà les pieds, et elle jette un œil du côté de Céline qui se tient droite comme les onze mille cierges des onze mille vierges. Puis elle entend sa mère qui, avant même d'avoir désenveloppé les cadeaux, s'écrie, la main sur la bouche: «Mais fallait pas, voyons!» Radi court voir. Mais si, il fallait! Une lampe de salon en porcelaine de Chine, au pied décoré de pâtres et de bergères bleus. Mais attends, ce n'est rien, regarde l'horloge grand-père qui va sonner les heures, les demies et les quarts, et regarde les... les... qu'est-ce que c'est? Céline fait rasseoir Radi. Ce soir, Anne et Sophie sont retenues à la cuisine et sa mère au salon; elle est donc investie d'une autorité exceptionnelle avec pleins pouvoirs d'empêcher Radi de fourrer son nez partout et de poser les questions sans réponse.

— Pourquoi ma tante Zélica est pas là?
— Chut!
— Elle va pas venir?

Horace regarde la curieuse de travers:

— Tu veux vraiment qu'a' vienne, la chienne?

Céline est outrée. C'est pas à Memramcook qu'on apprend un langage pareil! Pas au collège, quand même!

— C'est pour la rime, innocente, fais-toi-z-en pas.

Radi jubile. Memramcook! ce qu'elle a hâte à son tour de goûter à Memramcook! Qu'a' vienne, la chienne!

Elle vient. À l'heure où Évangéline et le clan opposé commencent à se figurer qu'on sera peut-être épargné, elle s'amène, après avoir réussi à ramasser sur ses jupes, son châle et son chignon toute la poussière qui couvre la route aux trente-six maisons qui lie l'arrière-pays aux côtes. Car la tante Zélica, sœur aînée de la mère, mariée sur le tard à un homme en moyens, presque sans enfants — une seule fille, ça ne s'appelle pas une famille dans un pays aux dix-sept rejetons par couple normal — Zélica, après quinze ans de couvent, avait passablement réussi sa vie. Une ferme de trois cents acres, des terres en bois debout qui jalonnent les deux côtés de la rivière de Cocagne, une voiture, si fait! qu'elle conduit elle-même. Car l'oncle Pacifique avait acheté la paix — Évangéline ricane — en passant le volant à une femme à qui il avait déjà passé tous les caprices, plus les cordeaux. Mais Zélica n'était point femme à se laisser impressionner par une belle-famille blottie entre les dunes du Fond de la Baie. Toutes les côtes pour une seule terre, tel était son pari qu'elle semblait bien avoir gagné, à en juger par la Ford 1929 qui fumait encore comme une jument essoufflée accroupie sous le peuplier de la cour d'en avant.

— Mais si c'est pas Zélica! s'écrie la propre mère de Radi qui saute au cou de sa sœur aînée pour mieux la soustraire aux regards poivrés de l'autre famille.

— Ben oui, c'est Zélica, répondent ses frères Zoël, Louis, Lévis et le cousin Nézime.

Aucun des siens n'avait osé rêver que leur sœur s'abstiendrait de profiter d'une si belle occasion pour chanter son *Hirondelle* devant un public bien obligé de l'écouter jusqu'au bout. Vingt-six couplets, murmure Léopold, venu de Québec pour redire à père et mère son amour respectueux de fils aîné.

— Sans compter le refrain qui ne refrénera rien.

Cette fois, c'est Sophie qui pouffe. Son rire entraîne celui de Radi qui rit par complicité, car elle n'a pas compris le calembour. Mais le jugement de Sophie et de Léopold sur la tante Zélica, jugement si unanimement corroboré par les deux clans, décide en cet instant de celui que portera Radi toute sa vie, juste ou injustement. Voilà donc Zélica entrée toute ronde dans les lobes de sa mémoire, gonflant son imaginaire d'un personnage qui ne la lâchera plus.

Ce n'est pourtant pas les personnages qui manquent ce soir. Déjà la tante Évangéline prépare la riposte à *L'Hirondelle* de Zélica. Avec une rare perversité, elle pousse Nézime, du clan adverse, à plonger dans son répertoire de contes que la mère de Radi cherche à soustraire aux oreilles de sa fille de dix ans. Il a quelque chose de Tilmon, ce Nézime, et réussit, malgré sa mère et les tantes, à travestir la fête anniversaire en batifolage et grivoiserie de forge. Les cousins d'en face s'esclaffent, les cousines se trémoussent, Radi se débat contre la vigilance de sa mère pour ne rien perdre d'une fête qui flamboie déjà.

Surtout ne rien perdre. Soit, elle se tiendra tranquille, calme-toi, Céline, elle restera le dos raide, les fesses coincées entre celles des cousines Huberte et Théodora, sans dire un mot, l'index entre les dents, à écouter les histoires de Nézime, et maintenant d'Éphrem, et maintenant d'Évangéline qui, tout en regardant ailleurs, fixe Zélica dans les yeux. Radi n'a d'yeux que pour les deux maîtresses tantes, chefs de leurs clans respectifs. Deux familles issues d'un même peuple de déportés, d'une même classe et des mêmes valeurs, du même niveau de langage, unies par le mariage en plus, mais qui ne se fréquentent qu'à l'église pour les baptêmes et les enterrements. Et exceptionnellement, pour un jubilé ou des noces d'argent. Pourtant, ce soir, l'oncle Zoël et l'oncle Donat, qui partagent à eux seuls une douzaine de garçons en âge de partir au front, sont tout près de se mettre d'accord sur l'épineuse question de la conscription. Et tante Jeanne est sur le bord de confier à Léonie qu'elle a aussi une fille qui fréquente un protestant, mais...

Mais *L'Hirondelle* vient de prendre son vol. Toutes les conversations, les confidences, les consonnes et les voyelles se figent, le temps s'arrête au-dessus des têtes qui se lèvent pour contempler les notes qui s'enroulent autour du lustre qui se met à tinter. Elle a de la voix, la tante Zélica, personne ne peut le nier, une voix qu'elle exerce chaque dimanche à la grand'messe et aux vêpres d'une paroisse qui ne sait plus distinguer son curé de sa dame patronnesse. On raconte que seule Zélica connaît le nombre exact de chandeliers et de lampions dans la réserve de la sacristie; que seule elle possède la double clef du coffre-fort et du tabernacle; et que si jamais le curé perdait l'ouïe et ne pouvait plus entendre les confessions, elle seule...

— Ça, jamais! avait hurlé unanimement la paroisse, qui trouvait qu'elle avait déjà confessé assez de monde comme ça.

Dès le troisième couplet, la tante Évangéline, qui ne saurait atteindre le sommet du *si* ou encore moins du *do* de l'hirondelle, reprend la conversation laissée en plan et tente de renouer avec le clan de la famille adverse dans le seul but de faire dérailler le trémolo de Zélica.

— Apparence que le feu de forêt a point épargné les épinettes du portage de Cocagne, qu'elle crie par-dessus la tête de Nézime à la tante Madeleine qui, ravie de la diversion, ne demande pas mieux que l'intervention de n'importe qui pour faire taire sa sœur.

Et tante Madeleine, la plus enjouée, la plus ricaneuse, la préférée de Radi, répond à Évangéline qu'aucun feu de forêt ne réussira jamais à raser le quart des terres en bois debout planté par le beau-père d'une femme qui peut les mains nues faire face à la foudre et à Dieu.

Cette fois, l'hirondelle fait trois petits tours et s'effondre. Et le silence qui engouffre les restes de l'oiseau fait apparaître dans tous les cadres de porte une parentèle qui, dès le deuxième couplet, avait commencé à s'égailler. Et les deux familles peuvent assister aux préliminaires d'un duel entre Évangéline et Zélica. Chacun se rangea de la manière la plus discriminatoire derrière l'une des pugilistes: quelques maternels se branchant effrontément du côté de la championne du parti adverse, tandis que des paternels s'affichaient contre leur propre clan en faveur de la matrone de l'arrière-pays, au grand scandale de Céline et à la joie de Radi. La tante Madeleine a donné le ton en suivant des yeux la chute de l'hirondelle qu'elle accompagne de son petit rire saccadé et d'un geste de tête des plus éloquents. Radi, l'œil pointé du côté de sa mère, voit le désespoir envahir son visage et sa poitrine: la fête risque de tourner au carnaval pour finir en chamaille et crêpage de chignon. Le père aussi aperçoit le malaise de sa femme.

— Ton violon, Maxime!

Et toutes les mains font au violoneux un accueil comme il n'en a encore jamais reçu. Évangéline et Zélica comprennent que la foire vient de glisser dans le bal et la mère qu'on a évité le pire.

Dans la maison de Radi, la musique faisait partie des mœurs au même titre que le chapelet en famille et la récitation des leçons. Chaque soir durant l'Avent, on se groupait autour d'Anne ou de Geneviève au piano, pour y repasser tout le répertoire des cantiques et chants de Noël qui remontaient à la nuit des temps. Puis au printemps on chantait le mois de Marie; à l'été, les trente-deux versions de *La Claire Fontaine*; à l'automne, *There's an Old Spinning Wheel in the Parlour*. Quand enfin, au grand bonheur de Radi, la voisine Clara se joignait à sa sœur Anne pour chanter en duo *O Sole Mio* ou *Mother McCree*, ou que le bedeau Tit-Louis faisait rouler des improvisations sur le piano qui se prolongeaient jusqu'à l'instant où la mère, affolée, s'écriait:

Les enfants, vous avez passé l'heure, vite, au lit!

... le monde restait suspendu au-dessus de son propre gouffre, le temps figeait, le bonheur d'être en vie faisait oublier que demain ramènerait un autre interminable jour d'école. La musique de Tit-Louis et de Clara entrouvrait une porte qui pouvait donner, allez savoir comment! sur un reste de lumière égarée du paradis. Si la mémoire du début du monde n'était pas complètement effacée et pour toujours, Radi soupçonnait qu'elle s'était réfugiée dans la musique. Pourtant, tous répétaient que, de toute la famille, elle était la moins douée du côté de l'oreille. Tu fausses, que lui disait Céline, change d'octave. Mais elle se butait: elle faussait de la gorge, mais pas des pieds.

Les pieds, les mains, les épaules et le cou: Radi accueillait la musique dans les muscles, avant même de la recevoir dans les oreilles. Le rythme! la musique était rythme, cadence, battements, temps forts et temps faibles. Tout son corps était pris d'un swing qui lui faisait vibrer le cœur à le chavirer. Pour une éternité du violon de Maxime, Radi eût sans hésiter sacrifié l'autre, celle des anges et des agneaux de Dieu. Surtout depuis que l'accordéon avait rejoint le violon, soutenu par le piano que Tit-Louis... eh oui, Tit-Louis en personne avait répondu à l'invitation des parents, l'oncle Tit-Louis à la mode de Bretagne venait d'entrer, et sans s'attarder à saluer la compagnie, s'était jeté sur le piano.

— Sors ta veuze, grand lingard!

Et le grand lingard de cousin sorti de nulle part, que Radi ne savait même pas situer entre la mer et les terres d'en haut, arracha trois longues plaintes à sa cornemuse. Ajoutez les harmonicas et les bombardes, et le cercle des musiciens sera complet. Mais les sons chétifs et doux de la bombarde et de la musique à bouche n'avaient aucune chance d'enterrer la cornemuse et le violon. Seul Tit-Louis savait ajuster son piano à toutes les voix. Il avait du génie, Tit-Louis. C'était le plus grand musicien des veillées, des noces et des jubilés.

Jusqu'à l'arrivée impromptue d'Arthur LeBlanc.

Radi va longuement s'interroger, bien des années plus tard, si elle a réellement assisté à la scène suivante, ou si, transportée par la musique des étoiles, elle ne l'a pas rêvée.

Le plus grand violoniste de son pays et de sa génération, l'émule de Heifetz et de Menuhin, qui créait des œuvres de Darius Milhaud et jouait Mozart et Beethoven pour les grands de ce monde, la gloire d'un peuple qui avait mis tous ses œufs dans l'humble panier du prodige, Arthur LeBlanc en personne s'en vint cogner à la porte de la fête comme un dieu passant par là par hasard un soir où le temps s'arrête. Chacun le lendemain ira de ses explications de l'extraordinaire aventure, plusieurs cherchant à s'en attribuer la paternité: Léopold avait des relations proches du virtuose, la tante Zélica le connaissait per-son-nelle-ment par des connaissances interposées, Nézime l'avait rencontré deux fois, Tit-Louis... oui, Tit-Louis seul, de l'avis général, avait pu une fois de plus faire dévier le destin. Personne ne songea au père qui avait enseigné un jour dans le village natal du célèbre musicien et pris pension dans sa famille. Cet homme de discrétion et de modestie préférait parler de miracle.

Miracle ou pas, le violoniste était là, planté au milieu de la fête, ne distinguant plus sa gauche de sa droite, et qui distribuait des poignées des deux mains, son instrument passant d'une aisselle à l'autre ou carrément entre ses genoux. Le virtuose n'était loquace que du violon. Et il comprit qu'il devait répondre à l'accueil foudroyant des festoyeurs par une œuvre digne de leur hommage, c'est-à-dire à la portée de tous les entendements. Les plus surpris furent Anne et Léopold, même la mère, sûrement Zélica qui, plus que tout autre, devait attendre du violon d'Arthur LeBlanc des harmonies complexes et savantes qu'elle seule saurait apprécier. Or voilà que le musicien jouait des tounes, eh oui! des reels et des rigodons, enchaînant avec les violons et accordéons des cousins, et le piano de Tit-Louis. C'est précisément Tit-Louis qui le premier se dérouilla les jambes puis éclata de rire: il venait de comprendre que le plus grand violoniste du pays, qui avait étudié à New York et à Paris, joué à la salle Pleyel, à Covent Garden et à Carnegie Hall, faisait présentement courir sur les cordes de son stradivarius le *Reel du Pendu*. Et Tit-Louis se glissa de nouveau au piano. Il fit signe à Maxime qui secoua Nézime qui ramassa son accordéon. Arthur LeBlanc leva la tête pour donner le signal et, rejoint par l'harmonica, la cornemuse et la bombarde, le violon reprit les tounes que tout le monde turlutait depuis dix générations. Les pieds se remirent à taper le plancher, les corps à gigoter, les têtes à battre la mesure, tous, auditoire et exécutants, faisant chœur autour d'un violon qui improvisait avec génie sur les plus populaires et antiques mélodies du répertoire acadien.

Soudain, l'extase frappe les musiciens: la cornemuse, la bombarde, l'harmonica et l'accordéon s'éteignent; le violoneux s'incline devant le violoniste; et Arthur LeBlanc glisse dans Mozart si imperceptiblement que

Radi ne reconnaît pas la sonate que sa sœur Anne tapote pourtant chaque soir sur le piano. Elle ne reconnaît rien, sinon la musique. Elle vient de découvrir que les sons, comme les mots, ont une âme, qu'ils sont vivants. Elle ferme les yeux pour mieux voir et se laisse emporter jusqu'à ses limbes où elle a connu à l'état pur et primitif les saveurs, les odeurs, les couleurs et les sons que la vie depuis dix ans ne lui sert qu'au compte-gouttes. La musique de Mozart, de Haydn, de Paganini lui ouvre pour la première fois un monde sans horizon et sans fin où elle peut revivre chaque instant comme une éternité, franchir à l'insu de l'Archange à l'épée de feu le seuil interdit. Un leitmotiv de trois ou quatre notes la happe, chaque fois qu'elle va retomber dans la réalité, et lui rend des champs infinis de marguerites, des amoncellements de feuilles mortes que le vent fouille puis dresse en tourbillons, des relents d'ozone qui fument de la cour à bois du moulin après la pluie, une traînée d'étoiles qui lui tracent la voie du retour au pays d'origine. Elle a un vague pressentiment que les paradis de la mémoire ne sont peut-être pas irrécupérablement perdus, que tout est encore possible, que l'ange qui ce soir est passé au-dessus de sa maison a figé l'instant présent, le temps de lui faire dire :

— Qu'il s'arrête, à n'importe quel prix!

Elle vient, sans s'en douter et à l'instar de Faust, de vendre son âme au diable.

XIII

C'étaient jours de Quarante-Heures: quarante heures d'exposition du saint-sacrement dans la chapelle latérale sous la garde d'honneur des Dames de Sainte-Anne, Ligue du Sacré-Cœur ou autres confréries. Aux heures vides, le relais serait pris par les enfants des mères volontaires. Radi ne nourrissait aucun espoir: sa mère se porterait volontaire pour Céline et pour elle. Regimber? se buter? résister à sa mère? Elle se résignait d'avance. Une heure, c'est interminable, soixante longues minutes à compter sur ses doigts ou sur les perles de son chapelet, à bayer aux corneilles, semer à tous les vents, mettre la charrue devant les bœufs, compter les moutons... hormis de parvenir à glisser les fesses jusqu'au bout du banc, à se fondre avec l'ombre d'une colonne, disparaître, et partir tranquille à la barre d'un vaste imaginaire, seul maître après Dieu... avant Dieu... d'une vie parallèle.

— Mets ton béret, Radi, c'est ton tour de garde avec Céline.

Elle le savait, elle l'avait prévu, elle passerait une heure face au saint-sacrement à rivaliser de créativité avec le Créateur du ciel et de la terre. Mais rendue à la porte, elle fut repoussée dans la cuisine par un cyclone: Horace entrait dans une bouffée de nordet et s'engouffrait dans la maison qui résonna sous ses cris:

— Le feu est pris sus les Arvunes!

Le feu! chez les Arvunes! en plein jour de Quarante-Heures! La maison en tremble encore après dix secondes. Puis chacun fait surface. Qu'est-ce qu'il raconte? Qu'est-ce qu'il dit? Mon doux séminte!

Le premier coup de l'angélus de midi vient scander le lamento des voisines accourues des trente-six galeries. Toutes les mains sont en visière, tous les yeux braqués sur l'incendie. C'est bien trop vrai! le plus gros commerce du village, du comté, n'est plus qu'une torche gigantesque. En si peu de temps!

Horace est une véritable queue de veau, il ne tient plus en place.

— Je m'en vas aux nouvelles.

— Moi itou, enchaîne Radi.

Mais elle n'a pas enchaîné assez vite, sa mère a eu le temps de l'attraper au col et de la ramener sur la galerie. Des brandons gros comme des pierres tombales s'écrasent sur le quai ou vont s'éteindre dans la mer; puis des boîtes de conserve, du maïs, des petits pois, éclatent en un splendide feu d'artifice au-dessus du village. Tu ne bouges pas d'ici, Radi.

— Horace, lui?

— Grouille pas, que j'ai dit.

Deux poids, deux mesures, comme d'habitude.

Soudain le vent tourne. L'épaisse fumée enveloppe le pays comme un édredon. Les visages des hommes se rembrunissent. Faudrait pas que le nordet tourne au suroît; ce feu-là n'est pas un feu de camp. Horace revient chargé des dernières rumeurs: si le vent vire de quatre-vingt-dix degrés, les réservoirs y passent, et si les réservoirs y passent... Pour être sûr de son effet, Horace détache chaque syllabe du dernier membre de la phrase:

— On... y... passe... tout le monde.

— Céline et Radi, c'est le temps d'aller faire votre heure sainte devant le saint-sacrement.

Ah non! pas en pleine catastrophe d'incendie qui risque de faire sauter le village, pas maintenant!... Maintenant, au contraire, c'est maintenant que la terre a besoin d'implorer le ciel. Vite, vos bérets et vos chapelets: on n'a jamais tant eu besoin de prier.

Céline, en silence, Radi, en maugréant, empruntent le sentier des enfants de chœur qui serpente entre les trèfles et les cenelliers, contourne l'abside et mène à la sacristie. Radi note l'absence des garçons, à cause de l'incendie. Toujours les mêmes qui ont accès à tous les privilèges, à commencer par le privilège d'être garçons. Mais un jour, quand justice sera faite, on les mettra à leur place.

— Prends ta place, Radi, entre Alberte et Manda.

Et la revoilà sur le plancher des vaches. Céline entonne une litanie de son cru:

... *Seigneur, épargnez-nous de l'explosion.*

... *Épargnez-nous, Seigneur!* reprennent en chœur Fleur-Ange, Alberte, Marie-Zoé et la grosse Manda avec son nez bouché.

... *Ne laissez pas, Seigneur, l'incendie approcher des réservoirs.*

... *Épargnez-nous, Seigneur, de l'incendie.*

... *Ne laissez pas sauter les réservoirs d'essence, Seigneur.*

... *Seigneur, épargnez-nous des réservoirs d'essence.*

Radi se laisse bercer par la litanie du pétrole. Elle se détache, ferme les yeux, murmure des sons, n'importe lesquels, et s'évade.

Si le pétrole explose, le village entre tout rond en paradis, au complet, avec ses maisons, ses champs, ses dunes, ses arbres et ses gens, tous ensemble, il ne manquera personne. Radi lève les yeux au ciel, traverse les nuages et contemple le pays, installé Là-haut. Le cou tordu, elle fait l'inventaire : les rues, l'école, le bureau de poste, les trois ou quatre magasins — pas celui des Arvunes, il a explosé — l'église, la forge, le pont, sa maison, au centre, avec son potager et sa cour où pend une galance au bout d'une branche, un tremble et trois peupliers, un champ de marguerites, une corde de bois accotée à la clôture de lices, et tout autour, les buttes, les ruisseaux, les étangs, le village entier, figé, éternisé.

— Arrête de rêvasser, Radi, t'es devant le saint-sacrement.

Céline. Radi dégringole si brusquement de l'Au-delà qu'elle y laisse Philippe-le-mort et Bertin-le-noyé tout seuls dans leur paradis. Mais Fleur-Ange se doute de quelque chose : cette Radi ne fréquente pas les saints de sa confession.

— Où étais-tu ?
— Au ciel.

Et je t'en bouche un coin, fouineuse.

— Quel ciel ?
— C'ti-là de la fin de nos jours.

Céline doit intervenir de nouveau. L'heure n'est pas aux chicanes et aux niaiseries. Tenez-vous tranquilles et priez pour que le vent se calme. Vous voulez vraiment que tout le monde y passe ?

— Si tout le monde saute dans l'explosion, tout le monde entre au ciel en même temps.

Stupéfaction. Personne ne bouge.

— C'est-i' pas ce qu'on veut, aller au ciel ensemble?

Céline sent qu'elle perd pied, qu'il vaut mieux arrêter l'iconoclaste avant qu'elle ne brise toutes les icônes. Le ver ronge déjà le cœur de la grosse Manda qui ramasse ses jupes, prête à s'envoler au moindre signal de Radi, et laisse tomber l'agenouilloir sur les longs pieds de Fleur-Ange. Ayoye!

— Silence! on est dans la maison de Dieu.

Mais l'autorité de Céline en a pris un coup. Plus personne ne songe à respecter la maison du Seigneur. La panique est contagieuse. Au point que le rêve de Radi finit par se tourner contre elle et la prendre à la gorge. Le monde qu'elle a si splendidement projeté dans l'éternité se révèle soudain dans son infinie beauté, et la pousse à vouloir le défendre contre tous les malheurs, tous les incendies. Elle se dresse comme un chevreuil et sort de l'église par la grande porte, tourne le dos au saint-sacrement, bouscule Marie-Zoé, Alberte, Fleur-Ange, double la grosse Manda et s'en vient atterrir entre les Arvunes et les réservoirs d'essence, bien décidée à empêcher les flammes de passer... pour apprendre que les Arvunes ont vidé leurs réservoirs et que le village est sauvé.

Son village! Radi semble le voir pour la première fois. Jusque-là, elle l'avait cru un pays comme les autres, paisible et sans histoires, et qui se préparait des vieux jours douillets et tranquilles. Né deux siècles plus tôt de la rencontre de trois rivières et de leurs branches multiples, taillardé de ruisseaux et picoté de sources, se reposant en été de ses rhumatismes d'hiver, il arrondissait fièrement ses trois buttes et se vantait d'une baie assez grande pour y laisser flotter des îles, sans mentir.

... Vous en connaissez tant que ça des villages qui portent au cou un collier d'îles?

Certaines de ces îles devraient plutôt s'appeler des barres ou encore des dunes, genre de presqu'îles qui s'allongent paresseusement dans la mer comme des langues de terre qui n'ont pas fini de lécher les grands fonds marins. Et le fond de l'eau qui mouille le village lui fournit à l'année longue de quoi lui faire lever le nez sur ses plus proches voisins: les éperlans à l'automne, les huîtres en hiver, la morue, la truite et le saumon rose au printemps, et en été... tenez-vous bien, le homard, messieurs, le homard!

... Nommez-moi un seul village autour qui pourrait se vanter de faire mieux.

Et les buttes ne sont pas là uniquement par hasard ou pour le plaisir des yeux. Ce sont des collines plantées par le ciel qui avait son idée: protéger le village des vents glacés du nord, des intrus qui surgissent n'importe quand, des idées croches qui circulent de plus en plus et menacent de faire basculer l'histoire. Ses buttes sont les tours de sa citadelle imprenable.

... Personne n'oserait affirmer le contraire.

Mais entre les buttes, s'étalent des champs: de trèfle, de blé, de marguerites, de foin, d'avoine, de rien du tout, genre de terrains vagues vite transformés en champs de balle molle l'été et en patinoires l'hiver. Des champs où le village peut se dilater, s'étirer bras et jambes ou se faire brunir le ventre au soleil.

... Vous voudriez vous priver de ça?

Pas davantage vous priver de ses touffes de broussailles, ses bosquets, ses sous-bois. Le bois du ruisseau du
Docteur n'en est qu'un entre mille — entre trois ou
quatre — le plus beau, le plus célèbre, qui tend ses bras
par-dessus les toits à celui du lac à la Mélasse, au verger
des Barnes, à l'étang des Michaud; des bois où fourmil-
lent castors, lièvres, écureuils, marmottes, perdrix, pics-à-
bois, porcs-épics, faons et biches à la belle saison.

... De quoi recommencer indéfiniment le cinquième
jour de la Genèse.

Mais au sixième, on avait créé l'homme... et la
femme tirée de sa côte. Ah là! aucun village, aucun pays
ne pouvait s'enorgueillir de fils et de filles plus dignes de
leurs premiers parents. La vieille Lamant les avait décrits
dans toute leur splendeur: des durs à cuire, des cous
raides, des inventeurs de cordes à virer le vent, des fai-
gnants aux côtes sur le long, des farceurs, moqueurs,
gueulards, cotchineux, ostineux capables de tenir tête à
Dieu lui-même, des vrais authentiques héritiers d'Adam
et Ève. La plus parfaite réplique d'un paradis terrestre
déchu qui se réveille plus terrestre que paradis d'une
chute qu'il a lui-même provoquée. Aux dires de la vieille
Lamant.

Tout cela aurait pu sauter. Et avec le village, son
histoire, passée et à venir. Deux siècles de luttes contre les
Anglais, deux générations de chicane entre les Allain et
les Thibodeau Frères, deux ans de rivalité entre la veuve,
la femme du docteur et la présidente des Dames de
Sainte-Anne. Le petit Syrien qui débouche du nord chaque été, le colporteur de machines à coudre, de coupons
d'indienne et d'histoires à dormir debout, eût débarqué
dans un trou béant, vestige d'un village qui avait vécu et
que la terre avait repris avant qu'il n'ait eu le temps de
laisser la trace de son passage ici-bas.

Une soudaine pluie vient achever d'éteindre le brasier qui lâche ses derniers filets de fumée, sous les alléluias des femmes qui lèvent les bras vers les nuages avant de s'égailler et de rentrer s'abriter sous leurs galeries. Dieu a pardonné au village son trop grand attachement aux biens de ce monde, son trop grand amour de la vie et de ses pompes.

Radi reste seule à défier le ciel en train de laver le pays de ses dernières souillures. Elle sait que son village vient de ressurgir intact de sa plus grande épreuve et y voit le signe qu'il ne périra jamais. Elle songe à ses trois ans où elle avait juré de ne pas mourir avant cent ans — je mourirai pas — et aperçoit tout à coup un gigantesque arc-en-ciel qui sort de la baie et encadre le lieu de l'incendie. L'orage est passé. Alors elle court de toute la force de ses jambes jusqu'à la maison, contourne les cordes de bois, grimpe sur la pile de lattes du moulin qui sèchent béatement au soleil. Et là, en équilibre sur les dosses de pins et de bouleaux, elle contemple à ses pieds le village arraché à Sodome et au Déluge et reçoit dans les narines un relent d'ozone qui lui donne envie de recommencer éternellement la création du monde. Si Dieu voulait...

Pour un jour comme celui-là, une terre comme celle-ci, elle est prête à renoncer au paradis perdu.

Mais quelques jours plus tard, son âme a chaviré, comme si elle venait de franchir un âge nouveau.

XIV

Le matin de ses onze ans, Radi se lève, se lave, s'habille, déjeune, accroche à son épaule son sac d'école et quitte la maison sans prêter attention aux «Bonne fête, Radi!» qui surgissent de tous les coins et de tous les cœurs.

Horace en reste tout bête. Il a fait son effort, l'a fait de bonne grâce, lui a servi lui-même son chocolat chaud. Et Céline lui a offert son plus beau cahier de couleurs. Qu'est-ce qu'elle a?

— Elle grandit, Radi, et va bientôt entrer dans l'âge ingrat.

Horace bougonne. Il n'y en a toujours que pour les autres. Est-ce qu'il a eu droit à son âge ingrat, lui? Eh oui, il y a eu droit: depuis qu'il est au monde. Et son père glousse dans sa serviette au bout de la table.

À l'école, Radi ne lève pas la main une seule fois en classe de géographie, comme si elle ne savait plus nommer les capitales d'Europe, ni la plus haute chaîne de montagnes, ni la plus longue rivière du monde; comme si son propre pays avait noyé ses propres provinces et ses Territoires du Nord-Ouest durant la nuit. Elle ne répond pas à Marie-Zoé qui lui sourit son «bon anniversaire» de l'autre banc et lui montre, en soulevant le couvercle de son pupitre, le papier fleuré qui servira à envelopper son cadeau. Elle se détourne de Fleur-Ange qui cherche ses yeux à s'en donner un tour de reins et qui finit par susurrer en pinçant le bec:

— Elle est-tu fatigante à matin!

On finit par laisser Radi cuver seule sa mélancolie. Elle la cuva toute la journée, la plus triste de sa vie.

Elle se souvient de la phrase de la vieille Lamant le jour de ses dix ans un 10 du mois: «Penses-y bien, ce jour-là revient pas deux fois dans une vie.» Ses dix ans, l'âge parfait, se sont enfuis à jamais. Elle vient de passer le cap. Maintenant les années vont se bousculer, s'enchaîner les unes aux autres, la mener à son insu au gré des astres et des événements. Elle ne pourra revenir en arrière, revivre l'avant-guerre, l'avant-Parkinson, le préscolaire. Les aînés sont partis pour vrai et pour toujours, bientôt ce sera le tour de Pierre et d'Horace. C'est le départ de Geneviève qui a tout déclenché. Le couvent! Pourtant, depuis le berceau, Geneviève était promise au couvent, Radi le savait. Comme Horace à mourir dans la gueule d'un lion en Afrique. L'image lui arrache un sourire, malgré elle, malgré ses efforts pour boire jusqu'à la lie cette sensation douce-amère d'autocompassion. Depuis le matin, Radi se complaît dans la nostalgie infectieuse. Et comme elle ne dispose que de dix ans de souvenirs nostalgiques, elle les pare de tant de splendeurs que le jour de ses onze ans prend le visage d'un impitoyable assassin.

Rendue au soir, elle est épuisée. Surtout déçue d'avoir gâté volontairement l'un des jours privilégiés de l'année. Comme si elle avait boudé Noël. Au dernier instant, elle cherche à se rattraper et porte un morceau de gâteau de fête à la sage-femme qui l'a mise au monde. Et c'est là, la tête dans le giron de sa grande amie, qu'elle laisse éclater son chagrin monté en neige comme une meringue. Les écluses, grandes ouvertes, imbibent de larmes et de salive le devanteau de la grand-mère. Quand enfin elle lève ses yeux bouffis et les pose honteusement sur le visage de la vieille, elle le voit tout rose et lisse, et qui se refuse à la moindre ride. Cette grand-mère reste sa preuve que le temps ne parvient pas à pourrir tout le monde. D'ailleurs, la voyante elle-même la rassure sur ses onze ans, le début d'une phase nouvelle, celle des choix de l'esprit et du cœur.

Radi rentre rassérénée, sans savoir de quoi ni pourquoi, peut-être d'avoir traversé sans trop de bavures une première crise d'identité.

À la fin-mai, les pêcheurs sortaient des quatre horizons pour s'en venir s'approvisionner en vivres et gréements en prévision de la saison de la pêche qui ouvrirait bientôt. Pêche à la morue, au hareng, au loup de mer, plus tard au homard, la gloire du pays des côtes. Le grand-père de Radi avait pêché, et ses oncles, et ses cousins qui tous continuaient le noble métier que son père avait troqué contre une tribune de maître d'école. Radi reluqua les quatre ou cinq gaillards qui crachaient leur jus de tabac à la mer, les cordages imbibés de résine enroulés autour du cou, et essaya d'imaginer son père coiffé du *south'wester*. S'il s'était fait pêcheur, elle serait née au Fond de la Baie, dans la maison ancestrale, y vivrait comme une gamine en vacances toute l'année, s'émanciperait dans les dunes durant tout l'été, voyagerait en haute mer avec son père qui ne serait pas malade parce que sa vie aurait pris un autre tournant... la sienne de même... elle serait fille de la mer, fréquentant la petite école de bois gouvernée par une seule maîtresse de troisième classe qui peut-être n'aurait jamais lu Alphonse

Daudet…? Pour la mer et les dunes, il eût fallu renoncer à *La Dernière Classe*. Choisir, toujours choisir! Et puis inutile de se morfondre, c'est déjà fait, quelqu'un a choisi pour elle.

Elle pousse la porte du hangar à bateaux.

— Thaddée?

— Tiens! si c'est pas la petite cousine.

Thaddée à Louis à Olivier. Descendant des mêmes ancêtres que son père. Il construisait des chaloupes et des canots, pour vivre; et pour s'amuser, à temps perdu, des goélettes miniatures.

— Y a pas d'école aujourd'hui?

— C'est la fête de la Reine.

— C'est pourtant vrai, la reine. Même si c'est un roi qui règne, on fête la reine Victoria, son aïeule. Tu sais pourquoi?

— …?

Elle attend, mais la réponse ne vient pas. Ou pas tout de suite. Thaddée est un vieux chroniqueur défricheteur de parenté, débroussailleur de généalogie, rapporteur des hauts faits de la lignée. La lignée de la reine Victoria d'abord, mais ce lignage-là ne nous regarde pas, ce n'est pas notre monde. Radi est déçue: un lignage royal l'eût rapprochée d'un pas du grand retour au paradis terrestre, par la voie des contes où les héros princiers vivent heureux, éternellement. Mais Thaddée ne laisse pas sa petite-cousine s'égarer dans une autre lignée que la sienne propre, celle des ancêtres qui fondèrent le pays à coups de hache et de pioche.

La vie de Radi avait commencé bien avant elle. Elle prenait racine dans un passé qui se perdait dans une broussaille généalogique où s'enfilaient des lignées de Pierre à Pierre à Pierrot et de Charles à Charles qui tous avaient combattu les Anglais au péril de leur vie pour sauver la mémoire issue de France et transplantée au Nouveau Monde.

Radi s'assoit en sauvage dans les écopeaux et le bran de scie. Tu peux y aller, Thaddée, elle te suivra, loin au-dessus des nuages, par-delà les mers et les siècles, chez les aïeux. Et tous les deux chevauchent une monture imaginaire et remontent une histoire plus vraie que vérité, plus réelle que l'histoire elle-même, plus merveilleuse que les merveilleux contes de la lointaine Alice de ses trois ans. C'est la petite histoire de sa famille qui du côté maternel sortait de La Rochelle et construisait des bâtiments pour prendre le large et traverser les mers ténébreuses jusqu'en terre neuve et inconnue d'Amérique; et du côté paternel, de par toute la France, mon enfant, où l'on construisait les relais des pèlerins en partance pour Saint-Jacques. Aucun ancêtre de la reine Victoria n'a jamais fait le pèlerinage à Compostelle, selon Thaddée, et ne peut donc lever le nez sur Radi.

Elle redresse le torse et se remplit les poumons d'air frais.

Puis elle s'arrête de respirer et dévore le visage du défricheur, lui aspire l'âme... Saint-Jacques? le chemin Saint-Jacques? Va-t-elle lui parler de la vieille Lamant? Elle n'a pas le temps de l'interrompre, il est déjà rendu chez les croisés en partance pour Jérusalem et se prépare à cogner chez leur ancêtre à tous, Charlemagne à la barbe fleurie. Alice ne l'avait jamais menée aussi loin; seule la vieille Lamant pouvait rivaliser avec Thaddée. Le monde lui ouvrait les bras, rejoignait le passé et l'avenir au-dessus de la tête de l'enfant qui n'avait pas assez de mots pour le retenir et l'empêcher de s'engouffrer, comme tant d'autres souvenirs d'avant sa naissance, dans des dédales inextricables. Elle veut arrêter Thaddée, lui demander de refaire le voyage avec elle, main dans la main, jusqu'à l'embouchure du chemin Saint-Jacques. Mais Thaddée vogue déjà dans d'autres eaux, il vient de traverser le miroir et de pénétrer dans l'univers de la langue.

La langue des aïeux parsemée de mots rares et anciens... *chacunière, dumeschui, écoclucher, châlit, Écossois,* une langue que Radi entend pour la première fois mais qu'elle a toujours connue parce qu'elle est venue au monde avec. Puis Thaddée l'amène *flagosser* dans ses eaux en lui *dénigeant* les mots qu'elle utilise tous les jours sans savoir qu'elle était seule à les connaître.

— Seule avec ton monde.

Eux seuls, les gens de son monde, parlaient des *éloèzes,* de la *poussinière* et de la *sorcière de vent.* Les autres les appelaient des éclairs, les Pléiades...

— Et la sorcière de vent, c'est une tornade.

Radi a honte de parler si mal. Et cependant elle trouve dommage qu'il faille dire tornade au lieu de sorcière de vent.

Mais elle n'a pas le temps de s'attendrir sur sa langue démodée et vieillie que déjà Thaddée est reparti chez les ancêtres, ces bons vivants d'aïeux au cou raide, ces durs à cuire, ces descendants à bâbord de l'Arche de Noé — Radi croit retrouver la vieille Lamant — ceux-là qui furent les premiers à mettre le pied en terre d'Amérique.

— Les premiers, mon enfant, retiens ça.

Elle retient.

La terre qu'ils ont abordée était si riche et fertile qu'ils l'ont baptisée du plus beau nom imaginable pour un pays. Radi le devance, car elle est à son diapason.

— Le pays où coulent le lait et le miel!

— !!!

Thaddée reconnaît là la disciple de sa rivale de voyante.

— Bien, qu'il concède. Et tu sais comment se nomme ce pays-là au Nouveau Monde?

Elle dresse un sourcil, mais se réserve l'autre comme porte de sortie.

— L'Acadie?

— Dans le mille! Enregistre ce nom-là dans ta petite caboche; un jour, tu pourrais en avoir besoin, on sait jamais.

Un jour, elle en aurait besoin.

— Pour quoi faire?

Thaddée affile l'allumelle de son rabot sur une meule.

— Pour dire aux autres, qui nous avont oubliés, qui c'est que je sons, nous autres, et d'où c'est que je venons.

Thaddée a prononcé cette dernière phrase avec beaucoup d'accent pour amuser Radi qui n'a pas ri, mais serré sa poitrine de ses deux bras pour empêcher son cœur de partir au large. Elle regarde par le puits de lumière, voit le soleil tout rouge et a vaguement conscience que là, les yeux au ciel et les fesses dans le bran de scie, elle fait l'apprentissage de quelque chose.

Radi, ce soir de juin, était au jubé et jouait du coude dans la chorale des filles pour supplanter Fleur-Ange qui rivalisait avec Alberte qui cherchait à dépasser le *si* de Pauline qui avait hérité la voix de sa mère qu'on appelait la Lily Pons d'Acadie, quand la grosse Manda fit irruption entre les tuyaux de l'orgue pour hucher sa nouvelle:

— Paris vient de timber!

Radi crut qu'elle plongeait dans le vide.

La directrice de la chorale eut beau frapper de sa baguette sur le lutrin et chuchoter aux écervelées qu'on était dans la maison de Dieu, le chœur des filles s'égaillait sur tous les tons et refusait de respecter un Dieu qui avait laissé tomber Paris. Car avec Paris tombaient la vieille France, et les ancêtres, et les bâtisseurs de cathédrales, et Charlemagne, et ses siècles de vie antérieure, et le chemin Saint-Jacques qui ne mènerait plus nulle part. À quoi servirait de remonter le temps qui s'achèverait sur un trou béant? La tête penchée au-dessus du vide, Radi eut envie de vomir. *La Dernière Classe*, Alphonse Daudet, les contes d'Alice, les mots... tout retournait en poussière. Avant même qu'elle n'eût achevé sa réconciliation avec Adam le mangeur de pomme, on la dépouillait de sa dernière chance d'attraper la queue du chemin Saint-Jacques.

Là-bas dans les vieux pays, les Raady, Radish, Radicci, qui avaient comme elle les yeux bleus et les cheveux bouclés, peut-être une tache de naissance sur la cuisse gauche, qui partageaient sa peur et sa hâte de grandir, vivaient chaque jour une page d'histoire. La guerre, de l'histoire concentrée, avait dit son père. Et Radi, encore un coup, devrait se contenter de vivre cette aventure par procuration. Mais cette fois, elle ne se contenterait pas d'un dédoublement imaginaire; sa vie parallèle, elle comptait la jouer pour de vrai.

Radi avait eu tort de regimber devant sa deuxième décennie et de craindre pour ses onze ans. Car cette année-là, grâce à la guerre des autres, allait lui offrir de la vie en pâte. Elle avait souvent observé sa boulangère de mère qui pétrissait, travaillait la pâte, la laissait reposer, puis la regardait lever et s'épanouir en un glorieux pain de ménage. À l'exemple de sa mère et de sa lignée d'aïeules, elle plongea les mains jusqu'aux coudes dans une farine imaginaire et se mit à la pétrir et à la boulanger. Radi savait mieux que personne fabriquer de la vie nouvelle avec des retailles et de vieux restes, avec de la pâte d'idées et d'émotions que sa famille boulangeait chaque soir à la maison.

Car depuis la chute de Paris, la guerre avait pris un caractère sacré. On ne défendait plus seulement l'Angleterre, mais la France, les ancêtres, la langue, la liberté. Et on redoubla d'ardeur autour de la carte que transformait en champ de bataille la voix nasillarde de Jacques Francœur. Radi suivait son père, Pierre et Horace en Belgique, en Normandie, de Paris à Vichy, elle se faufilait au cœur des régiments, grimpait sur les chars et les canons, agitait son tricolore effiloché et criait à ses poilus d'avoir du cœur au ventre, bande de flancs-mous!

— Vous avez point honte? qu'elle lança un lundi matin à Fleur-Ange et Marie-Zoé qui avaient décidé de s'enrôler dans les *Children's Aid*. Vous iriez tricoter des chaussettes pour réchauffer des Flat-Foot?

Marie-Zoé ne sait plus où mettre les pieds; Fleur-Ange, née au Québec, fait sa moue nationaliste qu'elle oppose à Radi chaque fois qu'on touche de près ou de loin à saint Jean-Baptiste ou à Dollard des Ormeaux; les autres font cercle autour des belligérants sans oser prendre parti avant que le vent de la victoire ne vire d'un bord ou de l'autre. Il vira du bord de Helen, à la surprise même de Radi.

Helen Smith expliqua que les *Children's Aid* était une association de bienfaisance désintéressée et généreuse ; que les enfants aussi devaient faire leur effort de guerre qui était l'affaire de tout le monde ; que pour l'instant, la France et l'Angleterre étaient du même bord ; et que le seul ennemi c'était Hitler. Radi s'empara de cette superbe occasion que lui envoyait le ciel pour lancer toute la classe des onze-douze ans dans un vaste jeu qui allait éveiller chez chacun un vieux fonds d'hostilité qu'on traînait depuis la Déportation de 1755, et dresser les ennemis naturels et séculaires — les Carrolls, les Ryans et les Smiths — contre le reste de la paroisse qui portait des noms français. Mais les forces étaient inégales, les Acadiens ayant eu le temps de se remplumer en deux siècles, et au bout de quelques semaines, le combat allait s'arrêter, faute de combattants. C'est alors que Robert-le-bout-de-diable, armé de pied en cap, décida de changer de camp pour équilibrer les forces et relancer le jeu. Aussitôt Bob passa aux troupes adverses pour narguer Robert et ouvrit toute grande la porte aux transfuges. Quand Radi s'aperçut que Helen avait récupéré Pauline, elle lui arracha Nelly qu'elle dut payer du grand Pat, né de père MacFadden mais de mère Richard. La pagaille. Plus personne ne savait pourquoi ni à qui il faisait la guerre. L'école ne valait pas mieux que les Russes qui changeaient de camp ou que les Espagnols qui s'abstenaient. Chacun pour soi.

Le village ne se doutait pas qu'il était devenu le théâtre d'un conflit microcosmique, un jeu qui instruisait les enfants, mieux que toute leçon de choses ou de morale, sur la vraie nature des hommes.

XV

C'est par Sophie que la guerre fit son entrée dans la maison de Radi. Tout en blanc, enveloppée d'une large cape bleu marine à doublure rouge, l'infirmière avait revêtu l'uniforme pour mieux impressionner les siens et mettre toutes les chances de son bord. À vingt ans passés, elle avait eu le temps de semer dans les couloirs des hôpitaux et de la vie ses dernières illusions de jeunesse. Le combat qu'elle venait livrer à sa famille ne serait pas une guerre facile. Mais Sophie ne manquait ni de courage ni d'arguments.

— J'ai une chance de devenir hôtesse de l'air, qu'elle lance sans autre préambule.

Et la maison tremble sous sa première bombe. Quelques-uns regardent les mouches, d'autres le vide; Radi seule regarde Sophie. Hôtesse de l'air, ce n'est pas rien que la gloire, l'aventure, le risque, les voyages, les vieux pays, c'est la guerre! Sophie, hôtesse de l'air, serait tout comme soldat. Elle ouvre grande la bouche pour le crier à Sophie, mais l'aperçoit qui se débat contre le silence opaque, buté et muré de ses parents. Et Radi comprend que la guerre de Sophie va se jouer ici, dans la salle familiale: d'un côté la jeune fille qui n'a peur de rien et qui sait mettre ses frères à leur place, de l'autre, un père et une mère qui n'ont pas mis au monde de la chair à canon. Pourtant, l'aviation n'est pas tout à fait l'armée, elle n'aura pas ou à peu près pas le statut de soldat, ne portera pas l'uniforme des C.W.A.K... Quoi? Ce seul mot fait sauter le couvercle et bondir un père de famille qui s'est toujours respecté. La fille qu'il a élevée se rend-elle compte de la vraie nature du drame qu'elle a introduit dans la maison? A-t-elle pris le temps de considérer le genre de garces qui défilent dans les défilés militaires? C'est à ça qu'elle veut ressembler? C'est comme ça qu'elle veut finir?

Non, ce n'est pas là qu'elle veut finir, ni ressembler à rien de tout ça, pas même parader dans les défilés, vous ne comprenez rien, personne. Elle veut voler, Sophie, au-dessus des nuages, voir le monde de très haut, voyager et venir en aide aux affligés, soigner les blessés de guerre qui sont des hommes comme les autres et qui ont des père et mère comme elle.

— Ça sert à ça, une infirmière.

Mais son père n'a pas vécu cinquante-sept ans ni enseigné dans six écoles pour en arriver à se faire définir par sa propre fille la mission d'une infirmière.

— Une infirmière, ça soigne les malades, et des malades, le pays n'en manque pas, que je sache.

Sophie avale mais ne cède pas. Pas encore. La guerre est à son zénith, les Allemands avancent de tous côtés. En Europe, seule l'Angleterre tient encore, et pour combien de temps? Va-t-on la laisser se défendre toute seule, sous les bombes qui la mitraillent chaque nuit?... Sophie sent qu'elle fait fausse route, son plaidoyer pour l'Angleterre n'émeut personne. Alors elle jette au hasard:

— De Gaulle croit qu'il nous reste une chance et qu'il faut la prendre. Cette guerre est une guerre sainte.

Horace ne laisse pas filer une si belle occasion. Et comme s'il venait d'inventer la formule :

— J'ons perdu une bataille, qu'il fait, mais j'ons point perdu la guerre.

Sophie a si adroitement bifurqué vers la France libre du général de Gaulle, qu'elle en a ébranlé père et mère qui se taisent, presque honteux. Radi vole d'un camp à l'autre, cherche à deviner l'issue d'une guerre qui se joue dans les cœurs et qui oppose deux visions de la morale et de la vie. Sophie s'est éloignée du village, a quitté l'ombre du clocher qui balaye chaque jour sa maison familiale. Elle a étudié les sciences et les mœurs, a vu évoluer une société touchée par les grands bouleversements du siècle. Elle a appris à distinguer liberté de libertinage, morale de moralité, parole d'Évangile de parole de curé...

Faux pas. Le vent tourne. L'audace de Sophie lui a fait perdre des points. Elle cherche de nouveau à se cramponner à son idéal, s'efforce de faire comprendre à ses parents qu'il s'agit bien d'un idéal et non pas d'une toquade d'écervelée, que son désir de partir ne repose pas sur un besoin d'évasion ni un simple goût de l'aventure, mais répond à un rêve profond de soulager l'humanité en détresse.

— Et dans ton propre pays, l'humanité n'est pas en détresse ? Ton propre village n'a pas son quota de démunis ?

— Si fait, mais même nos gens d'en bas de la traque dorment pas sous les bombardements et mangent pas du chat de gouttière.

Céline fait eurk ! et court à la cuisine.

Sophie a repris le dessus et pousse son avantage.

— La famille entière de Gerry vit dans une cave depuis qu'on a bombardé leur maison. Et ses sœurs fouillent les poubelles pour manger.

La mère de Sophie, qui descend en droite ligne des fondateurs du pays, lève la tête:

— Qui est Gerry?

C'est Gerry qui a fait perdre sa guerre à Sophie. Les plus grands risques pour une fille de bonne famille partie sauver l'Angleterre ne se cachaient pas au front; et pour garder contre tout assaut l'honneur et la vertu de leur fille, ses parents ont exigé de l'infirmière qu'elle renonce à soigner les blessés de guerre.

Radi a vu se durcir les yeux de sa sœur et sa tête s'enfoncer dans son cou. Elle était majeure et pouvait donc passer outre la défense paternelle injuste et injustifiée. Elle pouvait partir sans dire un mot et sans s'embarrasser de permission. Si elle s'était donné toute cette peine pour arracher aux siens leur consentement, c'était par gentillesse et pour ne pas rompre avec un passé et une famille qui l'avait rendue heureuse.

— Et à qui tu la dois, cette belle vie? demande son père sans ménagement.

Sophie est prise de court. Elle sent le piège mais ne sait comment l'éviter. Alors son père profite de l'avantage et resserre l'étau.

— Pour sauver un inconnu dans les vieux pays, irais-tu jusqu'à risquer la vie de ta mère?

Même Radi détourne la tête, dégoûtée. Son père n'a pas joué franc. Pour la première fois, elle le juge. Et elle en a mal jusqu'à la racine des cheveux.

Elle voudrait courir en parler à la vieille Lamant, à Thaddée, à Katchou. Mais comment se vider le cœur sans du coup discréditer son père à leurs yeux? Laver son linge sale en famille. Ne pas laisser soupçonner aux autres que la famille la plus propre du pays a aussi du linge sale. De toute façon, Radi connaît déjà la réponse de Katchou: «Si ta mère s'en va crever pour un Gerry qui pogne les fesses à sa fille...» Réponse qui remet en cause toutes les valeurs de sa famille, de l'école et de l'Église. Sans même ouvrir la bouche, Prudence et Katchou crient à Radi des vérités que son entourage a cherché durant des siècles à camoufler.

Le soir, elle rejoignit Sophie dans sa chambre et l'interrogea sur Gerry. Et c'est là qu'elle découvrit l'ampleur de la tragédie: Gerry était officier de marine, Anglais d'Angleterre et protestant! Elle suffoqua. Sophie, son idole, son héroïne, avait changé de camp.

... Non, Radi, elle s'était simplement élevée au-dessus.

... Mais comment peut-on flotter au-dessus des peuples et des croyances?

... Au-dessus, c'est l'humanité.

... L'humanité?... L'humanité sans couleur de peau, sans filiation, sans noms de famille? Radi perdait pied. Car toute sa vie avait été plantée dans une terre solide, avec des racines qui voyagent sous les mers, jusque chez les ancêtres des vieux pays, des vieux pays qui s'accrochent aux premières civilisations qui sortent directement de la Genèse, c'est-à-dire du premier couple chassé du paradis. Un seul Gerry valait-il de renoncer à cette généalogie?

Sophie regarda Radi avec une infinie tristesse dans les yeux. L'enfant n'avait encore jamais vu tant de nostalgie et tant de désarroi noyés dans des prunelles.

— Un seul Gerry, qu'elle murmura si bas que Radi dut entendre avec les yeux, un seul Gerry pourrait me donner la force, le courage de pardonner.

Radi pleurait.

À vingt ans, sa sœur avait déjà commencé à rater sa vie? Pourquoi? pourquoi?

— Parce qu'on peut venir au monde dix ans trop tôt, que fit Sophie pour toute réponse. Puis elle s'empressa de consoler sa cadette effondrée: T'en fais pas, toi t'es née juste à temps. Puis la guerre va pas durer toujours et va sûrement changer beaucoup de choses... beaucoup de mentalités.

Quand Radi s'endormit au côté de Céline, elle lui dit bonne nuit comme une grande.

Depuis la conscription, les bois servaient de refuge aux déserteurs, plus nombreux chez les gens d'en bas pour des raisons que Prudence n'avait pas à justifier auprès d'un gouvernement qui ne la connaissait même pas.

— Sans la guerre, qu'elle disait, parsoune aurait su qu'y avait encore du monde en vie dans le boute.

Donc Prudence ne se sentait pas concernée par la défense d'un pays qui l'avait abandonnée à sa misère durant deux siècles. Et c'est pourquoi elle sympathisa avec les déserteurs et organisa les secours clandestins. De moins en moins clandestins depuis que le village, partagé entre les pro- et les anti-conscription, s'était mis en tête de débattre cette question sur la place publique. De la débattre au nez des agents secrets qui n'en étaient point, puisque rien ne peut rester secret dans un pays où tout le monde se connaît et que par conséquent les agents secrets doivent se recruter chez ceux qu'on ne connaît pas... si peu nombreux qu'on a tôt fait de les repérer. Tout cela, qui pouvait au début paraître complexe à Radi, était un jeu pour Prudence et stimulait son génie de l'intrigue. Rien ne l'amusait autant que de déranger la tranquille assurance des bien-pensants. Surtout quand le jeu lui offrait du même coup l'occasion de venger ou de secourir les siens.

— As-tu dit des sous-marins? qu'elle demande à Radi un jour où celle-ci répétait en bas de la traque les paroles qu'elle avait entendues dans la bouche des gens d'en haut.

— Les pêcheurs ont vu des périscopes dans le détroit: des longues-vues qui ressemblent à des tuyaux de poêle.

— Hé, Hé! c'est les pêcheux, à mon dire, qu'ariont besoin de longues-vues. Ben au cas où c'est qu'y arait point de fumée sans feu, faut prendre les devants: si les Germains sont rendus à pêcher sous l'eau, portons-nous à la rescousse du poisson.

Radi se prépare à corriger Prudence: les sous-marins ne sont pas venus faire la pêche... puis elle se ravise, honteuse; la sorcière est toujours un pas en avant d'elle. Heureusement qu'elle fut formée à l'école de la vieille d'en haut et peut ainsi rajuster son oreille à la langue détournée de la ratoureuse d'en bas.

— Demain, sus l'heure de midi, vous prendrez par le mocauque, toi pis Katchou, et vous vous rendrez jusqu'au bois du lac à la Mélasse, dépassé les cages à renards.

Radi avise le visage de Prudence et cherche à la prévenir que demain est un jour régulier d'école et qu'à l'heure de midi la table familiale est mise avec la place de Radi entre Horace et Céline. Mais Prudence n'a pas l'air

175

préoccupée par la famille ou l'école de Radi et poursuit l'exposé de son plan.

— Vous sifflerez trois petites notes, celles-là du pic-à-bois; Wilfred les reconnaîtra et s'aouindra de son trou. Vous y baillerez sa pitance et l'avartirez que la baie va bétôt receouère de la visite. De la visite de l'autre bord, que vous y direz.

Radi est trop excitée pour penser davantage à sa mère ou à la maîtresse: elle vient d'entrer en guerre, la vraie. Elle ira le lendemain porter elle-même des messages et du renfort aux déserteurs, elle jouera la carte Prudence de la guerre entre les hors-la-loi et la loi.

— Mais les sous-marins? qu'elle risque.

Qu'est-ce qu'on fait des sous-marins, des Allemands, d'un débarquement possible dans un village endormi et insouciant?

Prudence, pour l'instant, semble avoir d'autres chats à fouetter que de banals ennemis qui s'amusent à pêcher sous l'eau. Elle se tourne vers Katchou et lui commande de dénicher du hangar à bois la poche de jute où elle cache sa réserve de pommes et de navets.

— Compassion! qu'elle fait.

Puis à Radi:

— Ta mére aurait point un petit queque chose de reste dans sa *shed*?

Radi comprend, elle comprend dans un seul regard ce qu'on attend d'elle: déserter l'école, sauter un repas, dérober la réserve de fruits et légumes de sa mère et se rendre à la lisière du bois pour porter secours à des déserteurs, au mépris de la loi et de ses devoirs de citoyen. Elle jette un œil à Katchou, puis:

— Je vas essayer, qu'elle fait avec la voix blanche du condamné qui doit mourir à midi.

— C'est ben, que se contente d'émettre Prudence sans autre remerciement.

Katchou se glisse aux côtés de Radi et lui tire une boucle de cheveux, manière Katchou de lui dire sa gratitude, sa confiance et son amitié. Radi a besoin de rien de moins, car demain s'annonce un jour plutôt rude.

Quand Céline la réveilla pour l'école, Radi crut qu'elle n'avait pas fermé l'œil de la nuit. En fait, elle avait poursuivi dans ses rêves ses luttes intérieures de la veille; des luttes qui l'avaient menée au bord du désespoir, au bord de renoncer et de tout avouer aux siens, au bord de l'agonie où l'on n'a plus qu'un vœu: mourir... Si elle mourait durant la nuit, elle n'aurait pas à l'aube à faire face aux soupçons de sa mère, ou pire à sa confiance aveugle dans sa fille qui s'apprêtait à la trahir et à la voler; à se présenter le lendemain devant l'institutrice qui la mènerait sûrement chez le directeur qui ne badinait pas avec les traîtres à leur pays; ou à décider de laisser tomber Prudence qui comptait sur elle, Katchou qui l'avait acceptée pour amie, Wilfred et ses trois ou quatre déserteurs qui pouvaient mourir de faim au fond des bois. Elle avait passé la nuit à rêver à sa mort et fut tout étonnée de se sentir en vie au petit jour.

Elle se leva et s'agenouilla de l'autre bord du lit à côté de Céline qui s'étonna de la voir fermer les yeux et remuer doucement les lèvres. Et pour la première fois de sa vie, Radi se soumit à un exercice qui allait s'avérer tout au long des ans sa plus sûre garantie contre la peur, le doute, le désespoir: elle se jucha au faîte de ses cent ans d'où elle pouvait contempler et juger sa vie... À cent ans, est-ce que j'en rirai? qu'elle se dit.

Pour se donner du courage, elle se força à rire du petit rire sec et saccadé de la vieille Lamant, comme si elle était déjà rendue à se bercer dans un attique qui domine le monde.

Après l'expédition de Radi et de Katchou jusqu'à la cachette des déserteurs, les événements se déroulèrent à une vitesse qui arracha brutalement de son lit un pays qui avait mis cent ans à sortir du bois. On avait fini par prêter foi aux racontars des pêcheurs, alimentés par la sorcière d'en bas, et envoyer des messages aux inspecteurs et garde-côtes militaires, qui étaient venus, avaient fouillé le détroit et n'avaient trouvé sous l'eau que des marsouins et des morues intrigués. Au grand amusement de Prudence, qui pratiquait l'art vieux comme la guerre de la diversion.

Mais Radi n'avait pas accumulé autant d'expérience en si peu d'années pour réussir à divertir tout le monde. Pourtant, elle s'en tira beaucoup mieux que prévu. Sans doute parce qu'elle prit le parti d'agir le plus ouvertement possible, elle révéla ce qu'elle pouvait révéler et ne cacha que le strict top secret. Ainsi elle obtint de sa mère, qui n'était pas totalement dupe, un sac de pommes de terre et quelques livres de lard salé que lui réclamait Prudence au nom de l'amour de Jésus-Christ; elle demanda à la maîtresse la permission de s'absenter un peu avant midi parce qu'elle se sentait étourdie, ce qui n'était pas complètement faux; et elle expliqua par après à sa mère qu'elle n'était pas rentrée manger parce que...

— J'ai été à la faîne avec Katchou.

Katchou pour la vérité, la faîne pour la diversion. Et elle fut à demi punie pour son demi-mensonge. C'était s'en tirer à bon compte pour une qui, le matin même, avait accepté de payer de sa vie son délit. Elle jugea qu'une solide remontrance et un samedi sans ruisseau du Docteur, c'était un prix plus que raisonnable pour sa rencontre face à face avec un authentique déserteur.

Katchou et Radi avaient pris le chemin du mocauque, ces espèces de landes tout en broussailles qui jouxtent la forêt, avaient dépassé les cages à renards, contourné le lac à la Mélasse et, à l'endroit convenu, avaient imité le cri sec du pic-à-bois. Elles avaient attendu sans parler, sans s'éloigner de leur cache, durant de longues minutes. C'est un écureuil qui les avertit de l'arrivée du déserteur. L'écureuil frétilla, dressa la queue, secoua la tête et dégringola de son chicot devant l'apparition de Wilfred-Laurier.

Radi attendait un déserteur et vit surgir un commandant. Un commandant du temps des Huns ou des Vikings, tout encapuchonné et bigarré, le poil lui couvrant la face et la gorge, mais l'œil prime du chef qui a des hommes sous ses ordres. Dans le cas de Wilfred, fils ou cousin ou neveu ou allez savoir quoi de Prudence, il commandait à une demi-douzaine de traqués comme lui qui avaient refusé d'aller mourir pour sauver les champs de ceux qui, deux siècles plut tôt, leur avaient volé leurs terres à bois. Tel était le premier argument de Wilfred contre la conscription. Le deuxième:

— Je me laisse point amarrer, moi. D'où c'est que ça sort, c'te marmaille-là?

— C'est Prudence qui m'a dit de l'amener; a' vend des gazettes et s'a déjà battue avec la fille de la police.

Ce pedigree semble satisfaire Wilfred qui leur fait signe de le suivre.

Radi, collée à Katchou, s'enfonce dans la forêt profonde, celle qu'elle n'a pas osé aborder deux ans plus tôt. La forêt, c'est rien que du bois, que lui avait dit Katchou, avec des hêtres, des bouleaux, de l'épinette et de la vergne sauvage. Mais la Radi de l'époque avait eu peur pour son enfance; celle d'aujourd'hui, sans avoir délibérément mis le pied sur l'horizon qui lui barre encore la grand'vie, est pourtant là, en pleine forêt primitive, ses pas dans les pistes d'une crasseuse et d'un déserteur, bravant toutes les lois de son monde et de son âge, et elle n'a ni peur ni honte.

— Pornez garde aux guêpes, touchez point à leux niques.

Elle nage à travers la fougère, entre les touffes de plantes et de fleurs sauvages qu'elle ne sait pas nommer, elle qui connaît les noms de toutes les capitales d'Europe et de tous les rois de France.

Soudain, elle entend le claquement sorti des doigts de Wilfred.

— Grouillez pas, qu'il fait.

Un éclair entre les branches, un paquet de poil roux; qu'est-ce que c'est?

— C'est ben, venez. Il va nous quitter passer, le goddam de matou.

Elle frissonne. C'était le chat-cervier. Elle songe au retour, seule avec Katchou. Pourquoi vont-elles si loin? pourquoi doivent-elles se rendre à la cache? Leur mission n'est-elle pas terminée? Les arbres sont de plus en plus hauts et la forêt de plus en plus noire.

— Restez là, je reviens.

180

Wilfred fait quelques pas et disparaît, englouti par les aulnes. Alors Katchou se tourne vers Radi et lui montre un visage que Radi ne connaît pas. Elle est pourtant du même âge qu'elle, Katchou, onze ans, peut-être douze. Mais elle sourit comme une grande, comme si elle cherchait à instruire Radi sans la blesser, sans l'obliger à comprendre. Chacune choisira sa vie. Mais Radi a compris, compris que pour Katchou, c'est déjà fait.

Quand revient le commandant, suivi de ses hommes, Radi les voit tels qu'ils sont: des crasseux affamés, traqués, apeurés, mais résistants. L'entrevue ne dure pas longtemps, comme si Wilfred, ses hommes et Katchou avaient tous deviné en même temps pourquoi Prudence avait flanqué sa nièce d'un ange gardien. Les gestes des déserteurs se limitent à chatouiller et pincer Katchou, dans des jets de salive et de phrases graisseuses hachées de mots que Radi n'a encore jamais entendus. Ils ne s'approchent pas d'elle, mais se contentent de lui sourire bêtement et, quand elle s'éloigne, de lui faire des signes de remerciements et d'adieux. Ils sont sûrs qu'elle ne reviendra pas, mais apprécient quand même.

Au retour, Katchou prend la main de Radi sans que Radi le demande et lui glisse dans la paume une poignée de faînes.

XVI

Encore une fois, Radi était une fille, et une fille ne pouvait s'enrôler chez les boy-scouts et les rejoindre dans leur camping de vacances. Quelle misère! Pierre et Horace partaient pour l'Île-aux-Sauvages, et Pitou, et son frère, et Robert-le-bout-de-diable! Le Bout-de-diable, qui doublait son année par paresse et ânerie, avait le droit de défiler devant la salle paroissiale, en culotte courte et chapeau kaki, et de s'en aller avec les autres passer les plus beaux dix jours d'été à l'Île-aux-Sauvages. À six ans, elle criait: «C'est pas jusse!» à douze, elle avalait une glu amère en se disant qu'un jour, justice serait faite. Mais ce jour-là arriverait trop tard, son enfance serait passée et, avec elle, le goût du scoutisme et des colonies de vacances à marcher sur la tête et à chanter *Youkaïdi-youkaïda* autour d'un feu de camp.

Un matin, Fleur-Ange s'amena tout en organdi présenter à Céline et Radi sa visite du Québec, la cousine Ange-Aimée, qui avait plutôt l'air de pencher du même bord que Radi: dans les diableries. Dès le lendemain, elle lui enseigna une série de trucs totalement inédits au pays des côtes et qu'elle avait appris chez les guides.

— Les quoi?

Les guides, mouvement de scoutisme pour les filles. Radi vit une porte s'entrouvrir. Et le même soir, elle exposa son idée à Céline qui la condamna, la reprit, l'examina, la tritura, puis la fit sienne.

Peu de temps après déboucha dans la paroisse le nouveau vicaire frais sorti du séminaire où il s'était laissé imprégner d'idées du XXe siècle. Ça n'était pas trop tôt, comme devait marmonner la vieille Lamant, pourtant née au cœur du siècle précédent.

Et voilà qu'en plein mois de Marie, il débarqua à l'école, barrette sur la tête, demanda au principal de réunir les filles de dix à quinze ans — au désespoir de Robert exclu pour la première fois de sa vie par sa seule faute d'être garçon — et exposa son plan. On allait établir dans la paroisse la croisade eucharistique. Toutes les filles en âge et de bonnes intentions pourraient s'y enrôler et se faire croisées. On se réunirait dans la salle paroissiale ou le sous-sol de l'église, c'est selon, on s'entraînerait, se dépasserait, ferait des exercices et patati et patata. Radi n'écoutait plus, les mots croisade... pour les filles... où l'on ferait l'exercice... lui avaient suffi. L'eucharistique lui avait complètement échappé. Elle jubilait. Le plus beau jour de mai de la plus belle année! Douze ans et elle récupérait l'enfance, la ramassait, la mettait en bulle pour la conserver à jamais, vivrait sa croisade cent milles à l'heure, rattraperait le temps perdu à guigner les boy-scouts en chapeau kaki.

Le grand jour se présenta dans le sous-sol de l'église. Un sous-sol aussi vaste que l'église, tout en dédales qui aboutissaient à une salle humide et sombre. Mais le vicaire fit de la lumière et tapa dans ses mains pour chasser les chauves-souris. Asseyez-vous. Sur des bancs, des chaises si vous en trouvez, ou par terre, le dos accoté aux colonnes, comme de vraies héritières des croisés. Allez-y, mon père, Radi eût sans rechigner dormi sur la dure. Et maintenant écoutez-moi. On écoutait à s'en fendre l'entendement. Les premiers croisés, partis dans l'ancien temps pour récupérer Jérusalem et sauver la chrétienté... Radi savait tout cela depuis qu'elle fréquentait Thaddée, connaissait même les noms et les exploits des croisés les plus célèbres, les Godefroy de Bouillon, les Richard Cœur de Lion...

Tout à coup, le vicaire s'arrête. Il toise Helen. N'appartient-elle pas à la religion anglicane, la petite Smith? Comment a-t-on pu laisser s'égarer une anglicane dans une confrérie de catholiques? Helen ne sait plus où se mettre, n'avait de toute façon jamais entendu parler des croisades, n'était venue dans le sous-sol de l'église que pour suivre la classe et s'enrôler dans le même régiment que les filles de son âge. Elle voulait se faire scout, ou guide, ou croisée, pour partir avec les autres défiler en uniforme et chanter autour d'un feu de camp. Le vicaire veut la prendre à part, mais le sous-sol ne se prête pas aux confidences, la salle n'a pas de recoins, et puis le groupe s'agglomère autour de Helen comme pour la défendre. Alors il explique à ses troupes la signification et les objectifs de la croisade eucharistique qui a pour devise : Prie, communie, sacrifie-toi, sois apôtre. Une protestante ne saurait communier à la sainte table de l'Église, réciter la prière de l'Église, se faire l'apôtre d'une religion qu'elle ne pratique pas. Le vicaire est désolé mais ne saurait faire un accroc à la discipline d'une Église qui a mis tant d'énergie à la défendre durant deux mille ans.

Helen éclate en sanglots. Elle voit s'envoler en fumée croisades, régiment, camp de vacances, sports d'équipe, randonnées dans les collines et les bois. L'anglicane est bannie. Hors de l'Église, point de salut.

Radi sort du sous-sol en lançant son béret aux oiseaux. Être fille, ce n'est donc pas encore la pire déchéance? Helen appartient à une autre caste. La société est toute en castes, classes, cultes, cultures, langues. Face à l'église, le *church*. Et pour garder les peuples et les religions intègres, il faut exclure Helen de la croisade qui réunira toutes ses camarades d'école les jours de congé et de vacances. Radi rattrape au vol son béret, puis le relance, cette fois jusqu'à la branche la plus haute du pommier qui le garde captif. Tant pis, elle entrera nu-tête dans la nef centrale, en narguant les trente-six saints en plâtre qui font la garde jour et nuit d'un saint-sacrement abandonné de ses fidèles qui ne viennent à l'église que le dimanche et les jours fériés. Elle cogne du pied sur tous les cailloux du chemin qu'elle envoie rouler dans les plates-bandes du presbytère: que le vicaire se penche pour les ramasser et montre ses fesses à la paroisse! Elle blasphème, a envie de crier des injures à Dieu. Déjà qu'au début des temps, Il s'était amusé à bannir les premiers locataires du paradis, un paradis qu'Il n'avait pas besoin de leur donner du tout s'Il avait l'intention de les en chasser sitôt après. Pour une pomme!

C'est Katchou qui vient ouvrir et lui répéter qu'elle n'a pas besoin de cogner, qu'une cabane est toujours ouverte à tout le monde. Radi proteste. Une cabane à éperlans, peut-être, ou celle d'un bûcheron dans les bois, mais pas le logis de Prudence. Cette hutte recouverte de papier goudronné, enfumée l'hiver et suant l'été, rapiécée comme un vieux vêtement qu'on se passe de père en fils en petit-fils, était passée à Prudence par un testament olographe d'un ancêtre analphabète qui s'était contenté d'apposer sa croix en bas d'une feuille blanche qui disait clairement et oralement que le logis revenait de droit à celle qui se portait garante de la succession. Allez contester ça! Et Prudence emménagea dans sa cabane comme un renard dans son terrier. Elle remercia toutefois le testateur en gardant toujours ouverte l'unique porte de la hutte à la tribu entière des descendants de l'ancêtre.

— Ma chacuniére est ouverte à tout un chacun.

Radi prend le temps d'enregistrer le mot, avant de s'enfoncer de force dans la chaise berceuse que lui pousse Katchou.

— Vous connaissez la veuve du vieux Lamant qui reste à côté de chez nous?

Prudence ne répond pas, parce qu'elle sait que la vraie question n'est pas encore sortie. Elle attend.

— La vieille Lamant croit qu'Adam et Ève ont point été chassés du paradis terrestre, mais qu'ils sont partis de leur plein gré, sans que personne les pousse.

Pas encore la bonne question. Attendons toujours.

— De toute façon, comme y avait personne d'autre au paradis, personne pouvait les pousser dans le dos, hormis...

— Hormis C'ti-là qu'a jamais poussé parsoune ben fort, si on parle du même.

Voilà, c'est engagé. Radi se cargue dans le fauteuil et se met à se bercer. Elle cherche à entraîner la sorcière sur le terrain de la création du monde, des damnés et des élus, et débouche sur la prédestination. Ce n'est pas la première fois que Radi constate l'intérêt des gens d'en bas pour la prédestination. La seule question théologique d'importance, à leurs yeux: la destinée qui déleste chacun de toute responsabilité de s'occuper soi-même de son salut. Dieu se chargera bien de faire le tri. Et c'est pas pour une soûlerie, une friponnerie ou une cochonnerie de plus ou de moins qu'une personne brûlera éternellement, que mort s'ensuive, à petit feu ou à gros feu... de toute façon, petit ou gros feu, quand tu brûles, tu brûles.

Radi voudrait rattraper le fil et mener Prudence sur le terrain du hors de l'Église point de salut; mais la mécréante la devance, l'égare, la fait bifurquer, conduit elle-même le débat jusqu'au prêtre qui avait deux servantes. Elle n'a rien contre, remarque, un prêtre peut se payer deux ou même trois servantes, avec tout ce qui tombe dans la quête chaque dimanche, plus la dîme chaque année, plus... mais ça, ça la regarde pas, tant mieux pour lui si la femme du docteur ou le vieux Dominique...

Le vieux Dominique? Radi en a froid dans les reins.

... si le vieux Dominique verse au presbytère chaque automne la moitié de sa récolte de pommes du mois d'août. Il doit avoir de quoi à se faire pardonner, le vieux bouc. Radi nage. Elle était venue chercher une oreille où déverser ses élucubrations philosophiques sur Dieu et les hommes et se surprend à écouter la reine des gueux faire sa propre description d'une société qui cache du linge sale sous sa chemise fine.

— Ça vous intéresserait pas de venir rendre visite à la vieille Lamant dans son attique?

Prudence ne trahit aucune surprise. Même pas un petit rictus au coin des lèvres. Tout juste:

— D'accoutume, la visite vient icitte.

Et Radi comprend qu'elle aura gros à faire pour trouver un terrain neutre. Elle le trouvera pourtant, dans la personne de Thaddée. Mais sans qu'elle l'ait cherché.

Depuis la randonnée de leur fille dans les bois à l'heure de midi, les parents de Radi n'avaient cessé de scruter ses allées et venues et de l'interroger sur ses activités parascolaires. Au cours de l'enquête, ils finirent par être informés de ses liens, par Katchou interposée, avec les déserteurs. Ils ne découvrirent cependant jamais toute la vérité, ce qui aurait sûrement fait mourir la mère une deuxième fois. Mais ils en apprirent assez pour décider d'exercer à l'avenir une plus grande vigilance. En langage Radi, cela se traduisait par: Tu restes à la maison.

Pas captive, non, ni amarrée, mais réduite à rendre compte de ses déplacements ailleurs que chez le premier voisin, l'attique de la vieille Lamant, la maison de Marie-Zoé et le hangar du cousin Thaddée. Et c'est du côté de Thaddée qu'elle chercha refuge. Un refuge si doux et douillet que Radi finit par s'y nicher, casser sa coquille, ouvrir ses ailes et son cœur, et se vider l'âme. Elle raconta tout au vieux bourlingueux, défricheur de parenté. Rendue au chef des déserteurs, elle bégaya, mais retrouva vite son aplomb devant l'éclat de rire spontané du cousin qui entendait le nom de Wilfred-Laurier porté par un fils de p... Il s'arrêta juste à temps, expliquant à Radi que Wilfrid Laurier avait d'abord été l'un des plus importants premiers ministres du Canada. Radi l'avait su, mais comprenait seulement à l'instant la charge d'humour des gens d'en bas qui baptisaient d'un tel nom le plus frondeur de leurs rejetons. Le rire de Thaddée poussa Radi à lui avouer tout le reste: ses escapades, ses liens avec Katchou, ses visites répétées chez la sorcière Prudence.

Thaddée, bon joueur, n'avait rien révélé aux parents de Radi, mais avait quand même cru de son devoir de faire sa propre enquête qui l'amena, un jour de bazar paroissial où tout le monde était occupé à dépenser son argent au profit de l'Église, jusqu'au devant de porte de l'Égérie du peuple crasseux. Radi l'apprit par la bouche de Katchou, seul témoin de la rencontre.

— Il a pas dit un mot.

— Ça se peut pas.

— Pas tout de suite.

— Et elle?

— A' l'avisait.

— Et c'est elle qui a parlé en premier?

— C'est lui.

— Quoi c'est qu'il a dit?

— Qu'i' faisait beau temps mais que je pourrions aouère de l'orage.

Radi comprend qu'elle devra arracher chaque mot de la bouche de Katchou, comme avait dû faire Thaddée avec Prudence. Et le dialogue reprend.

— Il voulait savoir ce que je venais faire chez vous?

— Il le savait déjà.

Radi s'arrête: comment Thaddée pouvait-il comprendre les motifs de son comportement alors qu'elle-même n'y comprenait rien? Elle venait en bas de la traque comme un saumon qui remonte les rapides, poussée par un instinct inavoué de retracer de lointaines origines. Pourtant, Radi n'avait aucune parenté avec les gens d'en bas, ne partageait avec eux aucun aïeul, aucun souvenir. D'où lui venait cette attirance, cette séduction? Pour la première fois depuis fort longtemps, depuis la fin de sa petite enfance, elle passe la main sur sa cuisse gauche, à l'étonnement de Katchou, pour tâter sa tache de naissance.

— Lève ta jupe, Katchou.

Katchou produit un rire sec, mais n'obéit pas.

— T'aurais pas une tache de naissance au-dessus du genou?

La pouilleuse s'esclaffe. Non, elle a bien des choses au-dessus du genou, mais point de tache de naissance. Radi joint son rire à celui de son amie: son éducation progresse.

— Thaddée avait l'air de saouère pourquoi c'est que tu venais chus nous. Il a-t-i' une tache sus la cuisse, lui itou? En tout cas, il a point porté de blâme, ni contre toi, ni contre nous autres. Il a même mandé des nouvelles de Wilfred-Laurier et s'a émoyé des hommes dans les bois. La guerre est jamais une bonne affaire, qu'il a dit.

— Et qu'est-ce qu'a répondu ta tante Prudence?

— Que depuis la guerre, y avait de l'ouvrage en masse dans les shops pour nos houmes trop vieux pour l'armée; que le garçon à Geffrey recevait une pension pour sa jambe pardue; et que Boy à Polyte s'avait trouvé une femme *Overseas*.

— La guerre, une ben boune affaire!

Et les deux amies rient d'une seule voix. Puis le visage de Katchou s'assombrit. Elle soupçonne Thaddée de cacher des intentions.

— Quelles intentions?

Katchou ne répond pas, parce qu'elle ne sait pas et n'a pas l'habitude de se fier aux intentions qu'elle ne déchiffre pas. On ne vient pas d'en haut jusqu'à leur antre pour s'informer de la jambe coupée du garçon à Geffrey ou du va-et-vient d'un déserteur qui se cache dans les bois. Thaddée voulait avertir Prudence de quelque chose.

... Avertir Prudence? Mais comment instruire une voyante qui connaît avant tout le monde, avant même qu'ils ne se produisent, les événements qui se déroulent au pays?

Katchou continue de regarder dans le vide. Puis elle lâche le gros morceau: le sol a tremblé...

... Quoi?...

... La cabane a été secouée par un tremblement de terre. Peut-être pas un tremblement de terre, peut-être la queue de la sorcière de vent, peut-être simplement un autre des ensorcelages de la vieille, mais le logis a frissonné des quatre murs.

— J'étais là, je l'ai senti.

Radi veut en savoir plus. Prudence serait-elle une véritable sorcière? est-ce qu'elle se vendrait au diable? Katchou se rebiffe: si sa tante se donne au diable, Thaddée se voue à Satan. Les deux renards parlaient le même langage, s'entendaient comme cochons. Radi n'en croit pas ses oreilles. Pas Thaddée un sorcier. Pas lui!

Quand elle revit Thaddée, peu de temps après, elle ne prit aucun détour pour le sonder sur ses raisons de s'être rendu à la hutte de la sorcière d'en bas. Et sans détour, il répondit. Prudence était une mine de connaissances surnaturelles, un puits de science occulte, plus douée qu'un septième de septième, un devin, une prophétesse comme on n'en voyait plus depuis l'Ancien Testament...

— Vous vous moquez de moi, Thaddée.

Oui, il s'amusait à troubler Radi. Parce qu'il avait son idée. Il avait toujours su que Prudence avait des dons, que c'était là sa vraie séduction sur une enfant qui n'avait jamais cessé depuis sa plus lointaine mémoire de fouiller l'envers du monde; que Prudence à sa manière rejoignait la vieille Lamant; et que si l'on parvenait à mettre face à face ces deux prêtresses d'une même dévotion, on pourrait voir surgir des étincelles même de la lune.

La rencontre eut lieu. C'est la voyante d'en haut qui se déplaça, elle qui n'avait pas daigné descendre de son attique deux ans plus tôt pour accueillir sa sœur rentrée des États. Elle emprunta le sentier des écoliers qui coupait en diagonale le champ du Docteur, contourna le bureau de poste et franchit la voie ferrée au niveau de l'Île-aux-Puces qu'elle avait arpentée jadis en compagnie du vieux Lamant. Radi n'osait pas devancer ni interrompre la vieille, de peur de la distraire de son but et de lui faire faire demi-tour. Elle implorait tous les saints de ne pas la laisser changer d'idée et suppliait saint Christophe de mener lui-même l'expédition jusqu'à la cabane où l'attendait sur son devant de porte, immobile comme la femme de Loth, une Prudence endimanchée. Elle avait recouvert sa robe d'un devanteau quasiment blanc, chaussé d'authentiques mocassins hérités d'une grand-mère indienne et planté trois peignes fins dans son nid d'hirondelle qui menaçait toujours de dévaler en avalanche.

— Faites comme chez vous.

Du français parfait, quant à la forme ; du pur acadien, quant au fond. Le mot bienvenue, c'était pour les passants, les colporteurs, les indésirables. Pour la veuve du vieux Lamant, qui se déplaçait, qui se dérangeait, qui abolissait les frontières, Prudence eût rôti sa poule, si la dernière volaille raflée au poulailler du presbytère n'avait déjà pris le chemin de la cache des déserteurs. Elle sortit sa boîte de fer-blanc, et Radi crut sentir le relent de moisi du vieux sucre à la crème de sa première visite à la cabane de Prudence. Mais non. La boîte enfermait des biscuits au chocolat du magasin, prix des dernières économies d'une femme d'en bas qui n'avait jamais oublié les premières règles du savoir-vivre.

Radi et Katchou se tenaient coites, serrées l'une contre l'autre, sans détacher les yeux d'une scène qui ne se jouerait qu'une fois dans le siècle et que les dieux du ciel leur offraient afin qu'elles se fabriquent des souvenirs pour leurs vieux jours. Elles suivaient chaque mouvement de main ou de tête, enregistraient chaque son, soupesaient les intonations, estimaient les poses et se défendaient bien d'intervenir. Même quand la vieille Lamant s'attarda sur un long récit de cueillette de tétines-de-souris à l'Île-aux-Puces, 'tant jeune, suivi du récit de Prudence qui préférait, quant à elle, la passe-pierre de la dune. Radi et Katchou savaient que la passe-pierre et les tétines-de-souris servaient d'entrée en matière et qu'il leur faudrait patienter. Une entrée en matière bien calculée pourtant par les deux voyantes, car chacune poussait la courtoisie jusqu'à préférer le territoire de l'autre. Radi y vit surtout l'abolition des différences, l'Île-aux-Puces et la dune, les tétines-de-souris et la passe-pierre faisant les délices des deux mondes. Elle en était là dans ses réflexions, quand elle entendit un mot qui lui fit comprendre que le ton avait glissé vers

— ... la prédestination!
— Je sons point tous prédestinés pareillement.
— Mais peut-être tous au même endroit.
— C'est quoi, à vot' dire, c't endroit?
— Allez savoir si c'est un endroit ou un envers.

Radi retrouvait là sa vieille amie de l'attique. Petit à petit, on se mit à parler de la résurrection qui pourrait bien nous ressusciter tous habillés comme nos premiers parents et laisser du coup le vieux Dominique sans même une poche de fesse où ranger son porte-monnaie. Et sans leur argent, il reste quoi aux riches? La vieille Lamant monta alors d'un cran et amena Prudence à la durée sans fin de l'éternité. Elle s'interrogeait chaque nuit sur le temps, le temps qui ne finit pas, qui ne bouge pas, qui fige tout dans l'instant, l'instant présent... infini. Radi eut un léger pincement au cœur. Pourquoi son amie lui avait-elle caché cette dimension de son âme, sa frayeur devant l'infini? Croyait-elle l'enfant incapable de la comprendre ou la porter? Pour la première fois, la veuve Lamant presque centenaire s'ouvrait devant son égale, une autre vieille visionnaire et voyante, et les deux se toisaient sans même se regarder, appliquées seulement à regarder dans la même direction. Une direction qui les fit déboucher dans un vaste trou noir d'avant la création du monde et du temps, du temps que le temps n'en était pas, que le rien était encore rien, que l'idée même de l'existence n'était pas venue à personne...

— ... hormis à Dieu.

C'est Prudence qui compléta la phrase que sa vis-à-vis avait laissée suspendue une seconde de trop. Des deux, c'était donc Prudence qui avait la foi la plus ancrée? Mais Radi n'eut pas le temps de se rendre jusqu'au charbonnier car la voyante d'en haut était déjà repartie, entraînait l'autre dans l'étourdissant exercice de suivre Dieu dans son éternité figée, dans la création de lui-même qu'il avait commencée avant tout commencement...

— Vous prenderiez peut-être une bolée de thé?

Bien fait pour vous, madame Lamant, vous dépassiez les bornes. Prudence en avait eu assez. On est en vie, c'est toujours ça de gagné; le reste, on l'apprendra bien assez tôt. Et les deux voyantes s'avisèrent pour la première fois dans les yeux, consentirent tacitement à laisser le Créateur se créer tout seul sans embarrasser les créatures et prirent le thé en silence.

Radi fut seule à contempler par la porte ouverte les goélands qui picoraient sur le devant de porte de la cabane : elle venait de déceler la brèche dans le cerveau de la sage-femme qui l'avait mise au monde. À force de ruminer en solitaire dans un grenier inaccessible au commun des mortels, la vieille avait laissé tous les doutes l'envahir et lui cacher le quotidien que la sorcière d'en bas vivait au niveau d'un plancher en terre battue.

La vieille Lamant s'était-elle donné la mission d'instruire Prudence ? Avait-elle cru que l'instruction glanée dans les livres et la pure réflexion, puis remâchée indéfiniment sous un tapis d'étoiles, apportait une science de la vie que la vie même ne pouvait offrir ? Elle se contenta de poser la main sur le bras de la sorcière et de confesser dans le plus fort accent de ses pères :

— Je suis bénaise de vous avoir vue, Prudence. Je nous reverrons sans doute point ici-bas, mais je nous retrouverons sûrement...

... Elle hésita, fit quelques arabesques de la main, puis :

— ... queque part, en queque endroit, Là-haut.

À quoi répondit Prudence, en faisant un gros effort d'articulation :

— Madame Lamant, la porte de mon logis sera toujours ouverte. Ben m'est avis que la porte du paradis est plus grande que la mienne.

Radi raccompagna son amie jusqu'à son grenier. Mais rendue sur le seuil, la vieille se retourna et la renvoya doucement.

— Une si longue marche m'a une petite affaire fatiguée. Je vais aller m'étendre une escousse.

Une fort longue marche, madame Lamant, une marche qui l'avait menée jusqu'au début des temps, jusque dans l'infinie préhistoire de Dieu, puis projetée en dégringolade sur la terre battue d'une hutte de crasseux. Et Radi se dit qu'à tout âge on peut revenir au monde, tête première, que même une sage-femme... Elle prit peur : une vision lui montrait la centenaire qui s'envolait par-dessus les nuages, s'accrochait à la plus proche étoile, fondait... Ses pressentiments ! Arrête, Radi !

XVII

Pour conjurer ses démons, elle se répétait à voix haute, seule en haut du champ ou aux abords du ruisseau du Docteur: «J'ai rien vu venir, c'est pas ma faute, j'ai rien eu à faire là-dedans.» De toute façon, même si elle l'avait réellement pressentie, même si elle en avait prévenu les familles et les autorités, elle n'aurait pas pu empêcher la tempête du siècle d'engloutir en un jour quatorze pêcheurs du Fond de la Baie. Face au destin, elle avait l'air d'une poussière qui tourbillonne dans un rayon de lumière. D'ailleurs, c'est après coup qu'elle se rendit compte qu'elle le savait. Le savait-elle pour vrai? Elle n'avouera rien à Céline.

Rien à Céline, mais tout à Thaddée. Les victimes étaient les compères et cousins du vieux marinier; certains, ses compagnons d'aventures en haute mer. Il avait bien connu Cyprien, entre autres, le plus célèbre bootleggeux de la Prohibition, qui avait fait courir tant de femmes et d'officiers, qu'on se demandait lequel de ses visages l'histoire garderait du don Juan contrebandier. Puis Majorique, Francis, Damien... Thaddée les avait tous fréquentés sur les quais ou dans les hangars à bateaux, le sien ou celui du gouvernement.

— Et le cousin Yvon?

Thaddée se tait. Yvon n'est pas de sa génération. C'est un jeune, trop jeune pour sacrifier un si bel avenir à la folie furieuse des eaux. C'est sa mère qui a raison : l'océan n'a pas pu se jouer d'Yvon comme des autres, les vagues n'ont pas eu prise sur lui comme sur le vieux Francis ou l'esclopé de Majorique. Yvon est vivant, c'est Évangéline qui l'a dit. Et ventre de mère ne ment pas.

Les pressentiments, d'où ça vient, du diable ou du bon Dieu? Radi se sent trop indigne à côté de Céline, d'Anne et de Geneviève, même de Marie-Zoé qui n'a jamais menti ni juré en cachette, pour se figurer que le Ciel lui confierait à elle, la haïssable, le nombril-plus-gros-que-nature, l'entachée originelle, les dons qu'il n'accorde d'ordinaire qu'à ses saints martyrs et confesseurs.

Thaddée écoute le silence qui filtre entre les lèvres de sa protégée et prend tout son temps pour répondre. Le visage du vieux pêcheur n'est plus que sourcils froncés en une broussaille qui lui ombrage le nez et les joues. L'enfant regarde le cousin de son père et prend peur devant l'énormité de l'aveu qu'elle s'apprête à livrer. Elle a vu, non, prévu, comment dire?... elle a su que la mort rôdait autour des quais, elle l'a su avant l'annonce du drame qui est venue tout confirmer.

— Tu as prévu la tempête en mer?

Comme tout le monde qui a vu la surface de l'eau trop lisse pour ne pas laisser présager les remous qui se cachaient en dessous.

— Tu savais que des pêcheurs étaient en péril?

Tout le monde a eu peur.

— Tu savais lesquels seraient emportés par la sorcière de vent?

Après coup seulement, elle l'a su. Mais ce qu'elle a su après, elle a su à ce moment-là qu'elle le savait avant. Un instant elle a cru voir Thaddée sourire, mais non, il est resté imperturbable. Elle a vu Cyprien, Majorique, d'autres qu'elle ne pouvait nommer, mais qu'elle connaissait de vue.

— Yvon, ton cousin?

Non, pas Yvon.

Au début, leur mère avait refusé à Céline et Radi de les amener à la paroisse voisine aux funérailles de leur cousin. Prévoyait-elle le scandale? Voulait-elle épargner à ses filles le spectacle d'une cérémonie tronquée? À quoi ressemblerait une messe des morts sans corps, sans coffre, sans corbillard, et qui s'achèverait sans enterrement? L'Église même risquait d'en sortir diminuée. La mère de Radi avait beau se raisonner, admettre que la foi ne reposait pas que sur les rites et le faste des cérémonies, elle n'en demeurait pas moins effrayée devant la perspective d'exposer l'âme fragile de ses enfants à une religion qui paraîtrait ce jour-là bien en dessous de ses moyens. Elle finit pourtant par se laisser convaincre par Céline. Et Radi était partie légère et légèrement endeuillée aux funérailles d'un cousin qui n'avait pas daigné se présenter à la cérémonie.

Une cérémonie qui tardait grandement à commencer; tout le monde agitait les pieds, se frottait la nuque, cherchait des yeux le front de quelqu'un qui saurait expliquer les raisons du retard. Un malaise contagieux envahit la nef, puis les allées, se répandant comme un mauvais pressentiment. Des murmures de plus en plus audibles circulaient entre les crêpes et les chapeaux...

Elle ne viendrait pas?... Qu'est-ce que vous dites?... La propre mère du défunt, la tante Évangéline, refusait d'assister aux obsèques! Radi ne répondit pas à sa mère qui cherchait par tous les moyens à attirer son regard. Elle voulait vivre cette aventure scandaleuse jusqu'à la lie, sans rendre de comptes ni se sentir complice de personne. Un noyé qui n'assiste pas à ses funérailles, passe; mais sa mère-qui-l'a-mis-au-monde, une femme en pleine force et possession de ses facultés, qui s'obstine à ignorer la mort de son fils jusqu'à rester enfermée dans sa chambre durant toute la cérémonie qui se déroule à l'église toute proche! ça, Radi voulait le vivre. Elle en avait le pharynx bloqué par une glu qui montait et descendait le long de son œsophage et lui procurait tantôt un trouble indescriptible, tantôt une inavouable félicité. Tante Évangéline ne venait pas parce qu'elle opposait son refus au Destin. Elle nierait jusqu'au bout une mort que son ventre n'avait pas reconnue. On n'enterre pas un vivant, qu'elle avait dit.

Thaddée hoche la tête. On n'a pas retrouvé le corps d'Yvon, la mer est une marâtre. Si quelqu'un le sait, c'est ce loup de mer enragé qui s'est colleté avec la garce durant un demi-siècle. Un demi-siècle n'a pas suffi au bourlingueux pour avoir fait plier l'échine à la sorcière de vent. On ne joue pas aux échecs avec le diable.

Radi dresse la tête d'un coup sec. Elle n'en croit pas ses oreilles: c'est bien lui, Thaddée, cet amoureux de la mer, qui aujourd'hui lui donne des noms, un peu plus lui garrocherait des roches? La marâtre, la garce, la sorcière de vent, le diable! Puis elle abaisse de nouveau la tête. Pour la première fois depuis sa petite enfance, elle interroge sa tache sur la cuisse gauche. Descendue d'un cran vers le genou. Le péché originel. Le diable. Une autre porte vers l'inconnu? Yvon, le plus beau des fils d'Évangéline, le plus hardi et séduisant de tous ses cousins, avait-il poussé l'audace jusqu'à s'en venir gratter à cette porte-là? Elle veut demander à Thaddée si par aventure il n'existerait pas deux voies pour pénétrer dans l'Au-delà, deux portes d'entrée: la normale et plus commune, qui emporte l'âme invisible mais abandonne le cadavre à son suaire, son catafalque, puis son trou au cimetière; et l'autre, qui dévore corps et âme, happe les vivants qui n'ont pas eu le temps de rendre leur dernier souffle et fait entrer Yvon tout entier au royaume des morts où sont passés avant lui tant de héros de la mythologie? Radi sait qu'elle divague, mais se complaît dans son hallucination, traque l'image jusqu'au tréfonds de son imaginaire, traverse l'interdit, arrive face à face avec Yvon transfiguré, immortalisé, qui joue aux échecs avec... avec le diable?

Amène-moi, Thaddée, fais-moi passer de l'autre côté, là où la mer s'achève et se fond au firmament.

Thaddée soulève Radi et la plante à califourchon sur la proue de sa plus jolie goélette miniature. Vas-y! qu'il lui commande, prends le large. Mots qui la ramènent sur terre. Avant de se risquer chez les morts, que sa petite-cousine apprenne à voguer sur les mers calmes ou ténébreuses, mais bien réelles. Elle saura découvrir au-delà de l'horizon visible un monde assez vaste pour répondre à toutes ses curiosités, apaiser tous ses appétits. La Terre n'est pas grande, c'est vrai, mais Radi non plus. Et la vie est juste assez longue pour permettre à chacun d'y planter son arbre, le voir pousser, fleurir et porter son lot de fruits.

Non, Thaddée, cette fois Radi ne se contentera pas d'un arbre, elle qui a vu surgir devant elle, à la limite du bosquet du Docteur, la forêt profonde et vieille de mille ans. Mille ans, que lui a dit son père, l'âge de sa famille. Thaddée le sait mieux que tout autre, lui qui un jour lui a ouvert le grand livre de ses origines. Vas-y, débroussailleur de parenté, défricheteur de généalogie, chroniqueur d'un lignage qui les amarre tous deux aux pèlerins de Saint-Jacques! Mais pour se rendre jusque-là, Radi sait qu'il leur faut traverser la mer, patauger des bras et des jambes dans l'histoire toute pétrie de contes et de légendes, avant de rentrer chez les ancêtres. Depuis son âge de raison, Radi se console de sa modeste famille avec sa famille ancestrale, de son trop petit coin de terre avec la terre incommensurable des aïeux. Un jour elle y retournera. Que Thaddée se le tienne pour dit et lui ouvre tout de suite la voie, raconte, mon vieux, rends aux descendants la mémoire vieille de mille ans, Radi peut en prendre, la mémoire c'est son fort, elle ne bougera pas d'un cil, avalera l'histoire du monde comme la sienne propre, boira la mer, s'il le faut, raconte.

Thaddée ne résiste pas. Il ne sait pas comment il s'est laissé glisser sur la pente du temps, mais il a remonté les siècles jusqu'à la grande peur de l'an mil, traversé, transi et confus, les mers ténébreuses, les mers dont il n'a connu personnellement que l'infime partie, le reste, il l'a reçu en cadeau de naissance au tréfonds de son inconscient. C'est pourtant ce reste qu'aujourd'hui, au lendemain des funérailles abrégées de son petit-cousin Yvon, il entreprend de rendre à une enfant qui, elle, n'a rien connu du tout, pas même la saveur âcre d'une houle qui vient rouler son écume jaune sur les cailloux enrobés d'algues mauves et de goémon. Raconte, Thaddée.

... Si j'étais femme, qu'il dit, j'aimerais un homme qui aurait été une seule fois plus fort que plus fort que lui. Il reste rien que la mer pour comprendre ça. Celle-là le sait, la garce, ce que ça veut dire de se battre perdant, et pourtant de gagner.

... Depuis le commencement du monde que la mer se débat. Regarde-la. Jamais tranquille, quasiment jamais en paix. Oh! faut pas se fier à ses belles manières. C'est à l'heure que tu y verras la peau bien lisse et douce, et qui fait la chatouilleuse au moindre petit rayon de soleil, à cette heure-là, faut pas s'y fier. Sois sûre qu'une mer trop lisse et tranquille trop longtemps te cache de quoi. Méfie-toi. C'est au creux de l'âme à ce moment-là qu'elle a enfoui ses remous.

Radi le sait et se méfie.

... Si tu pouvais voir le fond de l'eau à la veille d'une tempête en mer. L'ouragan de la comète Halley à côté de ça, heh! Non, prends-en ma parole de vieil homme, y a rien dans la nature et dans la vie qui s'approche de la force et de l'entêtement de la mer que le ciel a dérangée. Faut point réveiller l'ours qui dort. Et moi je te dis que faut point piquer la mer au vif. Souviens-toi qu'elle est chatouilleuse et qu'elle a un sacré caractère.

Radi en frémit tout le long de sa colonne. Mais Thaddée en a presque oublié l'enfant.

... Un homme prend la mer comme il prend femme, qu'il dit, doucement, par les petits, en regardant ailleurs, en faisant semblant de parler aux goélands. Il l'accoste sans en avoir l'air, pour pas l'effaroucher, commence par y lancer des cailloux, comme ça, pour l'éprouver. Au premier caillou, elle regimbera et te fera gicler son écume à la face. Contente-toi de rire alors et ça la calmera. Puis lance-lui un coquillage, une palourde de dune ou la Saint-Jacques, par exemple, qui fera des bonds, tu verras, comme un lutin qui danse au-dessus de l'eau. Ça, d'accoutume, ça plaît à la mer et tu risques de l'amounêter par les petits.

Thaddée s'arrête pour expliquer le mot à Radi, puis constate qu'elle a compris. C'est un mot de tous les jours.

— Amounêter... calmer, apaiser.

... Mais n'essaye pas de l'amounêter avec des cailloux et des coquilles au temps de ses règles, par exemple! Méfie-toi de l'océan ces jours-là.

Radi s'empourpre. Même sa propre mère n'a pas encore abordé le sujet devant elle.

... Ses règles, c'est une manière de dire. Les almanachs les appellent des canicules ou des solstices.

Ça, Radi connaît.

La saison où la mer crache ses ordures: du goémon, de l'herbe à outardes, des gros soleils de mer en gélatine écœurante et molle. Ces jours-là, elle est point dans son assiette et faut la prendre de biais. Oui, de biais, pas de front. Aborde-la de côté, offres-y le flanc de la barque, point la proue. Et tu verras qu'elle finira par se laisser faire. Par les petits. Alors tu t'aperçois, au bout d'un escousse, qu'un retour de lame s'en vient minatter et flatter la poupe de ton embarcation. C'est le temps de manœuvrer, sans en avoir l'air, pour se plier à son rythme et se bercer à sa musique. Essaye jamais de tanguer à contre-courant: oublie pas qu'elle est plus forte que toi. Plus forte et plus endurante. Surtout dans ses mauvais jours.

Radi enregistre.

Mais elle aura itou ses bons jours, ses jours d'accalmie au lendemain de la tempête. Profite. Par rapport que là, tout est permis. Ou quasiment. Presque quasiment. De l'eau tiède, bleue manière de mauve, à cause du soleil; avec un petit frisson de surface comme pour te dire qu'elle est en vie et qu'elle t'a vue; et plus glougloutante quand elle s'en vient rouler sur les galets qui l'ont chatouillée. Une vraie petite guidoune qui se tord les fesses et vous tord les boyaux ! Un homme aurait le goût de s'y jeter sans prendre le temps d'ôter ses bottes et ses caleçons...

Il avise Radi et sourit, honteux. Elle avale sa propre honte et sourit à son tour. Vas-y, Thaddée, elle peut en prendre.

... Un homme aurait le goût de l'embrasser des deux bras et de la boire toute, jusqu'à la dernière goutte, à s'en soûler... Soûler... ça peut arriver plus tôt que tu penses. Et tu risques d'y laisser plus de peau que tu en as autour des os. Cyprien, Majorique... Yvon...

Pas Yvon, non...

Un matin de beau temps, tu te largues dans la brise, un léger nord-nordet, sans méfiance et sans penser à mal. Elle est toute douce, ce matin-là, et te mène loin au large, seule à seul, en cachette des autres. Et tu deviens hardi, et fais le fringant, et joues au grand capitaine. Tu t'aperçois de rien avant qu'il seye trop tard. Par le temps que tu commences à entendre subler les sirènes autour de toi, tu vois déjà approcher la sorcière de vent qui s'en vient droit sur ton bâtiment. Et tu entends des geints y sortir du ventre, à ton embarcation, et des craquements y ébranler la cale. Alors tu lèves la tête et aperçois la mâture qui se débat dans le ciel et finit par craquer à son tour. Et tu sais que là, ça sera un combat entre la mer et toi. Tu fouilles chacune de ses lames pour étudier son comportement et prévenir ses coups. J'ai vu des lames de passé soixante pieds se dresser au-dessus de moi qui n'en mesurais pas tout à fait six. Tu te lèves la tête à te l'arracher des épaules, et t'avises une vague qui t'enferme dans sa coquille géante comme si la calotte du ciel s'abaissait jusqu'à toi. À cette minute-là, tu veux hucher, crier après ta mère, empoigner ton mât déjà fêlé... mais t'as rien qu'une idée dans la caboche: sacordjé! que tu te dis, v'là une sacrée belle garce! Au moment où tu crois qu'elle va t'emporter, t'engloutir tout rond, tu peux pas empêcher ton cœur ou tes reins de frissonner devant une pareille bougresse de vaurienne de belle créature!

— Aaaah!...

... Et tu veux savoir?

Elle veut tout savoir.

Crois-le ou pas, c'est sa force même et sa mauvaiseté qui te baillent le courage en cet instant de lui dire: «Tu veux te battre? que tu fais, eh ben, me v'là.» Et tu t'agrippes, et tu t'ancres, et tu cantes avec ton bâtiment qui se couche sous chaque nouvelle lame qui suit l'autre et l'autre, comme les remous d'un estomac qui va vomir, ou d'un ventre qui va mettre bas. Ça monte, et ça grandit, et tu comptes les lames parce que tu guettes la sixième qu'est tout le temps la plus dangereuse.

— Pourquoi?

— La sixième vague est la plus forte; mais non, c'est pas la plus dangereuse. La traîtresse, je vais te dire laquelle c'est; pour la connaître, celle-là, faut avoir longtemps fréquenté la mer: c'est la petite qui sort de la grosse au dernier instant, et qui fonce sur toi comme une allumelle de couteau. Je l'ai vue, la bougresse, s'arracher à une lame de quarante pieds, monter à pic puis piquer comme le martin-pêcheur et couper un homme en deux.

Devant la petite lame, cabre-toi point, souris-lui, et fais ton signe de croix.

Thaddée se signe et Radi songe à Cyprien, à Majorique, à son cousin Yvon...

— Si j'étais femme, qu'il conclut, il me semble que j'aimerais un homme qui, une fois, une seule fois, serait sorti vivant d'une bataille avec plus fort que plus fort que lui.

Il se tait. Alors elle se souvient de la femme de Thaddée. On avait parlé d'acariâtre et de revêche; une mégère, qu'avait murmuré la vieille Lamant sans savoir que l'enfant pouvait entendre et comprendre le sens d'un mot qu'on n'avait encore jamais utilisé devant elle.

Elle sort du hangar à Thaddée en tricolant comme un soûlard, pour apprendre le retour d'Yvon que la frégate des officiers avait déniché, en lambeaux, affamé, affalé dans la coque de son bateau, mais bien vivant, au fond d'une anse de la côte sud de Terre-Neuve. On raconte que le lendemain, la tante Évangéline s'en fut à la messe.

XVIII

— Apparence qu'elle vient du nord.

Une nouvelle maîtresse pour la classe des douze-treize ans. Laide comme les sept péchés capitaux, mais savante et intelligente. Moderne pour tout dire. Et puis, pas si laide que ça, plutôt raide et anguleuse. Elle a voyagé, a vu l'Empire State Building, la tour Eiffel, le pape...

— ... Et le pape a eu peur.

Une première d'école normale, qu'on dit. On dit beaucoup de choses sur la nouvelle maîtresse chargée de la pire classe, celle qui avait appris à lire d'abord entre les lignes. Mais la maîtresse du nord n'a pas dû juger cette classe plus revêche que les autres, ou du moins n'en laissa rien paraître, s'attelant dès le début de septembre à sa tâche d'amener l'école des côtes au niveau de celles de la capitale et de la métropole. Si les enfants de Fredericton pouvaient distinguer un triangle d'un rectangle d'un parallélogramme, si ceux de Saint-Jean savaient nommer tous les rois d'Angleterre depuis Édouard le Confesseur sans en perdre un seul, les jeunes fringants qui la dévisageaient de tout leur appétit du savoir et qui l'avaient attendue durant sept ans feraient en une annnée des progrès à faire honte aux bambins de Québec.

Radi ricana, les yeux braqués sur Fleur-Ange, puis resta songeuse: cette nouvelle institutrice avait une dent contre Québec. Mais déjà la maîtresse les entraînait vers l'un des terrains préférés de Radi: l'histoire et la géographie de l'Europe. Une Europe qui débordait largement la France, sortait de la Grèce antique, passait par Rome, l'Italie, l'Espagne, l'Allemagne, l'Autriche et venait aboutir joyeusement dans l'île verte et imprenable qu'on appelait *Merry England*. Elle racontait si bien que même Jovite-le-va-vite, même la grosse Manda gardaient la bouche ouverte et les yeux plantés sur une carte qui leur faisait traverser trois mers en trois minutes, les transportait dans des temps anciens où l'on se battait au javelot et à l'arbalète, les introduisait chez les barbus préhistoriques qui apprenaient à faire du feu.

Radi se passionna pour les connaissances de la maîtresse du nord, pour l'art de transmettre ses connaissances de la maîtresse du nord, puis enfin pour la maîtresse du nord. Elle était laide, et puis tant pis! En dépit de sa peau rêche, de ses pommettes trop hautes, de son nez de sorcière, elle fascinait Radi qui, pour la première fois depuis *La Dernière Classe* d'Alphonse Daudet, avait hâte de partir pour l'école à chaque nouveau matin. Et elle s'attaqua à l'histoire, prit d'assaut l'Europe, monta à bord de la nef de la maîtresse du nord qui touait la classe des vieux pays aux vieux continents aux vieilles langues, grimpait par la perpendiculaire, glissait le long de l'hypoténuse, se jouait des angles droits et des racines carrées, s'amusait à même la science des lettres et des chiffres à redécouvrir le monde. Elle ne comprendra jamais comment à douze ans elle a pu voyager dans l'Antiquité par le biais des figures d'une matière qu'elle n'avait pas encore étudiée et qui s'appelait la géométrie.

Radi crut que cette année-là serait la plus riche de sa vie : elle aimait l'école, aimait l'apprentissage, aimait la maîtresse. Elle avait troqué ses jeux stupides de billes, de marelle et de collection d'agates et de mouches à feu contre des cartes géographiques qu'elle apprenait à dessiner par cœur. Elle s'essoufflait sur les capitales d'Amérique du Sud, sur les dynasties de l'ancienne Égypte, sur les îles du Pacifique et de l'Océanie. Durant des mois, elle se gonfla comme une outre, la remplit d'un fatras indigeste puis le vomit dans une seule éructation un bon lundi matin, à l'heure où personne, pas même la voyante du grenier, n'avait prévu son geste qui allait changer sa vie.

— Préparez vos cahiers, c'est l'heure de la composition. Vous allez raconter vos funérailles.

— ...???

— Si, si, vos propres funérailles, comme si vous pouviez les suivre du fond de votre cercueil. Vous avez le droit d'être imaginatifs et drôles.

Radi rayonne. Elle imagine déjà Horace en larmes, Céline en prière, Sophie qui revient en hâte de son hôpital et Geneviève de son couvent, sa mère qui regrette de n'avoir pas compris assez vite l'importance de celle qu'elle avait mise au monde... puis les voisines qui commentent à voix basse le prix des rubans de taffetas qui ornent les poignées du cercueil. Elle entend ricaner Robert-le-bout-de-diable qui vient d'entortiller une fronde en guise de chapelet autour des doigts de la morte et hoqueter Marie-Zoé qui tente sans succès de lui couper une mèche de cheveux avec un couteau à pain. Puis elle assiste à son oraison funèbre que pérore un curé qui en profite pour parler contre les bas courts et les jupes en haut des genoux... en haut des genoux, le siège de la tache originelle : même une enfant devra faire face à son Créateur et répondre de ses douze ans de péchés d'orgueil, d'envie, d'avarice, d'impureté, de gourmandise, de colère et de paresse...

— Je vous fournis déjà le titre : *My Own Funeral.*

Radi s'engotte. Mourir en anglais ? Soudain, sa mort l'étouffe. Elle veut raconter ses funérailles dans ses mots, ses propres mots, les premiers à s'être logés sous son crâne. Et sans prendre le temps d'arrondir les coins de sa phrase :

— La composition, on l'écrit dans quelle langue ? qu'elle huche en se dressant sur ses pieds.

— Quelle langue ? Mais la vôtre, la langue de l'école, du pays, la langue de chacune de vos rédactions du lundi matin.

— Mais ma langue est en français.

La maîtresse du nord se donne le temps de prendre une longue inspiration. Elle balaye des yeux la classe qui vient de figer en une allégorie de marbre. Radi ne bouge pas. Elle est toujours debout, le bras levé. La maîtresse en a pitié.

— Reprends ta place, Radegonde. Ouvrez vos cahiers. *My Own Funeral.* C'est pas sorcier. Vous connaissez l'anglais.

Radi est debout, ne sait pas comment se rasseoir, laisse tout juste glisser son bras le long de sa hanche et attend. Tout le monde attend. Alors la maîtresse est bien obligée d'expliquer pourquoi la classe des moyens a le devoir et le droit d'apprendre et de perfectionner la langue de la majorité qui permettra à ceux de leur génération de mieux gagner leur vie demain, au même titre que tous les Jones ou les O'Learys qui peuplent un pays qui s'étend d'une mer à l'autre. *A mari usque ad mare.*

Une devise en latin. Et la maîtresse la cite sans bredouiller. La passion de Radi reprend ses droits, cette maîtresse a du génie, sa science est inépuisable.

— Vous me remercierez plus tard de vous avoir sauvés d'une langue qui ne pouvait pas vous faire vivre et vous fermait toutes les portes du succès.

Le français, une langue qui ferme les portes? Radi pense à son père, à Thaddée, à Charlemagne et Jeanne d'Arc, à *La Dernière Classe* d'Alphonse Daudet.

— Le français est plus vieux que l'anglais. Et plus beau.

L'œil de la maîtresse se rapetisse, ses narines se dilatent. Elle ne perdra plus de temps à tenter de ménager une classe dégourdie, certes, mais trop jeune pour se rebeller contre l'autorité incontestée de l'école. Tuer la mutinerie dans l'œuf, river l'effrontée à son banc.

— Ça va faire! Tout le monde assis. Vous allez rédiger votre composition en anglais comme d'habitude; et qu'on n'entende plus un seul mot sortir d'une seule bouche. Les mots, vous allez les écrire, et dans la langue de Shakespeare. Est-ce une langue assez belle pour toi, Radegonde?

— C'est pas la mienne.

— Ça le sera aussi longtemps que mademoiselle sera dans ma classe.

À ce moment-là, Radi voit la maîtresse vraiment laide: son nez qui rejoint le menton, ses yeux petits et durs, son corps qui n'est plus qu'un bâton noueux, et elle a peur. Car si elle épouse la langue des autres, elle risque de perdre la sienne, la langue qui lui a bâti un cerveau avec des fétus de mots, depuis le temps qu'elle logeait dans les entrailles de sa mère, de sa grand-mère, d'une lignée d'aïeules dont les racines se perdent au début de la mémoire, du temps qu'on édifiait la tour de Babel. Elle peut renoncer à tout, elle sait maintenant qu'elle devra apprendre petit à petit à renoncer à presque tout, mais pas à ça. Les mots sont la matière même avec laquelle Radi s'est fabriqué une vie, une vie unique, non interchangeable. Elle n'a pas de vie de rechange et ne saurait donc renoncer à rien de ce qui la constitue essentiellement.

La maîtresse, devant le mutisme de l'adversaire, cherche à enfoncer le clou ; et de la menace, elle monte d'un cran et passe à l'ironie :

— Est-ce que quelqu'un ici peut m'exposer comment il compte gagner sa vie en français dans ce pays ?

Elle fait le tour des têtes ébouriffées, butées, muettes et mutines. Tous les bras sont croisés sur les poitrines. La guerre s'est étendue à la classe entière. Si elle veut gagner, il lui faut charger tout de suite et de toute son artillerie.

— Radegonde va nous dire comment elle fera sa vie en français.

Radi n'a plus de voix, plus de souffle, rien qu'un trou sans fond au mitan du cœur capable de l'engloutir corps et âme. Si elle ne brise pas le silence maintenant, elle devra se taire toute sa vie. Elle fixe le tableau noir, pèse de toute la force de ses paumes sur le pupitre et articule comme si elle parlait pour la première fois :

— J'écrirai, en français.

La maîtresse, estomaquée, prend trois secondes pour répondre, mais sans lâcher prise :

— Tu écriras ? Où ça ? Dans la *Revue des fermières* ? le journal *L'Évangéline* ?

— J'écrirai des livres.

La classe a décroisé les bras.

Radi ne saurait jurer à Thaddée si l'inspecteur est entré à ce moment précis ou des heures plus tard. Elle n'a pas vu le temps s'arrêter ni repartir, n'a rien senti sinon l'instant qui fige et cloue l'âme au corps à coups de marteau. Elle sait que quelque part au cœur du drame, la classe a entendu cogner à la porte, que le professeur Poirier est entré, a fait le tour des têtes avec l'air de se demander quelle sorcière de vent était passée avant lui, puis a invité tout le monde à s'asseoir. Comme personne ne bougeait, il a cru devoir s'adapter à la langue du pays:

— Assisez-vous, qu'il a dit.

Radi se demandait s'il n'allait pas finir par commander: «Sus le cul, les mioches!» Mais non, il a attendu que chacun laisse couler le fessier sur son banc et dresse la tête. Puis il a cherché à comprendre du côté du tableau fraîchement brossé, du côté de l'institutrice aphone, du côté du plafond où même les mouches se tenaient tranquilles. Finalement, les yeux sur la fenêtre:

— Vous étiez en cours d'histoire? de mathématiques?

— De rédaction, articule Fleur-Ange, fière de connaître le mot juste et de savoir le prononcer dans le bon accent.

Mais Fleur-Ange ne s'attendait pas à l'écho sorti de toutes les bouches à l'unisson:

— En anglais!

La maîtresse a blêmi, mais n'a pas bougé. Elle a laissé la classe se casser le cou toute seule, confiante en la sagacité d'un inspecteur qui ne saurait donner raison aux élèves en présence de leur institutrice. De plus, elle était sûre de son bon droit, ayant tout le ministère de l'Éducation de son bord. Le ministère qui siégeait à Fredericton, et dont dépendaient les inspecteurs. Mais le professeur Poirier, qui en exerçait la fonction, n'avait jamais reçu le titre d'inspecteur. Thaddée dut expliquer à Radi pourquoi un Acadien ne pouvait inspecter les classes des petits Anglais de Rexton ou de South Branch, et que par conséquent, l'inspecteur devrait s'appeler Peacock et aurait pour adjoint un professeur Poirier responsable des écoles de langue française. Tu comprends? Non, elle ne comprenait pas. Refusait de comprendre. Il ne fallait pas comprendre cette logique-là. Thaddée sourit sans insister, sûr que Radi trouverait par elle-même la faille dans l'argumentation du ministère. En attendant, il chercha à connaître la suite de la tragi-comédie qui s'était jouée à l'école cette semaine-là.

— Il a interrogé la maîtresse?

— Non, c'est nous autres qu'il a questionnés. Il nous a demandé si ça nous intéressait de recevoir un cours de composition française.

La face de Thaddée s'illumine. Le professeur Poirier s'en était venu donner un cours de langue française aux petits Acadiens des côtes sous le nez de leur propre institutrice francophobe. Il gloussait. Et pour la première fois, Radi reconnut les traits de son père dans le visage de son cousin. Elle avait donc les adultes de son bord, tout le pays de son bord. Et elle renchérit:

— Il nous a enseigné à rédiger, à bâtir un plan, à trouver quoi dire et comment le dire à notre façon, à raconter...

— ... Vos propres funérailles?

— Non, il nous a laissés libres de décrire les funérailles qu'on voulait. Au commencement, j'avais pensé de raconter l'enterrement du pays, et pis non, que je m'ai dit, c'est trop dangereux, faut point donner des idées au Bon Dieu. Ça fait que j'ai choisi la mort du pauvre Jos qui s'est tué à l'ouvrage toute sa vie pour se ragorner assez d'argent et se payer à la fin de ses jours un enterrement de première classe.

Thaddée caresse la chevelure de Radi.

— Et quelle note t'a donnée l'inspecteur?

— Il a écrit en rouge sur ma copie: «Chère mademoiselle, si vous continuez à lire et à écrire, le succès vous attend.» C'est la première fois qu'on m'a appelée mademoiselle.

Face à la mer qui laissait les harengs et les morues lui jouer sur le dos, Thaddée et Radi souriaient en contemplant l'horizon immobile depuis le début des temps.

À douze ans, c'est énorme d'affronter l'instruction publique, le ministère de l'Éducation, l'Acte de l'Amérique du Nord Britannique rédigé dans une langue que vous n'avez pas apprise sur les genoux maternels en même temps que le *Chat botté* et *Malbrouc s'en va-t-en guerre*. Où Radi avait-elle trouvé la force de crier: Je veux écrire en français!?

La vieille Lamant lui assura qu'elle n'avait pas choisi au hasard et crié n'importe quoi pour se tirer d'affaire; ç'aurait été plus facile de se faire zouave pontifical qu'écrivain. Et puis le hasard, ça n'existe pas. Mais maintenant, faudra bien trouver moyen de point trahir le destin.

— Y a pas encore de hautes écoles pour les filles à Memramcook?

Où la voyante voulait-elle en venir? Pourquoi Memramcook? Alors Radi ravale sa fierté et raconte à l'iconoclaste son jeûne: pas de beurre sur son pain jusqu'à son entrée à l'académie de Memramcook, la seule école privée pour les filles où l'on enseigne tout en français, même le latin. Un jour, il lui faudrait aller pensionnaire à Memramcook. Mais comment faire avec un père malade et sept frères et sœurs aînés? Rien qu'un miracle... Elle s'étrangle. Et c'est la centenaire qui vient à son secours.

— Ça c'est le genre de miracles qui doit plaire au ciel, le ciel qui se cache derrière les étoiles, les étoiles qui...

— ... dessinent le chemin Saint-Jacques.

Les deux amies pouffent de rire. Mais Radi a les larmes aux yeux.

Sa résolution est prise. Jamais elle ne pourra la démentir. Elle ira à Memramcook, apprendra le métier d'écrivain, voyagera dans les vieux pays en quête des origines, cherchera la porte qui l'introduira aux ancêtres, les plus lointains possible, les plus près des premiers parents qui ont dû garder dans les tripes le vague souvenir du paradis. Elle sait qu'elle divague, mais pressent que la clef du bonheur se cache quelque part par là.

Au moment de quitter l'attique de la vieille Lamant, Radi l'entend se dérouiller la gorge et marmonner presque pour ne pas être entendue:

— Un miracle, ça se paye.

Radi le sait: c'est pourquoi elle a sacrifié le beurre sur son pain... Il y a plus? Quel prix, Memramcook? La voyante ne répond pas. Puis:

— T'es grande maintenant. Tu dois faire ta part à la maison. Sois gentille avec ta mère.

XIX

Gentille, Radi! elle, qu'on avait toujours surnommée l'escrable, le nombril-du-monde, la pire-qu'Horace! À treize ans, elle était pourtant en âge de changer de cap. Mais où donc se situait le cap? Même la croisade eucharistique du vicaire formé chez les chevaliers de Malte n'avait pas réussi à dresser cette pouliche récalcitrante. Et sa mère, qui avait depuis longtemps renoncé à la comparer à Céline, la tactique du «regarde ta sœur!» s'étant montrée désastreuse, se rongeait les sangs. Il devait bien y avoir moyen de prendre le diable par les cornes.

Depuis toujours, Radi avait écouté du haut de l'escalier les grands parler d'elle. Un jour, elle avait même entendu Céline vanter son intelligence précoce. Radi n'avait pas eu le temps de se rengorger que déjà elle recevait de plein fouet la réplique de sa mère:

— Intelligente, pour sûr, à la façon de Robert, le diable incarné.

Car sa récente escapade au ruisseau du Docteur en mauvaise compagnie...

Tout avait commencé avec Alberte et Pauline qui s'étaient montrées à l'école, un matin de printemps, les joues et les lèvres peinturlurées comme des poupées de cirque. La maîtresse n'avait rien dit devant la classe, mais les avait retenues à l'heure de la récréation. À treize ans,

Alberte était une femme, presque; Pauline, une grandette; Radi et Marie-Zoé, des enfants. Radi parce qu'elle en avait ainsi décidé; Marie-Zoé parce qu'elle suivait Radi. Quant aux garçons...

— Des grands niaiseux!

Verdict d'Alberte qui pourtant ne se privait pas de les frôler de ses hanches autant que les étroites allées de la classe le lui permettaient. Et le frère de Pitou s'émoustillait. Et Robert se cabrait pour ne rien laisser paraître. Et Alvin pigouillait les reins de Jovite qui bavait. Radi avait toujours connu Alvin, assez fort en mathématiques pour faire oublier ses notes en histoire et en langues et l'empêcher de doubler, malgré son père ivrogne et sa mère lunatique. Il avait donc fait partie, depuis les débuts, de la couvée des disciples de la vieille Lamant. Radi l'avait connu sale, voleur de pommes, inventeur de gros mots, sacrilège jusqu'à s'en venir lécher chaque vendredi saint son sempiternel cornet de crème glacée à la barbe de la sœur du prêtre à l'heure qu'on clouait le Christ en croix. Alvin avait quelque chose de Katchou, le panache en moins.

Il s'approche de Radi et chuchote dans un chuintement de salive qui lui humecte le cou:

— J'ai vu tes fesses samedi passé au ruisseau du Docteur.

Elle se retourne et lui lance une gifle qui rate de justesse sa joue râpeuse. Ça ne peut pas être vrai. Même quand elle s'accroupit pour pisser, elle prend toutes les précautions et s'assure que hors les petits suisses et les écureuils, aucun être vivant ne saurait percer le rideau de feuilles qui lui fait un abri. Mais il la nargue: elle a une tache brune sur la cuisse; et deux fossettes en bas de l'échine.

— Et toi, t'as un nez trop long pour ta face de belette.

Alvin ricane et rebondit:

— J'ai de quoi de pus long que ça. Ça t'intéresserait-i' de le mesurer?

Ainsi naquit son béguin pour Alvin, où l'attirance du mystère, du risque, des sensations fortes se mélangeait à la découverte d'un autre visage de l'amour. Depuis quelques mois, elle sentait son bas-ventre peser sur le pli de l'aine et des protubérances pointues se dessiner sous sa chemise. Elle avait combattu à coups de volonté et de négations l'apparition des premiers signes physiques de la fin prochaine et inéluctable d'une époque. Elle ne pouvait confier sa peur à personne, pas même à la vieille Lamant, surtout pas à Thaddée: le dégoût de son propre corps qui la forcerait bientôt à passer dans l'autre camp. Elle voulait continuer à reculer l'échéance, pressentant qu'une vie qui ne saurait se calquer sur des rêves resterait à jamais insipide et inachevée. Il lui fallait encore du temps pour parachever son imaginaire, beaucoup plus que treize ans pour planter en terre fertile les racines d'un bonheur infini. Or voilà que l'avenir s'amenait en gros sabots piétiner les plates-bandes de ses pays de cocagne. Un avenir persifleur, charmeur, attirant comme le péché, et qui s'appelait Alvin. Elle contemplait le profil d'Alberte, de Pauline, de Manda avec ses narines bouchées, songeait à Katchou, et s'affalait de découragement. Elle restait donc seule à résister? Et résister à quoi? Réussirait-elle, enfourchée sur sa bicyclette ou sa balançoire, à distraire la nature et endiguer le sang qui avait commencé le mois dernier à lui couler entre les jambes? Pourrait-elle par ses seuls cris effrayer son anatomie jusqu'à l'empêcher de lui façonner un nez d'adulte? Pour barbouiller dans son cœur l'image perverse d'Alvin, lui suffirait-il de courir, hurler, marcher sur les mains, dépenser en un jour l'énergie accumulée durant douze ans?

Alvin! Alvin qui se tenait aux antipodes du paradis qu'elle cherchait à retrouver par quarante-six sentiers et détours depuis sa pré-naissance! Comment l'avait-il rattrapée? Par quel envoûtement, quel charme? Elle ne ferait même pas l'effort de se confier: Marie-Zoé en calouetterait; Katchou ricanerait; Céline sanctionnerait; sa mère, son père, Sophie, Thaddée et la sage-femme, tous seraient déçus, atrocement déçus. Car Radi, qui ne voulait rien s'avouer, flairait par quel chemin l'amour cette fois l'avait rejointe. Jamais son engouement pour Philippe, pour Mimo, pour la maîtresse du nord n'était venu troubler ses sens. Alvin seul, et par sa seule odeur de poulain en rut, avait chaviré Radi jusqu'au ventre. Et son désarroi, qui la faisait sauter de la suprême volupté à la plus cuisante déprime, était total. Un jour, elle fut tentée de céder aux avances impudiques du séducteur, par curiosité, par lassitude, par rébellion contre une caste qui la gardait contre... pour... elle ne savait même plus quoi; tentée de jouer avec le feu pour voir; tentée d'entraîner Marie-Zoé jusqu'à suivre Alvin et sa bande au ruisseau du Docteur. Et c'est Marie-Zoé qui sauva Radi, comme jadis Sandy. Un bon chien, Marie-Zoé, un vrai bon chien qui leur sauta à la gorge, l'un après l'autre, et les mordit, avant d'asséner à chacun qui osait s'approcher d'elle ou de son amie, comme elle avait appris jadis à se défendre contre sa ramée de frères, un solide coup de genou au bon endroit.

— Prends tes jambes, Radi!

Mais Radi avait eu honte et, avant de s'enfuir, s'était rangée du côté de son amie de toujours, distribuant des coups comme une mégère, à la surprise hébétée des garçons.

Et ainsi se termina pour Radi, à coups de pieds dans les couilles, son premier amour de jeune fille.

Peu de temps après déboucha un matin chez Céline et Radi une Fleur-Ange ébouriffée qui fauchait la brume. Ses lourdes chaussures achevaient d'écraser les derniers cailloux que les chevaux ferrés avaient épargnés. Elle s'arrêta sur la véranda pour reprendre son souffle, ouvrit la bouche, mais aucun son n'en sortit. Ses yeux seuls parlaient. Radi n'arrivait pas à y démêler l'enthousiasme de l'hystérie, de la piaffe, du mélo, de la grande nouvelle que la copine du Québec s'apprêtait à jeter entre les colonnes de la galerie.

— On déménage.

Déménager? Mais comment peut-on déménager quand on est fille d'un gérant logé au-dessus de l'unique banque du village?

— On s'en va.
— Où ça?
— On retourne au Québec.

Arrête. Attends. Pas si vite, Fleur-Ange, pousse pas. Pousse pas sur le temps.

— Et l'Acadie, c'est pas assez bien pour une fille du Québec?

Fallait empêcher Fleur-Ange de partir ailleurs avec des lambeaux de leur enfance commune collés à ses semelles.

— C'est pour quand? demande Céline résignée et qui ne se rebiffait pas plus contre ce nouveau coup du sort qu'elle n'avait regimbé lors du départ d'Anne, de Léopold, de Sophie, de Geneviève: la vie est un tapis houqué de défaisures.

Radi avise sa sœur avec ébahissement: la vie, un tapis tissé dans de vieux restes. Fallait le trouver! Céline aurait-elle aussi des dons? Mais la superbe image de Céline n'empêcherait pas le monde de poursuivre sa révolution, la vie d'avancer, Fleur-Ange de quitter la première la bulle fermée de leurs plus belles années.

— Tu reviendras en vacances?

Céline et Fleur-Ange fondent dans un même sanglot. Radi saute par-dessus la rampe et atterrit dans les fleurs que sa mère avait cultivées avec tant d'amour. Elle court, court à toutes jambes vers le quai, la mer, l'horizon, le bout du monde.

Il est vraiment rond, ce monde. Un jour, faudra bien en faire le tour, puis revenir au point de départ, rentrer chez soi. Car à quoi serviraient les voyages et les aventures si on ne pouvait pas les raconter à ceux qui sont restés bêtement au foyer? À quoi servirait de posséder un château qu'on ne saurait faire visiter à Robert ou à Marie-Zoé? Fleur-Ange aura des récits merveilleux à leur rapporter, qu'elle enjolivera sans scrupules, étalera, augmentera, en faisant saliver les amies restées derrière, dans un pays où rien n'a bougé depuis le retour de la Déportation. Mais pour pavoiser, encore faudra-t-il que Fleur-Ange revienne. Car au milieu de ses nouveaux camarades du Québec, elle ne pourra plus vanter leur province; tout au plus raconter avec nostalgie une Acadie lointaine que personne là-bas n'aura jamais vue, dont on aura à peine entendu parler et qu'elle pourra réinventer à son aise: a beau mentir qui vient de loin. Aucune Céline, aucune Radi, personne pour la démentir!

D'ailleurs, sans s'éloigner de la vérité, Fleur-Ange réussira peut-être à émerveiller les jeunes fringants de par là qui n'ont jamais vu la mer et ne parlent pas anglais. Est-ce que nos bleuets et nos noisettes attirent autant les petits nègres d'Afrique que nous leurs ananas, leurs cocos, leurs cacahuètes? De quel bord l'exotisme: de nos Iroquois ou de leurs Pygmées? Radi rive les yeux avec une telle intensité sur un point fixe du bout de la dune que des larmes brusquement lui gonflent les paupières. Fleur-Ange va partir. Fleur-Ange ne reviendra plus jamais. Plus rien ne reviendra. La vie n'a pas de marche arrière... et n'a pas de cœur!

Avant qu'elle n'ait le temps de se dénouer la gorge, elle échappe un cri rauque qui fait des bonds de caillou sur la mer.

Deux jours avant Noël, Radi vit sa mère s'asseoir en pleine matinée, au mitan du barda général, avant même d'avoir fini de vider et farcir la dinde, de rouler les pâtisseries, de fourbir l'argenterie, d'astiquer les meubles du salon, avant d'avoir accroché la dernière boule à la dernière branche du sapin, sa mère s'était affalée dans son fauteuil du soir :

— Céline, amène Radi changer les lits et mettre un peu d'ordre dans les chambres.

Céline obéit, mais soupira. Non pas qu'elle rechignait devant la besogne, elle aimait l'ordre et la propreté, la fille née sous le signe de la Vierge; c'était d'y entraîner Radi qui la faisait sourciller. Comme d'accoutume, sa cadette bâclerait le travail, balayerait les moutons sous les tapis et eût été capable d'épousseter les commodes avec la chatte si on avait eu un chat dans la maison. Radi regarda sa sœur de travers, grugeant jusqu'à la moelle l'os de sa pensée, puis s'empara des balais et des chiffons.

Décidément, elle avait mauvaise presse. Haïssable. Girouette. Pire-qu'Horace. Sobriquets qu'elle traînait depuis ses premiers pas dans une vie qui l'avait forcée très tôt à se mesurer à un univers plus dur qu'elle ne l'avait d'abord estimé. Pour s'y tailler un coin digne de ses ambitions, il lui avait fallu compenser sa petite taille par des méthodes qui ne faisaient pas le bonheur de tout le monde. Qui ne faisaient même plus le sien depuis qu'elle avait pressenti dans l'attique de la vieille Lamant que des événements nouveaux se préparaient en douce à l'ombre de son adolescence et que... qu'elle ne saurait rester boute-en-train toute sa vie. Sois gentille avec ta mère, lui avait enchargé la voyante. Sa mère qui cherchait à reprendre son souffle du fond de son fauteuil ; sa mère qui leur fignolerait un autre Noël qui encore un coup ferait l'envie des voisines et de la paroisse ; sa mère qui avait été institutrice dans le temps, mais que le mariage et les grossesses successives avaient clouée au logis. Cette mère avait-elle présumé de ses forces en acceptant de mettre au monde une pareille maisonnée d'hurluberlus qui n'en finissaient pas de réinventer les boutons à quatre trous ? Elle avait pourtant réussi à garder le nid propre et ordonné et à amarrer un fil à la patte à chacun des membres de la famille malgré les départs. Tous allaient rentrer ce jour-là passer les Fêtes à la maison — sauf Geneviève qui devrait bien les vivre dans son couvent, comme c'était la règle.

Radi tape à grands coups sur les matelas... Sophie viendra tout à l'heure, et Anne avec son mari, et les garçons ; et on fera semblant que la santé du père ne s'est pas détériorée; et que la guerre n'a pas entraîné son lot de restrictions; et que tout se passe comme auparavant.

Elle empoigne les coins du drap et tire de toutes ses forces... ne laisser aucune bosse, aucun pli ébrécher ce Noël qui ne reviendra pas avant un an... un Noël le samedi en plus, qui a donc le privilège de prolonger la fête sur deux jours... phénomène qui ne se présente que tous les sept ans... et dans sept ans, Radi... Elle aura vingt ans à son prochain Noël de deux jours! À quoi ressemble Noël à vingt ans? Ces Fêtes-ci pourraient donc être les dernières de...?

Elle arrache des mains de sa sœur la bouteille de *lemon oil*... laisse-moi faire... et en imbibe un chiffon qu'elle prend soin de friper et de gonfler pour venir à bout de tous les bas-reliefs des commodes et des têtes de lit. La maison entière doit être lisse, rangée, impeccable: un Noël parfait est à ce prix. Céline la regarde frotter à grande eau savonneuse les carreaux des fenêtres et tente de percer ses motivations. Sa volage de sœur serait du genre à chercher *in extremis* à se faire pardonner ses frasques de toute une année, à vouloir acheter la confiance des grands à la veille des étrennes. Mais Radi suit une tout autre logique. Elle vient de voir se profiler sur les parois de son cerveau une vérité qui lui a échappé durant les treize premières années de sa vie. À mesure qu'elle progresse dans les grands ménages, elle découvre que le bonheur a peut-être aussi son siège, comme les sentiments ou la mémoire, qu'il y a peut-être moyen de le fixer, de le figer dans le souvenir. Ou encore de le fabriquer de ses mains. Si au lieu de continuer à le rêver, Radi, à treize ans, commençait à le bâtir pour de vrai? Quelques années auparavant, elle avait confié à Marie-Zoé que si vraiment la Terre était ronde, rien ne pouvait les empêcher d'en faire le tour, que c'était une question de volonté, d'endurance et de temps. Elles n'avaient qu'à quitter le domicile de bon matin, se diriger tout droit vers l'ouest, sans dévier de la route, et tôt ou tard, elles déboucheraient sur Montréal, première étape de leur tour du globe. C'était du temps qu'elle refusait encore de reconnaître les impossibles. Depuis, elle s'était vue forcée d'apprendre qu'on ne franchit pas les mers à pied, qu'une vie ne suffirait pas à lui ouvrir toutes les portes de toutes les terres et toutes les langues. Petit à petit, elle avait dû admettre que son parcours du monde serait une rude épreuve. Son tour du globe et son tour des connaissances... Jamais elle n'arriverait au bout de son rêve de tout voir, tout savoir. La vie serait trop courte. Raison de plus pour ne pas perdre un instant, pour commencer aujourd'hui même... tels Adam et Ève qui, au sortir du paradis terrestre, avaient compris qu'ils ne pouvaient compter sur personne — sur qui? — et qu'ils devaient s'atteler à la tâche. Se reconstruire un nid, domestiquer la terre. Si ces grands fainéants, ces étourdis de premiers parents avaient pu le faire...

Radi a soudain l'illumination d'un tournant brutal dans sa vie: elle comprend dans un éclair que durant tout le temps qu'elle a mis pour grandir, insouciante et à son aise, mère et les autres entretenaient son nid. Puis tout à coup, les autres étaient partis, et sa mère, débordée, s'était laissée tomber dans son fauteuil du soir, en plein avant-midi. Viendrait un jour où Radi ne pourrait plus compter sur personne pour bâtir son logis.

C'est alors qu'elle se souvient des maisons à ciel ouvert qu'elle construisait dans sa petite enfance avec des brindilles et des écopeaux. À chacune de ses entreprises illimitées succédait l'incontournable ennui. D'où venait l'ennui? De l'usure de la rêverie? Elle butinait d'un rêve à l'autre, d'un jeu à l'autre, se lassait et s'arrêtait, épuisée par l'infinitude des possibles. L'absence totale d'obstacles dans l'univers de la fantaisie finissait par la dégoûter du rêve lui-même. Le rêve sans bornes, comme l'air du temps.

Pour la première fois, elle est tentée de troquer le rêve pour la réalité, mais une réalité qui s'ouvre sur des possibles encore inexplorés: métamorphoser son propre logis et l'amener, à grande eau et grands coups de balai, par des touches, des retouches, des inventions et décorations, à s'approcher de ses rêves. Elle aurait le goût de pousser sur les murs de sa maison, de les arrondir comme une coque, retrouver l'œuf originel où la famille se tiendrait au chaud et à l'abri durant un long Noël de deux jours.

Radi songe qu'elle a oublié d'épousseter le plafonnier en forme de globe terrestre qui pend au-dessus du grand lit des garçons. Pierre a toujours interdit à sa brise-fer de sœur de toucher à son globe, cadeau de son parrain pour ses quinze ans. C'est une boule en délicat papier japonais trouée pour y laisser passer un jet de lumière qui dessine des cercles sur l'édredon. Mais aujourd'hui Pierre est un homme qui se moque des plafonniers en papier japonais. Et puis Radi a grandi. Il y a treize ans qu'elle est sortie du ventre de sa mère. Elle se souvient... croit se souvenir... Sa première impression de vertige... projetée dehors, dans le vide où tout son être bascule, tête première. Si chaque étoile est une maison, pourquoi n'y entre-t-on pas chaque soir pour y manger et dormir? Pourquoi la croûte de la terre ne serait-elle pas la cour, le jardin, la galerie extérieure du logis? Elle contemple la boule qui oscille au-dessus de sa tête, glisse son bras à l'intérieur pour nettoyer l'ampoule qui lui brûle aussitôt les doigts, retire d'instinct sa main, sa main de sage-femme, sa main de vieille Lamant.

En bas, on s'interroge. Qu'est-ce qui lui arrive?
Surtout, ne dites rien. Et son père pense à la mère de
Napoléon: Pourvou que ça doure!

— Elle est peut-être pas aussi pire qu'on pensait.

— En tout cas, quand elle s'y met...

— J'espère que tout le monde lui fera comprendre
qu'on apprécie.

— Et qu'elle est pas aussi égoïste que ça.

Radi les entend et s'amuse: si fait, elle est aussi
égoïste que ça. C'est justement par égoïsme qu'elle
s'échine ce matin à embellir l'univers dans lequel elle a
fait son nid. C'est son amour de soi qui lui fait comprendre que le bonheur, pour être complet, s'incarne
dans un monde qu'on bâtit soi-même. Et elle frotte de
plus belle, en attendant l'arrivée d'Horace, de Sophie et
du reste de la famille. Noël ne vient qu'une fois l'an. Et
chacun risque, dans le meilleur des cas, de n'en vivre
qu'une centaine.

Elle frotte et fourbit, sans savoir qu'elle est si près
de changer d'âge.

XX

Ce furent les plus belles Fêtes de mémoire de Radi. Tous réunis autour du père et de la mère pour lire la lettre de Geneviève qui ne regrettait rien... sinon de ne pas partager leurs chants de Noël autour du piano, la dinde farcie de maman, le vin de messe de papa, les blagues de Léopold, la guitare de Pierre, les menteries d'Horace, les cadeaux de Sophie, la boîte de chocolats Laura Secord que le beau-frère ne manquerait pas d'offir à leur sœur Anne qui l'offrirait à la famille, c'est-à-dire à Céline et Radi... elle ne regrettait rien, la religieuse, ayant déjà tout offert à Dieu.

Le plus beau Noël, le dernier Noël.

Le dernier. Car Noël ne serait plus jamais Noël. Cette année-là, la mère mourut.

Au printemps, Radi avait fêté ses quatorze ans dans toute la splendeur de sa nouvelle vie. Tout le monde trouvait qu'elle avait changé à ne plus la reconnaître. Studieuse à l'école, besogneuse à la maison, prévenante avec sa mère, conciliante avec Céline, interrogeant son père sur tout: la politique, la langue, l'histoire du pays, la guerre qui se terminerait bientôt, comme si elle cherchait à tirer du sage le maximum de sa science avant... Elle savait depuis le premier jour de la déclaration du *Parkinson* que les années de son père étaient comptées.

Bientôt il ne serait plus là. Son père allait mourir, toute la famille s'y préparait. Et c'est la mère qui mourut, sans avertissement, sans que l'on ait eu le temps d'y consentir.

On n'avait pas le droit de faire ça! Dieu n'avait pas le droit! Et Radi faillit y laisser sa foi.

Une douleur lancinante dans le ventre que les médecins négligent comme une vulgaire ménopause, traitent aux petites pilules roses pour les nerfs, maquillent sous de grands mots scientifiques imprononçables et qui ne disent rien, puis expédient aux calendes grecques. Une douleur qui fait se lamenter la patiente une partie de la nuit, de plus en plus fort, un lamento qui devient un cri, un cri de mort. Et elle trépassa un lundi matin après une agonie de quelques heures. À quinze jours de Noël. Le père exigea une autopsie qui révéla un cancer déjà généralisé. Il pardonna et demanda à toute la famille d'en faire autant. Sophie seule refusa, parce qu'elle était infirmière.

Radi resta trop hébétée pour répondre ou se soustraire à l'invitation de son père. Elle ne comprenait pas. Elle ne parvenait pas à visualiser la disparition de celle qui avait été le centre de son existence durant ses quatorze premières années. Sa mère ne reviendrait plus jamais. Et jamais voulait dire jamais. Elle aurait beau tout tenter, tout réussir, conquérir la planète, elle ne redresserait plus les murs de la maison qu'une femme avait bâtie et qui venait de s'effondrer. La vie est irréversible. Les paradis n'existent pas.

Il faisait un froid à fêler la glace des ruisseaux et des étangs et on craignit que les fossoyeurs ne parviennent pas à fendre le sol. Pourtant, le jour des funérailles, Radi voit la gueule béante de la terre dévorer sa mère.

L'histoire la faisait bien rire avec ses Jeanne d'Arc au bûcher et ses Évangéline emportées dans le Grand Dérangement. Sa mère ne se serait pas laissé déporter ni brûler par personne, elle se serait défendue à coups de hache, à coups de gueule. Sa mère, bannie de ses terres, les eût reconquises, morceau par morceau, une laize à la fois. À la place d'Évangéline, elle serait rentrée au pays à pied, en goélette, en charrette, mais elle serait rentrée avec toute sa famille. D'ailleurs, cette Évangéline, l'héroïne de Grand-Pré, n'avait pas de famille, n'avait pas mis au monde une ramée de rejetons comme la mère de Radi, Évangéline n'était pas la mère d'une poignée de garçons et du double de filles pour assurer la lignée. Alors de quel droit se proclamait-elle la patronne d'un peuple appelé à renaître à chaque tournant de siècle? Aucune Évangéline Bellefontaine ne saurait se mesurer à sa mère, ou à la tante Évangéline, la seule vraie du nom, mère de onze garçons, dont un, le plus splendide, Yvon, qu'elle avait fait revenir d'entre les morts.

Au cimetière, Évangéline se tient coude à coude avec Zélica, deux tantes de branches rivales, les belles-sœurs ennemies, chacune maîtresse de son clan, la tête haute, les lèvres serrées, le cœur au fond des chausses. La morte était leur seul lien. Elles ne se parlent pas, mais psalmodient à l'unisson le *Dies iræ*. Radi voit tout à coup la main d'Évangéline agripper celle de Zélica... Zélica frémit, tremble, puis craque. Sa sœur, du fond de la tombe, la pousse à pardonner. Et chaque tante, se détachant doucement de la main de sa belle-sœur, sort de son manchon son mouchoir brodé pour y enfouir en silence son émotion... une émotion qui tourne soudain au vinaigre: les deux mouchoirs brodés par la nièce commune Geneviève, isolée dans son couvent, portent le même motif de point d'Alençon. Les deux se retournent d'un geste pour scruter la dentelle de l'autre et aperçoivent, en même temps que Radi, deux religieuses qui viennent de se joindre à la famille, deux dames fort dignes dans leurs vêtements de deuil perpétuel. La tante Zélica les a reconnues et s'en approche.

— Merci, ma mère, ma petite sœur aurait été très touchée.

On a toujours eu au pays beaucoup d'égards pour une religieuse, mais celles-là reçoivent un traitement de faveur. On leur baise les mains comme à un évêque. Geneviève explique à Radi qu'il s'agit de la mère générale de sa Congrégation, accompagnée de la première assistante. Et soudain Radi se souvient: un jour sa mère lui avait parlé de sa cousine religieuse élue au plus haut rang de son Ordre.

— Cousine germaine?

— Cousine au deuxième ou troisième degré, mais proche de maman. Et surtout, qui a été dans le temps l'élève préférée de ton père.

Radi voyage dans le temps, ce temps où son père et sa mère se connaissaient à peine, enseignaient sans doute dans la même école et se rencontraient par l'entremise d'une cousine qui, avant d'aller immoler sa jeunesse à Dieu dans un couvent, se permettait d'offrir à cette Radi-à-venir, qui du fond des limbes attendait son tour, une joyeuse paire de parents. Elle sourit de nouveau, mais cette fois sans révolte ni dépit. La jeune mère générale avait sans doute aimé son père, puis l'avait sacrifié à un amour plus grand qui lui permettrait de mettre au monde par procuration toute une génération nouvelle d'Acadiennes mûres pour les hautes études.

La supérieure générale présente sa compagne à la famille endeuillée : mère Jeanne de Valois. Radi reconnaît le nom qu'elle avait cru jadis tiré du martyrologe et confondu avec Louis de Gonzague ou Guy de Fontgalland. Jeanne de Valois ! cela sonnait comme une reine, ou une héroïne de roman chevaleresque. Sa mère l'avait mentionnée en parlant de sa cousine, nouvellement élue à la tête de sa Congrégation, et avait prédit que cette mère Jeanne, même enfermée dans son couvent, ferait parler d'elle un jour. Une maîtresse femme, qu'elle avait dit.

Les deux religieuses se tournent vers Céline, sans interrompre leur conversation avec le père endeuillé.

— Avec votre permission, nous prendrons votre fille pensionnaire dès l'automne, dit la mère générale. Elle recevra une bourse pour commencer ses études collégiales. Nous venons de fonder à Memramcook le premier cours classique pour jeunes filles.

Céline ? Même Céline va partir ? Au collège de Memramcook ?

Le vent se lève. La glace craque de partout. On a jeté la dernière pelletée de terre gelée dans la fosse. La foule de parents, d'amis, de voisins, de sympathisants, de curieux satisfaits commence à s'agiter. Le curé bénit du goupillon une dernière fois la tombe et distribue des sympathies à la ronde.

C'est fini, allez-vous-en.

Geneviève ne dit rien, mais serre la main de Radi. Que se passe-t-il ? L'air semble s'être réchauffé. Radi continue d'avoir froid aux pieds, mais le sang lui monte aux joues. Puis Geneviève se détache et s'approche du petit groupe qui forme conciliabule. Va-t-elle mettre son mot, la timide, l'effacée, la dernière des dernières d'une communauté religieuse qui ne badine pas sur la hiérarchie? Radi ne bouge pas, préfère attendre, sa mère ne peut pas l'avoir abandonnée tout entière et si tôt, elle ne peut pas avoir déjà fini de la mettre au monde. Ce grand trou qui se referme sous ses yeux, qui la coupe de ses origines une seconde fois...

La première fois, sa mère avait dû pousser, pousser pour la faire sortir, elle ne voulait pas venir au monde, elle s'accrochait au cordon qui la liait à son port d'attache, voulait rester là-bas, au chaud, dans le nid spongieux, mœlleux et douillet de ses limbes éternelles. Mais elle avait triomphé de ses peurs et pris le grand risque de vivre. Ce n'était pas le moment après quatorze ans de l'abandonner, quatorze ans c'était trop peu pour apprivoiser un monde hostile et trop grand pour elle. Mais le trou se referme, les fossoyeurs jettent des pelletées de terre sur le coffre qui disparaît, disparaît... Pour la deuxième fois de sa vie, Radi va hurler au son des cloches, au son du glas qui fait écho à l'angélus, mais ses yeux sont attirés par ceux de l'assistante qui porte le nom glorieux de Jeanne de Valois et qui la dévisage comme si elle prenait ses mesures. Quelque chose se trame entre la terre et le ciel, quelque chose d'important et qui peut changer sa vie.

Le soir même, le père prit Céline et Radi à part et leur annonça à toutes deux qu'elles bénéficieraient de bourses d'études pour entrer au collège de Memramcook dès l'automne.

Le miracle! le sacrifice du beurre avait payé! Radi courrait-elle en informer en premier Marie-Zoé? Thaddée? la vieille Lamant? Ses pieds firent eux-mêmes le choix et la conduisirent directement chez Prudence et Katchou... pour apprendre de la bouche de la tante sorcière que Katchou venait de happer un train et de s'envoler vers Montréal.

— Châque sa vie, que lâcha la vieille en contemplant l'Île-aux-Puces. Pas sûr que l'une sera meilleure que l'autre, mais pourvu que châque faisît la sienne. Astheur, petite ébouriffée, assure-toi de partir du pied gauche et de point manquer la premiére marche. Fais ton souhaite, je m'en vas te tirer aux cartes. Brasse, pis coupe, pis fais ton souhaite. Hmmm!... Eh ben!... Je sais pas quoi c'est que t'as souhaité, chenapante, et je m'en vas point te le demander, ben tu vas l'aouère, ton souhaite... tu vas l'aouère un jour.

Un jour!

Devra-t-elle attendre jusque-là?

Éterniser l'instant présent.

Marcel Proust

RADEGONDE

XXI

Tu m'as menti, Prudence, je n'ai pas eu mon souhait, pas encore. Un jour, c'est quel jour? Jusqu'à quel jour devrai-je attendre? J'étais pourtant partie du pied gauche, sûre qu'une tireuse de cartes de ta puissance ne pouvait pas se tromper, me tromper. Tu ne savais pas que je te retrouverais, a beau mentir qui va mourir avant, mais tu ne peux pas te cacher à moi, je suis comme toi un peu sorcière, je le suis devenue, et aujourd'hui, entre les foins salés d'un cimetière marin — nous avons les nôtres aussi — tu continues à te retrancher derrière ton mystère. Tu me l'avais pourtant juré, ton sale paquet de cartes pour témoin, tu m'avais promis mon souhait avec ton œil qui commençait à l'insu du monde et du siècle à virer au blanc.

Qui t'a payé cette misérable pierre en bois où rien n'est dit sinon ton R.I.P.? Comme si on avait besoin sur une tombe d'insister sur son état civil! Il eût fallu inscrire en lettres d'analphabète, en hiéroglyphes, ton seul prénom, sans âge, tu n'en a jamais eu, suivi de tous tes titres de sorcière-médium-diseuse-de-bonne-aventure-conteuse-sage-femme-d'en-bas. Pour te distinguer de la sage-femme-d'en-haut qui repose plus bas, plus près de la mer, bien en dessous de toi, la mort est une ratoureuse. Sa pierre est plus importante que la tienne, une vraie pierre en pierre taillée qui porte le nom complet de son homme dernier du nom, Lamant Cormier, superposé au sien. Mais ta croix, tu ne la partages avec personne. Comme ton nom: Prudence.

Je n'ai pas non plus changé de nom, l'âge m'a tranquillement fait glisser dans mon prénom complet; c'est en ce temps-là que je le portais ébréché, de ton temps, Prudence, alors qu'à peine sortie de mon état végétatif, je me sentais à l'aise en Radi et rougissais à l'idée de devoir un jour révéler au monde que je m'appelais en réalité Radegonde tout au long et que j'avais grandi. Dire que j'ai eu si peur de grandir! Pourquoi un tel attachement à une enfance dont la moitié, aujourd'hui je le sais, a baigné dans l'ennui? Ai-je sciemment gommé les heures creuses et mélancoliques? Prolonger l'enfance était ma seule chance de rester proche de la porte de ma pré-vie, de mes limbes originelles dont je croyais me souvenir. Il me fallait à tout de reste recommencer les instants ratés, me donner une seconde chance au cas où elle repasserait, revivre, revivre les mêmes moments: pour le bonheur qu'ils m'avaient procuré ou pour celui que je leur arracherais malgré la volonté du destin. Mon enfance était déjà mon anti-destin.

Laisse-moi descendre, Prudence, par l'allée qui mène au bord de l'eau et m'approcher de l'autre, ta rivale, que je ne parviendrai pas à tutoyer, malgré le goût que j'en aie, la vieille Lamant continuant par-delà la tombe à me faire plier le genou. C'est même chez elle, la centenaire qui n'a jamais vu ses cent ans, dit-on, que j'ai appris à maîtriser très jeune le voussoiement. Alberte à côté de moi faisait pitié avec ses j'ai-tu-as-il-a-nous-avons-vous-avez-ils-ont appris dans *Fraser & Square*; et Robert, par bravade mais surtout par ignorance, eût tutoyé un évêque.

Je ne chercherai ni Robert-le-bout-de-diable, ni Alberte, ni Marie-Zoé entre les foins effilochés et sauvages du cimetière; ils avaient mon âge et ont bien dû le garder, même si des siècles nous séparent. Quelle année les a happés et figés dans le temps? La grosse Manda qui n'a même pas réussi à débloquer ses narines, par peur du scalpel, est entrée tête première dans sa vie adulte, la bouche ouverte et le nez bouché comme devant. Et Marie-Zoé? Miraculée du beurre, comme moi, elle a forcé la grande porte de Memramcook, son père ayant les moyens de faire accroire qu'il était riche, pour en ressortir deux ans plus tard par la porte de côté, avec un diplôme qui la condamnait à taper sur une machine de vingt-six lettres le restant de ses plus beaux jours. Les autres, elle les passerait à taper sur une marmaille turbulente qu'un mari enjôleur lui abandonnerait avant même qu'elle n'ait eu le temps de lui dire merci. Aucun de mon âge ne repose sous sa croix sinon Philippe-le-mort et Bertin-le-noyé, disparus avant leur temps. Je ne les cherche même pas au milieu des tombes de leurs pères et mères morts longtemps après eux et qui ont eu tout le loisir de se préparer une épitaphe: «Ci-gît Firmin Richard que Dieu accueille dans sa miséricorde...» «Recevez, Seigneur, l'âme de votre servante, dame Zélica Doiron, épouse de...» Zélica? Pas la même. Ma tante maternelle appartenait à l'église voisine et n'eût pour un empire grand comme une terre en bois debout renoncé à régenter d'en dessous et par-delà la vie terrestre la paroisse qu'elle avait quasiment fondée. D'ailleurs, la tante Zélica, fille de l'arrière-pays, aurait déménagé elle-même et de la force de ses os ses propres cendres plutôt que de livrer ses restes à une terre engraissée de la chiure des mouettes et des goélands. Je m'éloigne du «Ci-gît Bernard, fils de Méthode, mort avant son heure...» et me hâte de chercher la tombe de la sage-femme qui m'a mise au monde et qui fut mise en terre l'année même de mon départ pour Memramcook.

Vous êtes là, Mame Lamant?

— Entre, petite bougresse.

Non, pas ça. Je vous approche, chatouille la pelouse du bout du pied, mais n'entrerai pas. Il me reste encore une vie, une moitié, un quart de vie, les années qu'il me faut pour compléter mon inventaire. Un pèlerinage commencé le jour où j'ai pris le transatlantique à Québec...

— ... le jour où tu as vu pour la première fois la lumière de midi qui t'a aveuglée à te faire hurler, au son de l'angélus, je m'en souviens, je te tenais par les talons et me préparais à te taper les fesses, mais tu m'as devancée, tu as crié avant...

— ... Avant que vous acheviez de me mettre au monde.

Je le sais, aujourd'hui je le sais, j'avais à la fois si peur et si grand hâte d'arriver que je n'ai pas pris le temps de naître dans les règles et que j'en ai gardé cette tache sur la cuisse qui me déshonorait.

— Tu t'es déshonorée le jour où tu l'as fait gratter par un scalpel, ta tache indélébile. Tu n'as fait alors que l'enfoncer plus en profondeur, entre l'arbre et l'écorce. On ne se débarrasse pas comme ça de la tache originelle.

— Ah! là, par exemple, grand-mère, non! De votre vivant, vous n'auriez pas dit ça. Trop tard au fond de la tombe pour reprendre le discours que vous récusiez avec virulence du haut de votre attique.

Pardon, je m'emporte jusqu'à m'obliger à vous répondre, dialoguer avec une morte, feue vous, la sorcière défunte définitive et enfoncée dans le silence. Mais c'est vous-même qui m'avez déversé dans la gorge une pleine marmite de mots, avant mes dix ans, menacée de mort par contamination du verbe irrégulier et infection de la cavité buccale par le désordre de la grammaire et du lexique, vous vous souvenez? Non, bien sûr, vous ne vous souvenez pas. Et puis à quoi bon! le mal est fait. C'est maintenant que je ramasse la note. Je paie, madame Lamant, depuis trois décennies, le voyage que vous m'avez organisé dans votre grenier.

Le chemin Saint-Jacques, rien que ça!

C'était si simple, je n'avais qu'à m'accrocher à la dernière étoile de la Voie lactée, celle qui passe si proche de la terre du Fond de la Baie les nuits sans lune, juste après la pluie, dans un firmament si fraîchement lavé qu'il en bigle de ses trois milliards d'yeux, me suspendre au-dessus du réel et de la raison et partir, juchée sur la tête des ancêtres qui ont grimpé dans l'arbre du Bien et du Mal. C'était un jeu d'enfant. Un jeu d'enfant qui m'a coûté mon premier bonheur.

Il s'appelait Boniface. Mon cœur était sans doute trop vert et vierge. Cet amour ressemblait encore trop à Philippe, à Mimo, à la maîtresse du nord. Et son odeur! la moitié de ma vie pour cette odeur! Rencontre avec la peur, le frisson, la passion, la poésie, le risque, les contradictions, la vie tissée de temps forts et de temps faibles, un point à l'endroit, un point à l'envers, à l'envers de toute une enfance de rêve où le bonheur n'a pas appris à compter avec le chagrin. Les longues journées d'attente et de doute, viendra? viendra pas? Et puis Boniface rimait trop avec Horace. J'ai dû partir seule, sage-femme, parce qu'il m'a fallu choisir entre le bonheur et la quête du bonheur. Il n'appartient pas à n'importe qui de prendre le chemin des étoiles.

Pourtant, ce premier départ portait un nom, le *Franconia*; je m'embarquais sur un transatlantique qui quittait Québec au début de l'automne, c'était régulier, pour accoster au Havre huit jours plus tard. Personne d'autre que moi, et que vous, Mame vieille Lamant, ne pouvait savoir que la route du bas Saint-Laurent, du golfe, de l'Atlantique nord qui contourne le Grœnland, puis du sud-est, sud-sud-est, conduisait en réalité à la queue du chemin Saint-Jacques. Je n'ai pas su me taire. Sans articuler une syllabe, j'ai tout avoué à ce premier amour qui a sitôt compris qu'il ne viendrait jamais qu'en deuxième, que ma vraie vie avait commencé avant lui, avant...

— ... Avant quoi, sage-femme?

— Avant de t'arracher aux entrailles maternelles récalcitrantes qui, après huit grossesses, commençaient à se rétracter et à prévenir tout le monde, y compris ta mère, qu'elles avaient tout donné et que ce dernier rejeton devrait faire avec ce qui restait d'un lignage commencé au sortir de l'Éden.

Je lui ai dit ça, au beau jars, ou à peu près, et l'imbécile m'a crue. À son tour de se rétracter comme un papillon qui rentre dans le cocon et retourne au ver. Mauvais départ pour l'un et l'autre. Je n'ai revu le beau parleur que des années plus tard. J'entends rire la défunte vieille Lamant. La terre cloque au-dessus de sa fosse. Après trente ans, lui resterait-il encore du phosphore au creux des os? Je reviendrai ce soir surprendre entre les tombes le feu d'artifice bleu.

Non, je ne viendrai pas.

Car le feu follet risque d'allumer la grande croix du centre qui projette son ombre sur une pierre de granit gris et qui m'appelle, à gauche du bon larron, où est gravée la date ultime de ma mère, 1943, puis de mon père, dix ans plus tard. Mon père! On lui avait accordé quinze ans de *Parkinson's*, et le calcul fut bon. Je n'ai donc rien à dire. De ce côté-là, la vie ne m'a pas menti. J'ai même eu le temps de lui révéler que je partais au loin, en terre inconnue, chez ses aïeux que je partage avec lui, pour leur soutirer les derniers secrets de famille que j'avais l'intention de rembourrer dans les mots du pays avant de les passer à ses descendants qui ne seraient pas les miens. Après l'échec de ce premier amour — Boniface, avec un nom pareil, n'avait aucune chance — j'ai compris...

Comment ai-je pu, sur ton lit de mort, mon père, te confier que je venais d'échanger le bonheur contre une chimère? Tu n'as pas ri, tel que je m'y attendais, et j'ai compris que je venais de poser le pied sur la première marche. Tu as même levé la tête vers l'orient et j'ai vu que tu y pensais comme moi: le diable se cache toujours à l'est... et que tu m'accordais une dernière bénédiction pour enfourcher l'un des quatre chevaux de l'Apocalypse. J'aurais voulu que me revienne l'honneur de te fermer les yeux, mais c'est toi qui me l'as refusé. Tu m'as envoyée, souviens-toi, dans la chambre voisine, chez la vieille Nazarine de quatre-vingt-dix-huit ans qui allait te survivre et qui a pris le temps, pendant que tu expirais en cachette de moi, de me raconter l'épisode, dans l'histoire de Pierre à Pierre à Pierrot, du premier croisement de mes deux lignées, au sortir de la Déportation, un siècle et demi avant que tu ne rencontres ma mère. Quand je suis revenue en toute hâte te le rapporter, tu avais figé ton sourire pour l'éternité.

Mon père m'avait lancée sur le chemin des origines; la vieille Lamant m'avait accrochée toute vive à la plus proche étoile; Prudence, en déchiffrant mon souhait entre le trèfle et le cœur, avait promis de me l'offrir si je partais du bon pied. Les trois peuvent bien aujourd'hui dormir *in pace* sans avoir de comptes à rendre aux vivants, sans ramasser la note que je devrai payer seule, que j'ai commencé à payer, ne vous pourléchez pas, mes trépassés.

Le soleil a entamé sa descente face à la mer, un soleil de mai qui glisse le long de la grande croix où un christ en bronze penche la tête du côté de la tombe qui pourrait être la mienne si je décidais de ne pas briser maison une seconde fois. Pourtant. Non, je ne suis pas partie la première. Je le dis aujourd'hui à ma mère. Comment voulais-tu que nous gardions les mêmes places à table, le même entrain à préparer le jour suivant, et le suivant, la même aveugle férocité à vivre? Le chemin venait de bifurquer, de se diviser en des routes multiples, en une croisée infinie. Il fallait choisir. Chacun avait compté sur toi pour pointer du doigt la direction la plus sûre, défrichée d'avance, qui menait sans bretelles et chemins de traverse directement à la grand'vie. Léopold y avait cru, Pierre et Horace, sans doute Céline, même Anne dans son nouveau ménage et Geneviève du fond de son couvent, tous sauf Sophie qui avait compris que la grand'vie... Eh ben! Et moi? J'ai mis dix ans à comprendre. Le temps de défricher moi-même un sentier en pleine broussaille que j'avais cru choisir entre mille. Choisir! Je sais ce que tu en penses. Tu avais fini avant de t'éclipser, ma mère — c'est pourquoi tu as pu te le permettre —, de déblayer ton perron jusqu'à la cour d'en avant qui donne sur la grand'rue du village qui mène au chemin du roi qui ouvre sur le monde. Tu avais complété le grand ménage du printemps, de l'automne, achevé de mettre de l'ordre dans les coffres et les placards, échangé les pyjamas d'hiver contre les pyjamas d'été, tu pouvais nous passer la clef.

Je sais que tu sais que j'ai sondé bien des serrures pour faire semblant de vouloir entrer tout en gardant un pied sur le seuil, le pied que je réservais à ce sentier dans la broussaille la plus épaisse et la plus obscure. Tu le savais parce que tu t'étais frottée toi-même à cette broussaille-là à mon âge, mon âge de l'époque, mais ton époque ne pouvait rejoindre la mienne, un millénaire allait bientôt nous distancer. Tu n'avais vraiment pas eu le choix, pas plus que l'oncle Éphrem qu'on appelait le poète, tante Madeleine qui avait des dons, Sophie... C'est toi qui as refusé à Sophie de choisir un chemin tortueux dont tu ne pouvais, de ton devant-de-porte, apercevoir le bout!... Ne réponds pas, c'est inutile. Et puis c'est trop tard. Trop tard pour Sophie. À ses vingt ans, c'était trop tôt; aujourd'hui, trop tard. Il n'y a donc pas eu de temps pour Sophie?

C'est à cause d'elle que je suis rentrée.

On dit que je suis venue acheter le vieux phare du Fond de la Baie qui tombait en ruines. On dit aussi que j'ai dû mettre un océan entre un homme et moi. On dit l'un ou l'autre selon que l'on est de ce continent ou de celui-là. Mais toutes les terres se rejoignent dans celle qui couvre les restes de nos morts. Pourtant, si quelqu'un avait des tombes à fleurir, c'était bien lui, l'homme de l'autre continent qui comptait un lignage dont la souche chatouillait les pieds de Messire Charlemagne... Je m'égare et sors de mon style. Il rirait de m'entendre, lui qui eût sacrifié mille ans d'histoire à un seul instant de vie. Ni ses morts ni les miens ne sont venus arbitrer nos différends. Pas des différends, d'ailleurs, des différences. De splendides différences.

J'aurais tant aimé connaître ses parents et lui montrer les miens. Mais nous nous sommes connus à des âges où l'on ne présente plus les parents. Il nous restait à les raconter, grimper dans nos arbres respectifs à la recherche du tronc commun. Le sien était solidement planté en une terre qui l'avait vu germer, pousser, se ramifier, entrelacer ses branches à ne plus pouvoir reconnaître dans chaque greffon la souche originelle. Il allait me rapporter des exploits dont seules les archives de la voûte familiale avaient gardé mémoire. Personne de sa parenté ne se souvenait plus de rien d'avant l'écriture, sinon la tante Aliénor en rupture de ban avec le reste de la lignée. Je me raccrocherais à la tante Aliénor comme jadis à la vieille Lamant. Lui devait s'en amuser, favoriser nos conciliabules au grand dam de sa touffe de frères et de cousins.

J'ai aimé cet homme pour tant de raisons que j'en oubliai de sonder le gouffre qui séparait la dame Aliénor du vaste ramage sorti du même tronc. Elle était la mémoire qu'on récusait parce qu'elle s'obstinait à remonter au-delà de la souche, jusqu'aux racines plantées à une époque où l'oral n'avait pas encore rejoint l'écrit. Mon époque. Nos vies se croisaient là. Mais lui s'en amusait, pas plus. La tante seule avait compris que je pouvais brouiller leur histoire, et que c'était bien ainsi. Car déjà elle avait commencé à entremêler les fils qui tissaient la glorieuse épopée d'une famille qui avait cultivé un jardin aussi vaste que la Guyenne, la Gascogne, la Marche, le Poitou, le Limousin, le Périgord et la Saintonge. Toute l'Aquitaine coulait dans les veines d'une lignée vieille de plus de douze siècles et qui s'obstinait à travestir le passé. La tante seule, à cause de son nom, à cause de sa rencontre avec les fantômes qui rôdaient sous les combles la nuit...

Et je me suis souvenue de l'attique de la vieille Lamant.

Il a eu tort de me révéler dame Aliénor. J'ai fini par préférer la tante au neveu. J'ai fini par choisir la déraison contre la raison, par loucher, avec elle, du côté du chemin des étoiles. Personne, pas même lui qui s'était montré si magnanime et qui seul de sa ramée de frères et de cousins faisait semblant de flatter les lubies d'une parente renégate... la vieille Lamant des vieux pays!... pas même ce preux d'Aquitaine n'a pu me détourner d'une lumière qui a soudain percé la nuit, la nuit des temps, et qui avait tout l'air de filtrer des fentes du paradis perdu par la faute d'Adam et Ève.

Je te raconte ça à toi, ma mère, à toi qui ne peux plus t'en scandaliser, qui ne sauras m'empêcher, comme tu l'as interdit à Sophie il y a si longtemps, d'écouter aux portes du destin. Je suis revenue au pays à cause d'elle, ta fille, qui achève une vie qu'elle n'avait pas choisie mais qu'elle a pourtant assumée jusqu'au bout; à cause de ce preux chevalier qui bien malgré lui m'a entrouvert la porte d'un monde qu'il n'était pas près de parcourir; à cause du vieux phare du Fond de la Baie qu'on s'apprêtait à démolir sans égard pour les trente-six revenants qui rôdent entre les murs de sa tour. J'ai acheté les restes du phare archaïque: on ne l'abattra pas sans avoir au préalable libéré ses fantômes. J'ai quitté l'homme que j'aime en lui laissant toutes ses illusions d'amant trompé, sans lui révéler le nom ni la nature de son rival. Je viens partager avec la préférée de tes filles, celle qui te ressemblait trop et qui a dû en payer le prix, sa dernière année de vie: Sophie va mourir, dans un an. Un an va-t-il suffire à enterrer tant de passés: une enfance, des origines, des fantômes...?

Laissez-moi m'approcher du cousin Thaddée qui de vous tous est parti le dernier, dont la pierre tombale n'a pas encore eu le temps de bouger et reste droite comme une stèle antique, laissez-moi seule avec le seul à m'avoir demandé des nouvelles des vieux des vieux pays. Tu voulais savoir, Thaddée, ce qu'il restait de mémoire des ancêtres dans les gènes des descendants. Tu es parti un an trop tôt, avant que je ne m'en revienne te rapporter la suite de l'histoire commencée dans ton hangar à bateaux, le jour de mes dix ans. Tant de fois tu m'avais lancée à la mer sur l'une de tes embarcations de rêve et de fortune, un bâtiment creusé dans une seule branche de bouleau, mâté d'un roseau et gréé d'un foulard, m'enchargeant de rejoindre par le nord-nord-est, à rebours de la route des Vikings, la terre conquise par les Wisigoths, les Gaulois et les Francs. Tu m'envoyais en éclaireur chez les aïeux pour les interpeller, les arracher au silence de leurs tombeaux et leur dire que les descendants se portaient bien et n'avaient point trahi la mémoire.

Je me suis acquittée de ma tâche, Thaddée, au mieux de mes connaissances et de mes dons, et me voilà revenue t'en faire rapport. J'ai retrouvé ceux qui sculptaient les chapiteaux et les gargouilles de Notre-Dame; ceux qui se moquaient dans la pierre des princes et des évêques; ceux qui, comme toi, huit siècles avant toi, faisaient en cachette des grimaces au Bon Dieu. Et bien d'autres énergumènes entre ceux-là et nous.

Nous, ceux de mes côtes et de mon temps, ceux que je m'en viens retrouver au fin bout du lignage commencé en terre d'Adam et Ève. Dès demain je m'attelle à la besogne de redresser le vieux phare qui pique dangereusement du nez du côté de la mer au Fond de la Baie; et dans un an, du haut de sa tour, je balayerai des yeux les quatre horizons qui enferment le pays que vous, mes morts glorieux, avez bâti, enrichi, diverti, scandalisé, viré sens dessus dessous. Depuis tout le temps que les ancêtres se sont racontés aux descendants, pour faire changement, ça ne vous dérangerait pas que je parle de vous aux autres, Prudence, ma vieille Lamant, père et mère, Thaddée? Ça ne vous dérangerait pas d'entrer dans les livres à votre tour?

En attendant, dormez en paix.

XXII

C'est la faute à Dieu, paroles de la tante Évangéline, dernière survivante de la génération qui s'est accrochée aux dunes, refusant de se répandre le long du littoral pour s'en aller engrosser les villages maritimes. Elle m'a dit que tout avait commencé le long de la côte et que sans la géographie, la topographie et la nature marâtre, la mer n'aurait pas rongé la terre jusqu'aux os ni ébréché le continent. La faute à Dieu qui a mal fait le monde dès le commencement. Puis elle a gloussé, à coups de secousses brusques et rythmées des épaules, pour que je n'aille pas imaginer qu'elle blasphémait. À son âge! Quatre-vingt-dix ans? quatre-vingt-quinze?

— Ce que tu voudras.

Je la veux centenaire, je la veux immortelle!...Pourvu qu'elle tienne un an. Le temps de reconstruire le phare, d'enterrer Sophie, d'oublier l'Aquitaine. Elle ne m'a pas demandé pourquoi j'étais revenue. Elle est entrée chez moi pour s'émoyer de ma santé et pour m'aider avec les grillages. Je n'ai pas osé lui taire que je ne voulais pas de grillages.

... Comment? mais alors les mouches et les maringouins?

... Eh! bien, quoi, les mouches et les maringouins?

J'étais partie depuis trop longtemps, j'avais dû oublier, ce n'était pas possible de se figurer qu'en terre d'Acadie, entre la mer et la forêt et les marais des mocauques... Les mocauques... les landes!... l'Aquitaine...

— C'est tout à refaire, ce logis-là.

Elle a dit un logis, elle n'allait quand même pas appeler un phare une maison, et continuait à parler de grenier en levant les yeux vers la tour. Tous les jours, elle louche du côté des poutres et fait: tut-tut!

— Piquées des vers, qu'elle m'a dit ce matin avec l'œil d'une maîtresse de maison qui a quatre-vingt-dix ans de vers en arrière d'elle.

Je ne sais pas comment lui avouer que j'aime les vers.

— Ah non!... mais ça...

Elle n'a rien ajouté. Après tout, si ça veut aimer les vers, c'est d'une autre époque, ça ne regarde pas les ancêtres qui ont déjà un pied dans la tombe et qui n'ont plus rien à dire contre les cheveux longs pour les garçons, les cheveux courts pour les filles, la marmite ébréchée, le rouet dans le salon, la maison qui penche, le grenier plein d'albums et de livres rongés, les poutres piquées de vers. Tout ça ne la regarde pas et ça ne sera pas dit que la tante Évangéline, belle-sœur de mes parents qui ont tout juste entrevu la troisième génération, viendra se mêler des affaires de la toute dernière qui, après avoir fait le tour du monde, rentre au pays pour redresser un phare qui méritait pourtant qu'on le laisse s'effondrer en paix. Non, elle ne demande même pas à sa petite bougresse de nièce ce qui la ramène au Fond de la Baie. Elle ne le lui demande pas, à peu près pas.

Elle frotte et fourbit.

— Vingt camions de sable pour boucher le trou. Ils disent vingt, moi je dis trente.

Je dirais comme elle, plutôt trente. Et je rage. C'était un trou creusé petit à petit par les dieux du vent et de le mer durant des milliers d'années, une sorte d'entonnoir planté entre les buttereaux. De la route, on n'apercevait que les dunes; il fallait se rendre à la côte pour découvrir le trou. Une colline vide et renversée. C'est là que je passais les vacances de mon père, les miennes étant trop longues pour un seul trou. Mais les vacances de mon père ne duraient que huit jours. Et toute la famille retournait avec lui sur la terre des aïeux. Le sable était si fin qu'il devait me pénétrer par osmose... non, c'est impossible. Et pourtant, je le sens dans mes os encore au jour qu'il est. Trente charges de camion pour niveler la dune qu'on a vendue laize par laize aux étrangers. Les cousins avaient la bosse des affaires.

— La dune est une fille-de-même qui s'est vendue à tout le monde.

Une fille-de-même comme toutes les Noune, Catoune et Pitoune du pays. Et tante Évangéline empoigne son chiffon et le tord avec une telle vigueur qu'à la place de mes cousins, je m'attraperais le cou.

Après que j'ai vu vendre puis combler le trou vieux de vingt mille ans, j'ai compris qu'il me fallait rentrer avant qu'on ne s'en prenne au phare. Dans le temps, il avait son gardien, sa lanterne à feu alternatif, sa fonction, la plus noble des côtes, de guide et d'éclaireur. Durant plus d'un siècle, il avait sauvé des bateaux en détresse, des vies en péril. C'est plus tard, quand on l'eut dépouillé de ses lampes, privé de son rôle, que ses pilotis ont commencé à s'enfoncer dans le sable et sa tour à pencher du côté de la mer. Comme un bateau qui va sombrer.

Combien? que j'ai demandé au ministère des Pêches et Océans. Les négociations ont duré deux mois. Et je l'ai eu pour quasiment rien. À charge de le détruire ou de le sauver. Mais le sauver, c'était le redresser, replanter, réparer, rapiécer, restaurer, mettre hors d'état de s'écraser sur les passants ou d'abîmer le paysage et l'environnement. J'engageai ma parole et mon honneur, parafés de ma griffe sur chaque page d'un contrat qui m'assignait à vie la garde d'un phare désaffecté.

Elle voudrait tant savoir, la tante Évangéline, pourquoi une femme de mon âge, seule, sans attaches et à son aise, si elle a un tel besoin de jeter son argent par les fenêtres, devait à tout de reste l'engouffrer dans des murs décrépits. Alors que le ministère était prêt à raser lui-même le vieux phare, se débarrasser du terrain aux mains du premier venu qui pouvait se construire un chalet avec du tout neuf, on n'aurait eu qu'à guetter, arriver en premier, tante Évangéline était là pour prévenir et ne point laisser un morceau de la terre ancestrale glisser entre les mains d'un étranger ou d'un parvenu des États. La nièce aurait pu choisir le meilleur morceau de dune sans s'embarrasser d'une cahute inutile et encombrante qui pourrissait déjà.

— Et les fantômes? Qui aurait hérité des fantômes?

Je me préparais à accueillir son rire sec et de travers, au moins un hochement de tête ou d'épaules, peut-être une bouche bée, mais pas cet œil qui m'a percé la tempe jusqu'au crâne:

— Au prix que tu les a payés, ils viendront point de sitôt te rapporter ce que tu cherches.

C'est moi qui en ai gardé la bouche ouverte. La nonagénaire lisait dans mon âme. La victoire ne serait pas facile.

Sophie est venue jusqu'au chantier me proposer de déménager mes affaires chez elle, le temps des travaux. Je ne pouvais tout de même pas vivre entre les passerelles et les plates-formes d'un échafaudage, on était au début du printemps, les nuits étaient fraîches, et la rosée chaque matin se glissait entre les fentes de la charpente pour venir se poser sur mon nez; je ne pouvais pas vivre comme ça encore un an...

Encore un an!

Le temps qui lui restait, qu'on lui avait garanti sous réserve que le cancer ne se mette pas à galoper au mépris des diagnostics et de la nature. Mais Sophie connaissait la médecine et son mal et savait qu'elle pouvait compter sur un an qu'elle avait résolu de vivre jusqu'au bout, sans concessions, comme elle avait toujours fait. Elle savait. Même en faisant semblant de jouer le jeu de la vie, elle savait.

Elle m'offrit sa chambre d'amis, la plus vaste, qui donnait sur la mer, je ne serais pas trop dépaysée. J'ai refusé, sans fournir d'explications, sûre qu'elle comprendrait. La mort est sans rival et ne veut pas de témoin.

— Tu viendras chaque jour, que je fis, m'aider à arracher les clous que la tante Évangéline aura plantés la veille.

Son rire fut si spontané que je lui rendis ses seize ans. Nous parlions de Mimo. De l'école qui avait failli passer au feu. De la guerre qui m'avait expédiée chez les déserteurs qui se terraient dans les bois. De son ambition, tuée dans l'œuf, de partir au front, avec Gerry... Son rire se rétrécit, dégageant deux rangées de dents qui, le temps d'un éclair, m'apparurent protubérantes et accrochées à son crâne. Un an! J'ai reparlé de tante Évangéline, mais Sophie elle-même a senti passer l'ange.

— Écoute, Radi...

J'écoute. Je la laisse prendre le bœuf par les cornes. Elle a décidé de vivre cette année comme sa dernière, réellement sa dernière, elle ne fera pas semblant, mais ne cédera pas un pouce de terrain à l'adversaire, chaque jour la trouvera sur sa route, debout avant l'aube. J'écoute. Et je l'entends me dire, comme au soir de ses vingt ans, qu'elle n'a aucun regret de me voir vivre à sa place, parce que j'étais née juste à temps pour réaliser les rêves auxquels avait renoncé sa génération. Et comme à trois ans, je chuinte :

— Ch'est pas juche !

Son rire est revenu. J'ai donc pu bifurquer sur le récit de mon long pèlerinage à Saint-Jacques qui a duré toute une vie et qui n'a même pas abouti à Compostelle.

— C'est la quête qui compte, le Graal n'existe pas.

J'ai cru entendre la vieille Lamant, ou mieux, dame Aliénor.

— Parle-moi d'Aliénor, qu'elle fait.

Je préviens Sophie que, pour atteindre Aliénor, il nous faudra remonter bien des années en arrière, refaire le chemin que j'ai dû parcourir à l'envers...

— Va, va, j'ai tout mon temps.

Sophie est sans complaisance et sans pitié pour elle-même. Elle ne se fait pas d'accroires, mais sait faire comme si. De nous tous, elle est la seule qui a tout son temps.

Tout a commencé avec madame Primeau, perdue au fond des marais de la Louisiane. La Louisiane, c'est un long détour pour atteindre la France, je sais. Comment veux-tu! on ne remonte pas les siècles sans changer de monture à chaque relais. Et puis j'ai le tempérament des ancêtres sortis des fabliaux: pour arriver à mes fins, je sais emprunter les chemins de traverse qui sont souvent plus longs que la grand'route, mais qui s'ajustent mieux à mes jambes. C'est ainsi que plutôt que d'avouer ouvertement mes ambitions d'écriture — comme j'avais su le faire si spontanément à douze ans devant une classe ébarrouie et une maîtresse scandalisée — je justifiai mes fouilles sous le lâche et coûteux prétexte d'une thèse de doctorat en lettres.

J'avais entrepris cette étude comparative entre les géants européens et les nôtres, tu te souviens? entre les aventures de Gargantua-Pantagruel et celles que rapportaient nos conteurs qui se transmettaient la connaissance et la sagesse populaires depuis les premiers arrivants en terre d'Amérique. À toi je peux avouer que les géants me servaient de couverture, que mes vraies recherches portaient sur la langue et la tradition orale, sur un patrimoine qui remontait, remontait aux portes des cavernes. C'est ainsi que j'avais pu cueillir, trois mois avant sa mort, la mélopée que Ben Benoît avait récitée tout au long, unique version d'une passion du XIVe siècle qu'il avait reçue de son père qui l'avait reçue du sien qui l'avait reçue d'un descendant direct des fondateurs de Port-Royal. En six heures, j'avais remonté six siècles. En apprenant la disparition du plus célèbre de nos conteurs, j'ai pris peur. On avait raté de peu l'héritage.

Nous n'avions pas de temps à perdre, l'histoire nous filait entre les doigts. Et je m'envolai vers la Louisiane. La Nouvelle-Orléans, Bâton-Rouge, La Fayette, les créoles, le jazz, les bayous... le fin fond des bayous. Pour y rencontrer par hasard — non, le hasard n'existe pas — une Cadjenne de quatre-vingt-six ans qui marmonnait toute la journée. Elle s'est tue quand elle m'a aperçue dans le cadre de la porte. J'ai pu risquer la question dont dépendait la principale prémisse de ma thèse :

— Madame Primeau, vous parlez encore français ?

Elle ne m'a pas répondu tout de suite et j'ai cru devoir travestir mon accent, ou traduire. Mais à mon premier mot anglais, elle m'a coupée :

— Je parle pas autèr chouse que le français. J'ai besoin d'un entreprêtre pour m'en fure sus le dentisse.

J'ai jeté un coup d'œil à ses dents d'en haut et je me suis dit que madame Primeau ne faisait pas vivre les interprètes. Puis en un éclair j'ai dégringolé tout le syllogisme : elle vit en Louisiane depuis la Déportation de 1755 ; si elle ne parle pas anglais, c'est qu'elle n'a pas fréquenté l'école...

— J'fus jamais à l'école.

... a donc appris la langue à la maison, l'a reçue directement de son père et sa mère qui en ont hérité des leurs, hérité des leurs, hérité des leurs...

— Madame Primeau, pourriez-vous me raconter un conte ?

J'avais retenu de mon maître d'ethnographie la tactique la plus sûre pour arracher à l'informateur récalcitrant les mots les plus anciens dans l'accent le plus pur. Racontez-moi un conte. Détour inutile, mon informatrice cadjenne était de tous les gardiens du trésor linguistique ancestral le moins récalcitrant.

— Veux-tu un conte d'animaux ? qu'elle me fait.
— Volontiers.
— Hale une chaise.

Et elle entreprit de réciter son conte, sans préambule, sans l'appareil dont se sert le conteur traditionnel

261

qui s'entoure d'abord de silence, se dérouille la gorge dans un gargouillis indécent, impose à sa langue le rythme de sa chaise berçante, puis jure en prenant les défunts à témoins... et que mort s'ensuive... que tout ce qui sortira de sa bouche n'est que vérité, rien que vérité, toute la vérité, que Dieu ait son âme. Madame Primeau est entrée dans le conte comme on entre à la maison, en commençant par s'essuyer les pieds sur le seuil, jeter un œil autour pour s'assurer que tout le monde est là et coller son front à la fenêtre pour voir le plus loin possible.

«... Renart, un bon matin, rentra sus son onque, les yeux troublés, la peltrie hérissée. Quoi c'est que ça, beau neveu? tu me r'sembles en mauvais point, dit le maistre du logis; ça serait-i que tu serais en souffrance par adon? — Si fait, que je me sens pas bien. — T'as point déjûné? — Point, et même que j'en ai point envie. — Faut-i' ben! Ça, dame Hersin, levez-vous de suite, ragornez à not' neveu une broche de rognons et de rate; je m' figure que ça sera point de refus.»

Je commençais à comprendre. Je commençais à me remémorer le plus ancien, le plus célèbre, le plus... mais dame Primeau ne m'attendit pas.

«Pis un jour not' beau sire Renart se présente-t-i pas au village sis au mitan des bois oùsqu'y a des coqs, gélines, jars et canards, et messire Constant Danois, un vilain fort à son aise avec son logis plein de viandes fraîches et salées.»

J'en perds le souffle, mais elle ne s'arrête pas.

«Dans la bouchure, Goupil avise un piquet cassé qui le quitte passer. Il se lance et timbe au beau mitan des choux qu'apparteniont au vilain, mais le tapage qu'i' fit réveilla Chanteclerc le coq, et pis Pinte qui pond les plus grous œufs... Allons! fit la géline. Vous nous avez fait grand'peur. Taisez-vous, répond Chanteclerc...»

Elle se rendit à Ysengrin, dame Copette et même damp Primaut qu'elle prit sûrement pour de la parenté.

«Dieu vous garde, damp Primaut, et vous baille bonjour. Je pourrions-t-i saouère oùsque vous allez coume ça? — Je viens du bois oùsque j'ai chassé sans rien déniger. Et vous, quoi c'est-i que vous cachez là, sire Renart? — Des bons et beaux gâteaux d'église, des oublies. — Des oublies! oùsque t'as trouvé ça? — Oùsqu'ils étiont, apparence, et m'espèriont.»

Son récit a duré près d'une heure. Elle savait par cœur de grands pans du *Roman de Renart*, le chef-d'œuvre du XIIe siècle que ses ancêtres avaient passés ou dérobés à la littérature écrite, transmis parallèlement de bouche à oreille de l'aïeul au rejeton durant huit cents ans, au coin de la maçoune des huttes ou cahutes, dans les champs ou les bois, dans les cales des navires qui s'aventuraient sur les mers ténébreuses, sur les goélettes qui partaient pour l'exil, sur les chalands qui remontaient les bayous de la Louisiane, un chef-d'œuvre que les savants maniaient avec des pincettes dans les facultés et qu'une femme de quatre-vingt-six ans, qui n'avait de sa vie mis les pieds dans une école, m'offrait gratuitement, gracieusement, dans le plus pur accent des origines, sans échapper une maille de son récit.

Je sortis de chez la dame Primeau en tricolant, résolue à partir à la quête de quelque chose qui ne ressemblait à rien, sans rapport avec les études, les thèses, l'ethnographie, la généalogie, la science du bien et du mal. Je partirais.

— La quête de quoi? me demande Sophie.

Je ne devais pas l'épargner. J'avais entrepris le voyage pour elle qui ne le ferait jamais, je serais deux à parcourir le monde à la poursuite de son rêve, je n'avais aucune raison de donner dans la compassion. D'ailleurs, Sophie ne faisait pas pitié. Elle me ramenait elle-même sur la voie, chaque fois que j'étais tentée de m'en écarter. Elle voulait connaître, vivre en un an ma longue expédition dans le temps et l'espace, emporter dans la mort la question sans réponse mais fondamentale.

— Parle-moi d'Aliénor, qu'elle me relance, confiante que n'importe quelle clef finira par ouvrir la première porte qui ouvre sur l'autre qui ouvre sur l'autre...

Quand la tante Évangéline nous dénicha à la brunante, nous avions déjà parcouru un bon bout de chemin.

XXIII

Je partais au hasard, et le hasard a voulu que j'accoste en France l'année que l'Acadie commémorait le bicentenaire du Grand Dérangement. Deux siècles après la déportation de mes ancêtres tout le long des côtes américaines, je prenais moi-même la route de l'exil, exil volontaire et qui me ramenait au-delà de mon séjour en Amérique, qui avait duré trois siècles, jusque chez moi.

— Es-tu sûre, Sophie, que le hasard n'existe pas?

Elle me répondit par une moue énigmatique que je ne lui avais jamais vue et qui me laissait toute la liberté de choisir entre la chance, la fortune, le destin, la fatalité, le coup de dés, la bonne ou la mauvaise étoile. Une bien étrange étoile que je trouvai sous mes pieds, comme si elle venait juste de sortir du sol, au plein cœur du parvis de Notre-Dame, où était inscrit: «Le point zéro des routes de France.» Je me mis à tourner en rond sur huit branches de l'étoile qui pointaient vers les points cardinaux des Gaules, jouant des talons de manière à parcourir tout l'horizon sans sortir du cercle de pierre, balayant de mes yeux de trois siècles les toits de Paris que personne des miens n'avait revus depuis le grand départ. Je tournais, tournais, m'enroulais sur moi-même comme un tortillon, à m'en étourdir, à m'en donner la nausée, mais je ne savais plus m'arrêter, prise dans une danse ensorcelée... la danse de Saint-Guy. Je revis le thauma-turge imposteur de mes cinq ans qui m'avait si perfide-ment sali le visage de son saint chrême et j'éclatai de rire. Je levai la tête pour défier tous les faussaires de mon enfance et... et c'est là que je l'aperçus.

— Aussi laide que la maîtresse du nord, encore plus mal fagotée, mais l'œil qui te traverse la peau.

— J'imaginais pas comme ça la dame Aliénor.

Non, non, ça n'était pas Aliénor. La route est longue qui mène à l'Aquitaine. C'était mademoiselle Pâris. Elle riait de me voir refaire toute seule les routes de France sur l'os de mes talons. Elle avait compris que j'étais d'ailleurs et pourtant d'ici, que je cherchais à m'orienter avant de partir à la quête de mon propre héritage, que je devais procéder à quelques rites occultes pour exorciser mes démons. Elle ne m'a pas dit tout ça sur le parvis de Notre-Dame, pas ce jour-là, mais petit à petit, au fur et à mesure de nos rencontres quotidiennes en cet endroit qui lui servait à elle de promenade et à moi de lieux saints. Quand je lui eus révélé mes origines outre-atlantiques et mon nom au complet, elle me dévisagea, fouilla plus à fond mon histoire et finit par m'apprendre qu'elle habi-tait à deux pas, dans la cour de Saint-Julien le Pauvre, une maison rebâtie sur les caves de la mienne.

Sophie refuse d'abord de me suivre: allons, Radi, t'extrapoles, tu donnes dans l'aventure romanesque, reviens sur le plancher des vaches.

Ma maison qui est aussi la tienne, Sophie, celle de tous les descendants des trois frères chefs de la guilde des maçons qui en 1250 sculptaient la façade de Notre-Dame et qui ont reçu cette année-là le nom de leur outil, le maillet. Mademoiselle Pâris, qui fut professeur d'his-toire, loge aux Trois Mailletz, à l'intérieur des murs qui ont abrité jadis les fondateurs de notre lignée.

— Nos ancêtres, des bâtisseurs de cathédrales? s'interroge Sophie. Mais c'est mieux que de sortir de la cuisse de Jupiter.

— Surtout que le Jupiter de nos côtes et buttereaux...

— Allons manger des huîtres pour fêter les nobles origines des pêcheurs du Fond de la Baie.

C'était des huîtres de mai, un mois sans *r*, il fallait les consommer le jour même ; mais Sophie, amateur de mollusques et de coquillages, me fit comprendre qu'elle n'avait pas un seul mois à gaspiller. Chaque saison était sa dernière. Elle effeuillait le calendrier avec le sérieux d'un archéologue qui découvre couche par couche les strates des siècles qui ont préparé le nôtre. Le sien. Elle se situait à l'envers du jour le jour, elle vivait chaque jour tous les jours. Mais n'en laissait rien paraître. Les autres venaient la voir en abandonnant sur le perron leurs soucis ou leurs projets, puis s'adonnaient à mille contorsions pour éviter tout sujet qui touchait de près ou de loin à la vie ou à la mort. Au point que Sophie elle-même dut demander à Geneviève s'il existait autre chose.

Elle m'avoua ce soir-là qu'elle n'avait jamais été aussi vivante que depuis qu'elle connaissait, à quelques jours près, la date de sa mort.

— On vivrait avec pas mal plus d'intensité, de ferveur, si on parvenait à s'imaginer chaque jour comme le dernier.

Elle me dit ça avec une telle simplicité que je n'ai pas cherché à détourner les yeux ou faire semblant de n'avoir pas entendu. Au mépris de toute bienséance, je me mis de plus en plus à interroger Sophie sur sa vision

267

de la vie vue de si haut; car peu importe son âge réel, quand on vit sa dernière heure, on aperçoit la vie du sommet de son âge. Elle me répondait avec la voix de millions d'ancêtres qui se transmettaient une sagesse accumulée, immémoriale. Quelle chance que le destin ait choisi comme truchement la plus intelligente de la famille, et la plus courageuse! J'avais honte de m'avouer que j'étais en train de butiner des bribes de sagesse à même les derniers souffles d'une condamnée. Mais c'est elle qui m'avait si étroitement associée à son existence, depuis le jour où elle avait dû renoncer à son propre choix de vie pour être née dix ans trop tôt, le jour où elle s'était résignée à vivre par procuration. «T'en fais pas, qu'elle m'avait dit, toi t'es née juste à temps.»

Pouvait-on naître juste à temps? Je me sentais, au contraire, tellement en retard sur la France, le Québec, sur ma propre Amérique. Peu importe où je posais mes yeux d'Acadienne-tout-juste-sortie-du-bois, j'éprouvais une démangaison aux pieds de chausser les bottes de sept lieues pour enjamber les siècles qui avaient fait l'histoire sans moi. Je craignais à ce rythme de mourir avant mon heure, essoufflée. Telle était la vraie raison de mon départ vers les pays d'origine: je soupçonnais que ma véritable histoire s'enracinait dans plus grand que moi, que j'étais plus vieille que mon âge.

— Pas de temps à perdre, que j'avais dit à mademoiselle Pâris, emmenez-moi visiter vos caves.

En chemin, j'ai dû traverser un petit parc qui donnait sur Saint-Julien le Pauvre, une cour, ma cour, celle où la plus longue escarpolette du village me faisait revoler au-dessus du toit du poulailler et du verger du vieux Ferdinand, d'où j'apercevais les cages à renards, le ruisseau du Docteur, la baie picotée d'îles minuscules et le hangar à bateaux du cousin Thaddée qui m'avait rendu mes ancêtres. Allons, Thaddée, rentrons chez les aïeux, sept ou huit siècles, ça n'est rien, faisons un petit effort pour nous souvenir. Thaddée à Louis à Olivier à Charles à Charles à Jacques à Antoine à... il en manque combien pour atteindre 1250? Antoine, le dernier Français; Jacques, le premier Acadien. Que s'était-il passé entre les deux? En changeant de domicile, de continent, perdait-on son identité? Ma lignée était-elle moins vraie pour être plus reculée dans le temps?

— Les caves, mademoiselle Pâris!

Et bras dessus, bras dessous, comme deux écolières, nouvelles Radi et Marie-Zoé, nous avons passé le seuil du temps, le pied gauche en premier pour la chance.

Et me voilà rentrée chez moi. Les caves des Trois-Mailletz sont d'origine, plusieurs pages d'archives l'attestent.

— Une Maillet, une vraie, descendante directe de l'un des trois frères, que me présente mademoiselle Pâris.

On m'accueille avec réserve: des Maillet, la France en regorge.

— Elle nous arrive d'Amérique, d'Acadie pour être précis.

L'Acadie, connais pas, mais l'Amérique? Oh, oh! on se méfie: qu'elle ne s'aventure pas de venir réclamer l'héritage.

— Pas des U.S.A., que fait mademoiselle Pâris; l'Acadie, c'est le Canada.

Pas possible, c'est de l'imposture, l'accent du Québec s'entend de trois lieues, elle n'est pas du Canada.

Mademoiselle Pâris s'indigne et me jette un œil d'excuses: des gens peuvent loger dans des murs du XIIIe siècle et ne pas connaître l'historique de leur maison; ne pas connaître l'histoire de leurs ancêtres défricheurs de colonies, fondateurs de peuples, pères d'une rescapée du Grand Dérangement qui revient après des siècles renifler l'odeur des poutres que l'âge a patinées. Et piquées des vers, Sophie.

— L'Acadie n'est pas le Québec, qu'elle reprend, c'est comme une autre province, plutôt des provinces, une région qui a sa propre histoire, sa culture, sa langue...

Le maître du logis fraîchement débarqué à Paris ne réussit pas à camoufler son accent jurassien avant de conclure dans une moue dédaigneuse:

— À l'entendre, j'aurais dit la Bourgogne ou le Berry.

J'allais abandonner ma défense à mon amie et me diriger vers un coin obscur où j'avais cru détecter des graffiti sur le crépi, quand j'entendis appeler de la cage de l'escalier: Gaspard! C'était la belle-mère. Elle prévenait son gendre de l'arrivée d'un courtier qui avait besoin de lui parler de suite.

— Venez, belle-maman. Il y a ici quelqu'un qui pourrait être de vos parentes.

C'est ainsi que pour mon bonheur j'échangeai mon hôte pour une hôtesse qui, non seulement n'avait aucun mépris pour les provinces de France, mais avait entendu déjà nommer l'Acadie.

— Madame Primaut est une authentique Parisienne d'au moins dix générations, ce qui n'est pas courant même dans le Ve arrondissement.

Je rêvais! elle ne pouvait pas porter le nom de Primaut, n'importe quoi mais pas ça, voile-toi la face, Méphisto, et ne me relance point jusque dans les murs de la maison ancestrale!

— Vous vous appelez réellement madame Primaut?

Elle me regarda par en dessous, inquiète, presque épeurée. Elle avait traversé deux guerres et trois républiques, rien n'était sûr. Et voilà qu'on venait d'Amérique l'interroger sur son nom...

— Ce nom-là par chez vous sortirait-il des galères? qu'elle fit, le dos collé à la colonne de soutien au centre de la pièce.

— Ce nom-là, madame, sort de notre plus vieille littérature orale et se porte encore aujourd'hui par ses meilleurs interprètes.

Elle fit apporter trois verres, nettoya de son tablier la paille tressée de trois chaises; et avant même de décliner nos origines et états civils, nous trinquions au *Roman de Renart* transporté via l'Acadie jusqu'en Louisiane par la lignée des Primeau. Curieusement, le nom Maillet, lui, n'avait pas changé d'orthographe, du moins pas celui de mon lignage. J'étais accrochée à l'outil des ancêtres maçons jusque dans les sept lettres qui me dénommaient depuis sept siècles; madame Primaut en restait tout ébaubie et continuait à remplir nos verres. Pourvu que Gaspard ne s'avise pas de redescendre avant que nous n'ayons achevé notre défrichage.

— Belle-maman! pouvez-vous monter un petit quart d'heure?

Tant pis!

— Ne bougez point, qu'elle dit, je reviens.

Je ne bougerai point, promis. Un quart d'heure pour humer, aspirer, remonter le temps. Cogner aux portes. Même pas, j'étais déjà entrée, je n'avais plus qu'à me tenir tranquille, laisser les autres me rejoindre, laisser les fantômes s'arracher aux murs et s'en venir me causer.

... Non, la neige n'est pas si froide que ça... si fait, les temps ont été durs par bouts, mais nous avons hérité des meilleures terres, nous avions le choix étant les premiers arrivants... on nous a tout pris, bien sûr, c'était trop beau pour durer... déportés tout le long des côtes américaines, mais je sons revenus, en goélettes, en charrettes, à pied à travers bois... j'ons regrimpé l'Amérique sans éveiller l'ours qui dort et je nous ons taisés durant cent ans... là je nous avons aveindus du bois, si fait... je nous appelons encore des Acadjens, mes amis, à l'heure qu'il est, et je savons de qui c'est que je sons ersoudus!...

Je me lève, me dégage en les relayant tous contre leurs murs de crépi, et je m'en vais seule me planter devant l'âtre, la maçoune, plus tard remplacée par un poêle de fonte avec réchaud où ma mère faisait lever son pain deux fois la semaine. Je m'approche de la table de famille, sous la fenêtre, une fenêtre d'origine qui n'est qu'un trou donnant sur la pièce d'à côté; heureusement qu'elle s'est agrandie avec les siècles pour permettre à ma mère d'appeler les voisines, ou de regarder tomber les premières feuilles rouges d'automne et les premiers flocons de neige. Cette porte du fond pourrait ouvrir sur la remise bien garnie en septembre pour assurer à toute une famille une traversée de l'hiver sans encombre. Je cherche le coin de la machine à coudre qui ronronnait du matin au soir durant huit jours à chaque tournant de saison; et le vaisselier en bois ouvragé que mon père avait offert à ma mère pour ses noces et où elle rangeait sa coutellerie d'argent et sa vaisselle à bordure d'or; et le panier de brosses et de peignes au-dessus de l'évier qui avait tant amusé Katchou; et les dix chaises droites autour de la table, la boîte à bois pleine d'écopeaux, la boîte à biscuits, la boîte à pain. Ma mère se promène dans sa maison d'avant sa naissance, d'avant l'arrivée des premiers colons au Nouveau Monde, d'avant la première expédition de Christophe Colomb. Elle se promène dans le plus ancien de ses logis et rêve à moi.

Gaspard débouche par la cage sombre de l'escalier, suivie de la belle-mère Primaut qui a eu le temps de le mettre au courant de mes origines. Je peux les quitter sans au revoir et expliquer sur le seuil à mademoiselle Pâris que j'ai achevé mon premier tour du propriétaire, libre *dumeshui* de poursuivre ma route jusqu'au prochain relais.

C'était à la Bibliothèque nationale. Après tout, le but avoué de mon séjour en France était de suivre la trace des géants, ceux de Rabelais, mais aussi de ses devanciers, contemporains, héritiers; de même de leurs lointains cousins des pays nordiques, d'Europe centrale, de la Mésopotamie et la Grèce antique. Je n'avais jamais cessé, depuis mon entrée tête première dans les contes, de me substituer au Petit Poucet pour entreprendre ma propre expédition au royaume des ogres et tenter de leur trancher la tête. Peut-être de les amener à de meilleurs sentiments et de les convaincre d'abandonner cette manie perverse qui les poussait à manger les petits enfants. Sans atteindre leur contrée interdite, j'obtins pourtant satisfaction: car à mesure que moi-même je grandissais, mes géants avaient tendance à rapetisser, s'humaniser, se transformer de Grandgousier en Gargantua en Pantagruel qui fait monter à bord de sa nef le pilote Jacques Cartier qui le conduira vers le nord-nord-ouest à la découverte d'une terre neufve. Même mon séjour au pays des géants, inconsciemment et par un long détour, me ramenait chez moi.

On m'introduisit à la «réserve», ce lieu sacro-saint de la biliothèque la plus prestigieuse du monde. Je tournais la tête sans bouger le torse, osant à peine effleurer de mes yeux ces tonnes de bouquins jaunis, cornés, mais enluminés durant des siècles par des moines de génie. Je songeai à mon père qui avait enseigné les rudiments de grammaire française à trois générations d'Acadiens dans de vieux livres cornés et jaunis, mais usagés, surannés et qui n'avaient plus cours dans aucune école de France ou du Québec, et que l'Acadie se devait pourtant d'accueillir comme un don. Mon père et ma mère avaient fait répéter je-suis-tu-es-il-est-nous-sommes-vous-êtes-ils-sont à des centaines d'enfants appelés un jour à s'arracher de leur gangue primitive et entrer de pied ferme chez leurs contemporains. Entre les milliers de livres transcripteurs de la pensée de six millénaires de civilisations et les maigres rayons de ma bibliothèque familiale ou scolaire, je mesurais le gouffre qui me séparait de mes origines et que je devrais pourtant franchir si ma quête avait quelque chance d'aboutir.

Six millénaires, d'un seul coup! d'une seule vie! Tu t'imagines, Sophie?

J'ai contemplé les rangées de livres sauvés du déluge des civilisations. Et ma pensée s'envola le long des bayous de la Louisiane chez madame Primeau qui, sans soupçonner l'existence de la «réserve» gardée précieusement dans la Bibliothèque nationale sise au cœur de la France de ses ancêtres, sans se douter que sur ses rayons figurait en premier plan un vieux livre illustré qui racontait en lettres gothiques que

... sans delai le feist pendre
Ai aust plus tenu parlement
Baisier se font efrontement...

... sans comprendre d'où lui venait sa filiation avec le sanctuaire de la science et de la sagesse des millénaires, continuait à marmonner seule dans sa cuisine les mots désuets et oubliés que ses pères lui avaient transmis durant huit siècles.

Quand mademoiselle Pâris voulut recueillir mes toutes premières impressions de la Bibliothèque nationale, je lui cachai l'essentiel, mais lui racontai l'aventure cocasse qui se déroula au comptoir de réception où candidement je demandai *La Dernière Classe* d'Alphonse Daudet. On agrandit les yeux puis, la surprise passée, sourit du bout du nez en balbutiant quelques affables insolences dans le genre «Madame désire-t-elle consulter l'édition originale ou simplement lire un des *Contes du lundi*?» Ni l'un ni l'autre, mademoiselle, je voulais simplement relier deux temps, deux continents, deux instants de ma vie. Je voulais renouveler, des années plus tard, ma profession de foi en la littérature.

C'est fini, allez-vous-en. Et je m'étais envolée de mon enfance et de mon pays vers cette France qui m'avait fourni les mots, les livres, la mémoire du passé, le goût et la curiosité d'un monde que la littérature seule m'avait révélé. Les livres, tous les livres venaient d'ailleurs. Je n'imaginais même pas voir de mon vivant, imprimés sur du vrai papier dans de vrais volumes reliés, mes noms quotidiens et familiers. Mon village qui faisait la gloire de nos côtes, mes collines, mes forêts, mes ciels étoilés, mes gens pourtant aussi pittoresques et gueulards que tous les héros de Balzac ou de Zola, mes rites et saisons, mes travaux et mes jours, ma vie propre ne figurait dans aucun livre. L'école m'avait instruite à même la vie des autres. Je soupçonnais que si jamais je devais lire mes noms familiers, je devrais les écrire moi-même, d'où le cri spontané arraché à ma gorge de douze ans: Je veux être écrivain, en français!

J'étais partie, puis je rentrais, pour les mêmes raisons: contempler du haut du vieux phare rafistolé les quatre horizons qui ouvraient à mon peuple une vue sur le monde. Mais la tante Évangéline qui regardait de travers les menuisiers, plâtriers, puisatiers et planteurs de pilotis, qui répétait ses tut-tut, faut-i' ben! devant chaque coup de rabot porté aux poutres, et qui rechignait même à me fournir la différence entre une foëne et un nigog, la vieille rétive ne m'était d'aucun secours. Elle boudait: ce réchappage du phare était une injure à l'histoire du pays qui avait tant lutté pour sortir du bois. Pourtant, c'est elle qui avait reconnu les fantômes enfermés dans ses murs et qui rôdaient la nuit. Elle m'avait prévenue qu'au prix que je les avais payés, je risquais de ne pas recevoir leur visite souvent.

J'en parle à Sophie:

— Tu sais qu'on a une tante sorcière. Je gage qu'elle s'entretient la nuit avec les revenants de la tour.

— La nuit, Évangéline dort. Mais je garantis rien de ses jours. Et puis les revenants sont ses cousins. Méfie-toi.

Me méfier? Mais si ma tante fréquentait les esprits follets, je ne pouvais rêver d'un meilleur guide. J'étais justement revenue chez moi cogner aux portes des placards et soulever le couvercle des coffres enterrés par les pirates. Mais si elle se rebiffait, tant pis! je me rabattrais sur Adolphe.

— Adolphe!!

La nonagénaire n'ajouta rien. Pas cette matinée-là. Elle résista toute la journée avant d'achever sa phrase à l'heure où le serein de mai force tout le monde à rentrer boire à l'abri sa chopée de thé. Elle laissa tomber deux cubes de sucre au fond de sa tasse et marmonna un ramage incompréhensible d'où sortit pourtant distinctement la phrase qu'elle inscrivait en majuscules: «Qui s'instruit emprès des menteurs rebâtira l'histoire de la main gauche et de travers.»

Je n'avais plus qu'une envie: courir m'instruire «emprès» du menteur Adolphe.

On m'avait prévenue: il était fainéant, insouciant, avait toutes ses côtes sur le long, se pressait si lentement que le phare risquait de pencher des trois côtés avant de retrouver son aplomb. Le village pouvait me proposer cinq ou six menuisiers d'expérience et de métier capables de me redresser cette carcasse indécente avant même que je n'aie posé le deuxième pied sur la terre du Fond de la Baie. Avec Adolphe, j'en avais pour un an. Et c'est le mot magique d'un an qui me séduisit. J'avais besoin d'un an pour fondre dans la brume la mémoire d'un bonheur ébréché et pour accompagner Sophie jusqu'à sa dernière frontière. Et puis Adolphe passait pour le plus grand menteur des côtes. En tissant les mensonges d'Adolphe d'une si rare exactitude sur le canevas des vérités apocryphes d'Évangéline, je comptais rendre au pays son image la plus authentique.

— Je prendrai Adolphe, que je dis.

Un an pour rebâtir maison: mademoiselle Pâris du fond de ses Trois Mailletz eût approuvé.

— Et dame Aliénor?

Pourquoi ai-je tant tardé à raconter Aliénor à Sophie?

— Je crois avoir aperçu Katchou un jour sur les Champs-Élysées. Penses-tu que c'est possible?

Sophie ne le pense pas, moi non plus d'ailleurs: Katchou se baladant sur les Champs-Élysées, ce n'est pas possible. Et pourtant. J'arpentais l'avenue au côté d'Aliénor, un dimanche matin, causant de choses et d'autres, quand j'ai senti frémir mes narines. Une odeur arrachée à des temps primordiaux, presque à la création du monde, à ma propre création, à la naissance de ma mémoire inconsciente, une odeur que j'ai retrouvée en Katchou dans ma petite enfance. L'arôme collait si bien à sa morphologie que je compris que son odeur, autant que ses empreintes digitales, trahirait toujours Katchou. D'un geste brusque, je me dégageai d'Aliénor et me tournai vers la passante, en bottines blanches et le béret sur l'oreille, et qui mesurait avec hauteur la dame d'Aquitaine. Puis nos yeux se croisèrent, le temps d'une éloèse, une éloèse, Katchou, comme celle qui annonce la foudre. Mais la foudre ne tomba ni sur elle, ni sur moi. Elle disparut, bâsit dans la foule des promeneurs du dimanche pour ne plus jamais me faire signe.

— C'est faux, je l'ai revue à Montréal une fois, et là je suis sûre que c'était bien Katchou: je lui ai demandé ce qu'elle devenait et elle m'a répondu. «Je m'en vas à Toronto, qu'elle a fait, à Montréal, y a pas assez de quoi qui va.»

Montréal trop petit pour Katchou! Elle a sûrement dû passer par les Champs-Élysées.

XXIV

Le croirais-tu, Sophie? Un jour que je m'en allais lire la façade de Notre-Dame où nos ancêtres avaient forgé notre histoire à coups de marteau, j'ai cru reconnaître sa face ricaneuse, le mufle de Katchou entre deux diables.

— Katchou? jusque-là?

J'avais l'habitude de retrouver gravé dans le portail le grand catéchisme en images que maman déchiffrait pour Horace, Céline et moi durant la grand'messe du dimanche: les anges, les apôtres et les saints taillés dans la pierre, Jacques le Mineur, Mathieu, Philippe, Paul et Simon, Abraham et les Cavaliers de l'Apocalypse. Grandiose! Et pourtant. Le ciel avait beau faire tous ses efforts pour déployer la gloire de Dieu et de ses élus, je me soustrayais, mes yeux glissaient un peu plus bas, chez les hommes de métier qui traversaient les saisons sur la courbe du zodiaque, le dos chargé de leurs outils, ou le tablier gonflé du fruit de leurs travaux: le menu fretin des mortels qui s'étaient dégagés de la pierre pour débarquer jusque chez nous.

— Katchou?

Pas encore. Plus bas, en dessous des anges et des hommes, sur les visages grimaçants des démons. Chaque jour je les bravais jusqu'à pousser le plus familier d'entre eux à se détacher de la pierre et pointer de son index crochu ma tache originelle sur la cuisse gauche. Ceux-là aussi je les avais dans la peau, je les traînais depuis ma naissance à l'ombre du clocher qui m'annonçait de ses douze coups. Car l'angélus ne les avait pas anéantis, n'avait fait que les disperser aux quatre coins de la cour d'où ils continuaient à me guetter sous chaque brin de mauvaise herbe. Je les reconnaissais tous, mes démons de la première heure, ceux avec qui je luttais à bras-le-corps sur le chemin du retour à ma vie antérieure. Katchou nichait là, tout en bas du portail, dans toute sa nargue, sa gouaille, sa persifleuse splendeur.

— J'aime Katchou, dit Sophie.

Je la prenais pour guide encore un coup. Je rendais aux diables leurs grimaces, les poussais, puis me frayais un passage par la petite porte découpée dans le grand portail, Katchou par la main. Alors seulement, en m'essuyant les pieds sur le seuil, je pouvais pénétrer à l'intérieur de la cathédrale qui cachait, au creux de sa forêt de colonnes, l'Arbre de la connaissance du Bien et du Mal. Je l'avais tant cherché dans mes vastes forêts vierges, le long de mes côtes, que le jour où j'enfilai la nef centrale, je sentis mes narines se gonfler des odeurs de résine, de mélèze et de pommes de pin. D'une forêt à l'autre, comme le Petit Poucet, je récoltais des pierres de cathédrale là où j'avais semé des cailloux.

Je levai la tête pour admirer le plafond et reconnus la coque renversée de l'arche de Noé. Tu te souviens, Thaddée, de nos randonnées dans l'arche, le plus vieux navire du monde, à la recherche d'une terre où planter nos racines?

Nos racines sont des algues flottantes, que tu me disais, c'est pour ça qu'on est le peuple le plus errant de la planète. Après les Juifs. Mais ceux-là sont sortis de l'arche les derniers.

Pourtant, notre terre à nous est bien réelle, même s'il nous reste à la reconquérir. Chaque jour. Un peu ce que j'essayais de faire à distance en déchiffrant les panneaux et les vitraux de Notre-Dame. Point aisé, Sophie, de rentrer chez soi par la route la plus longue et la plus tortueuse.

— Mais la plus inépuisable.

Elle ne pleurait pas sur sa vie, mais continuait de rêver à toutes celles qu'elle aurait pu connaître si... si... Je lui laissai ses illusions, à elle qui en avait si peu. Car petit à petit, à mesure que je pénétrais dans le quotidien des villes qui battaient au rythme des frénésies modernes, je constatais que pour atteindre la couche primitive d'un monde qui avait été le mien, le sien, je devrais le dépouiller de sa gangue visqueuse et jaune. Gratter la résine de bouleau. Et comme dans la forêt, je m'aventurai à chercher le point zéro.

Le point zéro des routes de France.

Je fis encore un coup tourner mes talons sur l'étoile imprimée au cœur du parvis et mes pieds s'arrêtèrent d'eux-mêmes, pointant vers le nord-ouest. Mes yeux avisèrent le chapeau carré d'une tour qui avait perdu ses bâtiments, mais qui n'en continuait pas moins à se ballotter dans le ciel comme un mât dont le navire eût sombré.

La tour Saint-Jacques.

J'entendais la voix lointaine de mon cousin Thaddée... Thaddée à Louis à Olivier à Charles à Charles à Jacques... Jacques! Saint Jacques. Saint-Jacques de Compostelle. Lieu de pèlerinage où l'on s'en allait se faire pardonner ses péchés. Les hommes sortis d'Adam avaient tellement péché, avaient tant besoin de pénitence et d'absolution que la chrétienté verrait défiler pendant des siècles les pèlerins munis de leurs gourdes et bourdons en quête du grand pardon. De quoi était-on si coupable, Thaddée?

De la tache originelle, Radi.

Encore elle! Autant s'en débarrasser tout de suite.

Et je décidai de rejoindre les pénitents, les pèlerins en partance pour Compostelle qui suivaient le chemin de saint Jacques tracé dans le ciel sous la forme d'une voie lactée. En terre d'Amérique aussi nous l'appelions le chemin Saint-Jacques, par réminiscence, alors que chez nous la même galaxie menait au Pérou. Mais entre l'or du Pérou et la pierre de Compostelle, je choisis la quête du pardon. Je me joindrais à la procession des pénitents.

Au pied de la tour Saint-Jacques, j'eus l'impression de pénétrer dans la coquille du pèlerin, la coquille qui se tranforme imperceptiblement en conque géante qu'enfant je collais à mon oreille, tu te souviens, Thaddée! pour y entendre le murmure sourd du monde. La vieille Lamant m'invitait plutôt à y écouter le jargon du cosmos. Les étoiles causent entre elles, qu'elle m'avait dit, essaye de déchiffrer leur langage. Entraînée par mes deux mentors, j'y parvenais, imaginant des conversations entre la Grande Ourse et le Dragon, entre Castor et Pollux, entre le Taureau et les Trois Rois que venait interrompre infailliblement Bételgeuse, l'effrontée commère dont le seul nom révélait la nature chamailleuse et criarde.

Une longue enfance d'entraînement qui me promenait de l'attique d'une vieille voyante au hangar d'un bourlingueur à la retraite, à la cabane d'une sorcière hors-la-loi suffirait-elle à me faire passer du cosmos du XXe siècle à celui du Moyen Âge? J'avise une gargouille cornue, les yeux exorbités, la langue pendante au coin de la gueule prête à me cracher sur la tête, et je la défie. La tour oscille, avance à contre-courant des nuages. Moi seule reste figée dans le temps. Je regarde, fixe les lèvres charnues de la grimaceuse. Sa grimace s'accentue. Ses cornes se dressent. Elle va parler.

Elle parle. Et une commère intriguée se glisse par l'embrasure de la tour, la tête coiffée d'un hennin, les narines grandes ouvertes, les pommettes couperosées, la gueule en forme de faucille: c'est la tante Zélica, huit siècles avant sa naissance. À côté de Zélica, je vois passer le nez pointu de Tit-Louis, le crâne couvert d'un bonnet à cornes; la maîtresse du nord sous une barbette; Alberte, Marie-Zoé, Fleur-Ange en coiffes empesées. Puis défilent les chaperons à cocarde, les chaperons à bourrelet, les cornettes, les béguins, les fonds de cuve, une mitre, tiens, tiens! Monseigneur Allain qui cherche à ramener à l'ordre ses ouailles de plus en plus frondeuses. La tour s'anime, se dilate, fait éclater ses murs qui s'ouvrent et répandent sur la place des milliers de pèlerins bavards et piaffants. Tout me pousse à les suivre et à leur arracher leurs derniers secrets:

— Y aurait point parmi vous des Cormier, par adon, des LeBlanc, des Goguen, Bourque, Landry, Cyr, Thibodeau... des Maillet?

Vingt têtes se tournent vers moi. Je les reconnais: le nez aquilin des Leblanc, le front haut des Bourg, les fossettes riantes des Landry. Dans les reins de milliers d'ancêtres, mes seize mille quartiers grouillaient déjà. Je pouvais m'accrocher à la queue de la procession.

— Viens, petite bougresse, m'encharge Zélica-Bételgeuse coiffée de son hennin.

Mais elle est aussitôt bousculée par Pélagie qui décharge sur la place une charretée de nouveaux pèlerins descendus des brumes de Bretagne. Puis c'est Thaddée qui cherche à se tenir en équilibre sur les épaules de Louis à Olivier, lui-même grimpé sur celles de Charles à Charles à Jacques à Antoine... Attention ! l'équilibre est fragile, le vieux Jacques à Antoine fléchit sous le poids des multiples descendants qui lui pigouillent les reins. Qu'un seul tombe et la lignée s'effondre, mon père disparaît, je reste à jamais prisonnière de mes limbes. Un seul flanche, et c'en est fait. Un seul, un seul... que pas un seul ne manque au rendez-vous de la tour où mes soixante-quatre lignées se croisent pour la première fois.

Je ne m'affole pas : dans l'attique de la vieille Lamant, j'ai appris à défier le sphinx. J'irai par les routes de France et d'Espagne faire estampiller à chaque relais mon sauf-conduit vers le pardon et le salut. Par les grands chemins, chemins de traverse, chemins des vaches ou des brebis, à califourchon sur le diable, s'il le faut, je franchirai le mur du temps. J'ai l'habitude. Il m'a bien fallu le franchir une première fois en m'arrachant au Moyen Âge pour partir au Nouveau Monde à la conquête des Temps modernes. Et c'est là-bas, en nos terres neufves, que les temps anciens m'apparurent dans toute leur clarté. C'est en Acadie que j'ai pu revivre les contes égrillards de Marguerite de Navarre, la chanson de Mariançon et le drôle de *Petit Testament* de François Villon. Un océan ne suffisait pas à brouiller les sons qui me parvenaient de mon lointain passé.

Je traverserai une fois de plus le mur du temps.

Mais le temps a la barre très haute. Je ne me doutais pas, pas encore, de la hauteur des rapides que doit sauter le saumon pour rentrer frayer en son lieu d'origine. Les saumons ont la vie dure.

— Pourtant, dans mon assiette, j'aime mieux trouver un saumon rose qu'un petit barbeau, conclut Sophie pour me ramener sur le plancher du siècle.

XXV

Durant ma deuxième année d'exil au pays des aïeux, j'entendais chaque nuit le grognement des géants du nord. J'avais beau les retrouver le lendemain sur les plus hauts rayons de la Bibliothèque nationale, qui grimaçaient, se menaçaient les uns les autres, s'appelaient mutuellement des noms, brandissaient leurs gourdins noueux au-dessus de ma tête chaque fois que j'osais les interpeller, je continuais de rêver la nuit suivante aux montagnes qui les avaient vus naître. Fille de la mer, je redoutais d'instinct les montagnes, furoncles de la terre qui me dérobaient l'horizon, repaires des monstres sortis des premières éruptions de la planète. Je les redoutais, sans cesser pourtant de courir après. Car au fond de moi restait enfoui ce personnage qui ne m'avait jamais quittée tout à fait et qui s'appelait Radi. Mon double, ma muse, mon guide intrépide et inventeur de corde à virer le vent. Quand je croyais reconnaître dans la rafale la voix impérative de ma mère, quand je voyais surgir un mur à franchir ou à contourner, quand la route où je m'étais engagée se divisait soudain en une multiple croisée, je penchais l'oreille sur mon ventre et l'appelais : Radi!

— Va, va! qu'elle fit. C'est pas nous qui allons reculer devant des buttes un petit brin plus hautes que celles de Sainte-Marie.

286

Elle n'avait jamais cessé de me répondre au pluriel, pour bien marquer que c'est moi qui l'avais embarquée dans la galère. Et vogue! Notre connivence datait d'une nuit du début de ma vie adulte, des premières pages de mon premier livre, alors que j'éprouvais à la fois la frousse et la fascination de l'écriture et que je me préparais à plonger les yeux fermés et les doigts joints dans mon insondable et terrifiant inconscient, une nuit où je la rencontrais par hasard — comme si! — qui parcourait le même rêve que moi. Je lui pris la main et lui parlai doucement pour ne pas l'effrayer, pour ne pas la réveiller, et lui fis faire un long bout de mon chemin, avec bien des mises en garde...

... attention à ces années-là, prends garde au tournant de nos dix-sept ans...

... route qu'elle devrait obligatoirement parcourir puisque son avenir se confondait à mon passé et que nos deux vies n'en faisaient qu'une. L'inéluctable. Pour une fois, Radi, tu ne pouvais faire marche arrière, même pas en rêve, Radegonde seule avait encore le choix, puisque seule elle disposait de l'avenir. Radegonde était encore libre, Radi ne l'était plus. Elle m'a regardée de travers, défiante, et m'a fait une moue si drôle que j'en ai éclaté d'un rire qui a failli me réveiller; mais je m'accrochai, c'était trop beau, je voulais avant de perdre ma muse lui sucer toute la sève qu'elle avait gardée enfouie au creux de ses os durant la longue enfance qu'elle avait mise à m'enfanter. Je l'encerclais, l'enveloppais, m'accrochais à la robe d'indienne bleue de ses sept ou huit ans, la suppliais de ne pas s'évaporer avant que je n'... avant que je n'...

Elle est partie, avant que je n'aie eu le temps de comprendre que mon livre parlerait d'elle. Je l'entends encore rire après vingt ans. Depuis cette nuit de mon premier songe prémonitoire, elle ne m'a plus quittée. Au point de m'envahir, m'encombrer, me pousser certains jours à lui crier: la paix! Car je sais bien, aujourd'hui je le sais et devrai composer avec mon boulet au talon, que Radegonde n'aura pas plus de liberté que Radi. Les quatorze années de Radi lui ont si bien tracé la voie que Radegonde n'a plus quarante-six choix, ne peut plus rien entreprendre sans d'abord barguigner avec cette enfant qui la tient.

— Allons, allons courir entre les buttes de Sainte-Marie transplantées dans les pays du nord.

J'en parlai à mademoiselle Pâris. Professeur à la retraite, elle disposait de son temps et d'une rente confortable; je bénéficiais moi-même d'une bourse d'études qui au forçail pouvait me mener jusqu'au soleil de minuit. Allions mon rêve à votre érudition, que je lui dis, et nous pourrons ensemble aller cogner aux portes du Pays des géants.

— Le Jotunheim, qu'elle précisa.

Mais mademoiselle Parîs, cette année-là, souffrait d'un début d'arthrose qui ne permettrait pas à ses jambes septuagénaires de grimper les montagnes de Norvège. Car je devrais grimper, escalader mille mètres, longer les rives des fjords dans lesquels se miraient des pitons terrifiants. Et puis je devais partir seule, qu'elle me dit, les géants étaient mes cousins et m'attendaient. Le Jotunheim m'attendait, comme tous les mots remplis de magie, de musique et de mystère.

J'avais déjà interrogé mon père sur la stature des descendants de Charles à Charles à Jacques à Antoine, lignage qui avait engendré Olivier qui avait engendré Thaddée Ier qui l'avait engendré lui, mon père, petit de taille, et qui se réclamait pourtant d'une race de géants. À quel moment s'était glissé un lilliputien dans les gènes de la lignée pour effacer jusqu'au souvenir des légendaires héros qui enjambaient le pays en laissant sous leurs pas des traces de bottes gigantesques? Mais mon père n'appartenait pas à la dynastie des conteurs et me renvoyait chaque fois à son cousin Thaddée qui refusait de s'attarder à ces contes farfelus. Ses géants à lui s'appelaient Charlemagne, Clovis ou Vercingétorix et n'étaient pas de la famille directe. Les colosses du pays des côtes qui affrontaient les mains nues les légendaires capitaine Kidd ou Barbe-Noire arrivaient trop tard dans l'évolution du monde pour intéresser Thaddée. Et je restais sur ma faim.

Pourtant, un jour, l'oreille collée aux portes, j'avais entendu parler d'Henri à Gros-Jean et de Croque-Anglais. Avec des noms pareils, que je me dis, ceux-là devaient s'apparenter aux ogres mangeurs de petits enfants et descendre d'une race ancienne arrachée aux brumes du nord.

À cette époque de ma vie, le nord se confondait au pôle Nord, le Grand Nord, nappe blanche ininterrompue qui commençait presque au sortir de l'arrière-cour de ma maison, les jours de février, pour s'étendre sur plus de la moitié d'un pays balisé de trois océans. Je le connaissais pour l'avoir parcouru dans une vie antérieure, du temps de mes limbes où j'emmagasinais des souvenirs en prévision de ma vraie vie. J'étais si familière avec les ours polaires, les narvals et les glaciers bleus qu'en partance pour les pays scandinaves, une moitié de vie plus tard, j'en oubliai mes boussoles et mes compas. Tant mieux. Je devais partir vierge et sans fatras inutile, seule, à la quête de l'inconnu.

J'ai été servie.

La Norvège.

Radi m'avait appris la frugalité et la débrouillardise, la jarnigoine, qu'elle eût précisé, c'est plus complet. Avec la jarnigoine, on ne badine pas; ça veut dire: débrouille-toi, laisse tomber les plans de voyage, les réservations, les tuyaux, les combines, les raccourcis, les trucs... pars de bonne heure un lundi matin, du pied gauche — ne jamais oublier le pied gauche —, mets toutes les chances de ton bord, et ne te retourne surtout pas. C'était mon premier long voyage depuis ma traversée d'Atlantique, ma première sortie du territoire français, j'avais grand besoin d'un ange gardien. Je me rendis compte sur le tard que j'avais risqué gros en confiant ce rôle à celle qui n'avait jamais péché par excès de prudence mais qui continuait, par-delà la frontière de l'enfance, à jouer à bouchette-à-cachette dans les arcanes du labyrinthe de la vie. J'ai failli le payer cher.

J'y entrai sans cogner, avec la crânerie du voyageur de troisième classe qui n'a rien à perdre à exposer son indigence et à crier au monde de lui faire un peu de place. Une toute petite place. Qui rétrécissait de jour en jour. Car j'avais mal calculé et la dimension du pays et celle de mes finances, et me trouvai plus tôt que prévu réduite à quémander l'asile des couvents. Si j'étais partie vers l'Italie ou l'Espagne, passe encore, mais trouver des couvents en Norvège! J'en dénichai un pourtant, échu à une communauté de dominicaines qui m'apprirent que leur maison avait appartenu à nul autre que l'auteur de Peer Gynt, un siècle plus tôt, et, comble de fortune, y avait accueilli la romancière Sigrid Undset à la fin de sa vie. Je m'endormis sous l'aile de mes auteurs scandinaves fétiches, fermement décidée à ne plus appeler désormais le hasard que sous son vrai nom de Destin.

Radi et moi avions grand besoin de croire à la bienveillance des dieux quand nous devions faire taire nos ventres creux en leur répétant que nous venions de loin, que nous étions d'une race de pionniers décimée par la famine et le scorbut, et qui s'en était pourtant sortie, après trois siècles, plus forte que ses devanciers. J'étais dans la vingtaine, les privations ne pouvaient me faire peur.

Mais les géants?

Les géants... c'est autre chose. Pourtant, je n'avais aucune raison de les craindre, moi qui depuis mon âge le plus reculé avais toujours été de leur bord.

J'avais gardé le contact avec mademoiselle Pâris. Des cartes postales à sens unique d'Oslo, de Bergen, de Lillehammer. Rendue au Jotunheim, sur le fjord vert bouteille qui serpentait entre les pics qui s'approchaient de plus en plus du ciel, je m'installai sur le pont, prête à faire à mon amie parisienne un long récit de mes émotions devant la forme hallucinante des géants figés dans une chaîne de montagnes pour l'éternité. Assis, allongés, debout, accroupis, à genoux, sur le dos, accoudés au firmament, à califourchon sur la barre d'horizon, ils étaient des centaines de colosses à me ricaner en pleine face. L'encre de ma plume se coagula et se mit à cracher des grumeaux. Je bégayais, bafouillais, gribouillais de la main gauche. C'était inutile, je n'arrivais pas à décrire ni à raconter. Le temps s'était arrêté. Il avait basculé. Radi était là, à mes côtés, encore plus impressionnée que moi et qui me chuchotait d'une voix tremblante de ne pas avoir peur. Les buttes de Sainte-Marie, rien d'autre, qu'elle me disait, plus grosses, plus anciennes, plus difformes, mais rien que des buttes tout de même: les buttes n'ont jamais mangé personne.

Ah non? Les montagnes en éruption, les volcans, n'ont jamais dévoré personne? Comment penses-tu, Radi, que naissent les chaînes de montagnes?

Mais tu voudrais t'en priver?

Petite coquine! Elle connaissait tous mes points faibles, elle qui les avait si bien affinés durant quatorze ans. Elle savait que j'opterais pour les volcans cracheurs de feu, et les tempêtes de mer, et les tremblements de terre, et les feux de forêts, et le débordement des rivières, et le ballet anarchique des icebergs le long des côtes de Terre-Neuve, elle savait comme moi que c'était là le prix à payer pour nous affranchir définitivement du singe.

La terreur passée, je levai le front devant les masses iconomaques et grotesques du Jotunheim, et interpellai, en les appelant par leurs noms, les géants endormis depuis les temps primordiaux. Les ancêtres de tous nos Morgant, Gargan, Fracasse, Grandgousier, que je cherchais à débusquer depuis des années dans les livres de légendes et d'épopées chevaleresques, s'incrustaient là, dans les montagnes de la Norvège, aussi parlants que les gargouilles de Notre-Dame. Les dieux et les hommes me racontaient mon histoire dans la pierre des montagnes ou des cathédrales avec une égale éloquence.

À l'approche de l'été, son dernier, Sophie avait de plus en plus soif de connaissances et cherchait à combler le trou qu'avaient laissé dans la pomme les dents du premier homme. Elle ne savait pas, pas encore, que le trou au cœur était sans fond, que l'entonnoir en creusant...

— Raconte, qu'elle fit d'une voix si brusque que...

... je songeai à la vieille Lamant et m'abritai sous son aile.

Le premier Géant, premier des premiers, sorti du rêve farfelu d'un dieu pris de *delirium tremens*, grandit si vite et atteignit de telles proportions qu'il en vint très tôt à remplir à peu près le firmament. L'univers, autrement dit. Hors les dieux, il n'existait que lui. Durant des temps quasi infinis. Mais le temps reste le temps. Qui use. Et le Géant primitif subit le sort de toutes les créatures appelées à lui succéder dans le temps: un beau jour, il creva. Éclata, si tu préfères. Son cerveau aussitôt se dissipa en une brume épaisse qui donna naissance aux nuages; ses yeux, pulvérisés, remplirent le firmament d'étoiles; ses dents devinrent des rochers calcaires qui jalonnent les côtes; ses bras, ses jambes, disloqués, formèrent les collines et les chaînes de montagnes; sa chevelure, les arbres et les lierres de la forêt; sa salive et ses larmes, les rivières et les étangs; son souffle et ses ronflements, les vents qui gémissent dans la nuit; et son ventre, arrondi, gonflé, se mit à rouler sur lui-même pour enfin s'échouer au centre du cosmos et devenir le globe terrestre, notre planète où naîtrait de son nombril, des millénaires plus tard, une race beaucoup plus petite, beaucoup plus démunie, mais dotée de la mémoire, celle des hommes.

Sophie, éblouie par la beauté de la cosmogonie païenne, sourit à l'idée que d'obscures sagas du nord pouvaient damer le pion à la Genèse et offrir de la Création du monde sa version clown.

Adolphe, en équilibre sur son toit, sans cesser d'encastrer les bardeaux de bois mou l'un dans l'autre, n'avait rien perdu de mon récit. Il laissa rouler de la toiture une demi-douzaine de clous et quelques jurons, puis passa la tête au-dessus d'une gouttière pour me crier que les géants qu'il avait connus, lui, avaient autant de mémoire que les hommes et que...

— Prenez Henri à Gros-Jean, par exemple, à lui tout seul, il pouvait vous refaire l'histoire du pays.

Henri à Gros-Jean, enfin! Il m'avait fallu parcourir la moitié du monde avant d'entendre sortir de la goule d'une gargouille de ma propre maison l'histoire que je pensais aller dénicher sous le soleil de minuit.

— Descendez, Adolphe.

Mais avant que le conteur ne parvînt à s'étirer les jambes, se dérouiller la gorge et allumer sa pipe, Évangé-line réussit à renvoyer le charpentier à ses bardeaux sans autre cérémonie qu'un solide :

— Demain, ça annonce de la pluie, la couverture sera mouillée.

Ça ne serait pas dit que la propre fille de son beau-frère allait s'abaisser jusqu'à payer pour entendre les beaux discours d'un fainéant; que l'argent était trop rare au pays pour acheter de la corde à virer le vent. Au rythme où allaient les choses, elle connaissait du monde qui devrait hiverner comme les ours, la neige venue, dans un trou au fond des bois. Elle s'assit à la place d'Adolphe, et pour faire oublier les contes et ramener ses nièces aux vraies questions essentielles, elle se lança dans son interrogatoire favori :

... Le tour du monde, l'avait-on entrepris tout seul? À quel âge allait-on se décider à s'établir? Si les vieux pays n'avaient pas réussi à nous trouver le bon parti, on aurait dû rentrer plus tôt, regarder autour... quoique le temps commençait à se faire tard... les veufs dans la quarantaine et les célibataires pas trop courailleux...

Sophie lui versa un thé si brûlant que la nonagénaire faillit y laisser la peau de sa langue. Ça lui apprendrait. Mais je consolai la vieille, apaisai ses inquiétudes en lui inventant un homme-de-ma-vie trois fois plus grand que nature, vingt fois plus beau, cent fois plus caressant et attentionné, pour m'apercevoir à mon propre étonnement que je n'avais rien inventé du tout, que les yeux qui aiment n'exagèrent jamais et que toute l'eau d'un océan ne saurait suffire à laver jusqu'aux dernières traces un chagrin d'amour pansé d'un trop mince cataplasme.

— Et le soleil de minuit, bifurqua Sophie, et les Vikings?

Les Vikings, j'allais les retrouver dans mon prochain voyage, en Normandie. Mais le soleil de minuit!... rien ne pouvait faire écran à mon premier soleil de minuit.

Encore un coup, je consultai Radi. À tort ou à raison. Et à son instigation, j'empruntai pour monter vers le pôle la route de la mer du Nord, happai un bateau, comme elle aurait dit, et longeai les côtes de Norvège jusque chez les Lapons. Un peu trop haut. J'ai craint un instant de ne plus en redescendre. Ou pas tout à fait indemne. Mais j'avais tiré profit de ma mésaventure chez le vieux Dominique et surtout des enseignements de Katchou et...

— J'ai pu contempler le soleil de minuit sans rougir et sans bicler.

J'ai pu surtout reconnaître, après un quart de siècle, l'astre qui m'avait tant effrayée à ma naissance et lui pardonner. J'ai su tout de suite que, tout pâle qu'il se montrât à l'horizon, il n'avait pas vieilli, pas lui ; que seuls ceux qu'il éclaire s'usent au contact de ses rayons ; que j'avais déjà entamé mon temps, mais pas lui le sien ; que le chronomètre n'avait pas commencé, pas encore, à échancrer le temps du cosmos qui m'apparut, si près du pôle, m'envelopper toute ronde et, avec moi, le monde entier sorti de la Création en sept jours. Je regardais le roi du jour, devenu roi du jour et de la nuit, qui s'obstinait à ne pas se coucher et qui coiffait du même bonnet de nuit la tête de l'Amérique et celle de l'Europe. Radi me poussait à tenter l'infaisable, enjamber le pôle et rentrer dans mes terres par la route du soleil de minuit.

... La Terre est ronde, qu'elle me souffla, le pôle Nord est juste à côté, la vie est une boule que toi et moi pouvons nous lancer, comme du temps de Céline, Fleur-Ange et Marie-Zoé, par-dessus la corde de bois dans la cour arrière de la maison.

Je résistai au diable. Mais ce jour-là, je compris que je ne serais plus jamais nulle part en exil, mais non plus nulle part tout à fait chez moi.

XXVI

— Mademoiselle Dragonde! vite, un appel du Canada!

Madame Gérot avait la voix rauque de la Bretonne qui, en échangeant les brumes de son Finistère contre la bruine de Paris, n'avait pas réussi après quarante ans à s'éclaircir les bronches. Quand elle m'appelait par la cage d'un escalier en spirale que j'avais appris à monter à quatre pattes et descendre sur mes fesses, je croyais chaque fois entendre le cri éraillé d'un corbeau familier, toujours le même, qui s'était donné la mission de venir croasser sous la fenêtre de Radi avant l'aube, durant les dix premières années de sa vie. Mais madame Gérot, ma logeuse, qui n'avait pas connu Radi, affubla Radegonde d'un diminutif de son cru qui correspondait mieux à sa culture celtique et à son tempérament: Dragonde! Je sursautais à chaque fois.

— Vous avez un appel du Canada!

De Radio-Canada, pour être précis; mais madame Gérot avait déjà assez de mal avec le téléphone, pour ne pas dire avec les interurbains et internationaux, qu'il ne fallait pas lui demander, dans un appel outre-Atlantique, de distinguer Radio-Canada d'Air Canada, de Bell Canada, du Canada tout court. Et allez pour le Canada! Mais ce qu'ignorait ou voulait ignorer ma Bretonne, c'est l'appréhension qui pouvait figer l'estomac de tout étudiant étranger à Paris, à la fin des années cinquante, devant un appel imprévu de son pays. Je n'avais plus ni père ni mère vivants, mais une ramée de frères et de sœurs, des cousins, des amis. C'était qui? c'était quoi?

C'était Radio-Canada, respire, Radegonde.

Dès mon retour du Jotunheim, un an plus tôt, j'avais envoyé à la radio de mon pays, à tout hasard — toujours lui! — le récit de ma rencontre avec les géants du Nord. Voilà qu'on me relançait, mais cette fois vers les géants de France. À mon choix. Je songeai tout de suite à ceux de Rabelais, les plus célèbres, les plus évolués, ceux de ma confrérie. Quand je me retournai pour annoncer à ma logeuse que je partirais bientôt pour la Touraine et le Poitou, je l'entendis me répondre en gaélique. Dans le silence le plus criard, madame Gérot m'informait que les géants de France avaient vu le jour dans ses terres celtiques et que même mon beau Gargantua...

Mon hôtesse, qui avait dû abandonner l'école à dix ans, ne connaissait rien de l'itinéraire des héros de Rabelais, mais elle connaissait sa pensionnaire et savait exactement avec quelle abouette l'attraper. Elle dit «abouette» ou «abœste», l'appât qui saurait à coup sûr m'attirer. La branche grand-maternelle de ma famille sortait du Finistère, j'étais en territoire connu depuis que ma mère m'avait parlé des Gueguen issus de Morlaix qui avaient gardé du bretonnement des ancêtres un grasseyement et une syntaxe qui m'enchantaient. Les géants celtiques, à peine dégagés de la gangue scandinave, paveraient la voie à ceux de la Loire...

— Je vais prévenir mon neveu de Quimper, qu'elle s'empressa d'ajouter pour prendre les devants.

298

Non. Non, Radi, j'étais libre malgré tout. Et pour bien l'affirmer, je refusai et la Loire et la Bretagne, et j'optai pour la Normandie.

Cependant, ma Bretonne bretonnante pouvait dormir en paix, la Normandie n'était qu'un détour: je savais, sans me l'avouer, que j'aboutirais en bout de ligne chez les Celtes.

De toute façon, la Normandie était la terre ancestrale des cousins du Québec, pas des Acadiens. Ou si peu, quelques familles. Et pourtant, quand j'y entrai avec mon crayon accroché à l'oreille, je compris que je pénétrais en un royaume qui m'avait dotée d'une étrange parenté: les Vikings.

Cette fois, le brouillage de la tante Évangéline ne réussit pas à me soustraire aux splendides élucubrations d'Adolphe. Les Vikings, il les avait connus personnellement. Par-delà les siècles. Pas plus tard qu'il y a vingt ans, dans le cimetière du bord de l'eau où reposent tous les siens, les nôtres, les vôtres et les miens, qu'il dit, il avait déniché des os vieux de mille ans, ceux des hommes d'Érik le Roux. Un tibia de passé trois pieds, entre autres, quasiment un mètre. Des colosses, ces Vikings. Car si l'on calcule la hauteur d'un homme à partir d'une seule jambe de cinq pieds...

Nous sommes en juillet. La douceur du soleil et l'odeur iodée du varech redonnent à Sophie la force de rester des heures sur ma terrasse à regarder mourir les vagues, remplacées sitôt par les suivantes qui empêcheront à jamais la mer de s'éteindre. Depuis des millions d'années, l'océan vomit ses algues, depuis mille ans il débarque sur nos côtes des aventuriers qui charrient des vestiges de leur culture immémoriale: celle que nous raconte, sur un ton de mélopée qui finit par faire capituler la tante Évangéline, la glorieuse histoire des Vikings, précurseurs des Basques, éclaireurs de Christophe Colomb. On le savait que les géants du Nord avaient débarqué dans les baies du Grœnland, puis sur les rives de Terre-Neuve ; Adolphe nous apprenait, preuve à l'appui, que les plus hardis étaient venus échouer et mourir à nos pieds.

Mais il y avait plus hardi encore : et je révélai au conteur les noms de Robert le Diable, Rollon le Pirate, Richard Sans-Peur, Guillaume Longue-Épée, toute une galerie de durs et purs qui préparaient le débarquement, cinq siècles à l'avance, de nos propres géants sur les côtes du Fond de la Baie. Nous étions de la race des coupeurs de têtes qui s'en vont à la fin de leur vie, le crâne couvert de cendre et le cilice à la ceinture, se faire pardonner par le pape de Rome.

— Dommage que notre temps ne coïncide pas avec le leur, que fait Sophie, j'aurais tant aimé les connaître pour de vrai.

Depuis qu'elle se savait condamnée, Sophie avait développé un sens si aigu du temps qu'elle s'amusait souvent à le capturer comme un poisson frétillant, lui retourner la peau, lui fouiller les entrailles, lui arracher des secrets qu'il ne révèle d'ordinaire qu'à des philosophes sans scrupules. Elle avait la faculté de planer au-dessus du temps, de le contempler de si haut que son œil pouvait englober sa vie agrandie jusqu'à la naissance du premier homme et la disparition du dernier. Elle élargissait sa contemporanéité, interpellait les gens de l'an mil comme des confrères de génération, puis, retombée dans sa réalité d'aujourd'hui, s'émerveillait de constater que dans les siècles futurs, on jumellerait son existence à celle d'Einstein et de Picasso. Le temps, son pire ennemi, devenu son compagnon de jeu.

Tu sais, Radi, qu'elle se mit à monologuer pour moi seule, si j'étais de la race des géants, une toute petite heure, je m'emparerais d'un sabre de la taille d'un arc-en-ciel et je m'attaquerais à l'espace-temps. Je le taillerais en morceaux que je retournerais dans mes mains comme les tranches d'un gâteau gigantesque. J'examinerais les miettes du temps et de l'espace pour comprendre ce que j'ai toujours soupçonné : que chaque goutte d'eau contient l'océan tout entier; chaque parcelle d'air, le firmament; et que dans chaque seconde est condensé l'infini.

— L'infini qui t'effraie plus que la perspective de ta mort.

Nous étions loin des Vikings d'Adolphe. Mais c'est lui qui nous avait ouvert la porte de notre passé millénaire. La chronique d'Acadie se greffait à celle de la Normandie qui l'avait colonisée longtemps avant l'arrivée de Champlain à Port-Royal. Notre pays, Sophie, fondé par les géants mythiques, s'élargissait de jour en jour.

À la frontière mal définie de la Normandie et de la Bretagne, dans les sables qui emprisonnent le Mont-Saint-Michel, je mandai à ma Bretonne que je pénétrais chez elle. Je n'allais quand même pas lui faire l'affront de mépriser les ancêtres de Gargantua. Surtout, ne pas indisposer contre moi la propriétaire d'une pension qui donnait sur la Conciergerie, au cœur du Ier arrondissement de Paris, avec un pigeonnier à peine au-dessus de mes moyens et que je parviendrais à faire payer par mes géants. Des colosses qui m'accueillirent avec une telle hospitalité que j'ai cru sur le coup me retrouver dans l'île du Cap-Breton. Les dolmens, menhirs, cromlechs, pierres mégalitiques sorties de terre comme les rochers en forme de pots de fleurs qui jalonnent nos côtes, me ramenèrent chez moi avec le même empressement que les Vikings. Mais cette fois la tante Évangéline, plus vive que le charpentier, traîna la chaise berçante à l'ombre et s'y enfonça. Avait-elle entendu nommer les Gueguen, déformation de Guéguen, déformation de Goguen? Ils étaient les fondateurs de Cocagne, notre village voisin.

Le contraire, tante Évangéline: c'est nous qui déformions. À l'origine étaient les Gueguen, prononcé Gouéguène...

Elle me jeta l'un de ses yeux de travers. J'allais lui en montrer en généalogie maintenant?

Les Goguen sortaient de Morlaix par la branche de Joseph, premier du nom, orphelin recueilli par un prêtre, puis échoué au pays à la veille du Grand Dérangement. Un enfant tout petit avec une grande destinée. La défricheuse de parenté ne fit grâce à son public d'aucun détail: la jeunesse tragique d'un exilé redéporté et banni de ses terres, errant sur les côtes atlantiques durant la grande époque des pirates et des guerres franco-britanniques, qui sort indemne des aventures les plus rocambolesques mais s'en va perdre deux doigts dans un accident de chasse aux canards sur le détroit de Northumberland.

— Et l'index en plus, et de la main droite: il pourrait jamais se faire prêtre.

Malgré sa profonde dévotion, Évangéline ne semblait pas regretter ce contretemps dans la vie d'un ancêtre qui, faute de se consacrer à l'Église, avait fait commerce dans la fourrure, s'était marié cinq fois, cinq fois avait perdu sa fortune et avait laissé au pays une vaste descendance qui comptait des prêtres, des notables, des religieuses... l'une qui avait même dirigé sa Congrégation, t'as qu'à ouère !

... celle même qui, aux funérailles de ma mère, m'avait ouvert les portes des études classiques...

... et une ramée de têtes dures qui continuaient au pays à rouler les *r* et parler gras. Au bout de huit générations de Goguen surgissait le grand-père d'une mère de famille dont Sophie et moi avions arraché notre existence.

La tante Évangéline nous le rendait avec d'autant plus de conviction qu'elle n'avait jamais prêté foi aux histoires de fées, fi-follets, lutins, gnomes, loups-garous et autres inventions du dénommé Adolphe et de ses pareils qui se figuraient que la terre tournerait mieux si on en confiait la barre à la folle du logis. Seule l'intéressait la parenté réelle, mais aussi large que la voûte du ciel, les cousins à la mode de Bretagne, comme l'on continuait de dire au pays. Mais ce qu'elle ignorait, c'est que cette parenté, encore une fois par hasard, habitait d'un bord et de l'autre de l'océan, sur les deux plus vieilles terres du monde. Des terres coincées toutes deux entre la mer et la forêt.

— Faut point laisser les charlatans nous défricheter l'histoire des aïeux, conclut Évangéline ; faut point laisser la parole aux esprits follets.

— Mais alors les fantômes de ma tour ?

— Les revenants, c'est autre chose, qu'elle fit, ceux-là sont de notre monde.

Elle n'ajouta rien. Toutes mes pressions furent inutiles. Et Sophie me fit signe de me retourner plutôt du côté du conteur qui venait de déposer son équerre et de bourrer sa pipe.

Les contes d'Adolphe s'imbriquèrent si bien dans les légendes celtiques de la Bretagne que je me mis à enjamber l'océan dans des allers-retours à nous donner à tous le torticolis. Les rites druidiques, la charrette de la Mort, les cloches de la cité engloutie, la forêt sous-marine, la fée Morgane, les sortilèges de Merlin l'Enchanteur, Lancelot, Galaad, les Chevaliers de la Table ronde...

Le cycle du roi Arthur, nous y voilà! La quête du Graal!

Je laissai s'écouler des semaines avant de relancer Sophie sur notre quête commune d'un Graal inaccessible. Elle avait besoin d'un temps d'arrêt pour recharger ses poumons, refaire sa peau, vidanger les veines de son cerveau obstrué par le doute de plus en plus métaphysique. Après? après?... Allait-elle céder à la peur? La peur de la mort, non, la mort l'attirait plutôt, cette suprême inconnue qui enfin répondrait d'un éclatant Oui-ou-Non. Mais si oui, après? L'Au-delà, un nouveau combat? une nouvelle injustice? de nouveau l'arbitraire et l'iniquité? une nouvelle quête sans fin et sans but, sans réponse encore un coup...

J'entraînai Sophie par la main jusqu'au cimetière marin qui avise le détroit, le golfe, l'Atlantique, et au-delà, les côtes de France où nos existences se sont tissées durant des siècles. Sans révéler à personne ma démarche douteuse, je l'emmenais causer avec nos morts. À ma surprise, elle se rendit directement sur la tombe de Prudence. Je me gardai en retrait pour ne pas gêner leur conciliabule, sûre que la vieille sage d'en bas, par-delà sa dernière traque, rejoindrait plus aisément Sophie que tous ceux qui n'avaient pas compris la vraie nature de cette fille indépendante et fière, tellement en avance sur son temps, et tellement plus juste que leur justice ou plus vraie que leur vérité. Je voyais ses pieds s'agripper à la terre qui la prendrait bientôt, mais ses yeux fixer un point x dans le ciel, l'emplacement exact de la planète qu'elle semblait avoir choisie pour domicile éternel. Un moment, je la vis sourire. Ce que j'aurais donné pour être témoin d'un échange ultime entre deux mondes sur le point de se rejoindre! J'ai même eu l'impression, l'espace d'un soupir, de ne plus faire partie d'aucun des deux, exclue à la fois du temps et de l'éternité, reléguée à mon seul rôle de rapporteur.

Sur le chemin qui nous ramenait au quotidien, je lui appris que lors de mon premier séjour en Normandie, la Normandie agrandie jusqu'à ses plus anciennes frontières, je m'étais rendue sur une terre qui avait jadis porté le nom de Thuringe, le royaume qui avait vu naître le tristement célèbre Robert le Diable. Robert, figure-toi! Un authentique diable, ce Robert, méchant comme pas un, cruel à faire frémir les pierres, qui pratiquait le mal pour le seul plaisir du mal, sans savoir lui-même pourquoi il agissait ainsi. Jusqu'au jour où sa mère lui avoua sous quelle malédiction il avait été conçu: incapable de refuser sa couche à son mari despotique, elle avait osé jeter le plus terrible anathème sur le fruit qui sortirait de son ventre: «Que jamais Dieu n'eût part à chose qu'il fît.» Robert le Diable, lui, traînait plus que sa part de tache originelle. Mais le plus curieux, Sophie, c'est qu'il la portait aussi sur la cuisse.

— Tu veux rire!

Eh non ! Et je racontai à Sophie un épisode caché dans les plis de l'histoire de Robert le Diable et qui ne pouvait attirer l'œil de personne sinon de moi. L'aveu de sa mère, qui avait révélé au prince la véritable cause de sa nature diabolique, avait du même coup entraîné sa conversion. Autant le damné avait dépensé d'énergie dans le mal, autant le converti mit d'ardeur à réparer ses fautes. Et le voilà par les routes de France et d'Europe, éternel pénitent et pèlerin à la quête du pardon. Il se rendra à Rome où il recevra enfin sa grâce des mains du pape, après avoir sauvé par trois fois l'empereur contre l'attaque des Sarrasins. Mais durant son dernier combat, il fut blessé à la cuisse, et c'est par cette marque qu'il fut reconnu et réhabilité.

— La cuisse gauche ?

— L'histoire ne le dit pas. On recherchait l'homme marqué à la cuisse. Moi j'ajoute : la gauche. Ça ne pouvait être que la gauche.

— Comment a-t-il fini ?

Sa légende nous laisse choisir entre deux versions de sa fin : selon les uns, il épouse la fille de l'empereur qui l'avait reconnu et fut heureux ; selon les autres, il continue sa route d'éternel pèlerin à la poursuite de son destin.

Le bonheur ou la quête du bonheur.

— Tu ne m'as toujours pas parlé d'Aliénor, qu'elle me dit.

Je sursautai. De plus en plus, Sophie pensait par télépathie, connaissait par prémonition. Sans savoir pourquoi, elle établissait déjà le rapport entre le pays de Thuringe et l'Aquitaine. Celle qui sentait le temps la pousser à son tour poussait sur le temps. Je décidai de sauter les années et de la conduire tout de suite au sud de la Loire.

Mais le sort en décida autrement: au milieu de l'été, on apprit le retour du père Horace, arraché plus tôt que prévu à sa brousse africaine.

XXVII

Horace n'avait pas été dévoré par les lions, comme il en rêvait enfant, mais par des amibes qui s'en vinrent faire leur nid dans son foie et ses viscères. Toutefois, ce n'est pas ce vainqueur de léopards et de cobras cracheurs qui allait se laisser abattre par de si petites bêtes, et il s'en sortit pas trop amoché. Bientôt il retournerait reconvertir des indigènes évangélisés et baptisés depuis trois générations. Il laisserait ses confrères prêcher la parole de Dieu, tandis que le digne héritier des bâtisseurs de cathédrales de France construirait, dans la brousse de la Tanzanie, des églises en chaume et glaise durcie au soleil.

Céline organisa pour le père blanc et pour moi, les enfants prodigues, une fête du retour qui nous ferait regretter d'être partis. Elle choisit mon phare en chantier pour ce rassemblement de famille comme la famille en avait l'habitude, mais qui devait cette fois, par son ampleur et son éclat arrosé de champagne du meilleur cru, rappeler aux descendants de qui ils descendaient. Il ne manquait personne, pas encore, pas même les derniers neveux ou nièces sur le point de naître et qui assistaient à ce sabbat du fond des entrailles de leurs mères en se répétant, comme jadis Radi, que la vie ressemblait à une drôle de foire.

Tout le monde arriva en retard, selon l'horaire de Céline, mais tous arrivèrent en même temps, ce qui fit dire à Léopold que chacun était arrivé à l'heure. De toute façon, ce soir-là, l'heure avait pris le bord; le temps de lui-même s'était aboli. Seul le désordre faisait loi, comme à la cour du roi Pétaud; comme chez la scène des *Bien Ivres* de Rabelais; comme j'en déterrai la source tout le long des provinces de France qui jalonnent la Loire. Veut, veut pas, nos racines sont profondes et tenaces, et je regrette d'avoir à reconnaître, Radi, que nous n'avons pas inventé grand'chose de notre bord de l'Atlantique. Mais nous avons drôlement su faire fructifier. Le peuple de nos côtes garde une telle mémoire des temps les plus reculés, ce que l'on continue d'appeler «sur l'empremier», que chacun s'imagine toucher à la souche d'un patrimoine qu'il persévère à revendiquer comme le sien propre. Au point que personne ne voulait croire que cinq siècles avant nous et sur un autre continent, on accrochait des casseroles au cortège des mariés pour travestir la noce en charivari; qu'au jeu de cartes, l'as de trèfle s'appelait «l'embouril à ma vieille grand'mère», comme eût dit tante Madeleine; que sainte Radegonde — hé oui, sœur Geneviève, elle existe! — chassait le dragon qui portait le nom glorieux de Grand'Goule.

— T'as qu'à ouère!

C'est Pierre qui en est rendu à ingurgiter le champagne par le nez. Les bulles montent et descendent le long de son œsophage et lui chatouillent le cerveau autant que le gorgoton. Son rire déclenche celui de Geneviève qui veut tirer tout le profit possible d'une permission exceptionnelle qu'elle doit au retour du missionnaire. Elle n'arrête pas de pivoter sur sa chaise pour capter par les yeux, les oreilles, la bouche ouverte les quarante-six tours et facéties qui circulent avec de moins en moins de retenue, se cognent aux murs, rebondissent et cassent un verre de plus.

— Attention!

— Ça fait rien, c'est Radi qui paie.

Radi payera. Radi serait prête à payer dix ans de sa vie les histoires de plus en plus cocasses, de plus en plus hilarantes que Léopold et la nièce Catherine se renvoient en canon, par-dessus la tête d'Anne qui cherche à calmer sa fille — ç'a-t-i' du bon sens! — pendant que les deux beaux-frères y intercalent à contretemps et en totale dissonance des contes qui n'ont plus aucun rapport avec la conversation en cours et qui interrompent sans demander pardon le récit fabuleux du missionnaire qui un jour s'est trouvé devant un léopard surgi comme un loup-garou droit devant lui.

— Je rentrais de la chasse, ça fait que j'ai pointé sur son front le canon de mon fusil, l'ai visé, je l'ai même poursuivi un bout de chemin, puis le danger passé, quand j'ai voulu enlever les balles de mon fusil... il était vide.

— Ouche!

Une autre fois, c'est le mamba noir, un monstre de dix pieds, qui se dresse sur son passage. Celui-là ne te laisse aucune chance, tu en as pour trois minutes, pas plus.

— Il t'a laissé combien de temps à toi?

Léopold ne lui laisse même pas le temps d'achever son récit: il juge que la victoire d'Horace sur un serpent noir de dix pieds, ça s'arrose, et il débouche une autre bouteille.

— Y a que le champagne de France pour faire rougir le homard d'Acadie.

— À mon dire, rien fait rougir le homard comme l'eau bouillante.

— Quand il est rouge, il est cuit.

— Comme certains ivrognes que je connais.

— Boivons au homard puisque le homard peut pus bouère à nous autres.

— Trinque, beau jars!

— V'là une parole profonde et sensée. Trinque! *Drink! Let's drink to that!*

Je viens de saisir, dans la bouche d'un fêtard, le lien linguistique entre *trinque* et *drink*. Mais ma réflexion est vite emportée dans le feu roulant qui remplit les bouteilles, à mesure qu'elles se vident, de paroles profondes et censées dire quelque chose qui s'achève dans un retentissant et collectif: *Let's drink to that!*

Tout à coup, un geint lugubre s'arrache de l'accordéon que déplie le cousin Zoël. Aussitôt lui répondent trois notes de guitare; puis suit la plainte de la veuze que scandent quelques syncopes du violon. Et je fais un plongeon de trente ans pour entendre, sur les ailes du vent, le *Reel du Pendu* qu'Arthur LeBlanc improvisait sur son stradivarius. Je plonge, plonge dans le temps... au-delà des fêtes de mon enfance...

Jusqu'à la Loire!

J'avais quitté encore un coup Paris pour partir à la chasse de mes géants. De plus en plus énormes, de plus en plus contemporains et civilisés. Grandgousier-Gargantua-Pantagruel, noble dynastie gigantale qui aurait pu naître dans ma cour. Elle était née en fait dans celle d'un auteur de ma famille du nom de François Rabelais. De la même époque, du même pays, du même peuple que mes ancêtres qui commençaient déjà à loucher du côté de l'Atlantique. Pantagruel de même. Dernier-né de son noble lignage, il entreprit le voyage par les mers ténébreuses vers le nord-nord-ouest qui devait, avant d'aboutir chez moi, croiser ma propre nef qui, par le sud-sud-est, rentrait chez lui quatre siècles plus tard.

Nous étions de même sang, nous parlions la même langue ou presque, nous partagions les mêmes croyances et les mêmes doutes sur le grand Peut-Être. Radegonde aurait pu rendre à Rabelais certain conte de petit diable trompé par la femme du paysan qui lui montre son cul; ou certaines légendes tournant autour de saint Pansart, sainte Andouille, sainte Nytouche; ou certaines histoires de baleines vaincues par Pantagruel dans une chorégraphie comme en ont pratiqué nos propres pêcheurs de la Nouvelle-Écosse ou de l'Ile de Shippagan.

Radegonde écoute ses frères raconter comment, enfants, faute de rondelle en caoutchouc, ils jouaient au hockey avec une crotte de cheval, en implorant saint Antoine de retrouver la crotte gelée qui parfois allait revoler dans la neige... un saint Antoine «qui aimait pas trop se mettre les mains dans la marde, au dire de Léopold, parce qu'on n'en a jamais retrouvé une maudite».

Qu'en pensez-vous, maistre Rabelais?

Elle entend un cousin répéter l'histoire vraie du pêcheur du nord qui lui a rapporté qu'un jour en mer... «J'avions les voiles couchées sus l'eau, qu'il dit. J'ai promis une grand'messe. Mon botte s'a relevé de la plus terrible raideur et a passé tout droite pour canter de l'autre bord. Quand j'ai vu ça, j'ai dépromis la grand' messe et promis une messe basse. Et mon botte a revenu tranquillement d'ablomb.»

Que dis-tu de ça, Panurge, qui tout en faisant des promesses à la Vierge fientais en tes chausses durant la tempête en mer?

312

Elle écoute raconter comment un ancien de sa lignée, dans une gageure, avait englouti les douze douzaines d'œufs qu'il s'en venait vendre; et comment ses ancêtres bûcherons, pour se délester, mangeaient leur ration d'un mois, avant de partir en forêt.

Dites donc! Frère Jean des Entommeures, vous auriez pu faire mieux?

Le Poitou, l'Anjou, la Touraine, le jardin de France. Partout je rentrais en mon logis. Par-derrière Poitiers, je trouvai même Archigny ou la Ligne acadienne. Des maisons en terre brune qui gardaient, tels des sarcophages mésopotamiens, les ossements d'une histoire qui s'était jouée sur deux continents. Partis en Amérique, chassés par les Anglais, puis redéportés en France, les Français de Belle-Île-en-Mer et du Poitou continuent de se dire descendants d'Acadiens, pendant qu'Acadienne, je me dis descendante de Français. Si semblables et pourtant... si différents!

— Raconte-nous la différence.
— Non, la ressemblance.
— On a la même tache originelle.
— Ça va de soi.
— Et la même tache de naissance.
— Non!!!
— Si!

... Figurez-vous qu'en Auvergne, un jour que je tentais de raconter le pays des cousins d'Outremer, j'avais dû mentionner, entre autres tares, ma tache sur la cuisse gauche. C'est alors que j'entendis une femme s'écrier du fond de la salle: «Madame, je suis une Maillet comme vous, mes ancêtres n'ont jamais mis les pieds en Amérique, et pourtant trois membres de ma famille ont aussi une tache de naissance sur la cuisse gauche. » Je n'en crus rien et j'exigai qu'on me la montrât.

— C'était vrai?

— C'était vrai.

Suit un silence effrayant. Puis:

— Je l'ai aussi! crie la nièce Jeannine.

Avant la fin de la soirée, la moitié de la parenté avait levé sa jupe ou baissé son pantalon. Et j'ai compris que chacun tenait à ses liens avec un passé qui continuait à le faire rêver; que je n'avais pas été la seule à cogner aux portes de l'histoire, de la préhistoire, des temps primordiaux qui pouvaient ouvrir sur les premiers jours de la Création.

J'avais d'abord cogné à la porte de la Devinière, une antique demeure des alentours de Chinon où naquit la plus noble famille de géants des temps modernes. Une maison entourée de ses corps de logis, vestige d'une ferme au milieu des champs, avec vue sur un horizon qui ouvre sur la Touraine, la Loire, la France. J'ai cru un instant rentrer chez moi. J'ai aussitôt reconnu Grandgousier, le fondateur de la lignée, qui faisait grâler ses châtaignes au coin de la maçoune en racontant des contes grivois à ses enfants; Gargantua, son fils, qui accrochait au cou de sa jument les cloches de Notre-Dame, puis du haut de la tour pissait sur la foule qui l'applaudissait en s'ébaudissant; Pantagruel, le dernier rejeton, qui présidait un débat où des Chicanous disputaient durant des semaines et des mois, à coups de proverbes, adages, dictons, sentences, aphorismes et quiproquos, des questions sans queue ni tête et complètement sens dessus dessous. J'étais tout à fait chez moi. Comme ce soir, dans la joyeuse kermesse de famille qui me rend mon enfance de quatre siècles. Je me souviens du géant Bringuenarilles, mangeur de marmites et de moulins à vent; de la sybille de Panzoust, cousine germaine de Prudence; de Picrochole, premier voisin de la Devinière, colérique chef de famille qui veut arrondir son domaine, devenir maître et seigneur, roi, conquérant du monde, petit despote chimérique qui rêve du pouvoir absolu, fait régner la terreur sur le pays, puis se fait tailler en pièces par le débonnaire Gargantua qui rentre tranquillement des études entouré de ses joyeux compagnons. Quand naîtra Pantagruel, le lignage de Grandgousier sera solidement implanté.

Trois générations: juste ce qu'il fallait pour fonder une famille. Le reste appartenait à la préhistoire, à la brume de la mémoire de sur l'empremier; ou à l'avenir imprévisible et pourtant plein de promesses. Ma propre position dans l'arbre généalogique m'accordait une vue assez large pour apercevoir, au-delà de cette double frontière du temps, de quel bois seraient faites les flûtes qui chanteraient l'histoire des miens.

De quel bois, de quels mots. Cent mille mots! dont une bonne moitié transportée en Acadie sur les goélettes qui reliaient Port-Royal à La Rochelle et Saint-Malo. Des mots d'origine que les Acadiens avaient broutés, croqués, ingurgités tout au long du Moyen Âge; conservés contre la putréfaction dans le sel de la mer et les froidures du nord; emportés en exil, enroulés dans des mouchoirs, gardés enfouis au plus creux des gorges et des reins, comme le dernier trésor qui leur restait, avec la mémoire et la dignité. Au retour de ses voyagements, l'Acadie pouvait déployer son mouchoir et y retrouver intacte sa part des cent mille mots qu'elle savait encore, après quatre siècles, rendre dans l'accent.

— Y avait fait si frette, c't hiver-là, que les mots nous geliont dans la goule.

C'est le cousin Zoël, encore lui, qui aurait pu faire partie de l'expédition de Pantagruel à la quête et conquête de terres neuves. Et en réponse à Zoël, j'enchaîne avec l'épisode des paroles gelées du *Quart Livre* de Rabelais.

... L'équipage du géant ne soupçonnait pas, en mettant le cap sur le nord-nord-ouest de l'océan Arctique, qu'en plus d'y rencontrer les orques et les narvals, il serait confronté au plus étrange phénomène de mémoire d'aventuriers. Sans avertissement, nos marins se mirent à entendre des sons et des voix venus de nulle part, puis à voir s'abattre sur leurs têtes une pluie torrentielle de paroles de glace qui, en fondant, leur racontaient comment, quelques hivers plus tôt, les grands froids du nord avaient gelé les mots sortis de la bouche de leurs devanciers. Pour la première fois de son histoire, même le chevalier sans peur et géant sans reproche Pantagruel en resta tout ébarroui.

Geneviève se risque:

— Est-ce que le navire de Pantagruel s'en venait réellement découvrir l'Amérique?

— Non, il était parti à la quête de la Dive Bouteille.

— La quoi!!!?

— La Dive Bouteille.

— C'ti-là, c'est vraiment notre ancêtre! Trinquons!

Anne répète ses: Faut-i' ben! Geneviève couine comme un oiseau qu'on chatouille sous l'aile. Mais la nièce Jeannine, tout en contemplant le fond de sa coupe, n'a pas perdu le fil:

— Et la différence?

— Comment?

— La différence entre l'Acadie et la France?

Pierre lève le bras, bégaye un *Lesh drink toto ththat!* puis laisse tomber son verre qui se brise.

Aussitôt un chœur de joyeux gosiers fait l'écho:

— Trinque!

XXVIII

C'est fini, allez-vous-en!

La fête est finie. Allez vous enfermer pour l'hiver. Non, Radi, tu as oublié l'automne, la plus belle de nos saisons. Mais Radi ne démord pas. Comme si elle pressentait que cette année le temps galoperait plus vite que d'accoutume, piétinerait les feuilles encore accrochées aux branches, sauterait l'automne au dos de sa jument emballée. Vite, préparons nos trous pour l'hivernement.

Radi encombrante qui pèses sur mes reins de toute la charge de tes prémonitions, arrête! L'hiver ne viendra qu'après l'été des Indiens, ne crains rien, accordons-nous le temps des feuilles rouges, jaunes, ocre... Mais elles tombent blanches. Des feuilles frigorifiées, givrées, surprises par une première bordée de neige et détachées des branches avant terme, des flocons de feuilles qui se mettent à voltiger, tourbillonner et nous offrir, à Radi et moi, le plus impressionnant spectacle naturel de notre mémoire commune. C'est si beau que j'en oublie ma peur du temps, le temps assassin.

J'ai voulu décrire cette scène unique à Sophie qui n'est pas apparue chez moi depuis quelques jours, et je la trouve pliée au-dessus d'un bassin, en train de rendre les premiers symptômes de son mal. Ça n'est rien, rien qu'un peu de bile, t'en fais pas, Radegonde, le temps

318

arrangera tout. Eh oui, le temps arrangera, rangera Sophie, et laissera aux autres de poursuivre seuls...

— Laisse surtout pas Évangéline poursuivre Adolphe. Il lui a lâché un bardeau sur la tête, l'autre jour.

Inutile. Elle refuse de faire pitié. J'entre à pieds joints dans son jeu:

— Et c'est le bardeau qui s'est fendu en deux.

Elle s'essuie la bouche, nous rions et parlons d'autre chose.

Je lui raconte que la veille, à l'entrée du cimetière, à la plus belle heure du jour, entre chien et loup, j'ai aperçu une femme plantée comme un piquet devant la baie qui bâfrait goulûment les derniers rayons du soleil. La femme de Loth, figée dans le sel. La statue respirait, je me suis approchée, elle suintait des souvenirs qui se cognaient à mon front et en éclatant me criaient: Mimo!

— C'était elle?

C'était Mimo. Aussi splendide, aussi fière, et pourtant... pour la première fois, j'ai eu l'impression que nous nous tenions l'une et l'autre du même bord de la loi. Elle me regardait avec déférence, me donnait du Radegonde, j'ai cru un instant qu'elle allait me voussoyer. Petit à petit, le passé nous a rattrapées et j'ai pu lui avouer la vision qu'avait Radi, dans le temps, d'une Mimo au centuple qui force le monde à garder silence quand elle parle. Un passé si proche, mais si loin. En trente ans, nos rêves respectifs avaient basculé l'un dans l'autre. C'est elle aujourd'hui qui se taisait. Puis:

— J'ai lu tes livres, Radegonde. Je n'ai pas perdu mon français, tu sais.

Mes yeux, plus rapides que ma mémoire, ont aperçu la pointe de mes bottes qui grattaient la terre humide. Bouter les Anglais dehors.

— T'as été partie longtemps, qu'elle fit.

— Je courais après mes rêves.

— *Lucky Raady*!

Elle m'entraîna jusqu'à la tombe de son mari et de sa fille, noyée à la veille de ses sept ans... La fille de Mimo ne connaîtrait jamais Sandy. Ni le ruisseau du Docteur. Ni les trésors enfouis dans le sable des dunes. Pendant que Radi s'extasiait devant l'éblouissante liberté de Mimo juchée au-dessus de la loi du bien et du mal, sa fille, du fond de ses limbes, rêvait à Radi et aspirait à une longue enfance à la quête du grand retour chez Adam et Ève... Judith, six ans, sur une tombe en granit blanc... Aucune Mimo, jamais, n'avait eu besoin de partir chez les ancêtres déterrer des racines présentables à passer à ses enfants. Mais ses enfants... À six ans, Radi avait déjà parcouru la moitié de sa plus belle tranche de vie. Devant la tombe de sa fille, Mimo s'est-elle souvenue de Radi qui sortait son chien chaque jour à quatre heures?

— *Lucky Raady*, qu'elle répéta, sans me laisser savoir si elle s'adressait à celle que je fus, ou celle que je devenais.

Range tes bottes, Jeanne d'Arc. Les Anglais sont partis tout seuls.

Je ne le savais pas encore quand j'ai pris le chemin d'Orléans.

Je m'essoufflais sur la trace des mots qui de plus en plus supplantait la poursuite des géants. Et derrière les mots, les visages qui me rendaient ceux de nos côtes. Guidée à distance par ma fidèle demoiselle Pâris, je fouillais la Bourgogne, le Berry, la Touraine, l'Anjou, le Poitou, la Saintonge; je pénétrais dans les maisons, dévorais les registres, interrogeais, pressurais, tirais les vers de tous les nez qui révélaient quelque ressemblance avec le mien.

Renseignez-moi, racontez-moi, dites-moi qui vous êtes et d'où vous sortez. On me voyait venir de vingt lieues. Les villages m'annonçaient aux communes, les communes m'indiquaient la prochaine route sur des cartes, des cartes qui dessinaient mon profil mieux qu'un album de famille.

Et j'écrivais.

Puis un jour, Orléans! La pucelle d'Orléans figée sur son cheval doré pour l'éternité. Un demi-millénaire avant ma naissance, jour pour jour, en mai 1429, elle avait bouté les Anglais dehors. Jeanne d'Arc affrontait l'*ost* du roi d'Angleterre pour rendre au roi de France son royaume; et moi, la maîtresse du nord pour obtenir de rédiger en français mes propres funérailles. Je me penchai sur mon âme et... ma plume m'apparut bien dérisoire à côté de son épée! Bien dérisoires, un crayon aiguisé avec mes dents, un cahier quadrillé, une peur au ventre de perdre les seuls mots rescapés de quatre siècles de naufrage. Des mots écorchés vifs pour ultime garantie sur l'hypothèque. Tu comprends ça, Jeanne d'Arc?

L'amazone m'a cligné de l'œil. De l'œil gauche. J'étais tentée d'enfourcher sa monture, d'enrouler mes bras autour de sa taille de bronze, de lui demander...

— Ça valait la peine de se laisser brûler vive à Rouen?

... Brûler sur un bûcher pour rendre à la France un roi malingre et double qui te trahira; des frontières qui ne cesseront de bouger, souvent au détriment du peuple qu'on prétend servir; une langue qui, cinq siècles plus tard, avalera goulûment les mots que tu croyais avoir boutés dehors... brûler pour ça? Si c'était à refaire, Jeanne d'Arc, plutôt si tu avais connu l'issue d'avance...

... Elle le referait.

C'est Radi qui parle. Ça paraît qu'elle n'a plus rien à craindre, celle-là. Son avenir, c'est moi. C'est moi qui vais roussir, petite bougresse.

— Tu sais, Sophie, je suis de plus en plus en pâmoison devant l'histoire du monde. Dire qu'on se donne tant de mal, qu'on déplace des montagnes, calme les eaux, relie des continents, trace des routes, creuse des villes souterraines, dresse des monuments à la gloire du passé et de l'avenir, convaincu pourtant que cet avenir demain sera un passé tombé en désuétude. Rien, pas même les pyramides, ne durera plus de... au mieux, un million d'années. Et quand ce serait un milliard! Alors l'œuvre de Jeanne d'Arc! Dans un milliard d'années...

Sophie se berce dans son fauteuil à bascule. Sa nausée s'est calmée.

— Pourquoi cherches-tu à écrire en français? Pourquoi écris-tu tout court?

— Je l'ai demandé à Jeanne d'Arc, ce jour-là, tout crûment: Cela vaut-il la peine de raconter aujourd'hui un monde que demain effacera, mes gribouillages avant tout le reste?

Sophie se retourne comme si elle s'adressait à quelqu'un qui se tenait derrière nous.

— Radi, viens dire à Radegonde pourquoi tu cognais à l'attique de la vieille Lamant, ou bien au hangar du cousin Thaddée, ou bien à la cabane de la sorcière Prudence; raconte-lui les Trois Ours et le Petit Poucet, *La Dernière Classe* de Daudet; pis viens-t'en lui frotter les oreilles une petite affaire.

Des milliers d'oreilles ont tinté du fond des temps, des oreilles de milliers de Radi possibles que la Radi réelle arrachait chaque nuit au ventre de l'imaginaire.

Je serais pour toujours l'esclave de cette Radi-là. Jalouse!

Et je racontai à Sophie comment la petite chipie avait failli faire couler le plus bel amour de ma vie.

Sophie ne dit rien. Elle attend.

J'aurais aimé te le parer, Sophie, de tous les clichés qui flattent tant la vanité: beau comme un dieu, prince charmant, Adonis, chef-d'œuvre de la nature... Rien de tout ça. Pas sur le coup. J'apprendrais petit à petit à le trouver beau. Oh! mais alors!

— Je n'ai même jamais su ce qui l'avait amené à ce moment précis devant la tombe du soldat inconnu. Car va savoir pourquoi j'avais troqué ce jour-là l'étoile du point zéro des routes de France, sur le parvis de Notre-Dame, contre celle de l'Arc de triomphe.

— Les hasards n'existent pas.

— Il me l'a dit aussi quand j'ai réagi devant son prénom qui est par le même hasard celui du fondateur de notre lignée du Fond de la Baie.

— Olivier?

— Faut pas le dire à tante Évangéline, elle croira que le diable s'en est mêlé.

— Ah! parce qu'il s'en est pas mêlé?

— Il était enveloppé dans une mante noire, et j'ai cru voir Méphisto.

Trois jours périlleux et sublimes qui m'ont ramenée au temps de mes randonnées dans les bateaux étrangers ou au fond des bois ou se terraient les déserteurs. Je tenais la main d'Olivier pour pénétrer dans les nuits de Paris, comme jadis de Katchou pour entrer dans l'épaisse forêt vierge, à la fois effrayée et ravie, sûre que le fil invisible qui reliait les deux mondes ne s'était pas cassé. Je marchais sur ce fil avec d'infinies précautions, consciente de refaire le voyage à l'envers du soleil, du temps, du bon sens... puis Radi a paniqué.

Sophie s'insurge :

— Ah ! celle-là ! Qu'est-ce qu'elle voulait ?

Reprendre sa place, c'est-à-dire, comme d'habitude, toute la place. C'est elle qui m'a fait lever la tête pour que je mesure bien la distance entre nos deux mondes. Olivier, c'était la France des Lumières, des salons, des Académies, la France pédante, érudite, insolente, parangon de la connaissance et de la culture, la France moderne. Sans me l'avouer, j'étais partie à la recherche du pays que j'avais quitté sur la nef de Champlain, et qui n'existait pas plus sur le vieux continent que sur le nouveau. Ou du moins, pas sur le visage ou dans le cœur d'Olivier. Pas à ce moment-là.

— Et puis il était d'une autre classe.

Sophie refuse de comprendre. Moi, Radegonde ? bafouer le bonheur pour une question de classe ? Mais à quoi donc avaient servi mes dix ans de moins ?

— À rien, aussi longtemps que... Fous le camp, Radi.

Je traînais quelque chose dans mes gènes, une image de moi, de nous, le poids d'une langue sans règles ni lois, d'un pays à mettre au monde, d'une culture à sortir de sa gangue primitive. Je traînais le complexe de l'éternel exilé, plus à l'aise chez un possible ancêtre, se nommât-il Charlemagne, que chez un contemporain qui en descendait par la fesse gauche.

Je crois voir calouetter dans l'œil de Sophie l'image furtive d'un Gerry jauni par le temps.

— Quand je pense, qu'elle renâcle, que tu as dû parcourir le même chemin toi aussi, Radegonde.

— Comment voulais-tu qu'il en soit autrement? Y a pas plus Acadjenne que moâ.

Je ne devais revoir Olivier que trois ans plus tard, mais cette fois les pieds bien plantés en terre ancestrale, sa terre et la mienne qui se rejoignaient dans celle qu'avaient labourée les sabots d'une cavalerie qui traversait l'Europe, avant le tournant du premier millénaire.

J'ai fui l'amour par crainte d'un bonheur qui n'était pas à ma taille et qui risquait de m'écraser.

— Tut, tut, tut!

Et comment!

Je me rendis de nouveau au cimetière dans l'espoir d'y retrouver Mimo, mais je ne reçus que l'écho du tut, tut, tut! de Sophie, sorti en canon de trois tombes: Prudence qui répondait à Thaddée qui répondait à la vieille Lamant. Ils s'étaient donné tant de mal pour arriver à ça? Je les entendis se retourner tous les trois et faire craquer leurs os blanchis. Comment leur expliquer? Et puis pourquoi devrais-je m'astreindre à expliquer ma vie à des morts?

— Hein? pourquoi? au nom de quoi?

— Ah bon? que fait la vieille Lamant.

Thaddée ricane. Prudence n'ajoute rien. L'air de me dire, l'un et l'autre et l'autre, qu'ils n'en ont rien à faire de mes états d'âme, que personne ne m'a invitée à venir déranger leur repos. *Requiescant in pace.*

Chafouins! comme toujours. Ils te juchent sur la dernière branche de l'arbre de la connaissance du Bien et du Mal, les pieds ballants au-dessus du vide, la tête qui n'ose se lever vers le ciel de peur de voir naître une nouvelle étoile sous tes yeux... puis t'y abandonnent; débrouille-toi, petite bougresse, c'est ta vie!

C'était ma vie, mais elle n'avait pas commencé avec moi. Chaque fois que j'ai tenté de faire table rase, à coups de rabot ou de varlope, je n'ai fait que découvrir une autre couche de bois, plus rugueuse et résistante, une couche d'ancêtres qui me renvoyaient aux précédents qui me poussaient à remonter, remonter... Je m'essoufflais en vain, mon début n'avait pas de fin, ou pas de commencement, je me perdais dans le brouillard des temps primordiaux qui avaient la texture du chaos d'avant la Genèse. Alors que lui, Olivier d'Aquitaine, sorti en droite ligne d'un lignage rectiligne...

Mes morts se retournent encore une fois dans leurs tombes. Et gloussent. Et cloquent. Et se moquent de mes bégaiements. Un lignage rectiligne en ligne droite... a-t-on jamais vu souche pareille! Attendez que s'amène la tante Aliénor pour dire à son branchage de descendants latéraux ce qu'elle pense, elle, de la rectitude de leur lignée! Mais j'avais quitté Olivier en douce, sans fixer le prochain rendez-vous, sans qu'il ait eu le temps de me révéler Aliénor.

J'ai dû attendre trois ans avant d'entrer dans ce nouvel âge de ma vie.

XXIX

La vie de Radi avait été si linéaire que Radegonde, devant les cercles concentriques qui s'ouvraient devant elle, eut l'impression de tourner en rond. Étrange poursuite d'un gibier qui se terrait au fond de mes reins. Et pourtant, si mes cercles continuaient de s'élargir, je finirais bien par atteindre les confins du monde en même temps que le tréfonds de moi. Or au tréfonds de moi, nous étions là, tous, *trétous*.

— Ce mot est bien à nous, mère Jeanne? que je lui avais demandé en classe de Belles-Lettres.

Elle ne devait me répondre qu'une douzaine d'années plus tard, à la veille de mon départ pour le Vieux Monde sur le *Franconia*:

— Promets-moi de te rendre jusqu'à Strasbourg pour y retrouver les *Serments* des petits-fils de Charlemagne. À l'époque, on parlait déjà français, mais écrivait en latin. Or les petits-fils de Charlemagne, qui ne connaissaient pas le latin, ont dû dicter en langue parlée le traité qui traçait le premier partage de l'Europe. C'est là, Radegonde, dans le plus vieux texte français connu, que tu toucheras au parchemin qui donne ses lettres de noblesse à nos mots, et qui a fait passer notre langue de l'oral à l'écrit, il y a plus de mille ans. Là où déjà nous étions tous, *très-tous*.

Mère Jeanne de Valois connaissait trop l'histoire pour s'imaginer que les fameux *Serments* se trouvaient encore à Strasbourg, mais elle connaissait juste assez sa pupille pour savoir l'asticoter, la *pigouiller* au bon endroit. J'irais à Strasbourg humer l'air carolingien. Sait-on jamais! Le temps avait peut-être tartiné l'atmosphère d'accent que mes narines seules reconnaîtraient. *Trétous,* tous au superlatif, au tréfonds de moi. *Eo cist,* icit; *aiudha,* aïde; *fazet,* faisit; *dunat, cum, prindrai... perpetita,* par les petits... tous nos sons, tous nos mots enfouis déjà dans les *gots* carolingiens. Si fait, mère Jeanne de Valois, mon maître, je t'obéirais. En ton nom, je forcerais la France contemporaine à pencher l'oreille sur son passé ressuscité, bon gré mau gré, un océan plus loin. J'irais à Strasbourg, sur les traces d'un géant, à Noyon, à Soissons, à Aix-la-Chapelle...

Elle surgit en face de moi, Sophie, dans la chapelle palatine qu'avait fait construire Charlemagne, son ancêtre et le nôtre.

— Aliénor?
— Aliénor, cette fois c'est elle.

Enfin! Raconte.

Nos deux têtes s'étaient presque touchées, renversées en même temps au-dessous d'une voûte du huitième siècle. A-t-elle reconnu mon accent aussi vieux que le sien dans mon: Aaaah!...? Si fait, Sophie, elle roulait légèrement les *r*, comme toi et moi, dans une voix rauque qui allongeait l'avant-dernière syllabe. C'était à la fois rude et chantant. Ma surprise fut telle que je n'écoutais plus les mots, seulement les sons. Puis je me suis mise à entendre ses questions sans pourquoi ni points d'interrogation. Après quarante ans, madame Lamant avait réintégré son attique premier. J'étais rendue, Sophie.

Plus loin que la Devinière de Gargantua, plus loin que la tour Saint-Jacques, que la nef de Notre-Dame, que la cave des Trois-Mailletz, je retrouvais l'origine d'avant le nom. Ou plutôt l'ancêtre de l'ancêtre du nom. C'est elle, dame Aliénor, qui allait me le révéler.

— Mais j'anticipe, je cours. D'abord j'appris son lien de parenté avec quelqu'un que j'avais connu trois ans plus tôt...

— Olivier.

— ... qui lui avait donné rendez-vous là, dans les ruines de cette antique cathédrale.

Le soleil de midi a dû collaborer, ou un reste de brise des temps féodaux, ou les mânes de Charlemagne qui avait labouré les terres franques de ses bottes de sept lieues: peu importe à qui je le dois, je courbe le front bien bas. Quand il embrassa sa tante, je sentis ses lèvres glisser sur ma peau et me réveiller du fond de mes bois dormants. Nos yeux n'étaient pas faits pour se croiser sous l'Arc de triomphe, décidément, ni dans les couloirs de l'intelligentsia de Saint-Germain-des-Prés. Mais là, à l'ombre des pierres qu'avait plantées un géant, douze siècles avant le nôtre, dans un âge où l'Aquitaine et l'Acadie auraient pu se fondre dans les reins d'un rassembleur d'empires, sous un ciel qui nous avait vu naître dans le ventre des premiers Olivier et des premières Radegonde, là nos mains se sont rencontrées sous la bénédiction, crois-le ou pas, de...

— ... Radi.

En trois ans, le chevalier avait pris douze siècles. Quand il surgit dans ce midi de juillet, au milieu d'un amas de pierres qui persistaient à s'appeler des ruines, j'ai aperçu, tiens-toi bien, la broigne et le casque de fer d'un paladin. Mais bien vite j'ai écarté Radi de mon chemin… lâche-moi, encombrante, laisse-moi vivre cet instant comme le mien, le plus précieux de mon âge adulte. Et Olivier a retrouvé sa chemise ouverte sur sa poitrine velue, son pantalon fauve, ses espadrilles, son allure de contemporain qui bientôt lèvera les yeux en même temps que moi sur le premier homme dans la lune. Notre époque. Notre temps. Nos destins respectifs nous accordaient peu de temps, à lui et à moi… quatre-vingts ans? cent ans?… mais ils nous l'offraient simultanément. Tu te souviens, Sophie, de ton émerveillement devant les jeux de la contemporanéité? Les existences d'Olivier et de Radegonde, en mille ans, avaient combien de chances de se croiser? Et à quel moment? Radi, si elle avait eu le choix, aurait sûrement fixé notre rencontre au temps de Berthe au grand pied.

— Ne méprise pas Radi.

Quand je le voudrais…! De toute façon, elle a toujours eu tout le monde de son bord. Même Aliénor. Car *perpetita*, par les petits, à mesure que la dame d'Aquitaine me faisait remonter l'arbre de sa famille, je lui révélais le mien, qui passait par Radi, c'était forcé. Au pied de ma généalogie, elle se tenait droite comme une sentinelle. Souvent Olivier et Radegonde durent se parler par Aliénor et Radi interposées. Et ça nous amusait. Je n'ai pas flairé le danger sur le coup. De toute façon, je ne saurai jamais si cette Radi m'a joué un mauvais tour ou si elle m'a fait une bonté que mon destin seul appréciera. Je ne sais qu'une chose: je ne pouvais emprunter un autre chemin que le tunnel qu'elle avait mis quinze ans à creuser dans des restants de glaise des premiers jours du monde.

Les premiers jours du monde: ceux que je n'avais jamais cessé de chercher depuis mon départ du pays. Et j'ai compris que désormais — *dumeshui*, que je précisai à la dame Aliénor — je ne parcourrais plus seule le reste du chemin. Un chemin qui nous menait le long de l'histoire, en même temps qu'au plus profond des provinces de France. Et c'est en l'une d'elles, l'Aquitaine, que je vis se croiser pour la première fois et de manière aussi tangible, l'espace et le temps. Car il fut un temps où nous chevauchions côte à côte, en route vers le siècle qui nous arracherait à nos limbes le même jour, ou presque, lui et moi, et nous larguerait dans le cosmos, l'un pour atterrir dans les murs d'un donjon du haut Moyen Âge, trois fois en ruines et trois fois restauré; l'autre sur la plus haute butte d'un village coincé entre le bord de l'eau et la lisière du bois, au Nouveau Monde. Cette fois, Olivier pouvait revêtir sa peau de Français contemporain, parler en français universel, m'interrompre, m'éclairer, corriger mes plus-que-parfaits du subjonctif de la voix passive, je ne m'en formalisais plus. À l'ombre d'Aliénor, chaque jour je me refaisais du poil. Elle avait fini par désenfler les prétentions de son neveu à force de s'en moquer. Au point qu'il en vint à gratter ses enflures de langage comme une urticaire et à tuer lui-même dans l'œuf sa verbosité et ses jeux d'esprit. J'apprenais ses grands mots, il se familiarisait avec ma vieille langue. Et un soir, nous avons pu dire: «Je t'aime!» dans le même accent.

C'était en mai, mois d'anniversaires, le sien, le mien, celui de Jeanne d'Arc à Orléans, celui de Jeanne de Valois qui m'avait envoyée sur la piste des petits-fils de Charlemagne pour y dénicher le descendant d'un de ces preux qui portait le nom, douze siècles avant l'autre, d'Olivier d'Aquitaine... Un soir de mai en bordure de Bordeaux, j'ai déroulé l'histoire de mon père à ce fils de croisés. J'ai refait pour lui le long voyage depuis madame Primeau, depuis les géants de Rabelais, depuis les caves des Trois-Mailletz à l'ombre de Notre-Dame. J'avais l'impression d'écrire un livre de ma façon, sans encre ni plume, par la voie de l'oralité. Et puis...

— Je vais te faire une confidence, Sophie, à toi seule qui ne la répéteras jamais.

— Je suis un tombeau.

Ces mots, sortis malgré elle, nous ont figées toutes les deux dans le même silence. Puis elle a secoué la tête, a ri jaune et m'a relancée :

— Pas encore. Va, raconte.

— J'ai vu pleurer Olivier.

Je n'avais jamais vu pleurer un homme depuis le soir où Radi avait surpris les larmes de Pierre qui renonçait à Memramcook pour prendre en charge ce qui restait de la famille. Mais Pierre n'était pas encore tout à fait un homme à l'époque. Olivier, lui, avait déjà fait la guerre d'Indochine et trois ans de colonies et usé bien des chaussures dans les labyrinthes de la diplomatie. Un combattant, avec de la carrure et de la poigne. Et jusque-là d'une impassiblité qui frisait le cynisme. Sans un pli sur le front devant les tribulations des deux orphelines.

— Ça, je comprends.

Même pas devant les enfants du Biafra. Comment s'imaginer alors qu'il ait pu s'émouvoir jusqu'aux larmes à notre histoire, Sophie, l'histoire d'un peuple sans histoire, qui ne demande qu'à rentrer sagement en sa maison, chacun en sa chacunière, sans avoir à manger le pain d'autrui ni monter par l'escalier des autres ! Comment comprendre qu'il ait pu pleurer de rire devant les escarmouches de Radi et d'émotion devant le combat de Radegonde et des siens pour sortir la tête de l'eau une fois tous les cent ans ! Les guerres des autres sont tellement plus titanesques que nous avons honte de notre modeste épopée d'arrière-cour. Ses ancêtres avaient fondé son pays à la pointe de la lance; les nôtres, sur la pointe des pieds. Il a pleuré sur tout ça. Et moi sur lui, lui sur moi. Jusqu'au moment où la tante Alinéor est venue mettre de l'ordre dans nos chialeries.

— Je me disais bien aussi...

J'avais accepté, après trois ans, de faire fi de nos différences et d'offrir à mon chevalier le trésor d'agates et de cailloux bleus de mon pays des côtes. J'étais sur le point de me vêtir des haillons de la petite Cendrillouse pour lui permettre de m'enfiler des souliers de verre au son de minuit. J'avais renoncé, Sophie. Je ne savais même pas à quoi. Et sans Aliénor...

Elle m'a emmenée faire le tour de son jardin. Je t'ai déjà donné la dimension de son jardin: le Périgord, la Gascogne, le Poitou, la Marche, le Limousin, la Saintonge, la Guyenne, toute l'Aquitaine de ses ancêtres. Ensemble, nous avons parcouru les plus vieilles terres de France, abandonnant notre cavalier et neveu à des occupations plus conséquentes pour son pays et pour lui. Nous sommes à la fin des troubles d'Algérie, à l'heure où les diplomates succèdent aux militaires et où chacun signe de la main gauche la paix que l'autre a rédigée de la droite. Mais Aliénor est aussi une iconoclaste qui sait lire les événements à l'envers et entre les lignes. Et elle se mit à déchiffrer la suite avant le début de l'histoire. Une ratoureuse en jupon de soie. Si la vieille Lamant et la sorcière Prudence étaient nées en Aquitaine, quelque part entre le prochain siècle et le fond du Moyen Âge, elles ne m'eussent point parlé autrement qu'Aliénor, le jour où elle me fit entrer à Poitiers par la grande porte.

— Pas d'autre porte pour l'héritière de Charles Martel, qu'elle me dit.

Charles Martel, le grand-père de mon héros Charlemagne !

Mais elle me corrige, le héros c'est lui, Charles dit le Martel, qui martela si vaillamment les Maures à Poitiers. Tout nom, à l'époque, est forcément un surnom, qui se mérite. Le premier des Carolingiens reçut le sien le jour où il sauva la chrétienté et fonda la France à coups de martel.

— Un nom, ça se gagne, Radegonde, parfois à coups de marteau.

Un marteau... un maillet... le Maillet qui se taille une descendance dans la pierre de Notre-Dame en 1250... le Martel qui façonne la sienne dans la chair des Maures à Poitiers cinq siècles plus tôt.

Déjà j'étais là ?

J'ai pris peur. Quel cours d'histoire me donnait la dame Aliénor, fille d'Aquitaine ?

Point un cours d'histoire, non, du défrichage de parenté de haute voltige. Avec la même simplicité que jadis madame Primeau au fond de ses bayous, elle me racontait l'origine du peuple sorti des Wisigoths, des Celtes, des Burgondes, des Gaulois et des Francs. Aliénor me faisait pénétrer dans le ventre d'une Europe informe, sur les traces des barbares aux casques cornus et aux moustaches en fer à cheval, à la quête de cette France d'où sortiraient presque simultanément les Maillet et les chevaliers d'Aquitaine.

Je me mis à me remémorer de larges pans d'histoire. Le premier de la lignée à recevoir le nom d'Olivier était l'un des paladins de Charlemagne qui lui octroya... par prémonition ?... le duché d'Aquitaine. Olivier mourut à Roncevaux, au côté de Roland, et l'Aquitaine passa aux mains du deuxième fils du roi Charles, Louis le Pieux, dont sortiraient, une génération plus tard, les trois chicanous qui se disputeraient l'Europe et qui prêteraient serment à Strasbourg.

J'étais toujours là?

J'étais à Strasbourg pour lire, par-dessus l'épaule des princes, eh oui, mère Jeanne de Valois, les serments qui me gratifiaient d'une langue, mille ans avant que je ne la transplante en terre d'Acadie. Je l'avais reçue de mon père, qui l'avait reçue du sien, qui l'avait reçue d'Olivier, Maillet de son nom, fondateur de ma lignée qui rentrait d'exil via la vallée de Memramcook pour s'établir au Fond de la Baie. Ainsi les noms de Maillet, Martel, Olivier se crochetaient déjà dans une tapisserie qui me rendait mon histoire en un seul coup d'œil.

— Un nom se mérite, me répétait Aliénor.

Soudain, Sophie plante ses yeux dans les miens, carrément:

— Et Radegonde?

Tu te souviens, Sophie, de ce Robert le Diable qui traînait sa blessure sur la cuisse et qui sortait du royaume de Thuringe? Eh bien, il était né sur la même terre que sainte Radegonde. Elle a existé, figure-toi! Quelqu'un d'autre avant moi a porté ce nom si rare, si barbare...

— Allons, allons!

... si fait, barbare, jusqu'au jour où Aliénor me révéla cette femme exceptionnelle, fille du roi de Thuringe vaincu par les Francs de Clovis. Captive, butin de guerre, Radegonde échut au roi Clothaire Ier, arrière-petit-fils de Mérovée, et dut émigrer de sa patrie. Déportée, comme nous. Mais reine des Francs. Au tout début de la dynastie. Encore trois siècles avant Charlemagne.

— Tes racines sont plus profondes que celles d'Olivier.

— Celles de mon nom.

— Tu le trouves encore barbare?

La première Radegonde a parcouru l'Europe quinze siècles avant moi. Partout elle semait ses petits cailloux qu'Aliénor m'indiquait sur la route qui liait le royaume de Thuringe au Poitou d'où partiraient les premiers Acadiens. Et comme si le hasard avait voulu en rajouter, Radegonde et Aliénor d'Aquitaine, premières du nom, dorment éternellement quasiment côte à côte, l'une dans son abbaye de Poitiers, l'autre à Fontevrault. Nous avons fait ensemble le pèlerinage à nos reines respectives, une espèce de sainte et une sorte de sorcière, sans trop savoir laquelle était quoi.

Mais une chose était sûre: Radegonde et Aliénor premières avaient toutes deux des lettres, dominaient leurs siècles de toute la tête, deux femmes libres, visionnaires, en avance sur leurs époques. Je me désolais toutefois à la pensée qu'Aliénor descendait de la première par le sang, tandis que je n'avais reçu de Radegonde, reine des Francs, que le nom. Cette fois, c'est Olivier qui intervint, en digne neveu de la tante, pour me faire comprendre que le nom venait des dieux et portait un destin. Mais en anthroponymie, Aliénor avait une longueur d'avance sur Olivier: parce qu'elle prenait la liberté de lire la vie dans les mémoires apocryphes. Ce qui l'amena à me parler de la noblesse du peuple.

— Seuls ont droit au titre de nobles ceux qui pratiquent les vertus qui ont présidé à la naissance de leurs lignages: la loyauté, la grandeur, le courage, le respect de la parole donnée, le sens de l'honneur et du devoir qui oblige un chef à répandre son sang pour la défense de sa lignée et de son territoire.

C'était définir en bien peu de mots une bien grande classe de gens. Et je me mis à penser à mon père, à Thaddée, à mes ancêtres jusqu'à Olivier à Charles à Charles ; à la lignée de ma mère descendante de Pierre à Pierre à Pierrot, héros de Beauséjour, qui par ruse arrachait des familles entières d'Acadiens au massacre ; au capitaine Beausoleil-Broussard qui par astuce s'emparait de la barre sur les goélettes ennemies et les détournait sur Québec ; aux survivants du scorbut qui fondaient l'Ordre du Bon Temps à Port-Royal ; aux déportés qui emportaient au creux des reins leurs derniers trésors, les mots, l'histoire, la mémoire qu'ils refuseraient de laisser s'évaporer en terre d'exil et reviendraient transplanter, à force de ruse et de courage, en leur pays reconquis en silence. Un silence qui a duré cent ans, Aliénor.

— La ruse est le courage des petits, Radegonde, qu'elle fit en m'ébouriffant rudement la tête.

La ruse courageuse. Le courage de ruser avec le destin. Sophie, qui perdait chaque jour du poids et des couleurs, attaquait le temps sur tous les fronts. Elle se plantait à côté de la marmotte qui avait vu son ombre à la Chandeleur et prolongerait donc l'hiver de quarante jours ; séduisait le calendrier en lui arrachant un jour de plus le 29 février ; rusait avec Adolphe pour reculer toujours un peu... encore un peu... la fin des travaux de la tour ; sabotait mon récit pour à la fois précipiter et ralentir notre voyage, la main dans la main, le long du chemin Saint-Jacques.

Mars est avec novembre le mois le plus éprouvant pour les malades. Novembre, parce qu'on s'effondre devant le monstre d'hiver qu'il faut combattre ; mars, parce qu'on sort épuisé de l'avoir combattu. Par dépit, Sophie surgit de mars revigorée et presque fringante. Elle mangeait moins, mais souriait davantage. Comme si elle voulait arracher à la vie, en un dernier printemps, le printemps de sa vie dont la vie l'avait lésée. Sophie réussissait à prendre des bouchées doubles dans une assiette quasiment vide.

— Raconte, raconte, qu'elle ne cessait de répéter. Adolphe atteindra le dernier étage de la tour avant que t'aies réussi à fermer le dernier cercle de ton entonnoir.

Sophie avait bien compris. Je tournais en rond, mais mes ronds creusaient toujours davantage, en moi et à l'extérieur de moi. Car à mesure que l'entonnoir agrandissait son ouverture sur le monde, ses cernes me délimitaient, me dessinaient un profil. Radegonde se voyait apparaître tout à coup sur une estampe, au côté d'Olivier, deux figures jaunies par le temps, et qui cherchent à sortir du cadre. Vivre, Sophie, vivre! J'avais parcouru un tel chemin pour arriver à lui... mille ans, c'est pas peu!... que je n'allais pas laisser les sorcières, quelle que soit leur époque, me barrer la porte du paradis.

Et un jour, je plantai là ma chasse aux géants, ma quête des mots, mes fouilles anthropologiques et, sautant à pieds joints du haut de mon chemin Saint-Jacques, je rejoignis Olivier qui partait pour la Grèce en mission diplomatique. J'ai très vite compris que tout le monde y trouvait son compte: un couple d'éperdus qui consentaient à se perdre; une Radi qui envoyait, du fond de son lit de plumes, son plus malicieux pied de nez à Robert-le-bout-de-diable; la dame Aliénor qui retournait la Grèce à l'envers et décryptait entre les lignes de son histoire le chapitre qui concernait Radegonde.

— Radegonde et Olivier?

— Radegonde.

— J'ai peur d'Aliénor, Radi.

— Non, Sophie, ne crains rien. Attends la suite, comme dans le feuilleton d'*Annie, la petite orpheline.*

— Tu as fait le saut directement de l'Aquitaine à la Grèce?

Pas directement, pas si casse-cou, Radi-la-pire-qu'Horace. Mais tel un chevalier qui traverse sa nuit de veille avant d'être adoubé, j'ai subi mon initiation dans les grottes les plus vieilles et les plus prestigieuses d'Europe. J'ai parcouru en compagnie de mon mentor la vie souterraine et trente fois millénaire de la Dordogne, en ancienne Aquitaine.

Écoute, Sophie, la musique des noms qui nous racontent les lieux d'origine des plus vieux hommes d'Europe, les précurseurs des ancêtres de nos pères, les noms des logis creusés au fond des cavernes qui s'appellent Lascaux, Moustier, Font-de-Gaume, Combarelles, Gargas, Cro-Magnon. L'homme de Cro-Magnon, un vrai de vrai, celui-là, qui, à l'aube des temps, nous apprenait l'art de la chasse, de la danse, des formes, l'art tout court.

Mais pour te mener jusque dans les grottes du Périgord et de la Dordogne, j'ai besoin d'autres mentors, de nouveaux guides qui m'ont rattrapée au fond de leur logis souterrain, en dessous de la voûte que je contemplais, les yeux éblouis et le cou tordu: Prudence et Katchou. Tu ne comprends pas, moi non plus, comment elles ont pu se trouver là, quelque trois ou quatre cents siècles avant nous. Et pourtant, je jure de les avoir reconnues dans ces figures, ces gestes, ces mouvements des premiers hommes qui n'avaient pas vécu encore assez longtemps... à peine trente ou quarante mille ans... pour avoir pris le temps de s'écarter de l'essentiel: manger, boire, dormir, se reproduire, se défendre par le courage et la ruse contre plus fort que plus fort que soi, se raconter dans les lignes les plus simples et les plus harmonieuses, en deux couleurs. Avec du sang et de la cendre, les premiers peintres de l'humanité ont peint la vie et la mort sur les murs de leur habitat. Prudence tout entière était là. Et Katchou. La vie à ses débuts, d'avant la civilisation, ou qui en avait perdu le souvenir dans les multiples exodes par les époques glaciaires, la vie tout juste sortie du dernier jour de la Genèse.

J'ai voyagé durant des mois, Sophie, au revers de la croûte terrestre, glissant sur la doublure du monde, pour constater que ma parenté s'était élargie jusqu'à englober Prudence, Katchou, Wilfred-Laurier et sa bande de déserteurs, tous les gens d'en bas de la traque qui finiraient par se détacher des murs de Lascaux pour aboutir, des millénaires plus tard, dans l'album de famille d'Aliénor et d'Olivier d'Aquitaine.

Aliénor disait à Radi que la lignée de Katchou, vue de Lascaux, était infiniment plus ancienne, aussi vénérable, pas moins noble que la sienne. Voilà la blessure au talon que je devrais traîner avec moi dans mon aventure au pays d'Achille. La Grèce!... ouf!

XXX

— En avril, on se découvre point d'un fil.

Et la tante Évangéline s'enroule dans une écharpe de laine avec un regard qui dit à mes épaules de se couvrir.

— Le Fond de la Baie a jamais vu les glaces partir si tôt ni les outardes ervenir si de boune heure.

C'est Adolphe, descendu de la tour juste à temps pour donner la réplique et empêcher sa rivale de s'emparer seule de la chronique des côtes. Il a eu tout l'hiver pour mijoter sa revanche. À son tour de me conduire chez les aïeux de mes aïeux, mais en prenant grand soin de bifurquer dans ma branche maternelle pour en écarter Évangéline. Il remonte la rivière de Cocagne, en haut des terres qui rejoignent les fameuses buttes de Sainte-Marie, là où ses propres ancêtres se mariaient aux miens... Et revoilà mes informateurs partis dans leur guerre de défrichetage, qui se fusillent et se bombardent à coups de héros, de géants, de fils de p...

— Y aurait pas quelqu'un ici qui aimerait nous accompagner en Grèce?

Sophie estimait hautement le conteur Adolphe et avait tout le respect pour sa tante Évangéline, mais elle ne laisserait ni l'un ni l'autre lui subtiliser sous le nez son dernier voyage: la Grèce! Comme Céline et moi, elle avait rêvé de la Grèce durant toute son enfance dans une galance sous les pommiers, le long des dunes de sable fin, dans les champs de trèfle et de marguerites, juchée sur une corde de bois. La naissance du monde, l'enfance du monde s'étaient déroulées quelque part entre le Tigre et l'Euphrate et la mer Égée, autour des terres qui portaient les noms fabuleux de Mésopotamie, Babylone, Assyrie, Sumer, Égypte et Grèce antique. Sophie ne voulait pas mourir avant d'avoir parcouru avec moi la civilisation qui avait donné naissance à la nôtre...

... qui était la nôtre, Sophie...

La nôtre ! Nous étions déjà là au temps d'Aristote.

... Bien avant.

Et je lui racontai comment je m'enfonçais dans la Grèce profonde, loin dans l'espace et le temps, hors des ambassades, des villes, des monuments surgis des cartes touristiques ; je suivais, bientôt j'entraînais Olivier vers des lieux sauvages, mais pleins de bruits sourds et de lumière qui avaient baigné jadis une Grèce idyllique. Je me hâtais de visiter le théâtre d'Épidaure, de boire l'eau de Delphes, de déposer un coquelicot dans le tombeau d'Agamemnon, puis curieusement, je m'éloignais, me perdais entre des collines ou en haut des champs, à la recherche d'un passé qui sans doute ne fut jamais. Entre nous, Sophie, j'étais partie en Grèce à la quête de l'impossible Arcadie.

— Pourquoi impossible ?

C'était Sophie tout à coup, la Sophie sceptique, qui voulait croire. Le ciel qu'elle s'apprêtait à rejoindre devait refléter de quelque façon l'antique Arcadie. Elle n'en voulait pas d'autre. Elle ne désirait qu'une chose : rentrer chez elle. Dans une maison agrandie, une vie éternisée, et pourtant indéfiniment recommencée. Je songeai à l'incendie des réservoirs de pétrole, du temps de Radi, où j'avais cru sauver mon village en le projetant tout rond, dans une formidable explosion, au faîte du paradis. Sophie, jeune, avait-elle partagé avec Radi le besoin d'éterniser le temps des jeux? Ou était-ce la vie qu'elle cherchait à ressusciter avant même de l'avoir perdue?

— Tu n'as trouvé aucune trace de l'Arcadie? Il n'en reste rien?

Ma réponse fit un long détour.

J'accompagnais Olivier en Grèce. C'était curieux de me voir, moi, suivre quelqu'un. Radi n'avait pas l'habitude. Mais Radi n'avait connu que des amours-toquades et sans longue durée. Olivier était d'une autre stature que Philippe-le-mort ou que Mimo, et d'une autre épaisseur que Boniface. Il inspirait, je respirais; il complétait mes phrases, je complétais sa pensée; nos yeux se croisaient au-dessus de nos têtes, fixés sur une même étoile, inaccessible mais éblouissante. Avec le temps, nos différences s'étaient si bien aplanies que j'en oubliai ma petite taille, mon accent, mes yeux à pic qui n'avaient cessé jusque-là de fouiller le creux des montagnes à la quête des géants. Soudain, même au pays des Cyclopes, j'en oubliai les géants. J'étais heureuse, Sophie, et heureuse de l'être. Aucune faille dans ce bonheur peint en ocre et noir sur la plus belle des amphores crétoises. Jusqu'au jour où...

Nous allions passer en Turquie et avions fait escale, avant l'aube, sur une petite île grecque assez rapprochée de l'Asie Mineure pour nous permettre d'apercevoir l'antique ville de Troie. Ce qu'il en restait: des ruines. À vrai dire, nos yeux ne voyaient rien, seule l'imagination reconstruisait Troie sur les décombres de la grande rivale d'Athènes. Un instant, j'en oubliai même la présence d'Olivier pour ne plus entendre que le roi Priam et son fils Hector, Achille et Ulysse, Hélène, Andromaque, Cassandre, surtout Cassandre, la sombre prophétesse qui avait tout pressenti. Cassandre avait vu sa ville en ruines avant qu'elle ne soit détruite. Or voilà que ma vision réelle de Troie rejoignait, quatre millénaires plus tard, celle de Cassandre qui, elle, était prémonitoire. Tout à coup, j'entendis Olivier répondre à la question que je ne croyais pas avoir posée: L'île s'appelle Chio et aurait été la patrie d'Homère. Homère, le plus grand poète grec, peut-être le plus grand de tous les temps, avait donc pu voir comme moi les ruines de Troie, à l'heure où le soleil abolit la mer qui sépare les continents. Il avait lui aussi entendu Cassandre interpeller le temps. Le temps! Le temps que seuls les poètes savent éterniser. J'écoutais Homère écouter Cassandre, et je me demandais s'il n'existerait jamais pour moi un autre bonheur que celui de courir après. Mais mon extase ne dura que le temps du lever du soleil qui sonna comme un gong sur l'Asie Mineure et noya jusqu'aux ruines de l'antique ville de Troie.

Je replongeai dans le cœur d'Olivier qui m'attendait sagement, les pieds entre les pâquerettes. Et je me laissai bercer comme sitôt après ma naissance. Parce que tu sais, Sophie, que je me souviens de ma naissance.

— De bien avant ta naissance, sorcière.

Et maintenant je commence à me souvenir de ce qui s'en vient.

— Non, ne fais pas ça.

Je n'y peux rien, je vis en ce moment la plus terrifiante expérience de ma vie. Chaque pas que je fais, chaque geste que je pose ont la pesanteur de milliers de gestes et de pas qui préparaient les miens qui eux-mêmes préparent ceux de nos descendants. Le remâchage du passé n'est qu'une répétition générale de la pièce qui s'en vient et qu'on ne jouera jamais. J'ai cru la jouer en Grèce avec le plus doué des partenaires, un figurant fabriqué de l'étoffe même de nos rêves et qui donnait à l'Acadienne la réplique de l'antique Arcadie. C'est le plus proche que je viendrai jamais, Sophie, de cogner à la porte de l'Éden.

... L'Éden! le mot même aurait dû me faire peur. Les paradis sont irrémédiablement perdus. Je le savais. Pourtant, je jouais le jeu, au cas où... les dieux peuvent être distraits, une seule fois, et laisser deux êtres triés sur le tas, pris au hasard...

... Hm! hm!

Je sais, je sais, j'aurais dû me faire une raison. Mais Radi à trois ans avait déjà choisi la déraison, tu te souviens? Sois raisonnable, regarde ta sœur... peuh! Et c'est elle, la petite bougresse, qui s'est emparée de la barre. Elle a tenté un instant de relier l'Arcadie grecque à l'Acadie du Nouveau Monde, transgresser la loi du temps et de l'espace. Verrazano avait fait de même, à l'aube de la Renaissance, alors qu'il avait cru redécouvrir le pays idyllique transplanté en terre neuve et s'écrier: l'Arcadie! devant la beauté d'un monde tout juste arraché des mains du Créateur. Mais Verrazano parti, l'Arcadie d'Amérique dut traverser son premier hiver, affronter ses premiers conquérants, perdre ses premières illusions de peuple défricheur et libre. Et un jour, les mâchoires figées par le froid, elle n'a plus su prononcer toutes les lettres de son nom et l'Arcadie a glissé vers l'Acadie. Olivier m'a fait comprendre qu'en Grèce de même l'Arcadie s'était fondue dans le Péloponnèse. Mais qu'il n'en était pas moins sorti une civilisation dont nous étions lui et moi les héritiers.

Je restai éblouie. Car encore un coup, le nom me dessinait un blason. Après mon patronyme, mon prénom, voilà que le nom de mon pays plongeait ses racines dans la terre qui avait donné naissance à la plus prestigieuse des civilisations encore vivantes. J'étais gréco-latine jusque dans ma dénomination. Et j'en gardai la tête dans les étoiles toute la journée. Mais rendue au soir...

— Oui?...

... Radi m'a rattrapée dans mon nid douillet, dans mon bonheur qui renégociait chaque matin son hypothèque. Et elle m'a zézayé dans l'oreille le cri de Faust: Que le temps s'arrête! Tu n'aurais pas dû, vilaine, tenter Méphisto, réveiller l'ours qui dort. Et le temps, par dépit, s'est mis à galoper. Jamais il ne s'était montré aussi tyrannique. Une année, deux ans, trois ans, le temps nous emportait, nous ballottait de la Grèce à la Crète, à l'Égypte, à la Mésopotamie, chaque fois pour m'enfoncer encore plus creux dans mon rêve inassouvi, pour me révéler d'autres croisées de mes destins antérieurs.

— Figure-toi, Sophie, que non loin de Babylone, je retrouve des Akkadiens.

— Tu déparles.

— Des Akkadiens, avec deux *k.* Je sais bien que ceux-là ne sont pas de la parenté, mais le nom m'a une fois de plus ramenée chez moi. Et je crains que c'est là, les pieds en terre de début du monde et les yeux fixés sur la Grande Ourse, que j'ai aperçu pour la première fois la courbe du chemin Saint-Jacques.

Je tentai d'expliquer à Sophie. Les étoiles pour moi n'étaient à l'époque que le miroir du grand chemin que nous parcourions tous depuis le début des temps. Je contemplais dans les galaxies le reflet des civilisations qui s'arrachaient péniblement du singe pour grimper jusqu'à nous. Et c'est là que soudain j'ai pris peur. Où en étais-je dans ma courbe? Où étais-je située sur l'arc de l'histoire qui prenait racines chez les Akkadiens en l'an 2000 avant Jésus-Christ pour aboutir en Acadie à la veille de l'an 2000 de notre ère?

— Une nuit, Sophie, j'ai rêvé qu'Olivier et moi nous rencontrions sur l'une de ces courbes: une interminable corde à linge qui reliait le poteau de la galerie au peuplier de la cour d'en avant, se prolongeait jusqu'aux pilotis du quai, puis au-delà de la dune, se courbait au-dessus de l'océan, jusqu'en Europe réduite à une estampe de géographie. C'était très drôle. Le descendant d'Aquitaine était tout brillant d'une poussière d'étoiles collée à ses vêtements et ses cheveux, le visage rayonnant au souvenir de la vision qu'il transportait; la fille d'Acadie grelottait au contraire dans sa petite robe d'indienne bleue. Je me hissais sur la pointe des pieds pour essayer de voir d'où il venait, pour apercevoir un coin du spectacle... J'ai perdu l'équilibre et dégringolé en bas de ma corde à linge...

— ... de ta ligne à hardes...

— ... et Gros-Jean comme devant, j'ai atterri au creux de mon lit.

— C'était pas un rêve, Radi, c'était un songe.

— Voilà ce que m'a dit aussi la dame Aliénor. Puis elle a ajouté que les trapézistes de corde à linge marchaient en réalité sur la courbe de l'histoire que l'un descendait, l'autre montait à pic.

— La marraine-fée vous avait rejoints en Grèce?

— À Jérusalem.

— Oh!... Raconte.

347

Ça, la tante Évangéline n'allait pas le rater. Elle n'écoutait pas, mais entendait tout ce qui caressait son oreille de vieille chrétienne deux fois millénaire: Jérusalem, Bethléem, Nazareth, la Palestine. Vas-y, ma fille, on n'a point attendu quatre-vingt-quinze ans... ah bon, elle l'avoue!... son pèlerinage en Terre Sainte pour s'en priver quand la chance passe. Jamais trop tard, et par tous les moyens. Le dernier moyen qui se présentait à la dame Évangéline pour réaliser ce rêve ultime de tous les nés natifs de la chrétienté était de partir sur les épaules de sa nièce. Va, raconte.

Pas ce jour-là, ni le suivant. Car Sophie, dès le lendemain, rentrait à l'hôpital pour se faire dire qu'elle n'aurait bientôt plus le choix de refuser les soins palliatifs. Et j'ai dû remettre à la Pentecôte le récit de ma rencontre avec le jardin en friche d'Adam et Ève.

XXXI

Dans ma seule famille, famille agrandie jusqu'aux cousins ad germains qui inondent le Fond de la Baie et gonflent le microcosme qui roule sa bosse entre la mer et la forêt, Adam et Ève comptent plus de mille descendants en droit d'appeler Évangéline «ma tante». Elle a prévenu tout ce monde-là, dans mon dos, que le dimanche de la Pentecôte, Radegonde raconterait la Terre Sainte. Il en vint un peu moins de la moitié. Heureusement que la salle paroissiale est complètement étanche. Car les vieux du village tournaient autour de la bâtisse, s'émoyaient, reniflaient, cherchaient à voir par les fenêtres du sous-sol un morceau de lieux saints que la voyageuse-raconteuse-écornifleuse-de-vieux-pays avait ramené de ses pèlerinages. On finit par ouvrir les portes à ce flot de curieux qui venaient quêter ce que je n'avais pas vu, une Terre Sainte de catéchisme en images.

Je ne l'avais pas vue, mais je la connaissais d'autant mieux. Rien n'approche de la réalité comme le rêve qu'on en a. Je savais pour avoir fréquenté l'histoire que les historiens vous racontent ce qu'ils croient vrai; et pour avoir été conteuse, que le conte invente ce que vous voulez qui le soit. Je pouvais donc à loisir passer du conte à l'histoire, raconter, inventer, à l'envers et à l'endroit, refaire le monde entre les lignes à la mode de la vieille Lamant, voir par les yeux de la dame Aliénor la terre des hommes créée en six jours par un fainéant qui s'en fut se reposer le septième, au désespoir des éternels Juifs errants que nous sommes.

... Bien sûr que j'avais grimpé à pied la colline du Golgotha; et caressé l'écorce rugueuse du dernier olivier du jardin de l'agonie; et pêché au filet dans le lac de Tibériade; et cru reconnaître l'établi du charpentier de Nazareth; et palpé la paille qui avait pu accueillir un bébé naissant dans une crèche; et passé par le chas de l'aiguille qui ne laisse pas entrer les chameaux, si fait, Tilmon; et la couronne d'épines?... eh bien, ses épines sont dispersées de par le monde, depuis deux mille ans; non, je n'ai pas retrouvé traces du pommier, l'arbre de la connaissance du Bien et du Mal, je ne me suis pas rendue jusque-là.

Pourtant si, Sophie, je me suis rendue jusque-là. C'est précisément là que me conduisit Aliénor, à la porte de la Genèse. À toi, je peux révéler le but de mon voyage à Jérusalem. J'entrais dans la Bible, Sophie, comme on entre à la Devinière de Rabelais ou dans les grottes de Lascaux. J'entrais dans le plus grand imaginaire jamais créé par les hommes qui écrivaient sous la dictée de Dieu. J'avais déjà parcouru la Manche sur les traces de Don Quichotte, le Jotunheim à la recherche des géants, la Bretagne du roi Arthur, la France de Charlemagne, la Grèce d'Homère. Il me restait l'ultime voyage, celui en terre d'Abraham et de Jacob, de Jonas, de Noé, de la tour de Babel, d'Adam et Ève. Radi n'avait pas renoncé.

— Olivier a cédé devant Radi?

Mon bref silence fut assez long pour révéler à Sophie qu'en Terre Sainte Olivier ne fut pas du voyage.

— N'oublie pas qu'une nuit j'étais tombée en bas de la corde à linge.

350

— Tu n'as fait ni un rêve, ni un songe, cette nuit-là, mais un pacte avec le Destin.

— Diable de Destin!

J'expliquai longuement à Sophie, ou me laissai expliquer par elle, le sens de ce voyage en terre biblique en compagnie de la dame d'Aquitaine. Sans Olivier. Il ne pouvait suivre Radegonde dans sa déraison. Il avait choisi la connaissance du monde et des hommes; celle du Bien et du Mal le rebutait. Mais l'arbre que je cherchais n'était pas celui du Bien ou du Mal; c'était une autre forme de connaissance, la connaissance de la connaissance. Je voulais savoir, connaître ma raison d'être, vivre ma part de siècle sans oublier mes limbes, accrocher mon pays à la queue d'une caravane en marche depuis des milliers d'années. Je voulais réconcilier Radegonde et Radi. Olivier, serré entre les deux, eût étouffé. La vie l'a rattrapé juste à temps, et j'ai dû poursuivre mon odyssée toute seule.

— Et regrimper le pommier de la cour d'en arrière pour voir si le serpent...

Sophie n'acheva pas sa phrase. Elle me relança plutôt dans la suite de mon odyssée qui devenait la sienne. Plus j'avançais dans mon récit, plus je reculais dans le temps; et Sophie savait que le temps, par quelque bout qu'on le prenne, rejoignait l'autre bout pour former un cercle complet. Sa fin ne pouvait que retrouver son début.

— Voilà pourquoi, aux dires d'Adolphe, la vie serait ronde mais plate comme une crêpe.

Éternelles pirouettes d'une Sophie qui, la tête dans les astres, gardait quand même les pieds collés au sol. Vieux syndrome de l'Acadien qui a si grand'peur de coiffer le chapeau d'un autre qu'il garde les cheveux au vent, au vent sauvage. Pourtant, c'était plus fort qu'elle, les hautes sphères continuaient de l'attirer. Aliénor, surtout. Car si jamais une comète avait frôlé mon firmament, elle avait dû s'incarner dans cette créature d'un autre âge et pourtant si foncièrement contemporaine. Ses soixante ans portaient, et les portaient bien, soixante siècles.

Mais ma dame me fit franchir une route plus longue que six mille ans. Une étape à la fois. C'était un peu ma faute, je la pigouillais.

— Elle a compris l'expression?

— J'expliquai.

Je la poussais, la harcelais, l'obligeais même à me suivre ou à me devancer dans une histoire qui avait précédé l'histoire, qui avait vu les hommes s'arracher à leur limon pour la première fois.

— Comment! pour la première fois?

— Nous avons connu la deuxième.

Sophie commence à s'habituer à mon style. Et j'ai pu l'entraîner dans une autre de mes allégories comme nous les aimons, elle et moi. De même Aliénor, la seule qui, sans avoir mis les pieds dans l'attique de la vieille Lamant, savait lire le monde par en dedans sans perdre une syllabe ni s'accrocher la langue dans un sophisme, jamais. Aliénor, Sophie et moi, toutes sorties du même rêve d'une toquée qui elle-même sortait du rêve d'un Créateur qui avait pris congé de la loi, ce jour-là. Et j'ai pu raconter à ma dame d'Aquitaine la Bible revue et corrigée par la vieille Lamant, l'Ancien Testament revécu à l'autre bout du monde et par-delà les siècles. Peu de peuples ont su comme le nôtre calquer leur histoire sur celle des tribus sorties d'Abraham. Cous raides, s'il en est, obstinés, résolus à remonter contre les vents et courants jusqu'aux origines, à reprendre possession de la terre marécageuse asséchée par les fils de Noé, à y ficher ses piquets de clôture, y creuser ses caves, y planter le pommier qui abritera le serpent. Pas un seul clos du pays qui n'affiche son pommier. Sans le serpent, nous devrions porter seuls le poids du mal. Trop lourd pour un peuple inachevé.

Un peuple qui maîtrise cependant l'art de se prolonger dans le lignage des autres, des ancêtres qu'il s'en va dénicher jusque dans les douze tribus d'Israël. Dieu n'a pas pu nous ignorer dans la dictée de la Genèse et du Deutéronome. De l'Exode surtout. Quand nos Adam, Abram, Isaac, Isaïe, Jérémie, Ezéchiel, Samuel, Moïse, nos Rebecca, Ruth, Judith, Sarah... tous des noms du plus pur acadien... quand ceux-là partaient pour l'exil en sol étranger, ils savaient qu'on leur arrachait un héritage reçu au sortir du paradis terrestre. *Et assis sur les rives de Babylone, ils pleuraient...* Ils pleuraient la Terre promise.

Terre promise!

Je me demande encore aujourd'hui si le peuple du Grand Dérangement serait jamais sorti d'exil sans la mémoire de la Terre promise. Pourquoi s'arracher à la Géorgie, la Pennsylvanie, la Marylande, en ces années mêmes où l'Amérique triomphait du colonisateur et proclamait son indépendance, pourquoi quitter des contrées fertiles pour remonter un continent à pied jusqu'à des terres conquises et occupées par d'autres? Pourquoi s'acharner à refaire la chronologie à contre-courant? L'Acadie n'était plus, son nom même était rayé de l'avenir, à la plume et à l'épée, les Georges d'Angleterre avaient triomphé des Louis de France. Avec la chute de

Louisbourg, le rêve acadien était mort, eh oui, Aliénor. Et qu'on n'en parle plus.

Mais des Bélonie et des Pélagie, à la veillée, n'avaient cessé d'en parler. Têtes dures! À cause de la mémoire. À cause de la nostalgie. À cause de l'impossible rêve d'une Terre promise. Trois mille ans après Moïse, on reprenait le chemin du retour. Le peuple hébreu avait mis quarante ans à traverser le désert; les Acadiens prirent cent ans pour rentrer, hiverner, puis sortir du bois. Et un autre cent ans avant de voir le nom d'Acadie se glisser, pendant que les gouvernants regardaient ailleurs, entre les lignes de l'histoire officielle. Têtes dures, mais surtout ratoureuses.

... Tout cela, ma dame Aliénor, pour sauver la mémoire. Pour ne pas couper le fil qui reliait les Arsenault, Goguen, Cormier, LeBlanc, Maillet à la tour Saint-Jacques, à Charlemagne, à l'homme de Cro-Magnon... à la Terre promise.

— Je n'ai fait le voyage à Jérusalem que dans l'unique but de humer l'air d'une terre promise. Je rentrais dans les sept jours de la Création comme en la maison que Pierre a bâtie.

— Tu as toujours trouvé la maison trop petite, c'est ça?

— En effet, c'est ça. Comme toi, Sophie, j'ai toujours été à l'étroit dans un logis, un village, une Acadie aux frontières indéfinies, délimitées par sa seule mémoire. J'ai eu toute ma vie besoin d'agrandir la maison. Et toi?

— Moi...

Elle dessina de la main une arabesque qui s'apparentait davantage à une constellation. Puis elle sourit. À ce moment-là, j'ai vu, presque avec les yeux, les portes du

354

temps s'ouvrir, comme j'avais vu trois mille ans ramassés en sept jours au pays de la Genèse. Depuis mon retour, c'est la première fois que je laissais mes larmes couler devant Sophie. Je ne sais même pas si je pleurais sur elle ou sur moi.

Nous n'avons repris nos confessions que le surlendemain. Sophie, la plus discrète de ma famille, n'avait plus rien à perdre. Si elle cherchait tant à en apprendre sur ma vie, ce n'était pas pour satisfaire sa curiosité, mais la mienne. Que j'apprenne tout sur moi ! Je poursuivrais — combien de temps ? — la quête commencée par nous tous dans l'arrière-cour d'une maison nichée dans un village de l'Atlantique, au Nouveau Monde. Élue des miens, j'avais été propulsée par une vieille voyante et visionnaire jusque dans les étoiles du chemin que saint Jacques nous avait tracé et qui menait bien plus loin que Compostelle. À la mort de madame Lamant, j'avais imploré le ciel de me la rendre un jour, de me rendre Thaddée, Prudence, mon père et ma mère, Jeanne de Valois qui m'avait indiqué la route des origines de la langue et de la culture qui nous distinguaient.

— Puis vint Aliénor.

Pour me pousser plus loin, jusqu'à la dignité. Détrompe-toi, Sophie, elle ne m'a point arrachée des bras d'Olivier, le plus cher de ses neveux. Elle ne désirait rien tant que son bonheur et le mien. Mais...

— Mais elle a compris avant vous deux que vos chemins bifurquaient.

Elle a compris avant moi que je devais rentrer. Jérusalem n'était qu'un détour, un voyage dans la Bible qui me ferait grimper une seconde fois dans les étages de la tour de Babel où nos mots avaient pris naissance. Et avec les mots, Sophie...

— ... Avec des mots, je pourrais rebâtir le monde, recommencer la Création laissée en plan, retracer le chemin parcouru depuis l'aube des temps, cogner, mais cette fois pour de vrai, aux portes du paradis. J'étais sauvée, Sophie, nous le sommes tous, si nous pouvons le dire.

Je n'ai pas pu lui en dire davantage ce jour-là, ni le jour suivant. Le corps de Sophie la lâchait. Elle eut tout juste le temps de sentir qu'elle s'apprêtait à entrer en agonie. Je me consolai pourtant d'avoir pu la mener jusqu'en nos plus lointaines origines. Car notre famille sort de la Bible autant que de Notre-Dame ou des terres conquises par Charles dit le Martel. L'Ancien Testament nous a façonné un univers peuplé de légendes, de paraboles, de mystère. Mais le mystère, hélas! ne se dit pas.

Je l'ai appris de Céline rentrée de Québec pour assister aux derniers moments de Sophie.

XXXII

Rome!

Oui, Céline, à Rome où ton message funeste m'a rattrapée.

J'allais à Rome pour faire une croix, deux croix: sur Olivier, et sur mademoiselle Pâris... Nous nous étions juré, ma vieille amie et moi, de faire ensemble le voyage à Rome. J'avais besoin de son érudition, mais surtout de sa tranquille amitié. Elle est morte en moins d'une minute, foudroyée par un coup de sang, dans une bibliothèque au cœur de son vieux Paris. Elle entrait en éternité comme dans un livre. Moi, encore une fois, je restais sur le quai. Le quai Saint-Michel, d'où je pouvais apercevoir les clochers de Notre-Dame et le toit de Saint-Julien le Pauvre. Et c'est dans le cercle du point zéro des routes de France que je retournai pivoter sur l'os de mes talons pour voir mes pieds pointer vers Rome. J'irais seule me consoler de la perte d'une amitié vieille de vingt ans.

... Et de la fin d'un amour qui ne vieillirait jamais.

Je revois mes derniers moments avec Olivier, à Athènes, au centre de l'agora où des générations de citoyens grecs s'étaient disputées sur le gouvernement des hommes, le carré de l'hypoténuse, les vices et les vertus de leurs multiples dieux, et je ris. Je ris comme nous avons ri ce jour-là tous les deux. Pour atténuer le choc, je m'étais travestie, mutée en Radi, le temps de nous dire à l'un et l'autre :

... *C'est fini, allez-vous-en.*

Je revécus pour lui les temps forts d'une enfance qui ne s'était jamais échappée de mon âme tout à fait mais s'était glissée à l'intérieur de mes cellules comme une armée de microbes. On s'attaquait à mes reins chaque fois que je m'éloignais du chemin tracé dans l'attique d'une iconoclaste. Elle avait gagné, la garce de vieille Lamant. Il n'aurait pas fallu me faire tant d'accroires. La vie se chargeait, après trente ans, de me les faire payer cher.

J'allais à Rome pleurer la mort de mademoiselle Pâris pour apprendre par ta lettre, Céline, que Sophie allait mourir dans un an.

... Ch'est pas juche !

Et Radi se révolta. On n'avait pas le droit. Je ne pouvais la laisser seule, l'abandonner à son chagrin.

... Qui ça, on ?

... Tu sais bien qui, qui décide de la vie et de la mort, qu'elle me fait.

... On ne le sait pas, Radi. Entre la nature inachevée, l'usure normale du cosmos, ou une Intelligence suprême...

... Appelle-le par son nom, qu'elle regimbe.

... Tais-toi, renégate, redescends de l'attique de la vieille.

... Il nous a faits pour le bonheur ; Il nous l'a laissé entrevoir avec le récit de ses paradis ; maintenant, qu'Il livre la marchandise.

Elle était déchaînée. Si Dieu n'avait pas eu la peau si dure, Radi l'eût transpercée. Elle avait toujours refusé la défaite, la moindre brèche dans ses rêves, puis elle finissait par comprendre que tout était sans doute pour le mieux. La mort de sa mère, de son père, de ses vieux mentors les uns après les autres l'avait fait rebondir un peu plus haut chaque fois dans l'échelle qui menait au sommet d'un âge d'où l'on avait une vue imprenable sur toute sa vie. Les vieux pouvaient partir, c'était dans l'ordre, mais Sophie...

... Tu as pourtant vécu la mort de Philippe, Radi, ton premier amour.

... C'est pas pareil!

Point de réplique à ça. Quand Radi disait: c'est pas pareil! elle voulait dire: c'est pas pareil, et qu'on n'en parle plus. On ne discute pas les arguments soumis par l'inconscient.

Je décidai de partir sur le coup. Je me vengeais sur Rome, Rome qui pourtant avait vu mourir César, Michel-Ange et des milliers de chrétiens dans la fosse aux lions, et qui pouvait donc en prendre. Mais ni César ni Michel-Ange n'avaient partagé les moments inédits d'une enfance qui s'était déroulée sous l'œil de Sophie, en première loge. Il me fallait rentrer.

Je passai par l'ambassade pour régler quelques petites formalités, et c'est là où je me cognai de nouveau au Destin qui faillit me renverser en traversant à toute allure la salle des pas perdus: Boniface, au-nom-qui-sonnait-comme-Horace. Après un échange de: ... C'est pas possible!... C'est toi?... Mais quel bon vent!... Que deviens-tu?... Et patati et patata... Et finalement:

— Si je peux faire quelque chose pour toi...

Ma réponse me surprit autant que lui:

— Fais-moi entrer par la petite porte à la chapelle Sixtine.

Et voilà comment j'ai pu vivre, un an avant sa fin, les derniers moments de Sophie.

Pendant trois heures, j'ai eu le cou tordu. Je n'arrivais pas à me détacher les yeux du plafond de la chapelle que Michel-Ange avait peint, quatre siècles plus tôt, pour répondre à tant de nos questions. Il répondait à Radi autant qu'à Radegonde. C'est Radi qui se souvient de *La Dernière Classe* d'Alphonse Daudet où elle a découvert la vraie puissance des mots. Et c'est elle qui, trois décennies plus tard, redécouvre le monde recréé par Michel-Ange. La création du cosmos, la naissance de l'homme sorti du doigt de Dieu, sa vie, sa mort, son jugement dernier: autant d'images charriées dans le subconscient collectif depuis deux mille ans, mais reléguées à l'arrière-plan pour ne pas obstruer la vue sur le quotidien. Radi dans le temps se hâtait de redescendre de l'attique de la voyante pour retourner à ses jeux de marelle et de chasse aux trésors. La fin du monde pouvait attendre. Il lui avait fallu la mort prématurée de Philippe ou la noyade pressentie de Bertin Richard pour l'arrêter un instant dans sa course folle et la forcer à lever un sourcil; il lui avait fallu la maladie incurable de son père, le départ de Fleur-Ange, sa prémonition de la disparition de sa mère puis de la vieille Lamant, le choix de Katchou exilée à Montréal... il lui avait fallu s'arracher par bribes à son enfance avant d'oser lever les yeux sur le Jugement dernier. Mais ce n'est qu'aujourd'hui, devant la fresque peinte par un génie, qu'elle reconnaissait l'image floue qu'elle en avait reçue avant même de venir au monde.

Michel-Ange, par la magie de l'Art, exorcisait ses peurs et lui rendait, à elle et à toutes les créatures dotées de la mémoire, la vision globale d'une vie qui commençait avant la naissance et se prolongeait dans l'éternité. L'avant et l'après éternels se rejoignaient. Le paradis retrouvé.

Je contemplais l'œuvre jaillie de l'un des plus grands cerveaux de tous les temps et je me réconciliais: je pardonnais à l'avance la mort de Sophie. La mienne. La mort de tous les hommes par la faute d'un couple sorti prématurément de son limon. Je me tordis le cou d'un cran et je les vis, les beaux chenapans!

Adam et Ève, enfin! les menteurs, tricheurs, voleurs de pommes, détrousseurs de paradis! Ils étaient là, tout nus, honteux, jugés par leurs milliards de descendants qui devraient reconquérir par les petits, *perpetita*, leur part d'héritage. Radi les regardait avec l'air de dire qu'après tout, tout compte fait, elle n'était point perdante, c'est la vieille Lamant qui le dit. Elle ne serait pas devenue Radegonde sans leur défection, et Radegonde ne pourrait pas, des milliards d'années plus tard, admirer jusqu'à l'extase la beauté de la Création recréée par l'un de leurs rejetons. La seule splendeur de la Chapelle Sixtine valait de traîner ma tache originelle sur la cuisse gauche durant toute une vie.

Je détachai soudain les yeux du célèbre plafond et, au risque d'exposer mon intimité à la vue de trois touristes belges qui me talonnaient depuis une heure, je levai ma jupe pour une dernière vérification. Elle n'avait pas bougé depuis que j'avais atteint ma taille définitive, d'aucuns diraient à douze ans, mais en réalité à la fin de l'adolescence. Elle était toujours là à me narguer... n'oublie surtout pas d'où tu viens... Comme si!

Pourtant, depuis la veille, je n'oubliais surtout pas où j'allais. L'annonce de la mort prochaine de Sophie avait ouvert une brèche dans ma forteresse édifiée pierre par pierre. Où en étais-je sur la courbe de ma vie? J'avais cru apercevoir, peu de temps auparavant, ma position sur la courbe de l'histoire. La voyante Aliénor avait lu dans mon songe de corde à linge que ma lignée montait. Mais moi, Radegonde, en dehors de mon je collectif, moi qui savais aimer d'amour et d'amitié, qui avais plaisir à rire, dormir, boire et manger, qui sentais les chatouilles du vent sur ma peau et du trèfle sur les papilles de mon nez, qui me souvenais du passé, du présent, de l'avenir, et qui n'avais pas achevé ma longue quête du Graal qui n'existe pas!... ce moi-là, où se situait-il?

L'œuvre elle-même nous ramenait au royaume des vivants... à partir de Dieu, vers les élus, jusqu'aux moribonds, aux fils d'Adam qui s'acharnaient à cultiver leurs jardins. J'étais vivante. Sophie était vivante. Coincée entre deux éternités, cette poussière de temps qui s'appelait une vie brillait soudain d'un éclat que même la mort ne saurait ternir. J'avais eu droit, comme Sophie, comme tous mes morts, à cet instant et ce coin d'espace juste assez grands pour y dessiner mon visage. Michel-Ange m'avait incluse dans sa fresque, la création m'avait exhalée dans son souffle, je ne pourrais plus jamais ne pas avoir été.

Je levai de nouveau la tête, rajustai mon cou et souris à mon père et ma mère, à Thaddée, la vieille Lamant, Prudence, les tantes Madeleine et Zélica, à tous les miens qui se glissaient entre les fissures du plâtre, s'étiraient de toutes leurs forces, se hissaient sur le bout des pieds, les yeux à pic et les bras tendus vers... vers quelque chose que même Michel-Ange n'a pas su définir.

Il fallait y être rendu pour peindre d'en haut la vision de l'humanité aux portes de l'éternité; mais pour y tendre avec une telle puissance et une telle beauté, il fallait être encore de ce monde.

Aliénor m'attendait sur le quai de la gare de Lyon à Paris. Mon télégramme ne l'avait pas trop surprise, un jour ou l'autre je devais rentrer. Le sort de Sophie ne faisait que précipiter mon retour; comme la récupération d'un vieux phare désaffecté; comme mon besoin de mettre un océan entre son neveu et moi.

— Il fallait retourner là-bas, Radegonde, tôt ou tard. Mais pas avant une visite à la cathédrale d'Amiens.

Je n'ai pas compris tout de suite, mais je faisais confiance à mon amie qui lisait dans mon âme mieux qu'un devin. Aliénor n'avait pas oublié, pas plus que moi, le pèlerinage à Compostelle. Je ne m'étais pas rendue plus loin que la tour Saint-Jacques, là où j'avais compris que je n'achèverais jamais le voyage, que j'arrivais trop tard, que j'étais née à la mauvaise époque. Elle ne voulait pas que je reparte sevrée du plus grand rêve de Radi, que je la prive du chemin des étoiles.

— Allons accomplir notre pèlerinage, qu'elle fit en me poussant dans la cathédrale par la porte que garde le beau Dieu d'Amiens.

Je croyais connaître ce monument, l'un des plus beaux d'Europe. Pourquoi Aliénor insistait-elle pour m'y ramener? Les trois frères Maillet étaient-ils passés par là? Allais-je y retrouver un maillon de la chaîne qui me liait à une histoire que je parcourais depuis vingt ans? Elle me prit la main et m'entraîna au cœur de la nef centrale que je contemplais, envoûtée par ses grandioses proportions, mais surtout par les tombeaux des gisants aux sourires gravés dans le bronze et qui pouvaient, à tout instant, se lever pour me dire... de baisser les yeux, de regarder sous mes pieds, que je me trouvais à l'entrée du labyrinthe en dallage de pierres noires et blanches qui, dans les siècles passés, avaient offert aux pèlerins de Saint-Jacques un voyage de rechange.

... Attendez, attendez, Aliénor, vous allez trop vite, expliquez-moi.

C'est pourtant simple: tous les chrétiens désireux de rentrer en grâce ne pouvaient se rendre en Espagne, faute d'argent, de santé, de liberté de mouvements. Ceux-là d'Amiens avaient trouvé moyen de suppléer au pèlerinage à Saint-Jacques en parcourant un dédale de pierres noires et blanches si savamment construit que le pèlerin prenait le même temps pour déboucher au centre du labyrinthe que pour atteindre Compostelle. Le chemin Saint-Jacques peut se parcourir ici. Les démunis, les malades, les vieillards, les voyageurs nés hors du temps des pèlerinages, comme nous, ont aussi accès au pardon.

Je demandai à la dame Aliénor de me laisser seule pendant quelques heures; j'avais besoin de refaire à pied, sur place, un long voyage.

— Un voyage commencé à l'heure où sonnait l'angélus de midi, Radegonde.

Je ne partirais pas de si loin, mais du point zéro des routes de France pour parcourir l'histoire, la légende, l'aventure chevaleresque, l'épopée, l'utopie, la mémoire de mes origines. Dans le parcours complexe du labyrinthe d'Amiens, mes pieds ont tracé un dessin qui s'est mis à ressembler à mon voyage dans le temps et le pays qui s'est appelé successivement les Gaules, la terre franque, la France. Je regardais sous mes pieds la topographie pleine de reliefs et de configurations, et je m'émerveillais de voir suspendu et fixé dans des monuments et des mots un morceau du temps infini. Pour l'apercevoir sous une telle lumière dans un seul coup d'œil, il m'avait fallu vivre quatre siècles sur un autre continent.

De même, il m'avait fallu voir de mes yeux gravée dans ma chair la tache originelle pour éprouver un tel besoin de refaire le chemin Saint-Jacques. Quand enfin mes pieds se posèrent sur la pierre noire au centre du labyrinthe, j'ai résolu de faire exciser, avant de rentrer, ma tache de naissance sur la cuisse gauche.

XXXIII

Radi me regarda d'un drôle d'air. Depuis quelques jours, je ne me séparais plus d'elle. C'est Sophie qui nous avait poussées l'une vers l'autre, fondues l'une dans l'autre, comme si elle avait senti que Radegonde ne serait pas trop de deux pour parachever l'année la plus cruciale de son existence. Année charnière qui liait un passé linéaire à un avenir sphérique, et qui se dressait devant mes yeux tel un gigantesque point d'interrogation. Je ne lâchais plus la main de Radi depuis le soir où l'ambulance avait emporté Sophie vers sa dernière destinée, vers son lit de mort.

Un soir de mai, un an après mon retour. Elle avait duré un an, l'échéance qu'avait fixée la nature et qu'elle avait acceptée, à la condition de vivre cette dernière année pleinement et jusqu'au bout. Un pacte entre Sophie et son destin. Plus les saisons se succédaient, plus mon rôle de témoin se transformait en emploi de figurant dans un drame qui reprenait le plus vieux thème du monde: l'éternel combat entre la vie et la mort. Entre la petite bougresse de Radi et ma grande amie Sophie dont le nom signifie sagesse — eh oui, Sophie, tu avais aussi ta destinée inscrite dans ton prénom comme sur le fronton de l'une des plus belles basiliques du monde — entre son début et sa fin, Radegonde restait pantelante.

J'écoute le souffle de plus en plus cahoteux de Sophie, et je me remémore l'avant-premier jour de Radi qui s'obstinait à ne pas vouloir sortir. Sa mère avait beau la pousser, pousser, Radi ne voulait pas sortir. Elle s'agrippait de toutes ses forces au lierre qui la liait à son port d'attache, à son nid spongieux, mœlleux, douillet, à l'abri d'un monde inconnu et redoutable. Peur de tomber, de basculer dans le vide, dans le vide infini. Le souffle de Sophie ronfle et s'accroche, gratte le fond de ses poumons pour récupérer un restant d'air vicié mais essentiel à sa dernière vision du monde, à son départ en grand et en beauté. Comment l'aider? Respirer avec elle? Ajuster mon rythme à sa cadence? Je continue à lui parler, à lui dire que les autres sont venus, sa fille, son fils, ses frères et sœurs qui se relaient aux trois heures, que je formule le vœu secret d'être de garde à l'heure où elle décidera, comme jadis Radi, que... que c'est assez, et puis tant pis! faites du chemin, ouvrez toute grande la porte à Sophie qui prend le grand risque de partir!

— L'ouïe est le dernier sens à s'éteindre, qu'on me dit, parlez-lui, elle vous entend.

... Nous avons vécu ensemble une belle histoire, Sophie, Radi, toi et moi et les autres, Céline, Horace, Pierre, Anne et Léopold, et Geneviève, et tous les autres, Katchou et Mimo, Marie-Zoé, Robert-le-bout-de-diable, tous, tous les parents, et les oncles et tantes, et les voisins, une histoire si ronde et gonflée de rêves qu'elle rebondit comme un ballon contre le ciel chaque fois qu'on la relance. Je te jure de ne jamais la laisser se dégonfler ni se vider de sa mémoire vieille comme le premier homme. Je saisirai le ballon au vol, Sophie, le lancerai contre le firmament, le forcerai à rebondir de plus en plus haut, à franchir l'horizon jusqu'aux portes que tu m'ouvriras, Sophie, que tu pousseras avant moi... avant tous les autres...

... Ne pleure pas, Radegonde, ne pleurons pas; Sophie sourit, regarde, mène-la, fais-lui faire un bout de chemin dans les étoiles...

... Oui, Radi...

... Conduis-la par le chemin Saint-Jacques... prends-lui la main... tiens, salut, la grand'gueule de Bételgeuse! salut, belle garce de Grande Ourse, espiègle de Petite Ourse, vieux Dragon, et Castor et Pollux et les Gémeaux, salut!... attends-moi, Chariot, je monte à bord, attends-moi, attendez-moi, tous, je veux voir d'en haut le chemin parcouru durant une moitié de siècle que toi et moi n'avons pas vue passer. Tu le verras, Sophie, de très haut, de ton étoile qui ne s'éteindra jamais, plus jamais...

Le phare est fini, Sophie, Adolphe a enfoncé à coups de maillet le dernier boulon qui cheville la tour à ses pilotis. Il ne penchera plus du côté de la mer, il ne risquera plus de s'effondrer dans les sables tourbillonnants des dunes. Et la tante Évangéline a ouvert les hublots de la tour pour mieux voir au loin, au loin jusqu'à La Rochelle, qu'elle dit, et les côtes de Bretagne d'où sont sortis certains aïeux qu'elle a quasiment connus. Elle a repris son défrichetage de parenté sans s'apercevoir que je ne l'écoutais plus, que je l'avais déjà dépassée, que je naviguais au loin, par-delà, par-derrière, par en dessous, que je creusais dans les sables, exactement sous nos pieds, là où s'étalait depuis quatre siècles un gisement continu de destinées que personne n'avait encore grattées jusqu'à l'os. J'irai fureter dans cette glaise vieille de milliards d'années à la recherche d'une mémoire oubliée par nos ancêtres les poissons. Et là, des deux mains je pétrirai ce limon, comme Dieu du temps de la Genèse, pour en façonner des images de mon cru, pour lui crier qu'Il n'a pas achevé son ouvrage, qu'Il est passé proche de condamner à un éternel oubli une branche aveindue d'une branche, surgie d'un vieux tronc qui creuse des racines qui se prolongent jusqu'au centre de la terre, exactement sous nos pieds.

Tu te souviens de mon retour par le chemin du cimetière, Sophie, il y a tout juste un an, où j'avais inter-pellé effrontément chacun de mes morts, à coups de questions, de semonces, de reproches à peine déguisés, où je leur marchais sur le corps sans pudeur et sans gêne, déterminée à leur arracher les derniers secrets emportés prématurément au tombeau. Je les harcelais de mes doutes, de mes énigmes: Comment se souvenir du pré-sent?... Après la découverte de la fontaine de Jouvence, qui acceptera l'honneur d'être le dernier mort de l'his-toire?... Si le chemin Saint-Jacques va dans toutes les directions, par quel bout l'attraper pour rentrer chez soi?... Le bonheur s'oppose-t-il à la vérité? sinon, dans quel pli de la vie se rejoignent-ils?... Comment fixer le temps qui dure et passe?...

Je les entendais glousser sous terre. Si j'éprouvais une telle démangeaison de savoir, pourquoi ne pas les rejoindre sur-le-champ!

— Sous le champ, ricane Prudence qui n'a jamais appris comme la vieille Lamant à parler en grandeur.

— Parler en grandeur, ouche! fait Thaddée qui continue par-delà la vie à s'interposer entre les deux plus grandes voyantes du pays des côtes.

Puis je crois entendre la tante Madeleine garrocher ses grains de sel d'un cimetière voisin pour relancer les phraseurs dans un débat que même le trépas ne parviendra point à clore. Seule, de tous ces beaux parleurs, à s'être frottée au métier de l'écriture, écriture de poèmes satiriques et de ballades à charge, mais écriture tout de même en noir sur papier blanc, tante Madeleine peut témoigner que les mots savent tirer de l'agencement de leurs vingt-six lettres autre chose que du sens courant. Je me tais et je l'écoute me donner une leçon de choses écrites, à moi qui pratique ce métier depuis vingt ans.

— Réinvente ce que tu connais pas, qu'elle me dit, ou ce que tu crois point connaître. Fais dire aux mots les plus ordinaires les vérités les plus rares et surprenantes. Çuy-là qui doit continuellement réapprendre, par rapport qu'il arrive en retard, t'es sûre qu'il fera jamais du réchauffé.

Prudence n'a pas l'air d'apprécier qu'on vienne d'un cimetière voisin déranger son repos éternel. Et c'est elle qui s'empare de la flamme du premier feu follet pour venir allumer ma mémoire chargée des souvenirs de vingt, de cent générations de cous raides et de têtes dures. Et c'est la vieille Lamant, suivie de Thaddée, qui bouscule tout le monde pour me rappeler les promesses inarticulées de mes trois ans sur les genoux d'Alice; de mes cinq ans dans le lit de plumes où j'ai choisi la quatrième voie, celle qui n'existait pas encore mais que j'inventerais; puis de mes douze ans, dressés devant la maîtresse du nord, qui ont crié sans vergogne: J'écrirai, en français!

Après un an, je retournerai leur avouer timidement que j'ai fait un bien long voyage chez les ancêtres à la recherche de trésors enfouis sous mes pieds. Si les paradis perdus se cachaient réellement au creux de la mémoire inconsciente et collective, Sophie, parviendrait-on jamais à se souvenir du présent en le fixant, l'éternisant avec des mots?

Alors, ce serait le bonheur?

... Réveille-toi, Radegonde... Sophie s'endort... conduis-la, prends-lui la main, fais-lui faire un bon bout de chemin, le plus long bout de chemin possible sur la route des étoiles. Venez, les Trois Rois, le Taureau, le Lion, le Dauphin, le Navire, Pégase le cheval ailé qui fait jaillir les fontaines de l'inspiration, emmenez-la jusqu'à l'étoile qui lui fut destinée au premier jour de la Création.

Midi, le 3 avril 1996,
un millénaire et demi après la naissance
de la France de Clovis, en 496.

CET OUVRAGE
A ÉTÉ COMPOSÉ PAR
MÉGATEXTE INC.

ACHEVÉ D'IMPRIMER
EN SEPTEMBRE 1996
SUR LES PRESSES DE L'IMPRIMERIE MARQUIS

MONTMAGNY (QUÉBEC)

POUR LE COMPTE
DE LEMÉAC ÉDITEUR

DÉPÔT LÉGAL
1re ÉDITION: 3e TRIMESTRE 1996
(ED. 01) / IMP. 01)